皖 江 历 史 文 化 研 究 系 列

皖江文化与文学地理学

郭青林 主编

广陵书社

图书在版编目（CIP）数据

皖江文化与文学地理学 / 郭青林主编. -- 扬州 ：
广陵书社，2025. 3. -- （皖江历史文化研究系列）.
ISBN 978-7-5554-2326-3

Ⅰ. I209.954-53

中国国家版本馆CIP数据核字第2024VF3387号

书　　名	皖江文化与文学地理学
主　　编	郭青林
责任编辑	孙语婧

出版发行　广陵书社

扬州市四望亭路 2-4 号　　　邮编　225001

（0514）85228081（总编办）　　85228088（发行部）

http://www.yzglpub.com　　E-mail:yzglss@163.com

印　　刷	扬州皓宇图文印刷有限公司
开　　本	720 毫米 × 1020 毫米　1/16
印　　张	16
字　　数	270 千字
版　　次	2025 年 3 月第 1 版
印　　次	2025 年 3 月第 1 次印刷
标准书号	ISBN 978-7-5554-2326-3
定　　价	80.00 元

谈谈有关文学地理学的三种误解及相关问题
（代序）①

陶礼天

中国文学地理学会和安庆师范大学共同主办,具体由安庆师范大学人文学院、首都师范大学文学地理学研究中心、安庆师范大学皖江历史文化研究中心承办的"皖江文化与文学地理学"学术研讨会,现在顺利开幕了!

我谨代表首都师范大学文学地理学研究中心诚挚感谢各位领导和专家学者! 感谢大家! 欢迎大家! 时间宝贵,不能说空话,那样就是在浪费我们的生命! 所以,尽管时间非常短暂,还是想谈点想法,不能展开来谈,算是点到为止,跟大家交流一下。说三点意思:一是从当前文学地理学研究情况看,对什么是文学地理学的问题,存在文学与地理关系的地理要素说、文学与地理的交融说和地理诗学说这三种主要的片面理解,也是误解,可以简称为要素说、交融说和地理诗学说。这三种说法,尤其是要素说,具有一定的甚至是较为广泛的影响,应予以纠正与完善。就此三种误解,谈谈我自己的认识。二是扼要讨论一下中国文学批评史上的地理批评传统问题,不能周密而全面地进行讨论,只是略加举例论述,以说明何以说文学地理批评是中国文学批评的重要传统,并略及地方文学研究作为文学地理学的题中之义,要注意避免什么样的可能性的错误。三是提出文学地理批评的大地理与微地理的方法问题,谈谈我何以如此言说,主要的意思是什么。

首先,从上述有关文学地理学的三种具有一定片面性的误解分析出发,谈谈什么是文学地理学。用一句话简单讲,文学地理学是系统研究文学与地理之间多层次的辩证关系的一门学问。这里的地理至少具有自然的地理、人文的地理、地理空间和文学作品中的偏向于写实的或虚构的地理等几种意义,不可作片面的理解。在西方,文学地理学最初产生于 19 世纪 40 年代初的法国;在我国,先

---

① 本文根据作者在"皖江文化与文学地理学学术研讨会"开幕式上的致辞稿修订,谨应主编者要求,作为本文集的代序,特此说明。

秦两汉时期就已经具有丰富的文学地理批评思想,其知识基础广泛涉及经、史、子、集各个学术领域;而结合我们自己两千多年的文学批评史的思想资源和批评传统,逐步建设成一门文学地理学学科,却是近三十年间的事,所以国内外不少学者还不了解文学地理学,有一些误解,是再正常不过的事了①。前面说的要素说、交融说和地理诗学说,确为文学地理学要研究的内容,或者说确实包含在文学地理学的理论与批评体系之中,但不能等同于文学地理学。分别从这样三种说法来界定文学地理学,不仅是误解,具有片面性,而且妨碍文学地理学的深入发展。

(1)文学与地理关系的地理要素说。法国的丹纳(或译为泰纳)的《艺术哲学》《英国文学史》等提出艺术创作与发展的种族、环境、时代三要素说,其中就包括地理环境的要素,是故有不少学者从这样的角度理解文学地理学。例如丹纳《艺术哲学》中译本第四编《希腊的雕塑》就分别讨论种族、时代、制度三大方面对艺术的作用问题,在种族、时代这两章中,就论及地理环境与气候对文学艺术等的影响,如说:"首先我们要对种族有个正确的认识,第一步先要考察他的乡土。一个民族永远留着他乡土的痕迹,而他定居的时候越愚昧越幼稚,乡土的痕迹越深刻。""希腊是一个三角形的半岛","希腊是丘陵地带,但也是滨海之区","以上说的自然形势一开始就有启发精神的作用"云云②。显然,地理仅是影响文学艺术家及其作品的一个要素,丹纳所论本无大误;但这种包含气候因素在内的地理要素说,却并不能等同文学地理学理论与批评体系的全部内容。学界一些有关研究论述,想当然地将二者等同起来,实际上是对文学地理学缺乏深入研究之故。

(2)文学与地理关系的交融说。如英国的迈克·克朗在《文化地理学》第四章《文学地理景观:文学创作与地理》中,分别讨论了"有关地区的写作""文学作品中的空间"等若干问题后,作总结说:"文学地理学应该被认为是文学与地理的融合,而不是一面单独的透视或镜子折射或反映的外部世界。同样,文学作品不只是简单地对地理景观进行深情的描写,也提供了认识世界的不同方法,揭

---

① 参见拙文:《文学与地理——中国文学地理学略说》,载北京大学中文系编:《北大中文研究(创刊号)》,北京大学出版社 1998 年版;《略论文学地理学的过去、现在和未来》,载《文化研究》第 12 辑,社会科学文献出版社 2012 年版。

② 〔法〕丹纳著,傅雷译:《艺术哲学》,安徽文艺出版社 1991 年版,第 315、316、320、322 页。

示了一个包含地理意义、地理经历和地理知识的广泛领域。将文学评价成'主观的'恰恰遗漏了这个关键问题。文学是社会的产物,事实上,反过来看,它又是一个具有重要意义的社会发展过程。"其论述力求全面,概括富有思辨性,文学地理学确实要研究"文学与地理的交融"问题,而且文学地理学的理论与批评不少内容正是对文学创作过程及其作品中"文学与地理的交融"现象的总结提炼而来,但显然仅仅把文学地理学的系统的丰富研究概括为"文学与地理的交融",是不够的,其论述仍然具有片面性。迈克·克朗这本书对我国学界影响较为广泛,特别为文学地理学研究者所重视。

(3)地理诗学说。对描写地理、大自然文学的批评研究,无论是中国还是西方,都具有悠久的历史,因此有学者主张文学地理学就应属于地理诗学。如法国的米歇尔·柯罗在《文学地理学、地理批评与地理诗学》一文说"提议把对空间的文学再现的分析称作'地理批评'",而且说这才"属于在严格意义上的文学地理学需要承担的任务"。因而,这一论述理路,自然就逻辑地得出文学地理学是"通向一种地理诗学"了[1]。他在新著《文学地理学》第一部分《研究指南》列出"空间的转向""学界先驱""地理(空间)测绘法""地理批评的方法"和"地理(空间)诗学的方法"这五个标题,分别予以论述。在"地理(空间)诗学的方法"一节中,他认为德国著名哲学家海德格尔对荷尔德林《在令人神往的湛蓝中》这一首诗中"人类总还在大地上诗意地栖居"名句的哲学分析,"导致了一个批评新术语的发明:'地理—诗学'"。又指出"在二十世纪六十年代,第一位使用,确切地说是发明了'地理诗学'的人是米歇尔·吉德"[2],并评述了有关研究者的学术成果。地理文学、自然文学,包括描写风景的以景写情、景语即情语的山水田园文学、旅游文学(如游记)等,无论如何,这些讴歌大自然的文学,只是文学中的一类。因此,这类自然文学的研究为文学地理学的理论与批评体系的建构提供了无限的资源,但也不能把地理文学、自然文学的批评研究(所谓地理诗学的主要理论内涵)等同于文学地理学。当然,地理诗学属于文学地理学中重要内容、题中应有之义。不过,如果把地理诗学的内涵理解为等同文学地理学的意思,也无不可,但那就是另外一个问题了。

---

[1] 文载北京师范大学文艺学研究中心编:《文化与诗学》,2014年第2辑(总第19辑),生活·读书·新知三联书店2016年版。

[2] 〔法〕米歇尔·柯罗著,袁莉译:《文学地理学》,福建教育出版社2021年版,第120、120—121页。

其实,我们早在二十多年前就注意到上述的这些问题。我们认为,文学地理学是文学研究、文学理论批评研究和文艺学学科建设中的一门新兴的交叉学科,其中主要的交叉学科是文化地理学与文学社会学。文学地理学,与人文地理学一样,都是以"人地关系"为其科学研究的理论基础,但又有其学术研究与学科建构的特殊性,其主要研究至少具有三大理论向度:一是作家、作品、读者与批评者和地理包括自然地理与人文地理的关系;二是地域文学与文学的地域的关系;三是地域的文学与地域的文化、文化地理的关系。文学地理学当然要以文学诠释为本位,以"文学地理"为研究对象,不仅要研究地理及空间与作家、作品的关系,研究文学中的地理与空间问题,还要研究文学的"诗性地理"即文学想象、审美感知的地理、文学的空间诠释诸问题。因此,上述的要素说、交融说和地理诗学说,是包括在文学地理学之中的,是文学地理学的题中之应有义,只是如果用这三种说法的任何一种来取代文学地理学的全部理解,就具有误解的性质了。

其次,文学地理批评是中国古代文学批评史的重要传统,也就可以说是我们的重要文化传统。就此问题,谈谈我的认识。早在先秦时期,就已经发端并产生了丰富的文学地理批评思想,南朝卓越的文学理论批评家刘勰的《文心雕龙》,就具有深刻而丰富的文学地理批评思想,特别是他首次铸就的评论屈原等《楚辞》作品所提出的"江山之助"论,具有丰富而深刻的理论内涵。其《物色》篇说:"自近代以来,文贵形似。窥情风景之上,钻貌草木之中;吟咏所发,志惟深远;体物为妙,功在密附。""若乃山林皋壤,实文思之奥府。略语则阙,详说则繁。然屈平所以能洞监风骚之情者,抑亦江山之助乎!"[①] "江山之助"论持久而深刻地影响了其后的文学理论批评和艺术理论批评。作为我国北方文学和南方文学的源头《诗经》和《楚辞》的研究,特别是其中历代研究的经典著作,例如东汉郑玄的《诗谱》、南宋王应麟的《诗地理考》等,就包含着文学地理批评的内容。南北朝时期的颜之推,卒于隋朝初年,其祖籍是山东琅琊临沂,而他本人则是生长于建康(今南京),成人后先在梁朝为官,其后又入北齐、北周为官。因此,他对当时南北方文学的地域差异感受很深,在其《颜氏家训》中有多方面的论述,如其《音辞》篇和《文章》篇就有许多重要论述。《音辞》篇说:"夫九州之人,言语

---

① 范文澜注:《文心雕龙注》,人民文学出版社 1958 年版,第 694—695 页。

不同,生民已来,固常然矣。自《春秋》标齐言之传,《离骚》目《楚词》之经,此盖其较明之初也。后有扬雄著《方言》,其言大备。然皆考名物之同异,不显声读之是非也。逮郑玄注《六经》,高诱解《吕览》《淮南》,许慎造《说文》,刘熹(引按:同'熙')制《释名》,始有譬况假借以证音字耳。而古语与今殊别,其间轻重清浊,犹未可晓;加以内言外言(引按:内外指声之洪细),急言徐言、读若之类,益使人疑。孙叔言创《尔雅音义》,是汉末人独知反语。至于魏世,此事大行。高贵乡公不解反语,以为怪异。自兹厥后,音韵锋出,各有土风,递相非笑,指马之谕,未知孰是。共以帝王都邑,参校方俗,考核古今,为之折衷。摧而量之,独金陵与洛下耳。南方水土和柔,其音清举而切诣,失在浮浅,其辞多鄙俗。北方山川深厚,其音沈浊而钝,得其质直,其辞多古语。然冠冕君子,南方为优;闾里小人,北方为愈。易服而与之谈,南方士庶,数言可辩;隔垣而听其语,北方朝野,终日难分。而南染吴、越,北杂夷虏,皆有深弊,不可具论。"又说:"古今言语,时俗不同;著述之人,楚、夏各异。"上引颜之推的论述,王利器先生有详细的注释,这里就不详细解说。颜之推的这些论述,虽然讲的是文字学和语言音韵学的问题,但我们知道,文学是语言的艺术,不同地域文学的地域性特点与风格差异,常常就是与颜之推说的"音辞"问题直接相关。颜之推的上述论述,至少有三点与文学地理批评有关:一是所谓"夫九州之人,言语不同",此乃"生民已来,固常然矣"的实际情况;二是他列举历代有关音韵言词的研究著作作为实证,以之说明"音韵锋出,各有土风"的语言现象;三是指出南北方之人的声辞音韵不同,与"南方水土和柔"而"北方山川深厚"有关。颜之推在《文章》篇还提出"文章地理"的概念,他说:"文章地理,必须惬当。梁简文《雁门太守行》乃云:'鹅军攻日逐,燕骑荡康居。大宛归善马,小月送降书。'萧子晖《陇头水》云:'天寒陇水急,散漫俱分泻。北注徂黄龙,东流会白马。'此亦明珠之颣,美玉之瑕,宜慎之。"现在看,其批评意见并不正确,诗文中的这种地理描写是允许的。他又批评说:"凡诗人之作,刺箴美颂,各有源流,未尝混杂,善恶同篇也。陆机为《齐讴篇》,前叙山川物产风教之盛,后章忽鄙山川之情,殊失厥体。其为《吴趋行》,何不陈子光、夫差乎?《京洛行》,胡不述赧王、灵帝乎?"[①] 这些论述都可以视为中国古代有关文学地理批评的思想。

---

① 王利器:《颜氏家训集解》(增补本),中华书局 1993 年版,引文依次见第 529—530、545、292、286 页。

在六朝以后的中国古代诗话、词话、文话、戏曲与小说理论批评中,文学地理批评已经成为一种传统的批评意识和批评方法,深刻地影响着我们今天的文学理论批评和文学创作。国外文学地理学研究大要也可分为两个历史阶段:第一阶段,1842 年之前,可谓前文学地理学研究时期,代表人物有德国的康德、法国的孟德斯鸠、斯达尔夫人、丹纳等;第二阶段,1842 年迄今,明确提出文学地理学研究,主要有法国学者迪布依出版于 1942 年的《法国文学地理学》,费雷出版于 1946 年的《文学地理学》等著作①。据悉,国外有越来越多的当代学者关注文学地理学的研究。但如果我们深入考查,就会发现法国的文学地理学研究,大概从思想根源上说,也受到我国古代的方志学和地方志文献的深刻影响的②,这是值得充分注意的问题。

这里还想提一下法国学者罗贝尔·埃斯卡皮在其《文学社会学》(完成于 1958 年)中关于文学地理学与地方文学研究的意见,他说:"几年来,流行着文学地理学。也许不应该对它提出过高的要求:强调地理学,会迅速滑向地方主义,而从地方主义,又会滑到种族主义。我们则仅仅局限于利用出身地点这个原始资料,因为这已经足以澄清某些行将阐明的现象。"③地方主义和种族主义,当然是文学地理学研究中必须戒除的,但文学地理学是绝对不能局限于作家的出身地点的研究的。

最后,文学地理学的研究要注意地方文学的研究,要把大地理研究与微地理(小地理)研究结合起来。有比较才能有鉴别,是故先谈谈关于文学大地理的思考。所谓大地理和文学大地理说(理论与方法),可略加如下界定与概括:大地理就是一般意义上说的自然地理和人文地理、大的地理区域,包括洲(世界地理划分所谓五大洲四大洋)与洲际地理区域(如东北亚、东南亚、南欧北欧、南美北美等)、国别地理和国别地理中相对较大的行政区域或自然地理与文化地理上形成的地域(如中国的江南)等。

文学大地理研究的理论与方法,是指在文学研究中包括的如下六大方面研究内容与方法:一是探讨文学与地理相互辩证关系的具有普遍意义的一般原理;

---

① 参见〔法〕罗贝尔·埃斯卡皮著,于沛选编:《文学社会学》,浙江人民出版社 1987 年版,第 26 页。

② 参阅拙作:《略论文学地理学的过去、现在和未来》,载《文化研究》第 12 辑,社会科学文献出版社 2012 年版。

③ 〔法〕罗贝尔·埃斯卡皮著,于沛选编:《文学社会学》,浙江人民出版社 1987 年版,第 26 页。

二是探讨洲与洲际、国别的文学地理的总体特点等；三是从风土、空间、城市地理意象、某地理区域整体意象的美学特征出发，去研究这些方面与其文学地理、文学空间、风土艺术特征的关系等；四是洲与洲际、国别中的文学区域的划分与划分依据、文学地域特点等；五是运用地图学、统计学和现代网络技术的方法，总结分析洲与洲际、国别中作家的地理空间分布与流动变迁等课题；六是关于文学作品的产地与传播，即文本空间的生产与读者接受的空间等方面的研究。在研究方法上，既包括整体研究也包括总体研究，既具有历时性研究也具有共时性研究，但主要侧重进行共时性的文学空间研究。上述这六大方面，是从世界文学地理学研究的眼光看问题的，其实主要是一种理论上的分析总结，包含理论上的一种"理解"的假定、一种理论逻辑上的构想，并不是实际已经全部存在的文学地理学研究中的"事实"情况；就我们的具体研究而言，譬如可以限于中国文学地理学并以中国文学地理学研究为例。法国1800年出版的斯达尔夫人《论文学》、1865出版的丹纳《艺术哲学》中的有关文学与地理关系的研究，20世纪上半叶梁启超的《中国地理大势论》中有关"文学地理"的论述、刘师培的《南北学派不同论》中的《南北文学不同论》、汪辟疆的《近代诗派与地域》等，在我看来，都是属于文学大地理研究。

这几年，我在有关文学地理学学术研讨会上提出文学微地理的研究、微地理与文学空间的研究，引起学界的关注。微地理或者称之为小地理，这里说的"微"，就是"小"的意思，具有相对性与模糊性，是与文学的大地理、大数据的分析，文学的地域、地区、区域的整体与总体研究相对而言的。文学微地理(小地理)的研究就是指切入文学内部规律、文学文本的分析，因为文学的文学性主要就是具体的、形象的、感性的等品质属性；同时要强调的是，不仅仅是这种大地理和小地理是相对而言的，更重要的还在于要能够把大地理与小地理进行融合研究，当然也各有侧重。换句话说，文学大地理与文学小地理研究在实际研究与批评中是相互依存的，尽管具体到每篇每部的文学作品，譬如中国古代一首律绝或一首词作，对其诠释与批评，可能主要侧重文学微地理的研究，而对于某个特定时期作家的地理分布、作品类别的产地总结，以便分析某个区域的创作兴盛情况等研究，就主要采用作家分布、流动变迁的总体统计等文学大地理、大数据的理论与方法。微地理主要就是指现实世界中具体的小的地理场所或者说地点空间。

这个具体的微地理，从人的身份和社会阶层看，它可以是山林江湖的，也可以是庙堂魏阙的；从自然与人文看，可以是人化的自然场地，也可以是人类的建筑场所；从社会的现代化程度看，可以是现代大都市的一条街道乃至一间咖啡馆、一家商场，也可以是一个乡村乃至乡村的一个打谷场；从现代工业化历史看，可以是工业化社会以前或其后的城市地理中的或乡村地理中的具体场地场所；从其地理形态看，可以是陆地的，也可以是海洋上（岛屿、航船）的具体场地场所，总之，可以是人类在地球上活动的任何之所在。其表现在文学作品中的微地理，乃至以人类在地球上的生活经验而虚构出来的微地理，或是完全神话性的微地理，或通过现代媒体技术戏拟的微地理（如现在的有关网络文学作品），这种艺术化了的微地理，就是文学微地理。文学微地理研究其在理论上包含有场地、场景与场合三个核心的概念内容，并指示着这三个方面的有机诠释而形成整体的文学微地理与文学空间的理论与批评，这就是我提出的文学微地理说的基本内涵。运用此说可以从这一理论向度有效地诠释文学空间、古今城市文学地理及新媒体时代网络文学地理与空间等问题，甚至可以将之延伸运用至那些所谓"地域"完全隐遁的、消逝的文学作品分析之中——尽管这已经不是文学地理学主要研究的对象。

　　以上谈的几点内容，可能还不够成熟圆融；不是之处，敬请方家批评指正。

目 录

文学地理学研究

皖江文化研究

文学地理学研究

安徽古代作家的地理分布格局及其文学地理学问题

张岳林

安徽古代作家的地理分布格局如何？安徽作家的空间流动与文学历史建构究竟如何完成的？由于安徽建省是康熙年间才确立的，因此安徽古代作家的文学活动有没有内在的一致性，这是整体研究安徽古代文学必须回答的问题。梳理安徽作家的地理分布格局，分析其流动规律及其对文学史的影响，发现其中的内在关联，是描绘安徽古代文学地图、写作安徽文学史的必要前提。

关于作家（作者）概念，先秦我们采用广义的，即包含孔子的"述而不作"之作者，如皋尧、管子等；汉代以后则以有无作品流传，或史志、文集等文献有记载，包括参与知名作家的文学交流活动或有影响的文学事件等为依据。因此少量作家作品散佚，但仍统计在内，如宋代王回、黄莘等，唐以后则以文学写作的实际影响为准，避免过于宽泛。有争议的作家，则看其文化认同，如老庄的淮河文化认同等。

我们选择作家概念，是因为文学写作体现着作家的生命价值和对区域文化建设的参与。文学家则是经典写作者，居于文学史标杆位置，但那往往牺牲了文学生态的完整性与多样性。

梳理古代安徽作家籍属，从时间上考量，则采用长时段概念，分为唐前、隋唐五代、宋（元）、明、清几个时段。这不仅与中国文学发展大体同步，更能体现安徽文学自身生成、发展的特点，尤其是地理分布格局演变的特点。

一

我们采用图表和数据统计方法，地域区划以清代安徽建省为基础，兼顾历史文化区与现代行政区；安徽古代作家我们根据正史、文集、地方志、谱牒，并参照两种文学家辞典等文献，统计作家人数 653 人。而曾大兴《中国历代文学家之地理分布》统计安徽作家仅 320 人，远远不足以反映安徽古代作家数量及其分布的总体情况。本论文的统计结果见下表：

安徽古代作家地理分布统计表

文化区	州县	先秦	汉	魏晋南北朝	隋唐五代	宋	元	明	清	总计
	颍州府	3	3	17	13	8	4	3	4	55
	颍州									
	涡阳	1								
	亳县		1	13	9	1	3	3		
	蒙城	1	2	2			1		1	
	阜阳			2	4	7			1	
	颍上	1								
	太和									
	霍邱								2	
	凤阳府		3	20	18	7	2	12	2	64
	凤阳				5			12		
	宿州		1	17	4	1				
	定远									
	怀远		2	2						
	灵璧			1						
	凤台					6	1			
淮河	临淮									
	寿县				9		1		2	
	泗州		2				1		1	4
	泗州						1		1	
	五河		2							
	盱眙									
	天长									
	虹县									
	六安州	1		11		2		1	1	16
	六安	1		6		1				
	霍山			5					1	
	英山									
	太平					1		1		
	庐州府		1		12	11	3	3	13	43
	庐江				2		1			
	合肥				7	8	1	2	11	
	舒城		1		3	2				

续表

文化区	州县	先秦	汉	魏晋南北朝	隋唐五代	宋	元	明	清	总计
淮河	巢县							1		
长江	无为					1	1		2	
	和州				2	9			3	14
	和县				2	9			3	
	含山									
	滁州				2			3	6	11
	滁县							1		
	来安									
	全椒				2			2	6	
	安庆府				1	5		5	77	88
	安庆					1		1		
	桐城				1	2		3	65	
	怀宁								7	
	潜山					1				
	宿松							1	1	
	望江								2	
	太湖					1			2	
	池州				20	3	1	2	5	31
	池州				20	3	1	2	4	
	铜陵									
	东流									
	建德									
	石埭									
	青阳								1	
	太平府	1			1	4	1	4	7	18
	芜湖								4	
	繁昌									
	当涂	1			1	4	1	4	3	
皖南	广德									
	建平									
	宁国府				16	23	11	5	29	84
	宁国					7	1			
	宣城				15	16	10	4	15	
	旌德				1					

续表

文化区	州县	先秦	汉	魏晋南北朝	隋唐五代	宋	元	明	清	总计
皖南	南陵								1	
	泾县							1	13	
	徽州府				16	52	11	57	83	219
	徽州							3	1	
	绩溪					5		4	2	
	歙县			14		23	3	20	52	
	休宁				2	19	6	23	14	
	祁门					2		2	2	
	黟县					2			1	
	婺源					1	2	5	11	
山东	萧县		1		1				1	3
河南	砀山				2		1			3
湖北	黄梅					1				1
总计		4	9	50	104	124	32	100	231	654

二

结合上表的统计结果，分时段论述如下：

先秦4人：皋陶（葬六安）、老子（涡阳）、庄子（蒙）、管子（颍上）。

这是中国文化、文学的发生期，在思想、方法等方面，对安徽文化、文学乃至中国文化、文学的发生、发展影响重大。

汉代9人，分布在濉溪、怀远、蒙城、亳州、五河五个沿淮地方，全是沛国人。这显示沛国地区（淮河区域）作家兴起的地域性与承续性，以及全国性的影响力。

三国、西晋27人，分布在亳州、宿州、濉溪、怀远、萧县、临泉、六安。其中谯郡地区文学人才大兴，形成了当时的全国文学中心，作家人数居全国前列。同时呈现沿大别山向南延展的新变化。

东晋南北朝24人，分布在亳州、怀远、淮北、濉溪、灵璧、蒙城、临泉、六安、霍山、舒城、当涂，此时淮河一线仍居主导地位，但大别山庐江濡地呈兴起之势，呈现明显向南流动的趋向。当然，这与晋室东迁，此地成为北方向南迁徙的通道有关。总体上说，唐前安徽作家沛国（郡）人数占绝对优势，达到37人，在总数62

人中占比 59.68%^①。梁国蒙人 5 人,占比 8.06%。庐江六安 6 人,占比 9.68%。庐江霍山 7 人,占比 11.29%。以郡来说,谯郡以 21 人雄踞榜首。从其分布格局来说,安徽作家兴起于淮河流域,尤其建安魏晋时期,成为安徽作家影响中国文学史的最重要时刻之一,改变了全国作家分布格局。随着晋室南迁,安徽作家对贯通中国文学南北交流的通道做出了卓越的贡献。

隋唐五代 104 人,分布在亳州、凤阳、砀山、萧县、宿州、阜阳、合肥、寿县、舒城、庐江、全椒、和县、当涂、桐城、池州、宣城、旌德、歙县、休宁十九个州县。其中出作家最多的是池州(20),占比 19%,宣州(17)占比 16%,在中唐后形成了区域文学中心。皖南歙州 14 人,占比 13%,休宁 2 人。歙州作家的批量出现,说明北方人口南迁后对地域文化的改造与融合完成,安徽南北文化的沟通在徽州播种成功,为徽文化的发展奠定了基础。宣城则成为此后安徽诗学中心,一直延续到清代。

其他淮河地区亳州 9 人,钟离、濠梁(凤阳)2 人,砀山 2 人,萧县 1 人,宿州 4 人,颍州汝阴(今安徽阜阳)4 人。亳州延续了魏晋以来的文学传统,接续了"乐府"文学传统,仍然具有一定的影响力。

江淮之间合肥 7 人,寿州 9 人,舒州 3 人,庐江 2 人。沿江滁州全椒 2 人,和州乌江 2 人,桐城 1 人。合肥地区文学人才开始出现,标示着合肥登上了安徽文学的历史舞台。沿江地区文学的萌芽,则是为未来文学高峰的出现预作伏笔。

唐代安徽作家比较集中的地区是亳州、寿州、合肥、宣城、池州、歙州等地,形成了池州、宣城两个诗人群,在唐诗发展史上具有自身的意义。其总体特点是延续了东晋以来文学发展南移的趋势,如亳州、寿州等地不少是徙居本地的作家。不同于全国文学中心唐代再次回移北方,安徽作家此后一直以沿江和江南为中心,直至近代。

这说明,影响作家流动的主要因素,除了民族冲突、自然灾害等,政治影响在唐前影响较大,其中家族是政治的缩影;唐代以后则是经济、自然环境、人文环境等。得"江山之助"的沿江、皖南地域从此将发挥长时段的影响。

宋代 124 人,分布在亳州、凤台、宿州、阜阳、合肥、六安、舒城、无为、和县、当

---

① 参见张岳林、杨洋:《唐前皖籍作家的空间分布及其文学史意义》,《皖西学院学报》2018 年第 6 期,第 47—53 页。

涂、太平、桐城、安庆、潜山、太湖、贵池、宣城、宁国、绩溪、歙县、休宁、祁门、黟县、婺州、黄梅。

从作家分布地域来说，淮北：汝阴（今安徽阜阳）7 人，亳州 1 人，宿州 1 人。江淮之间：寿州（今安徽凤台）6 人，寿春六安 1 人，舒城 2 人，庐州合肥 8 人。沿江地区：无为 1 人，和县 9 人，太平 1 人，桐城 2 人，潜山 1 人，安庆 1 人，太湖 1 人。皖南地区：贵池 3 人，宣城 9 人，属县南陵等 7 人，宁国 7 人，徽州休宁 19 人，歙县 23 人，祁门 2 人，绩溪 5 人，黟县 2 人，婺州 1 人，蕲州黄梅（今属安徽）1 人。这显示了南方作家集中度的进一步提高。而且文学密度与文学高度正相关。如沿江张孝祥、梅尧臣、李公麟、方岳、程鸣凤等。北方吕公著家族成就较高，但主要在学术、应用文写作方面。其中宋词作家 46 人，出现了张孝祥、吕本中等重要词人。在全国词人分布版图上，位于第六位。[①] 但诗文显然仍是安徽作家关注的重点。而安庆、桐城一带作家开始活跃，为清代桐城文学高峰出现之伏脉。

金、元：32 人。分布在亳州、砀山、蒙城、四洲、淮南、寿春、合肥、庐江、无为、当涂、池州、宣城、宁国、歙县、休宁、婺源，籍贯不详的有 1 人。

元代安徽作家分布，淮北区域 6 人，占比 18.75%；江淮之间 6 人，占比 18.75%；沿江皖南 22 人，占比 68.75%。其中宣城 8 人、休宁 6 人，成为作家分布最集中的地区。从空间布局看，主要是唐宋以来分布格局的承续，但受到宋元易代的影响，作家人数明显偏少。这与安徽是金宋、元宋交锋的前沿，战事不断有关。

明代安徽作家籍属 100 人。分布在凤阳、亳州、合肥、巢县、滁州、全椒、当涂、太平、宣城、泾县、安庆、宿松、桐城、贵池、徽州、休宁、祁门、绩溪、歙县、婺源。其中超过同期全国平均数的是凤阳府、徽州府。[②]

明代安徽作家由于朱元璋的政治崛起，朱氏家族在凤阳出现了一个作家群，带来淮河区域一度的文学反弹。但安徽作家写作到明代中后期在沿江、皖南全面发展，人数占比超过 70%，南北作家之比为 1.8 : 8.2 左右，这直接影响到清代安徽文学的繁荣。同时，从安徽地域的整体性来说，安徽文学、徽文化正式形成，为今后的发展打下了坚实的基础。

① 具体人名及原因参见张岳林、杨洋：《唐前皖籍作家的空间分布及其文学史意义》，《皖西学院学报》2018 年第 6 期，第 47—53 页。

② 参见张岳林：《明代皖籍作家文学地图》，《黄山学院学报》2018 年第 4 期，第 48—52 页。

　　清代皖籍作家分布州县：萧县、蒙城、颍州、霍邱、泗县、寿县、定远、舒城、合肥、无为、霍山、和县、全椒、当涂、芜湖、南陵、宣城、泾县、太湖、望江、宿松、桐城、怀宁、青阳、池州、歙县、徽州、绩溪、黟县、休宁、祁门、婺源。作家总数为231人，约占全国的6.5%（高于全国平均数），分布在32个县（州），并以长江为中轴，总体上呈东西映照、由北向南流动的趋势。即淮河一线10人，占比4.3%；江淮合肥、六安一代13人，占比5.6%；长江沿线104人，占比45%；皖南宣城地区28人，占比12.1%、徽州地区83人，占比35.9%。[①]清代皖籍作家分布也呈密度与高度正相关态势，长江沿线分布最密，成就也最高，形成了沿江文学地带。桐城文派、桐城诗派、吴敬梓小说、施闰章宣城派成为标志性文学景观。

三

　　以清代安徽州府为基本坐标，以各州县历代作家数量为分析依据，可以看出作家生成与延续的一些基本规律，更可见其对安徽古代文化生成的影响。总体考察古代安徽作家的地理分布格局，可以看到其呈现的北疏南密，前少后多的空间格局。这不是静态的分布结果，更是动态的流动态势。安徽作家兴起于淮河区域，西晋之后往南迁徙，唐代开始沿江扩展，并在宣城形成了一个江南中心，至清代沿江发展为古代文学的最高峰。以此建构了一个先于中国文学中心南移（全国是在南宋时期），交通南北，勾连东西的区域文学版图。

　　统观各州府作家人数排名：徽州、安庆、宁国（宣城）、凤阳、颍州是历史上出作家最多的地区。各县排名是歙县112人，桐城71人，休宁64人，宣城60人，亳州30人，池州30人，合肥29人。这一排名结果体现了"安徽"形成的文化逻辑和历史地理意义。历史是时间在地域的累积，地理是时间的空间展开形式。安徽古代作家的地理分布格局，在空间上恰恰凸显了安徽文化内质的历史聚合过程。

　　这一过程是通过种种内在的一致性显现出来的。一致性是指事物各个部分具有内在的关联性、整体的有机性和运动的协调性。霍夫斯塔特说："形式系统的推理是严格按照规则，从已有的定义产生新的定理。……形式系统是一座由

① 　参见张岳林：《清代皖籍作家的空间分布及其流向》，《皖西学院学报》2017年第3期，第1—6页。

公理、定理通过规则结合成统一整体的蔚为大观的大厦。要使这座大厦能在狂风暴雨中巍然挺立，也能承受地震的考验，就必须满足一致性的要求。在这些定理中不能有相互矛盾、相互冲突的结果。否则这座大厦就会产生缝隙，从而使整座大厦倒塌。用逻辑学的语言来讲，一致性就是不容许在同一个系统中既出现一个判断为真的命题，又出现同一判读为假的命题。"① 因此，一致性是系统成为一个整体的基础。

从地域文学来说，一致性要求其内核的突出性、流变的承续性、形式的多样性、文化的向心性。由于安徽古代文化史跨度巨大，受到周边各文化区的多重影响，其表现出的一致性相对复杂。因此，就其历史发展特征看，这里可以把"一致性"置换为"向心性"，即安徽特定地域长时段形塑而成的文化趋同的过程性。

这表现在，一是文体选择的相关性。本地域作家创作会影响到文体的选择，尤其主流文体选择会呈现趋同性。老庄论说体、三曹诗赋、唐宋诗文、明清诗文等。以论说为例，老庄论说思辨性突出，具有诗化的特点，孔孟、墨子论语则重理，逻辑性鲜明。两相比较，判然有别。而曹植兄弟引领建安作家同题共赋，直接推动了赋体的革新。唐代吴少微致力古文写作，形成"富吴体"，引领中唐古文改革。清代桐城派则把古文写作发挥到极致，成就古文的绝响。显然，这里有一条若隐若现的脉线，贯穿安徽地域文学史始终。比较能说明问题的是，宋代安徽词人数位居全国第六，但在可统计的 124 位作家中，有词作的仅 45 位。元代杂剧是新的文学形式，但有元一代安徽剧作家仅孟汉卿一人。明代剧作家 8 人，在100 位作家中占比 8%。这些数据证实了安徽古代作家始终以诗文为中心的趋同性特点。甚至还有一个反例，楚辞是在安徽地域成熟的，但汉赋作家中很少有安徽本地作家。因此，从全国文学版图来看，安徽文学的这个特点是非常明显的。中原、齐鲁地区兴盛过大赋、杂剧；江南形成过小说圈、传奇中心。而安徽地域小说、戏曲等一直没有占据主流，恰恰一先一后出现过诗文中心。

当然，这一文体选择的趋同性不是走向僵化的，而是以不断创新为前提的。老庄对儒家的超越，曹操写出第一篇山水诗，三曹对四言、五言、六言、七言诗体的推动，吴少微对唐代古文的发端，李绅对中唐乐府诗的引领，吕本中对江西派的发现，吴敬梓的讽刺小说，桐城古文及其理论，等等。

---

① 乐秀成编译：《GEB——一条永恒的金带》，四川人民出版社 1984 年版，第 51 页。

其次是文学史上几种重要文体是在安徽作家的推动下,发展成熟的。楚辞传播于安徽地域,建安时期的四言、五言、六言、七言诗、咏物赋等,唐代古文写作,宋词,清代吴敬梓长篇讽刺小说,等等。

二是主题关注的相对集中性。同一地域的作家相互影响,前后相继,会影响到文学主题的生产。安徽古代作家的文学创作,在不同时段显现出主题关注的相对集中,这也是安徽地域文学写作的一个特点。老庄的求道;三曹的书写怀抱、生命、求仙等,组织同题共赋;唐代宣城、池州诗人群体的关注现实、书写个性、吟咏故乡山水;梅尧臣对宣城山水的流连,对日常生活的记录,对民俗风情的兴趣;清初宣城体的山水田园吟咏、关怀现实;桐城派的记游、交友、文论;等等。

文学总是地缘性的。相应的空间,面对共同的问题,历史文化传承,尤其家族、师友等的交集,会影响作家对文学主题的关注,形成一些公共性话题。个体则通过对公共话语的表达,而获得群体的相关性。如建安时期的同题共赋活动、同一地域的文人交友、唱和,明清文人结社、组织文会,家族内部的文学活动,明清家族中女性的文学活动,是造成主题关注度集中的重要原因。与此相关,唐代以来,安徽本地作家归隐有很多选择故乡,在故乡山水的流连中,把地域风景、乡土风情与个体精神旨归融为一体,成为古代隐逸文学的一道特殊风景。

三是地域文化内部眼界的趋同性。作家成长过程中,受地域文化影响,会形成特定的地域眼界。虽然,这一眼界在作家创作发展过程中会有一定的调整,但基本的看世界方式不会改变。安徽作家兴起于淮河地域,深受淮河地域文化影响,从而形成了不同于中原的地域眼界。相对黄河中下游的华夏部族,淮河安徽地域的原住民是分支旁族。历史上这里被称为"东夷""淮夷""徐淮夷",这显示了相较中原[①]的边缘地位。顾颉刚认为,淮夷原来居住在今天的鲁东之潍水流域,潍水古名"淮水",可见,"族名和水名出于一源"。"现今的'淮河',这个名词乃是由山东南移到江苏、安徽和河南去的,因为周代几度东征以后,有一部分淮夷被迁徙到那里,水名就被带过去了。"[②]从汉语词源上说,"夷"就有少数、边缘的含义。周朝分封诸侯,相对于姬姓,安徽淮河地域居民是"夷"的身份,如"陈国,今淮阳之地。陈本太昊之虚(墟),周武王封舜后妫满于陈,是为胡公,妻以元

---

① 参见顾颉刚:《徐和淮夷的迁留》,中华书局编辑部编:《文史》(第三十二辑),中华书局1990年版。

② 顾颉刚:《徐和淮夷的迁留》,中华书局编辑部编:《文史》(第三十二辑),中华书局1990年版。

女大姬。妇人尊贵,好祭祀,用史巫,故其俗巫鬼。《陈诗》曰:'坎其击鼓,宛丘之下,亡(无)冬亡(无)夏,值其鹭羽。'又曰:'东门之枌,宛丘之栩,子仲之子,婆娑其下。'此其风也。吴札闻《陈》之歌,曰:'国亡(无)主,其能久乎!'自胡公后二十三世为楚所灭。陈虽属楚,于天文自若其故。"[1]随着楚国东扩,此地入楚。而楚国在春秋早期时也属蛮夷。由此,安徽淮河地域形成了早于楚,又被楚同化的地域文化。故班固说:"越、楚则有三俗。夫自淮北沛、陈、汝南、南郡,此西楚也。其俗剽轻,易发怒,地薄,寡于积聚。"[2]把淮河地域等同于楚地了。

重要的是,这是不同于中原文化,具有鲜明地域特色的文化。务实、尚用而又灵活多变,直至超越中原文化,包容中原文化,如老庄学派。淮河地域水患不断,一直是兵家争战之地,故重事功、实际、死亡、迁徙、游仙、鬼神传说等,在受北方文化影响的同时,却有自己的选择,这就形成了一种"内部眼界",向下,直面大地,同情弱者,富有批判精神,又具有超越性。

这从思想上说,老庄回归自然的思想,已包含对儒家礼教秩序的否定与超越。管子曾经经商居四民之末,却从管、蔡小国走向齐国政治中心,在公子纠失败后,为政敌所用,其"重法""任法",重视实际的思想,显然也与其边缘、向下的眼光有关。而这一思想方法对老庄思想是一种补救。即老庄思想为皖人提供了超越的眼光,管子思想为皖人提供了解决现实问题的办法,两者结合,以创新解决现实问题,从而成为一种不同于中原文化偏于守成的方法。这使得古代安徽地域人民中的先行者往往能既超越传统、扬弃成规,又善于吸纳各种有益的思想、方法,勇于创新,解决面对的现实问题。桓谭反对"谶纬"迷信;曹操"唯才是举",革除政治弊端,积极实践,慷慨悲歌;直至胡适提倡白话文,陈独秀宣传新文化,安徽人的"内部眼光"显现出了深在的一致性,即关注现实而敢为天下先。

当桓谭掌乐府时"凡所典领倡优伎乐,盖有千人之多也",其中很多以地方命名的器乐、歌唱,像沛歌、陈吹、淮南鼓、江南鼓、楚鼓,等等。这不仅是思想观念问题,也是地域文化眼光的问题。他被指责的"数进郑声,以乱雅颂","实际是恒谭把安徽淮北一带家乡民间音乐糅合在古琴演奏之中,在原有的琴曲基

---

① 班固:《汉书》卷二十八《地理志》,中华书局 1962 年版,第 1653 页。
② 司马迁:《史记》卷一百二十九《货殖列传》,中华书局 1959 年版,第 3267 页。

础上,改进、创作,而成为带有民间音乐风格的新曲作品"。"恒谭还有意识从民间文学如民谣谚语中吸取营养,这与他有意识学习民间音乐以求创新是一致的"①。曹操对乐府的继承与改造、对各种技艺的兴趣,对现实的关注等也是基于同样的逻辑。

如对死亡的认识,儒家说"不知生,焉知死",司马迁说死"或重于泰山,或轻于鸿毛",都忽视了死亡本身的悲怆。但曹操说"吾起义兵,为天下除暴乱。旧土人民,死丧略尽,国中终日行,不见所识,使吾凄怆伤怀"②,发出"白骨露于野,千里无鸡鸣"的浩叹。故建安时期死亡关注成为重要的文学主题,其中灾害赋创作一时兴盛,创作最多的是曹植(三篇)、曹丕(两篇),这显然与他们的地域文化眼光有关。

唐诗史上李绅最早写作乐府诗《悯农》,宋代梅尧臣展现完整的乡村风俗,明代汪道坤大量为商人作传,清代方苞《狱中杂记》以切身的感受写囚犯的不幸,等等。

唐宋直至明清,安徽地域作家的这一内部眼界虽有不同的变化,但主体特征仍在。朱熹理学是融合了儒、释思想而建构的,徽商文化也是把程朱理学与陆王心学加以融通而自我合成的。现代徽文化注重现实,融通百家,注重创新而不废重传统的特点也是在此基础上发展出来的。

另一方面,安徽地域的作家世代都有一种本土认同意识,如曹操父子的乡土之思、朱元璋的"淮右"之述,以及明清皖籍文人编辑的大量的家谱、族谱,《新安名族志》《新安学系录》《桐城耆旧传》等,在乡土认同中已包含明确的建构谱系意识。这是安徽文化形成内部眼界的基础。

四

相关文学地理学问题:

一、文学总是地缘的,是在特定地域发生的。安徽古代作家兴起于淮河流域,就是淮河地域文化的必然。作为中华文化成熟、壮大之地,淮河中下游是先

---

① 陈友冰:《安徽文学史》第一卷,安徽文艺出版社 2013 年版,第 49 页。
② 陈寿:《三国志》卷一《魏书·武帝纪》,中华书局 1959 年版,第 22 页。

秦中国文化的主要发生地,儒道两家皆盛行于此地,从而成为贯通中国文化的核心枢纽。安徽古代作家从这里走向中国文化中心,创造了辉煌的文学成果,深刻影响了中国文学的发展。此后,由淮河流域到沿江皖南,贯通中原与江南,并勾连东西,形成了中国文学地理的一条重要通道,促进了南北文化、东西学术汇通,加之地域文化的特殊性,最终在长江之畔桐城完成了中国古代文学地理的一次会聚。尤其安徽古代文学地理在长时段的内聚中,形成了以诗文为中心的历史承续性。因此,表面看安徽地域古代作家的文学活动时断时续,但是有内在的联系的。先秦老庄等充当了这一通道的桥头堡,桐城古文则是这一通道的收官者,其他如三曹诗歌、嵇康乐论、梅尧臣诗歌、宣城派、徽商文学等的先后登场,使这一通道贯通无阻。由此考量,甚至时间具有一定变数,而地理却往往是不变的。

二、区域文学地理小传统勾连文学地理大传统。先秦老庄学派、建安三曹、宣城派、桐城派等,既是地域文学小传统,又贯通着文学大传统,从而深度影响着文学的发展。其中,地域性具有重要的意义,即地域文化与文学传统是其产生的基础,并形成其主要的特色;同时,又影响全国,推动了文学大传统的发展。

三、文学成就与作家分布密度的对称与不对称性。安徽古代作家的地理分布密度,从文学成就来说,有对称性,也有不对称性。先秦、魏晋时期,作家的分布密度与文学成就呈正相关;唐宋至明清时期,则不完全对称。唐宋以后,由于文学活动的制度化(科举)和经济发展等因素,安徽作家数量大幅度增加,甚至出现影响百年以上的文学活动,如宣城派和桐城派,但文学成就则呈现不平衡性。如清代最有影响的吴敬梓,其文学成就主要是个人性的。

四、安徽地域由于地处中国文化萌生的腹心地区的边缘,往往处于南北文化碰撞的锋面和文学嬗变的前沿,故本地作家因地生发,能吸纳各种先进文化,使得本土文学发展常常具有高峰性。这表现为:一是富有创新精神,二是善于融合各种文学形式,三是催生、发展了多种文体。总之,安徽文学地理的这些特点表现出的是时间的断续和空间的聚和,即内层的内聚性和外层的开放性。从文学史的表层看,安徽地域古代文学没有连续性的脉络,但深层的透视就会发现,安徽地域文学具有高度的向心性(诗文中心)。按照邹建军的观点:"对于文学来说必须具备的因素,就是我们所说的文学的地理基础与空间前提,即任何作家与作品以至于任何文学现象都产生于特定的地理环境,并且是特定时间里的地理环境。"① 那么,安徽地域地理环境的核心地理因素是什么? 在淮北平原、江淮丘陵、沿江及皖南山区的地理要素中,我们以为河流显然居于核心地位。即作为中国文化、文学南北交流的通道,是以"河流"的地理表征为标志的。安徽北部有淮河,南部有长江,还有大量的支流构成发达的水网。早在春秋时期,淮河与长江之间就通过巢湖勾连起来了。至于皖南山区,徽商由山路走向四面八方,早已被徽商变成流动的"路"。

而河流的地理特性就是流动性、交通性、容纳性,这与安徽地域古代文化的特征是高度吻合的。从地理因素来考量,安徽古代作家分布以河流、山区最密集,江淮中部地区相对稀少。如唐代以前可统计的 62 人中 60 人属于淮河地域,占比 96.77%。唐代至清代,长江及皖南地域作家占比也是越来越高。梅新林认为影响作家分布与流动的主要是城市与河流,但从安徽来看,曹魏的邺下、淮南王刘安的淮南、朱权的南昌固然算重要的都市,其他大量的作家分布与河流(路)关系则更密切,这是安徽地域文学地理的一个显著特点。

从文化、文学发展来说,安徽地域初始之音"南音"是与大禹治水联系在一起的。《道德经》中存在大量"水"之喻,庄子"曳尾于涂",曹操写出第一篇山水诗,等等,不胜枚举。可见"水"在其中的重要意义,"水"已是一个代表性的文化、文学意象。

另一个重要的问题是地域的独立性与区域的相互关联性。安徽地域在清代康熙以前不是一个统一的、独立的行政区,而是隶属周边的州郡,如汉代的徐州、唐代的扬州等,这与齐鲁、巴蜀、中原、关东、岭南等地自然地理与行政区划相对统一不同。胡阿祥提出以文化区研究来处理作家分布问题,他把魏晋时期全国分为十个文化区②。安徽淮北划入河淮文化区,淮南为单独的文化区。这一划分方法有其合理性,如齐鲁文化区、巴蜀文化区,但对安徽地域的划分就不合理了。淮北、淮南虽然有区别,但仍属于淮河文化区,有内在的统一性。甚至从中国文化来说,淮河文化与黄河文化并不是等值的。有学者认为,从中国文化起源来说,淮河地域是一个源头③。重要的是,黄、淮地域在不同时段在中国文化、文学中的地位并不相同。比如建安时期,淮河地域文学居于领先地位,晋以后则逐渐平

① 邹建军、周亚芬:《文学地理学批评的十个关键词》,《安徽大学学报》2010 年第 2 期,第 36 页。
② 胡阿祥:《魏晋本土文学地理研究》,南京大学出版社 2001 年版,第 68 页。
③ 陈立柱:《淮河文化研究的现状与反省》,《学术界》2016 年第 9 期,第 158 页。

淡。而淮南文化区单列，具有独立性，文学成就却无法与淮北地域相比（单列的意义反而有限）。因此，这提醒我们，文学地理学研究，特定地域既有自然地理区域，也有历史地理区域（文化区），还有行政区，这三者是互为关联的。安徽淮河地域的文学地理，恰恰通过行政区划得以凸显，这正说明历史与人文、自然的统一。历史上，安徽本土文化不是强势文化，常常受到周边文化的影响，如齐鲁、吴楚等，因此，安徽地域在行政区划的分合中，正能体现历史的过程性和空间的聚合性。

因为，安徽地方各历史时期隶属不同州郡，造成文化边界的模糊，这反而有利于空间的延展和与周边文化的碰撞。安徽三个区域没有统一的文化形态，反而容易超越单一文化而融入更大的地理空间，以其地理的开放性成为中华大地理的组成部分。安徽古代地理区划的变动，恰恰体现了这种开放性和全局性，这使得安徽地域包容多种文化，而成为中国文化南北融合、东西交汇的文化通道。甚至成为这一文化融合的加速器，如楚文化在安徽的发展。

这样，安徽在文化上由三个亚文化区组合而成，是建立在行政区划基础上的地域文化联合体，即一个包容性的跨地域文化共同体。

历史的看，行政区一直是一种强力影响文化发展的力量。从夏商周分封制的文化同构，到文化区自成体系后的政区变动，到现代政区控制性的文化的强势影响，这是地域文化发展不可忽视的力量。何况政区划定一直受到地理条件的影响，如河南河北、山东山西等。其对文学也有直接的影响，现代京派文学的存在正可以说明这一问题。因此，行政区划有行政区划的文学地理意义。在中国地图上江苏与安徽地理特点类似，但江苏缺少东西勾连的地理空间，而这是安徽文学地图最为独特之处。

安徽文学地理由此显现出文化通道的交通性和政区分合的交融性，以及本土文化底色的醇厚性。以淮河水文化为根，切合中原文化，吸纳江南文化而形成的新的文化通道。有学者把安徽文化分为三个区域，分别以"平原""水""山"为其象征符号①。就这一象征对淮北、沿江、皖南地域的突出特征指涉来说，有其意义，可以指出安徽文化生态的多样性。但这不能揭示三个地域文化的内在联系性及其聚合过程。从历史发展来说，徽文化的成熟是中原、淮北地域人口南迁

① 杨义：《文学地理会通》，中国社会科学出版社 2013 年版，序言第 3 页。

与当地土著融合发展出的①,其文化基础仍是儒家文化,尤其朱熹理学。有意义的是,徽商文化是对理学创造性的继承,是在宗族文化的基础上,从自身发展的需要而吸纳多种思想资源形成的。包容性、创新性是其主要特征。②叶显恩认为:"徽商文化以破'荣宦游而耻工贾'、立尊商重利、倡导'新四民观'为基石,把互有抵牾的明代程朱和陆王两派糅合起来,以程朱的官本位为依归,以陆王尊商的立教为本,使官商互济。贾而好儒与贾儒结合为其特色。崇奉'勤'与'俭'为必尊的信条,养成'徽骆驼'精神。以诚信为本,诚信可通天理为其商道。利以义制,用义抑制狡诈,取财符合天理为其商业伦理。创新精神是徽商文化的灵魂。徽商创新精神尤其表现在敢于引领潮流,参与16世纪西方向海洋挑战的行列,称雄东亚海域,掀起了海洋贸易的第一波,为徽商文化打下了深刻的海洋文化的烙印。"③徽文化与徽商文化当然具有一定的同构性。徽文化坚守了"道"(儒道、人道)的价值追求,徽商文化则发扬了技术操作的手段,这是安徽古代文化最终生长成统一体的内在机制。

再从文学的流动来看,安徽的文学版图也具有流动的特点,是行走的文学地图。安徽地域在汉代是楚辞传播的再生之地,楚辞是行走到安徽才真正走向全国的。古文早在初唐就得到安徽作家的关注,延续到清代桐城派,同样是行走的,是不拘于一地的,所谓"人不必桐城,文章则不能外于桐城"(陈衍:《赠桐城姚叔节序》)。而徽文化在徽州的壮大,徽商走遍天下,直至海外,表现出流动的活力。

这当然涉及本土作家与外迁作家的关系。文学史上孔子之陈、楚辞入皖、裴松之等迁居安徽、谢朓发现宣城,李白、白居易、欧阳修、苏轼等众多文学家在安徽游览、做官,写下大量文学作品,这是文学流动性的重要显现。他们的文学活动给安徽文学地理带来了活力。

而元代安徽作家地理分布及数量统计显示,民族冲突似乎没有带来文化的活力(杨义认为民族冲突可以带来文化冲突的边缘的活力④),元蒙政权的建立对安徽地区文学是摧毁性的,这又揭示了什么文学地理学问题?可见异质文化相互碰撞不一定带来活力,还要看两种文化各自的性质,差异性与互补性。元蒙

① 朱洪:《皖江文化的特点——与淮河文化、徽州文化比较》,《学术界》2008年第5期。
② 卞利:《宋明以来徽州血缘身份认同的建构与强化》,《安徽大学学报》2019年第2期。
③ 叶显恩:《论徽商文化》,《江淮论坛》2016年第1期,第5页。
④ 杨义:《重绘中国文学地图通释》,当代中国出版社2013年版,第144页。

文化与中原文化的冲突不是互补的文化,故这种碰撞带来的要么是破坏,要么是被同化。从汉文化胡化的历史看,汉文化主动地吸纳和创造性地改造胡文化,才能带来文化发展的活力。

以上我们通过统计安徽古代作家数量,以及地理分布特点分析,建构起一个安徽古代作家的谱系,并描绘出作家分布格局,这已见出安徽古代作家队伍的盛况。故胡玉坦序《安徽通志》说:"从来作史必采方志,而撰志必先人才,不采方志则史失之荒。故孟坚地理志、吉甫郡县志,风土所关不厌详尽也。不先人才则志失之陋。故后汉三国志、五代列国志纪传所编,独得要领也。方言下及刍荛,辟典竞推贤俊,可见一志之成,无不以人才为汲汲者。第才之生亦极难矣。造物生才,原不择地。然才之生与不生,或间生或并生或散布而生,或合并而生,胥视地脉之兴衰,以验人才之消长。地灵者人杰,此理灼然有可据者。今观夫皖省通志,而叹人才之盛。盖自与江南分志后,至此大发其光者也。"[①] 这是安徽得以生成的内在文化逻辑。

作者单位:皖西学院文化与传媒学院

---

① 何治基等:《安徽通志》(光绪三年重修本),台湾华文书局 1976 年版,第 8 页。

安庆作为桐城派的一个文学空间

叶当前

按师承梳理桐城派文人，能够看出学案式发展史；按籍贯分，能够发掘人物地理分布图。张小龙硕士学位论文《桐城派人物时空分布研究》划定时间空间坐标，将刘声木《桐城文学渊源考》中的文人置于相应象限，立体建构桐城派古文家历史地理分布图，直观呈现出桐城派发生、发展与传播的一些规律[1]。学术界更多从家族传衍、师门传承、选本传播、书院授受等方面分析桐城派古文的传播与传承，不乏高质量成果。拙作《康邸：桐城派的一个文学空间》一文[2]，在传统家族、籍贯、师承等研究之外抓住文人流寓与文学活动的关系，试图从城市空间或建筑空间考察桐城派文学活动，算是研究路径的一种新尝试。

桐城派因早期古文家授受谱系出于桐城而得名，故桐城一直是本领域研究的重要地点，也是现代桐城派田野考察的必到之地。《道光桐城续修县志》"舆地志·疆域"明确桐城地界："桐城疆域东南广而西北狭，东至庐州府无为州界二百里，南至怀宁县界七十里，西至潜山县界六十里，北至庐州府舒城县界五十里。东南至池州府贵池县界一百六十里，西南至潜山县界六十里，西北至舒城县界三十里，东北至庐州府庐江县界五十里。自县治至府治安庆省会一百二十里。"[3]清代桐城疆域很大，包括今天的桐城市、枞阳县、铜陵市郊区部分、安庆市宜秀区部分等区域。当代桐城派地理分布与地域文化研究，均从以上疆域出发，是符合历史地理实际的。宋代安庆设府，桐城隶属安庆；后代虽屡有变革，但桐城作为安庆府属县，相对稳定。安庆作为桐城派的一个城市空间，桐城派文学活动时间线索清晰；安庆作为清代乃至民国安徽省省会，政治中心地位亦决定此地是桐城派文学史上不可绕过的地理存在。清代历史上，到安庆任省级官员的桐城派文人有陈大受、康绍镛、邓廷桢、曾国藩、孙衣言等。他们邀请文人入幕，一批桐

---

[1] 张小龙：《桐城派人物时空分布研究》，安徽大学硕士学位论文 2016 年。

[2] 叶当前：《康邸：桐城派的一个文学空间》，蔡家齐主编：《岭南学报（复刊第十六辑）》，上海古籍出版社 2022 年版，第 61—76 页。

[3] 《道光续修桐城县志》，载《中国地方志集成·安徽府县志辑（12）》，江苏古籍出版社 1998 年版，第 277 页。

城派文人或坐馆授徒，或入书院主讲，或任幕府文史，虽然断断续续，但安庆确实成为桐城派文学活动的一个重要城市空间。故不揣浅陋，从游宦安庆的地方官入手探讨安庆作为桐城派文学空间的一些表征，就教于方家。

一、陈大受在安庆

陈大受，为方苞高第弟子。《桐城文学渊源考》："陈大受，字占咸，号可斋，祁阳人。雍正癸丑进士，官协办大学士，谥文肃，师事方苞，受古文法，其为文不务声华，原本性情，义正词醇，恪守方苞轨范。撰《陈文肃公遗集》二卷。"①《可斋府君年谱》乾隆四年己未（1739）条记："十一月钦点武英殿读卷官，旋奉旨补授安徽巡抚。……十二月初二日起程。……二十七日抵皖接印视事。"乾隆五年庚申（1740）条又记："府君闻虞山进士陈君祖范品学兼优，聘主敬敷书院。生童多所造就。又于政事之暇，观风各郡，阅课文艺，手自点勘，次其甲乙，文风大振。"②可见陈大受为安庆文学发展作出了一定贡献。陈文骔于安庆寻访陈大受遗文，得《重建安徽省城火神庙碑记》《桐城方氏创建金陵教忠祠碑记》，光绪二十六年正月志其始末，可见陈大受与桐城方氏的密切关系："骔自幼见望溪先生手书，嘱先文肃公撰《教忠祠碑记》，既欲读此文。乃阅四十年，历十余省，遇桐城方氏辄问讯，而卒无知者。……后经桐城方先生莘田询知，祠在清凉山下，栋宇尚存，问诸守者，犹知有先高祖碑记，而断碎沉埋，不复能见只字。莘田复访于其族有留录碑文者，钞而贻余。……又于《怀宁志》见先公所著《重修火神庙碑》文，是得之意外者。"③方苞《教忠祠规》《教忠祠祭田条目》《教忠祠禁》存方氏家训，陈氏《碑记》记叙教忠祠兴建始末与大义。二者对读，可见桐城派师门礼教思想。当然，陈大受到安庆任安徽巡抚时，桐城派尚未形成，他自然不可能有意识传播桐城古文。至于其致力敬敷书院工作，亦属本职所在。但陈大受作为后期追认的桐城派弟子，其文学活动影响到敬敷书院诸生及安庆文风，客观上掀开了安庆作为桐城派文学空间的序幕。

---

① 刘声木撰，徐天祥校点：《桐城文学渊源考　撰述考》，黄山书社1989年版，第111页。
② 陈辉祖：《可斋府君年谱》，载《北京图书馆藏珍本年谱丛刊（第97册）》，北京图书馆出版社1999年版，第356—363页。
③ 陈大受：《陈文肃公遗集》卷二，载《清代诗文集汇编（二九七）》，上海古籍出版社2010年版，第279页。

二、康绍镛与李兆洛在安庆

　　康绍镛是姚鼐弟子,《桐城文学渊源考》载康氏"师事姚鼐,受古文法,博涉经史,究心经世,长于奏议,当务达情,不为饰说"①。《清史列传》卷三十三本传记载了其到安庆为官的时间节点:"(嘉庆十九年)七月,迁大理寺少卿。寻外迁安徽布政使。……二十一年四月,擢安徽巡抚。……(嘉庆二十四年)四月,调广东巡抚。"②据此可知,康绍镛曾于嘉庆十九年至二十四年间(1814—1819)在安庆为官,治狱赈恤皆有政声。其间邀请李兆洛坐馆,或为稍后在广州刊刻《古文辞类纂》打下基础。蒋彤《武进李先生年谱》载嘉庆二十三年(1818),李兆洛于"春正月进皖省课康公子竹吾、兆奎二子",次年为康竹吾制铜刻漏,又以康氏调任广东,遂主讲敬敷书院③。《桐城文学渊源考》谓:李兆洛"师事姚鼐,受古文法,又与毛岳生、吴德旋、董士锡、吴育、姚莹等友善,以文学相切摩,其为文,取材宏,研思沉,情性融怡,事理交融,自谓气弱故不争,文取达意"。补遗则谓李氏"私淑姚鼐,自恨不得在弟子之列,好学深思不亚张惠言,论学无汉宋,惟以心得为主"④。李兆洛任凤台知县,嘉庆甲戌(1814),以奉讳去官,"其明年,以官事羁留皖江",在安庆的文学活动尤其频繁。其《次韵石甫感怀之作》以下系列叠韵诗后跋记有与地方官吏唱和的盛事:"时周石甫及吉甫丈同以奉讳留省垣。石甫寓城南某寺,有沙弥小颠从之学诗,时有唱和。而芝房亦以省侍在焉,与卢湘槎明府及其幕下士李宝之往来过从相善也。石甫作《感怀》诗见示,因次韵答之。已而遍及诸同人,诸君亦相继属和。"⑤李氏此期还订正《怀远县志》,撰《送贵州巡抚韩公序》送时任安徽布政使韩克均调任贵州巡抚;还制墨并撰《自制方墨铭》,周绍良释其墨铭,并考证此墨制于安庆主讲敬敷书院期间⑥。李兆洛又携生徒与二子游浮山,《游浮山记》谓:"今年馆合河抚军署,阅《刘海峰集·浮山记》而羡

---

① 刘声木撰,徐天祥校点:《桐城文学渊源考　撰述考》,黄山书社1989年版,第171页。
② 王锺翰点校:《清史列传》,中华书局1987年版,第2592页。
③ 蒋彤:《武进李先生年谱》,载《北京图书馆藏珍本年谱丛刊(第131册)》,北京图书馆出版社1999年版,第64—65页。
④ 刘声木撰,徐天祥校点:《桐城文学渊源考　撰述考》,黄山书社1989年版,第275页。
⑤ 李兆洛:《养一斋诗集》,载《清代诗文集汇编(四九三)》,上海古籍出版社2010年版,第466—467页。
⑥ 周绍良:《蓄墨小言》,北京燕山出版社2007年版,第283页。

之。浮山在桐城,距怀宁既近,而大令为同乡吕丈幼心,愿为东道主。遂以九月十日率竹吾、守之暨二子颢、愿往。"末署时间款"是岁岁在戊寅嘉庆二十有三也",即是坐馆安庆时期。刘大櫆《游浮山记》长文按照空间顺序,移步换形,描写浮山胜迹与自然风景,成为李兆洛师徒据《浮山志》实践教学的对照读本。康守之问:"微海峰文,吾党不至斯山矣。观于山,觉海峰之文亦少褒焉。窃惜天下之山之类于此山者之不遇海峰也。"李兆洛说:"是子因海峰之文,而过望于斯山也。人之情欣于暂遇,则耳目为改,有逆设之心,则逼之者难。向令无海峰之文,而吾党于游历之处,骤获此境,有不惊喜过望,津津道之,惟恐其不尽者乎?且夫文者,所以达情也。有其情之所偏契,而耳目亦因之而异者焉;亦有情在于彼,而境有所会假于文以寓之者焉。而子欲以子之情律海峰之情也。"① 可见,此次活动,即是一次桐城派文人生动的教学案例。李兆洛在康绍镛赴任不久后即应约赴粤东,十余友人相送,饮别于枕芸书屋,同行者又有邓传密。邓氏为邓石如子,师事李兆洛最久,入《桐城文学渊源考》,可略推李兆洛在安庆的文学影响。

或许正是安庆的文学交游,加深了李兆洛对桐城派的认识。故到广东后,李兆洛即应康竹吾意取《古文辞类纂》校阅付梓。然而,康绍镛与李兆洛在安庆的文学交游见诸记载者不多,康氏作为安徽地方大员,依托幕府传播桐城派古文的事迹亦不显。李兆洛校阅《古文辞类纂》的同时选录《骈体文钞》,表现出骈散并重的文学思想,其徒康竹吾、康兆奎及自己的两个儿子文学思想或许随之转变,故此四人均未入《桐城文学渊源考》。综合上述看,康、李在安庆的文学活动,当是桐城派以安庆为文学空间的标志性事件。

三、邓廷桢及其安庆幕府

邓廷桢,"师事姚鼐,肆力于诗、古文词及古音韵学,所得尤深"②。道光六年(1826)起任安徽巡抚,至道光十五年(1835)秋九月擢两广总督,抚安徽十年。其间文学活动非常丰富,尤其重视刻书与书院建设。据《邓尚书年谱》记载,道光七年刻桐城方绩《屈子正音》三卷;道光八年重刊萧山汪辉祖《佐治药言》《学

---

① 李兆洛:《游浮山记》,载《小方壶斋舆地丛钞(第四帙)》,清光绪上海著易堂铅印本,第179页。
② 刘声木撰,徐天祥校点:《桐城文学渊源考 撰述考》,黄山书社1989年版,第170页。

治臆说》二书,分赠僚属;聚集人才修成《安徽通志》,留意敬敷书院人才培养;道光十二年重刻汪志伊《荒政辑要》颁发各地;道光十三年夏五月刻管同《因寄轩文集》十六卷,补遗一卷,并作序;又为上元陈懋龄勉甫刻《算学》等书[①]。十年间,邓廷桢幕府亦聚集大批桐城派文人,你来我往,安庆一时成为桐城派最繁华的文学空间。《年谱》记载:

先是,陶文毅公澍为巡抚,奏请创修《安徽通志》,未几调任江苏。及公至,理前绪而恢之。是年夏六月书成,奉旨交部议叙。时公幕中人才甚盛,如上元梅曾亮伯言、管同异之、汪钧平甫、马沅湘帆、桐城方东树植之、阳湖陆继辂祁孙、长洲宋翔凤于庭,皆其卓卓者也。又常颜其堂曰"八箴"。公余之暇,与诸名士讲艺其中,风流文采,照耀江左。管同有文记之。安庆敬敷书院为人士荟萃之区,公尤留意培植。试之日,集诸生于院署,手评其文而面教之。尝以"秋海棠"命题课士,江宁侯青甫广文云松特绘图以纪其事。[②]

邓廷桢、梅曾亮、管同、方东树、陆继辂等皆嘉道时期桐城派中坚人物,八箴堂一时成为桐城派文学交流的重要建筑空间。梅曾亮《青嶂堂诗集序》亦记会食八箴堂之盛况:"每辰巳时见属吏,议事毕,会食八箴堂。时管异之、马湘帆、汪平甫俱在坐,方植之亦时来,和章联句,诙调间作。午过,入斋阁,治文书。日晡后会食。漏一下,各散去。日以为常。"梅曾亮也盛赞邓氏巡抚安徽时的文学活动,感叹自己生平酬唱之乐少有及于其时的,评曰:"盖公之抚安徽也,十年矣。其总督两广、闽浙,皆不能如安徽之久且多暇也,故诗于是时为最盛。事会迁异,风流云亡,欲如文毅及公安徽时之民和政优、讲论文事,虽名公卿而建幕府者,今

① 邓邦康:《邓尚书年谱》,载《北京图书馆藏珍本年谱丛刊(第 135 册)》,北京图书馆出版社 1999 年版,第 145—152 页。
② 邓邦康:《邓尚书年谱》,载《北京图书馆藏珍本年谱丛刊(第 135 册)》,北京图书馆出版社 1999 年版,第 146—147 页。

亦慨然难之。"① 姚永朴《旧闻随笔》"邓澥筠制军"条除记载安庆诗文酬唱外,还记录了姚范、姚鼐同时祀于乡之际,邓氏"特减驺从来吾邑,送两世神牌入祠,成礼而后去"②。既见邓廷桢对师门的敬重,又见此际桐城派的繁荣。

四、曾国藩及其皖江幕府

曾国藩是桐城派的中兴大将,居安庆期间,逐渐形成一个安庆桐城派文人圈,与桐城派关系密切的文学活动散存《日记》记载之中。

曾国藩于咸丰十一年(1861)八月初一日确定次日赴安庆,因风大浪高,最终于八月初七日至安庆,初八日入安庆省城③;至同治三年(1864)九月初一日登舟赴金陵。曾氏在安庆驻扎四个年头,加同治元年闰八月,总计 38 个月。其间同治二年(1863)正月二十八日起程赴金陵考察军情,至二月二十八日回省城安庆,一个月时间在外;同治三年(1864)六月二十三日至七月廿八日往返金陵处理攻下南京后事务,一个多月时间在外,其他时间基本在安庆城区活动。曾国藩幕府成员随营迁至安庆,一批著名文人如莫友芝、陈宝箴等随幕寓居过安庆;桐城派文人或长期随幕,或短期到访,钱泰吉、郭嵩焘、吴大廷、洪汝奎、吴嘉宾、方宗诚、张裕钊、邓传密、孙衣言、江有兰、甘绍盘、黎庶昌、徐子苓、向师棣、冯志沂、邓瑶、程鸿诏、涂宗瀛、汪宗沂等成为曾国藩《日记》中记载长谈、久坐、少叙、一叙、便饭、围棋、论文等的人物。其子曾纪泽也在安庆住过很长时间,受父亲现场教导。

曾国藩《日记》中与桐城派文人论文的条目主要集中在指导张裕钊、曾纪泽的文学创作上。曾国藩《日记》记张裕钊于咸丰十一年(1861)十一月初四日与方子白来久坐起,至十一月廿三日即将回家,20 天时间内提及张氏 17 次,其中一起吃饭 2 次,初八日记"张廉卿来,与之论古文之法,全在'气'字上用工夫",初十日"与张廉卿谈古文",十三日"方子白、张廉卿来,谈文甚久",十六日

---

① 梅曾亮著,彭国忠、胡晓明校点:《柏枧山房诗文集》,上海古籍出版社 2012 年版,第 165—166 页。清刻本《双砚斋诗钞》卷首梅曾亮序异文较多,校勘如下:"辰巳"后无"时"字,"文书"后有"寂不闻声","日晡后"有"复"字,"抚安徽"作"官安徽","十年矣"作"几十年矣","两广"后有"及"字,"多暇"前有"政事之","最盛"后有"即曾亮生平酬唱之乐,亦少有及斯时者","欲如文毅及公安徽……难之"一句作"欲如文毅及公之公私多闲,讲论文艺,其盛事不易可得"。

② 姚永朴著,张仁寿校注:《旧闻随笔》,黄山书社 1989 年版,第 105 页。

③ 曾国藩:《曾国藩全集·日记》,岳麓书社 1987 年版,第 641—649 页。

评"日内与张廉卿屡谈,渠学问又已大进"①。曾国藩在安庆时写的家书,经常指导曾纪泽的阅读写作,时常提及的安庆及周边地理情形通过文字形式跨空间影响到纪泽。同治二年(1863)六月初二日曾纪泽到达安庆,即可以接受父亲的直接指授。初四日"与纪泽谈学问大端"(《日记》,以下仅夹注页码,899页),十五日"与纪泽论古人行文造句用字之法"(903页),廿四日"二更与纪泽论小学"(906页),廿六日"二更后与纪泽论作字之法"(907页),七月初六日"与纪泽论作古文之道"(909页),十三日"二更后与纪泽论古文之法"(912页),十五日"略与纪泽言《音学五书》之精"(912页),十六日"与纪泽论音学"(913页),十九日"与纪泽论汉晋文人"(914页),廿三日"傍夕批纪泽联珠"(915页),十月廿七日"与纪泽儿论文章之道通乎声音"(945页),十一月廿三日"二更后与纪泽讲七言律诗之法"(952页),十二月初六日"傍夕与纪泽言墓志墓表体裁"(956页),初九日"改纪泽古文一首、四言诗一首、五七言诗三首"(957页),十五日"二更后温《史记》,讲《伯夷列传》与纪泽听"(959页),十六日"傍夕与纪泽论潘、陆之文,因及昌黎各篇"(959页),廿三日"将改纪泽所为《六书论》"(962页)。同治三年(1864)二月初九日"至纪泽处,与论苏诗"(982页),五月初一日"至纪泽书房,与之言学问渊源,及汉学、宋学、程朱陆王学派之所由分合得失"(1014页)。虽然是家学,也同样看出桐城派师承在安庆的传播大概。当然,其他曾门弟子也有在安庆受到指点的,如同治三年(1864)二月十六日,歙人汪宗沂首次拜见曾国藩,呈所作《礼乐一贯录》,曾氏评"虽学识尚浅,而颇有心得"(984页);同治三年六月廿七日,方宗诚推荐吴汝纶古文给曾氏,曾评:"中饭后,阅桐城吴汝纶所为古文,方存之荐来,以为义理、考证、词章三者皆可成就,余观之信然,不独为桐城后起之英也。"(1024页)从中可见曾国藩对桐城派后学的殷切期望之情。

曾国藩身居安庆,关注桐城,同治元年五月,出钱安葬桐城诸贤六人,《日记》同治元年闰八月十一日记:"桐城方植之、戴存庄、苏厚子、文钟甫诸贤六人,乱后渴葬,余于五月出钱,令桐人甘绍盘玉亭买地葬之,顷已葬毕。本日写碑六纸,将镌立坟上。"②体现出曾氏对桐城与桐城派文人的特殊感情。

曾国藩在安庆期间阅读、涉阅、温习乃至朗诵大量诗文著述,长期坚持温习

① 曾国藩:《曾国藩全集·日记》,岳麓书社1987年版,第682—684页。
② 曾国藩:《曾国藩全集·日记》,岳麓书社1987年版,第788页。

的著作是《古文辞类纂》,温习阅读过姚鼐《惜抱轩集》、梅曾亮《柏枧山房文集》等桐城派前贤著述,能看出曾氏驻扎安庆时对桐城派的敬意。

曾国藩同时断续温习的经史著作有《诗经》《尚书》《左传》《公羊传》《孟子》《周礼》《说文解字》《说文斠诠》《史记》《汉书》《水经注》《文献通考》等,精读《管子》《老学庵笔记》等子书;前代集部著作则阅读过《汉魏六朝百三家集》《文选》《苕溪渔隐丛话》《山谷集》《余忠宣公文集》、陶渊明诗、李白诗、杜甫诗、苏轼诗、元遗山诗等;翻阅过《海山仙馆丛书》《粤雅堂丛书》《正谊堂丛书》等丛书,集中阅读过其中的重要篇目;曾国藩又重视本朝前贤与时人诗文及学术著述,翻阅幕僚寄赠各种书籍,如施闰章诗、冯焞诗、《曝书杂记》《石渠随笔》《存与遗书》《汉学师承记》《戴东原文集》《水经注图》《耐庵文存》《退庵随笔》《垺铢寸录》《唐写本说文笺异》等。作为桐城派重要文人,曾国藩的阅读书目可以指示桐城派后学的阅读方向。从这个意义上说,安庆作为以曾国藩为主的桐城派文人圈聚集地,在空间学上有着重要意义。

同时,曾国藩幕府大批文人聚集安庆,互相往来,留下了与桐城派文人在安庆读书、赋诗、作文的相关记载,如莫友芝《日记》、赵烈文《能静居日记》、孙衣言《赴皖日记》中,咸丰十一年到同治三年间在安庆的交游活动就直观记录这一现象。徐宗亮、姚浚昌等桐城派文人在安庆期间就与莫友芝有密切交往。

当然,战火纷飞的年代,曾国藩幕府文人集团自然不可能有和平时期的雅集与悠游,文学空间的诗性描写也非常少,唯有一些带有时代特色的地名在日记中经常出现,如:盐河口、东门宝塔、大观亭、伪英王府、幕府、子弹局、忠义局、军械所、敬敷书院等。曾国藩《日记》中所透露的起居空间,写得最多的是庭院、内室,物象则是竹床、石床等。唯同治二年十二月初五日记:"后院多隙地,新栽竹数十丛,每丛十根八根,或三、五根不等。"(956页)同治三年四月十三日记:"去冬在后院栽竹,本日数之,活者七十六丛,未活者十余丛。每丛多者十余竿,少者二、三竿,盖合去年六月所种数丛而计之也。"(1007页)勉强算是景物记录吧。倒是赵烈文在咸丰十一年八月二十五日日记中简笔勾勒了曾氏行署:"饭后同行到督帅行署,伪英王府也。在城西门,府屋颇多,不华美,亦不甚大,门墙皆彩画而已。"① 同治元年二月初六日日记也记录了安庆城形,可见战时安庆的

---

① 赵烈文撰,廖承良标点整理:《能静居日记》,岳麓书社2013年版,第368页。

城市空间状况：

> 安庆城形，南直而北环。自东由南至西，其势近；自东由北至西，其势远。南沿江，东及东北阻菱湖，西及西北阻皖水，惟北来为陆路正冲。……东面水涸时，在江与菱湖之间，有间道通枞阳，水盛即没。其地湖水去城远，中有陵阜，沿江有塔，……东北湖水逼近，中复有水田，……北门外集贤关大路，有石垒二夹之，东垒后高阜上复一石垒，其路过石垒直南向城，又折而稍西，甫至北门。其直向城外，城上亦筑大炮台直向之。过北门而西，城外皆坡陀土阜，阜以外皖水所经，阜以内有小道，自江岸内通北门大路，……西门外有高垒、小石垒距城略远，形势不了了。……自东门到北门，城形方折，故相距远；自北门到西，城形斜迤，故相距近。①

赵烈文居安庆曾国藩幕府期间，多次沿长江出远差，对安庆段长江地名多有记载，如上行要经过东流、华容、马当、小姑山等地，下行则经过黄石矶、枞阳、大通等地。如同治二年正月二十三日记枞阳夹口风光："巳刻到枞阳夹口，在江北岸，镇市在口内尚十里。有山不甚近，平淡惬意，岸柳既稀，春塍尽绿，一望如在故乡篝画也。南岸沿江山亦小，一阜出水中，舟子曰，此太子矶。"②此番风景，已是春意盎然，如若不是战事舟车劳顿，文人墨客定会吟诗作赋，留下佳作。

莫友芝虽未入《桐城文学渊源考》，在安庆期间却与桐城派文人交往十分频繁，品评桐城派文人作品非常多，也留下不少安庆诗作。如张剑《莫友芝日记·人名字号音序索引》中，莫友芝居安庆时期的日记提及桐城派文人方宗诚9次，提及张裕钊9次，提及吴大廷25次，提及向师棣17次，提及徐子苓48次，提及徐宗亮14次，提及姚浚昌55次等。《日记》中评论桐城派文人作品的条目也很多，可见桐城派文学在当时的影响。如：咸丰十一年七月初四日记："食后曾公来访，……又言有姚慕庭县丞（浚昌），桐城石甫先生之子，质美未学，当使就正于君。"次日"姚慕庭以曾公命来请业，以《幸余轩诗》二卷为挚，其风格甚好，但

---

① 赵烈文撰，廖承良标点整理：《能静居日记》，岳麓书社 2013 年版，第 475—476 页。
② 赵烈文撰，廖承良标点整理：《能静居日记》，岳麓书社 2013 年版，第 624 页。

境未阔、词未细耳"①。由曾国藩介绍,姚浚昌请业于莫友芝,故此后二人往来甚密。《日记》记:咸丰十一年九月廿四日,"慕庭以其先人《谈艺图》来观,道光十七年都转两淮作也"(《莫友芝日记》57 页,以下只写页码);廿六日,"慕庭以诗来质";廿九日,"慕庭以诗来,甚有进"(57 页);十月廿三日,"过慕庭,且答看江待园。([有兰],桐城人,亦讲诗古文者)"(60 页);廿六日,"慕庭、待园相过,以徐椒岑(宗亮)同来。椒岑,桐城人,年廿八,看似有才气,曾在希公中丞营中"(61 页);十一月初七日,"访程伯敷。访张廉卿、方子白。……在慕庭所,晤其族兄声,(字[澄]士)姬传先生之曾孙也,避乱山中数年,其家属丧亡略尽,仅存声及一子一弟而已。名贤后人凋落乃尔,大帅必有以优恤之"(63 页);初八日,"夜,慕庭冒雨以《东溟疏草》相视,其尊人为台湾道时办夷匪所陈奏也"(63 页)。则通过姚浚昌家世、交流与学诗谈艺论及桐城派。十二月十三日,"绳买得姚姬传先生书《论书六绝句》小横幅,其佳。慕庭又以先生临米一册相视,并清空有味,观诗意以玄宰学右军而不似,拟震川学《史记》而不似,知先生亦遵思翁学右军,又不似思翁者也。皖人多耳食重邓完白书,至于一字一金,亦宋玉东邻之美耳,鄙意则谓惜抱过之矣"(68—69 页)。此则又论及姚鼐书法,亦有的放矢。

至于安庆幕府期间,文人间虽酬唱不断,但所写多为战火下长江的风急浪高、大地的天寒地冻、城市的蒿莱颓圮。如莫友芝《郘亭遗诗》卷第七诗作写及望江、太湖、安庆等地,"萧条大皖国,破坏八九秋"(《寄送翁药房中丞内召还京》),一联写出破坏时间之长、萧条面之广;"大雷港头扬大旆,长风沙觜合长围"[《收安庆凯歌,献湘乡节帅,兼致浦观察(国荃)、士恒博士(贞幹)两介弟》],又写出己方士气;"皖民凋弊吁已甚,兵革且纾犹疹癀"(《八月九日黄石矶阻风,记所见呈湘乡公》),见出民生之困与疹癀之风,亟待解决;"横江累月足波涛,逐客频年哭天地"(《东流中秋》),将中秋思乡之情与江涛凶险结合起来写,自然没有春江花月夜的逸兴;大观亭址则是"白骨荆榛倚郭高"[《舟抵安庆城下,与姚慕庭(浚昌)同寻余忠宣墓及大观亭址,荆棘没人,几不可复识矣》],废毁严重;即便是除夕,或是偶尔小聚,也难免破坏寒冷之感,《丁雨生(日昌)大令〈除夕〉,用东坡〈除夜赠段屯田〉韵》:"皖口雪塞门,晨炊冷行馆。萧条岁除意,谁复相煦暖。寒花对新诗,薄袖念此粲。"渴望温暖之情溢于字里行间。《张练渠(凤翥)

---

① 莫友芝著,张剑整理:《莫友芝日记》,凤凰出版社 2014 年版,第 41 页。

太守招同杨朴庵（摛藻）郎中、柯竹泉（华辅）明经、陈虎臣（艾）小集》："旧雨荒江欣雅集，满堂爱客胜南州。渐知酒味能余暖，可奈风光欲送秋。画里松菊看总好，琴边沙鸟听还愁。主宾忽漫当筵舞，三捷轰传自石头。"一联一顿挫，一喜复一忧，寒冷、荒凉、孤独之感充斥文人小集现场，最大的喜讯是南京传来的战争捷报，却冲淡了主宾随《平沙落雁》当筵而舞的兴致。①

总之，曾国藩安庆幕府是一个战时机构，大批桐城派文人随幕，繁忙公务占据主要时间，除了写作大量的传志、告语、书牍等公文，就是严肃的读书活动与学术交流，与安庆相关文学记忆反而不多。但安庆作为这一时期桐城派的文学空间，在时间上、地理上都是客观存在的，聚集人数之多，持续时间之长，在桐城派文学史上都应该大书特书。

五、孙衣言在安庆

孙衣言，"字劭闻，号琴西，……学文于梅曾亮，尽得桐城古文义法，其为文意近而势远，气直而笔曲，词浅而旨深，反复驰骋，以曲尽事理，为吴德旋嗣音。诗亦高迈，奇崛生硬，出自山谷"②。孙衣言于咸丰八年（1858）任安庆知府，次年获准引疾归休；同治元年（1862）又返皖，撰有《赴皖日记》，此期与曾国藩及其幕府有交集，次年奉曾氏饬署庐凤颖道；同治三年（1864）二月，弟弟孙锵鸣藁田也从北京休致来到安庆，居数月，与曾国藩有交往；同治四年（1865）孙氏丁忧，其间主讲杭州紫阳书院；同治十一年（1872）孙衣言擢安徽按察使，再次到安庆为官，直至光绪元年（1875）升任湖北布政使，次年携孙诒让自皖启行入觐③。近十五年间，虽然断断续续，但孙衣言在安徽为官时间算比较长的，在安庆的文学活动也非常丰富。

孙衣言很早就服膺桐城派古文，二十多岁就与桐城派文人陈用光、冯志沂、邵懿辰、朱琦、龙启瑞、宗稷辰、秦缃业、梅曾亮、孙鼎臣等有交往。孙氏应曾国藩邀约居安庆期间，又与钱泰吉、方宗诚、程鸿诏、姚浚昌等桐城派文人有交往，其诗集与古文也是曾氏阅读篇目。曾国藩《日记》同治二年正月初七日："二更后

① 莫友之著，梁光华等点校：《莫友芝全集》，上海古籍出版社 2019 年版，第 486—504 页。
② 刘声木撰，徐天祥点校：《桐城文学渊源考　撰述考》，黄山书社 1989 年版，第 254 页。
③ 孙延钊撰，徐和雍、周立人整理：《孙衣言孙诒让父子年谱》，上海社会科学院出版社 2003 年版。

阅《孙琴西诗集》。"① 同治二年八月初八日："阅孙琴西所为古文。"② 孙衣言尊曾国藩为师，曾氏政务之余阅其诗文，堪称桐城派文学传播的典范案例。

孙衣言与姚浚昌在安庆诗文往来也很多。孙氏擢湖北布政使奉命入觐，姚浚昌作《奉送琴西擢藩湖北，奉命入朝》诗三章赠行③；孙氏则撰《书姚慕庭诗后》评价姚氏诗作："既诒诗二章(《幸余求定稿》卷首为'三章'，应是)，尤清丽拔俗，予初不知慕庭能诗，不谓其工遂至于此。数月后，又以诗一卷见示，予虽爱慕庭诗，以官事尤杂(《幸余求定稿》卷首作'丛积'，更胜)，竟未及开视，既得交代，清坐颇闲，试取读之，愈读而愈不能已，乃竭半日力读之终卷，并为点定。慕庭诗于鲍、谢、子美、退之、义山、山谷盖无所不学，而其沉思邃虑独异于人，则似有得于君子之道，宜其未五十而弃官如敝屣也。……乾嘉以来，诗人清丽深厚，无以过于君家惜抱，而君诗之沉炼峭拔，则又出奇于惜抱之外，非家学所能囿也。惟近作数首，乃似过趣刻削，如'江通湖水白，树补远山青'语，岂不工？然如此摹画，恐为晚宋江湖一派矣。试看杜子美、苏子瞻摹写景物，辄有天地开辟万物发生气象，慕庭年壮气雄，宜其不屑屑于此。"④ 一段文字，既交代与二人垂二十年的交往，又集中笔墨评点姚浚昌诗歌的优点与不足，体现桐城派文人相互成就、共同成长的传承特点。

光绪乙亥(1875)冬日，在安庆期间，孙衣言以文识人，初知二十岁的马其昶，撰《书马生其昶文卷》评马氏文章："姚慕庭婿桐城马其昶以文来见，喜其简古有体，继复诒予书一篇，则陈义尤高也，生年甫二十而已有意介甫，它日岂可量哉？"并评其不足："抑又闻之少年为文字须有春夏气，而生之文秋气为多，将有郁而不舒之患，则收敛之过也，宜稍纵驰之，于生之年为宜。"⑤ 评价客观公正，有理有据，透露出桐城派前辈文人提携后进的殷切之情。

孙衣言在安庆还重视敬敷书院的修缮与图书收藏工作。《民国怀宁县志》记："光绪元年署布政司孙衣言，详请巡抚裕禄命有司大加修建，容生徒百数十人，又倡捐书籍存院以便补习。"⑥《光绪重修安徽通志》卷九二"学校志·书院"

① 曾国藩：《曾国藩全集·日记》，岳麓书社1987年版，第846页。
② 曾国藩：《曾国藩全集·日记》，岳麓书社1987年版，第920页。
③ 姚浚昌：《幸余求定稿十二卷》，载《清代诗文集汇编(725册)》，上海古籍出版社2010年版，第414页。
④ 孙衣言著，刘雪平点校：《孙衣言集》，浙江古籍出版社2017年版，第547—548页。
⑤ 孙衣言著，刘雪平点校：《孙衣言集》，浙江古籍出版社2017年版，第548—549页。
⑥ 《民国怀宁县志》，载《中国地方志集成·安徽府县志辑(11)》，江苏古籍出版社1998年版，第131页。

部分附书目,除前代经、史、子、集外,还包括清人著作,如《题襟馆集》《扬州画舫录》《曾文正集》《古文词略》《拙修集》《倭文端集》《古文辞类纂》《王念孙读书杂志》等,各种书目收藏一至五部不等①。

书院作为城市空间中最重要的建筑空间,在桐城派文学传承传播的过程中起到重要作用。桐城人与桐城派文人中,胡宗绪、沈廷芳、刘大櫆、姚鼐、李兆洛、吴赓枚、梅曾亮、张寅、汪宗沂等曾主讲过敬敷书院;桐城派文人邓廷桢、曾国藩、孙衣言等为官安庆期间,曾董理过敬敷书院,都能窥见敬敷书院在桐城派文学发展中的历史意义。

六、谭献在安庆

《桐城文学渊源考》卷七:"谭献,字仲修,号复堂,……师事邵懿辰、伊乐尧,受古文法;懿辰更导以途辙,教以广求师友,其后论文,以有实有用为本。"②现代学术界对谭献是否归入桐城派存有歧义,但谭献在安庆居住时间较长,在安徽省的歙县、宿松、怀宁、合肥等地当过知县,与桐城派文人交往频繁,后期逐渐成为文人圈的核心,诗酒唱酬结撰成《池上题襟小集》,可窥光绪年间桐城派文人在安庆的文学活动状况。

谭献赴官安庆,对安庆城市印象比较好。《复堂日记》甲戌年(1874)记其对安庆"枞阳门"题字的印象:"解装怀宁东城,出郭,看'枞阳门'三大字;挺秀俊雄。包慎伯定为右军少时书,而土人相传为魏武,皆不足信。"③《复堂日记·补录卷一》同治十三年(1874)十二月初九日载:"午抵安庆西门。江城控扼,今古兵争要害。吴越山川,秀而不雄。此间吐纳,南北襟喉。中年胸次,海岳而外,始揽此境。呼小舟泛小南门入城,解装斌陛客邸。"随后几日到各衙门禀到,得见孙衣言、孙诒让父子,又与郑襄赞侯、赵敬夫等地方官吏定文字交。次年六月"聘调入文闱檄下"④。之后十多年,谭献长期在安徽省任县级小吏,在安庆流寓时间较长,特别是光绪九年癸未(1883),谭氏数次与同人雅集赋诗,结撰成集,影响较大。

① 《光绪重修安徽通志》,载《续修四库全书(第 652 册)》,上海古籍出版社 2002 年版,第 98—99 页。

② 刘声木撰,徐天祥点校:《桐城文学渊源考 撰述考》,黄山书社 1989 年版,第 261 页。

③ 谭献著,范旭仑、牟晓朋整理:《复堂日记》,河北教育出版社 2001 年版,第 65 页。

④ 谭献著,范旭仑、牟晓朋整理:《复堂日记》,河北教育出版社 2001 年版,第 263—265 页。

《池上题初小集》有光绪丙戌（1886）刻本。"池上"即安庆的浙江人旅馆，金武祥《粟香随笔·二卷》卷八"池上题襟小集"条载："安庆城之东南角，负阜面城，有浙人逆旅馆焉。谭仲修大令权篆怀宁，尝集僚友于此，饮酒赋诗，有《池上题襟小集》。"[1] 池上逆旅馆今已不存，但谭献集僚友雅集于此，确凿无疑。诗集卷首"池上小集题名"十六人中，除谭献外，方宗诚存之、方昌翰涤侪、管乐才叔均入《桐城文学渊源考》，二方出自桐城，桐城派授受脉络清晰。管乐入"师事及私淑张惠言、恽敬诸人"卷内，刘声木记："管乐，字才叔，武进人，诸生，私淑桐城文学，与杨传第、方恮等以文学相切摩。"[2]

谭献作为雅集主要参加人，先后写了《池上题襟小集（会者代州冯笠尉、桐城方柏堂、祥符周涑人、桐城方涤侪、任邱边卓存）》《次日湛侯至自黔，遂有晋游》《池上迎秋》《送管才叔（池上第三集）》《题方涤侪〈淯水归舟图〉（池上第四集）》《池上第五集》等诗。

第一次雅集方昌翰写有七言、五言各一首。方宗诚作《跋一首》，略曰："癸未三月，天气晴和，渐有丰年之象，集同人于城南宾馆池上，循修禊故事，流连竟日。……是日游罢，令君倡为诗，诸君属而和之。阎君为作图敷叙其事。予以部民，幸与胜会之末，因识数语于图后云。"[3] 从跋文知，此次雅集，阎炜为之绘图。

第二次雅集，方昌翰和韵作七言诗一首，管才叔作五言诗一首。

第三次雅集为池上送秋小集，同时送别管乐，方昌翰赋七言诗一首。

第四次雅集为方昌翰《淯上归舟图》而作，方氏赋有七言长诗。

第五次雅集，方昌翰写作七言长诗一首。

《池上题襟小集》附《寿华吟馆小集》，是胡志章、谭献等人于重阳节雅集所作。谭献有五言诗《重九后一日，胡稚枫寿华吟馆分韵，得"佳"字》一首，方昌翰有五言分韵诗《得"有"字》一首。

文人雅集，能够看出地域文学发展的一个侧面。诗文唱酬，也反映出一个文学流派的传承脉络。谭献在安庆期间，除与桐城派老一辈文人如方宗诚、方昌翰之间关系密切，还与方宗诚的儿子方守彝、方守敦有交往。其《柬方伦叔、常季

---

① 金武祥撰，谢永芳校点：《粟香随笔》，凤凰出版社 2017 年版，第 443 页。

② 刘声木撰，徐天祥点校：《桐城文学渊源考　撰述考》，黄山书社 1989 年版，第 326 页。

③ 《池上题襟小集》，载《丛书集成续编（154 册）》，上海书店 1994 年版，第 589 页。

兄弟(存老二子)》盛赞"东南家学桐城方,屡守楹书接老苍"[1]。方宗彝则作有《奉谭丈仲修明府》[2]。方守彝是桐城派中少数定居安庆的文人,是晚清民国时期桐城派在安庆文学空间的联络人。徐成志《晚清桐城三家诗·前言》说:"与守彝交往的诗人,同邑的有吴汝纶、姚濬昌、方宗屏、徐宗亮、陈澹然、阮仲勉、姚孟振、吴闿生、潘田、姚永朴、姚永概、房秩五、金家庆等,怀宁的有胡渊如、胡竹青、鲁梦庭、程演生、吴镜天、徐天闵等,尚有义宁的陈三立,金坛的冯煦,仪征的李审言,嘉兴的沈乙庵等,达数十百人之多,他们在往来、宴游雅集中唱酬赠答,络绎不绝。"[3]以方守彝为中心的桐城派文人在安庆的文学活动圈,也是非常繁盛,鉴于本文以外籍桐城派文人客居安庆为研究切入点,故不一一考证。

总之,检索曾国藩、赵烈文、莫友芝、谭献等清代文人日记,以任官安庆的桐城派文人为中心,以幕府文人圈为主体历时性考察桐城派古文家在安庆的文学活动,能够清晰勾画出安庆作为桐城派文学空间的大致轮廓,进而充实桐城派文学地理学研究,庶几为桐城派研究提供一个新的视角。

作者单位:安庆师范大学皖江历史文化研究中心

---

① 谭献著,罗仲鼎、俞浣萍点校:《谭献集》,浙江古籍出版社 2012 年版,第 591 页。
② 方守彝著,徐成志点校:《网旧闻斋调刁集》,载《晚清桐城三家诗》,黄山书社 2012 年版,第 7 页。
③ 徐成志点校:《晚清桐城三家诗》,黄山书社 2012 年版,前言第 3—4 页。

从桐城、金陵到京师

——方苞的地域书写与文化认同

任雪山

我们是谁? 不仅是一种本质主义追问,更是一种过程性省思。正是在这个意义上,斯图亚特·霍尔从"变化中的同一"来解读自我的认同①。对于清初士人来说,这一问题尤为突出,其间既有传统思想上的夷夏大防,也有朝代更替上的新旧之变,还有战乱、天灾与经济社会发展带来大量的人口地域迁移与阶层流动,人们的思想情感、价值观念与自我认知也随之而变。作为桐城派鼻祖的方苞,堪称代表,这充分体现在他的地域文学书写中。

一、桐城: 作为人生标识之籍贯

崇祯七年(1634),桐城民变,方苞曾祖方象乾与五弟方拱乾及方以智兄弟等桐城桂林方氏迁居金陵。而在此之前,方氏在桐城已生活三四百年。"桐城"一词,在方苞作品出现近百次,有着无法取代的意义。

首先,桐城是人生之来处。方苞始祖方德益,宋末迁池口,元初迁居桐城凤仪坊,德益公被视为桐城桂林方氏之始祖。至五世祖方法,为建文己卯应天乡试举人,授四川都司断事。时诸司表贺成祖登极,方法不肯署名,投笔而出。后以方孝孺十族案牵连被逮,舟行至望江,瞻拜乡里曰:"得望我先人庐舍足矣。"遂自沉于江,后配享正学先生祠。至十世东谷公方梦旸,由太学生任南安县丞,以德重于乡者,而备受尊敬。至十二世方大美,万历丙戌进士,晋太仆寺少卿,乃起家为大夫者。至十二世方象乾,曾任兵备副使,为始迁金陵者。此五者,皆"祖之宜世祀者",从他们可以看到方苞之来处。

在方苞的先祖中,经常提及并堪称其精神信仰者,为五世祖方法,"为邑中忠

---

① Stuart Hall, Paul du Gay ,eds., Questions of Cultural Identity, london: Sage Publications Ltd, 1996,page 4 .

烈之首"①，"余碌碌竟世，闲居亦不自知其非；但每拜断事公于正学祠，则身心怵然，自愧其鄙薄"②。方苞很少作诗，但有《展断事公墓》二首："不拜称元诏，甘爱十族书。壮心同岳柱，寒骨委江鱼。天壤精英在，衣冠想象余。拜瞻常怵惕，忠孝检身疏。""高皇肃人纪，义气忾环瀛。作庙褒余阙，开关送子英。微臣知国耻，大节重科名。呜咽穷泉路，应随正学行。"③并邀请族人方世举、弟子程崟与刘师恕、友人魏廷珍与黄永年等和诗。乾隆七年，方苞致仕归金陵后，建立教忠祠，中室祀断事公方法，西室祀迁桐始祖德益公以下三祖，东室祀太仆公。而"教忠"之名，"从断事公之志也"④。

第二，桐城为思想之先驱。在方苞少年时，能够给其以思想导引的，有三位桐城人：方以智与钱澄之，他们被桐城派视为先驱，也是享誉明清文坛的桐城人，正如方苞《田间先生墓表》所言："当是时，几社、复社始兴，比郡中主坛坫与相望者，宜城则沈眉生，池阳则吴次尾，吾邑则先生与吾宗涂山及密之、职之，……遂为云龙社以联吴淞，冀接武于东林。"文中"先生"即钱澄之，"涂山"即方文，"密之"即方以智，"职之"即方以智之弟方其义。

方以智（1611—1671）作为桐城走出的明末清初杰出的思想家、哲学家和文学家，方苞并未见过面，但以族孙身份为方以智《截断红尘图》题跋，高度称赞方以智一生学行："江子长先生尝称为'四真子'云，盖谓真孝子、真忠臣、真才子、真佛祖也。此幅乃为摄山中峰张白云先生作也，笔墨高古绝伦，藏之名山，得垂不朽，亦幸矣哉。"⑤其仰慕之情，溢于言表。另外，方苞与方以智后人也多有往来，如方正玠（1670—1743），字豉采，号石耕，为方以智长子方中德之子，雍正七年举人，授直隶无极县知县，迁福州府同知，著有《梁研斋诗文集》。方中德（1632—1716）兄弟三人，与其父一样皆为明遗民，余英时称："若密之三子，则皆可能世袭遗民者矣。"⑥方苞之父方仲舒与方中德兄弟相友善，而方正玠与方苞之兄方舟关系较好，方苞称其为"十五弟"，并曾为其子方根颖作墓志铭《族子根颖圹铭》，感叹其命运之艰及现世之苦。

---

① 方苞：《方苞集》卷八，上海古籍出版社 2009 年版，第 226 页。
② 方苞：《方苞集》集外文卷八，第 772 页。
③ 方苞：《方苞集》集外文卷九，第 791 页。
④ 方苞：《方望溪遗集》，黄山书社 2014 年版，第 47 页。
⑤ 劳天庇：《至乐楼所藏明遗民书画录》，香港何氏至乐楼 1962 年版，第 44 页。
⑥ 余英时：《方以智晚节考》（增订本），生活·读书·新知三联书店 2012 年版，第 93 页。

钱澄之(1612—1693)尤负诗名,与同期的顾炎武、吴嘉纪并称江南三大遗民诗人,考翰林院庶吉士时与陈子龙、方文、方以智等结社。康熙二十五年,方苞随父方仲舒回安庆应试,路过枞阳时,钱澄之凌晨前来探望,曰:"闻二子皆吾辈人,欲一观所祈向,恐交臂而失之耳。"[①] 能够被遗民老辈、文学宗师引为"吾辈人",不管是喜好诗文、抑或心系故国,都让人欣慰,这既是前辈的期许,也是后辈的承接,表明彼此的身份认同与志趣相投。自此以后,钱澄之"先生游吴越,必维舟江干,招余兄弟晤语,连夕乃去"。钱澄之对方苞兄弟颇为称道,他评方苞《书淮阴侯列传后》曰:"人人读淮阴侯传何以不拟议及此,二千年后左马乃得知己。余尝谓二方竞爽,乃吾乡白云浮渡之灵。昆山徐司寇、长洲韩学士云,此吾代有数大秀才。"[②] 而在学术祈向上,钱澄之与杜濬等一起,劝勉方苞兄弟能不为科举所束,摒弃八股时文,致力于经学古文。作为桐城遗老耆旧,热心关怀后辈的成长,亲身垂教,对后辈人生与学术的影响无疑是深远的。马其昶《桐城耆旧传》云"望溪少时承其(钱澄之)绪论,后遂蔚为儒宗"[③],表明方苞与钱澄之等前辈承续关系。

第三,桐城作为籍贯之选择。对于大多数人而言,籍贯是确定的,但在某些情况下也是可选择的。"桐城"之于方苞,就是选择的结果。方苞大多数文章末尾,都会署名"桐城方苞撰""桐城方苞书""桐城方苞表""桐城方苞序"等。那么籍贯是如何被选择的呢?

按照《辞海》的解释,籍贯是一个人祖居地或出生的地方。但由于社会流动,人的祖居地与出生地,往往并不一致,籍贯的选择就发生了。方苞从曾祖父辈起,已移居金陵,他在《大父马溪府君墓志铭》说:"苞先世,家桐城,明季曾大父副使公,以避寇乱之秣陵,遂定居焉。""副使公"即曾祖方象乾崇祯七年(1634)避乱迁往江宁,成为迁往金陵之始祖。方苞祖父方帜,安庆府学廪贡生,任芜湖县训导、兴化县教谕,康熙二十六年卒,葬于江宁。因此,方苞祖父所居地不定,难以为凭。若以方苞出生地为据,则很明确,是江南省江宁府,因此完全可以说方苞是金陵人。但实际并不简单。

在有清一代,官方史志对于方苞籍贯,有清楚记载。首先是清国使馆编《满

① 方苞:《方苞集》卷十二,第 336—337 页。
② 方苞:《望溪先生文偶抄》,官献瑶刊,乾隆十三年刻本。
③ 马其昶撰,彭君华校点:《桐城耆旧传》,黄山书社 2013 年版,第 179 页。

汉名臣传》之《汉名臣传》记载："方苞,江南桐城人,寄籍上元。"①《清史列传》所载与此相同。乾隆元年《江南通志》称："方苞,桐城人。"乾隆十六年《上元县志》云："方舟,字百川,桐城人,寄籍金陵。……方苞,字灵皋,号望溪,师事兄百川。"嘉庆十六年姚鼐修纂《新修江宁府志》曰："方苞,字灵皋,一字凤九,安徽桐城人,迁居上元。"道光七年《桐城续修县志》云："方舟,字百川,号锦帆,上元县学生,与弟苞习制举业。"同治十三年《上江两县志》说："苞,字灵皋,桐城人,上元籍。"光绪七年《重修安徽通志》称方苞"桐城人,上元籍"。《清史稿》曰:"方苞,字灵皋,江南桐城人。父仲舒,寄籍上元。"此外,康熙四十五年会试登科录记载,方苞是"江南桐城县人"。雍正十三年《遵例自陈不职恳赐罢斥札子》,方苞自陈:"窃臣年七十八岁,江南安庆府桐城县人。"因此,综合来看,方苞籍贯的官方表述是:江南桐城人,寄籍上元。关于寄籍上元,方苞在《魏氏家乘序》说:"吾桐旧多望族,历历可数。余因寄籍金陵,恨往来多疏。"②在日常文章末尾,也有"江东方苞""江左方苞"等署名,可以说,方苞本人情感归属与文化认同之地有两个:桐城与金陵。

籍贯并不只是一个空洞的地理身份,而是有实际的功用,与科举密切关联。方苞的科举考试,到底是在出生地金陵还是祖居地桐城,就变成一个现实的选择。清代《钦定科场条例》规定:"士子寄籍地方,室庐以税契之日为始,田亩以纳粮之日为始,扣足二十年以上,准其呈明入籍考试。并移会原籍地方官,不许复回跨考。""迁居寄籍六十年以外,确有田粮庐舍可据者,与土著无异,不必补行呈明。"③《钦定大清会典》对"寄籍"也有解释:"人户于寄居地方置有坟庐已逾二十年者,准其入籍。"④按照官方规定,居住某地二十年即具备申请居住地科举的基本条件,因此方苞之父方仲舒、兄长方舟都没有回桐城,而选择上元参加科举,成了上元贡生。与方苞年龄相仿的本家平辈方式济,康熙四十八年进士题名录云:"方式济,江南江宁府上元县人。"方苞当然可以在上元县科考,但最终选择了桐城,并且后来乡会试籍贯皆为江南桐城人。

方苞为何选择桐城,而没有选择金陵,像父兄以及其他同辈一样,其中原因,

① 上元县,与江宁县同属江宁府,两者以秦淮河为界。
② 该文不见于方苞传世诗文集,而收录于民国元年魏衡堂编修《魏氏家乘》卷首。
③ 杜受田等编:《钦定科场条例》卷三十五,咸丰二年刻本。
④ 允祹纂修:《钦定大清会典》卷十七,光绪二十五年刻本。

恐怕也并非乡邦感情那么简单,而是有一些具体实际的社会功能。除了每年常规的祭祀祖先之外,方苞家族在桐城一直有田产。据方苞《己亥四月示道希兄弟》称:"(枞阳)杨树湾高庄东谷公遗田,太仆公所受分也,五传至余兄弟。"《教忠祠祭田条目》称:"桐城、庐江、高淳之田,余铢积寸累以置之。"另外,乾隆八年方苞返桐城,参与赎买陡岭山祭田,并作《祭田记》①。处理这些田产及相关产业,或许有一位桐城籍人,会更为方便。在方苞下一代,虽已在金陵建立宗祠,但其幼子道兴依然保留桐城籍,应试皖江。因此,籍贯作为人生标识,并非简单的个体自我认同,而是一个复杂的文化问题。

二、金陵:铸就人生底色之家园

清初的江南,是一个特殊区域,经济富庶,文化兴盛,但也是"各种反清运动的频发地,亦是悖逆言辞生产的策源地"②,还是清军入关后抵抗最顽强的地区,方苞的先辈方以智、方文、方其义、方授等都活跃其中。金陵,作为江南的中心城市,南明的精神故乡,不仅是弘光政权所在地,还是明朝开国定都之地,而这一切正是方苞出生时的社会背景。

方苞生于江宁府六合县,六岁随父返回金陵。后因《南山集》案牵连入京,在朝廷供职三十年,七十五岁致仕归金陵,常居清凉山乌龙潭畔。其间时有外出科考、课徒、交游。纵观方苞八十二年人生,半数时间在金陵,金陵是方苞成长之家园。而康熙三十八年的江南乡试第一,使方苞获得步入仕途的资格,从此声名远播。但金陵对方苞产生最深远影响的,则是江南遗民文化。

方苞祖父方帜并不热衷仕途,仅做过县训导和教谕之类的文官,日常与江南遗民耆旧林古度、白梦鼎、杜于皇、顾梦游等往来唱和。方苞与祖父一起生活很少,大部分时间与父亲在一起。父亲方仲舒早年就读于国子监,但旋归金陵,终生不仕清廷,与明遗民杜濬、杜岕、钱澄之、方文、方授、张怡、胡其毅等相友善,其中与杜濬、杜岕兄弟交往最为密切。

提起金陵遗民,基本都知道"余杜白",即白梦鼎、余怀和杜濬。杜濬(1611—

---

① 该文不见于传世方苞诗文集,源自方传理编次《桐城桂林方氏家谱》,光绪六年刻本。

② 杨念群:《何处是江南:清朝正统观的确立与士林精神世界的变异》,生活·读书·新知三联书店2010年版,第350页。

1687），字于皇，号茶村，湖北黄冈人，《江南通志》称其"侨居白下，以诗名"①，有《变雅堂诗集》《变雅堂文集》等；杜濬之弟名杜岕（1617—1693），号些山，字苍略，有《些山集》。二人皆为明诸生，明亡后流寓金陵，《清史稿》列为"遗隐"类。方帜与二杜相友善，方仲舒遂从游，彼此"以诗相得，且晚过从，非甚雨疾风无间"，方仲舒还在家里专辟一室，"纵横不及寻丈，置床衽几砚。先生至，则啸咏其中"，方苞兄弟每逢于此"奉壶觞"随侍左右。抑或良辰美景，结伴出门，"寻花莳，玩景光，藉草而坐，相视而嘻，冲然若有以自得，而忘身世之有系牵也"②。礼尚往来，杜濬也会准备酒食，招呼方仲舒携二子前往，"其接如家人"。杜濬不在金陵时，仲舒时常怀念老友，《江舟食蟹有怀茶村先生》诗曰："年年秋老共持螯，大梦堂前饮兴豪。今我几番夸砍雪，知公何处快挥毫。""南郊延赏肩舆远，北郭行吟步屐高。此日追陪风日好，丹枫黄菊拥香醪。"③此外，《国朝金陵诗征》收录的《郑岩听留饮西园怀杜茶村先生》记载当年情形："昨夜宿山寺，今宵坐竹林。身移对江影，人共隔年心。病酒仍耽醉，删诗更苦吟。不知杜陵叟，何处看浮沉。"④康熙二十五年，杜濬感觉去日无多，携襆被登门，交代身后之事："吾老矣！将一视前民，归而窟室蒋山之阳，死即葬焉。"不料外出数月，客死扬州。举行葬礼时，方仲舒为之执绋送葬，检查墓穴，并嘱咐方苞作墓志："先生吾所尊事，汝兄弟亲炙，可吾志乎？"⑤方苞为杜氏兄弟分别作《杜茶村先生墓碣》《杜苍略先生墓志铭》。

方苞的遗民家世，使得其自小与遗民常相往来，方苞常说："仆少所交，多楚、越遗民。"⑥其实何止少时，纵观方苞一生，与其志趣、术业相近者，多为明遗民或其后裔。方苞往来最多的好友戴名世和朱书，也都有深沉的遗民情结。

戴名世（1653—1713），字田有，江南桐城人，康熙四十八年己丑科榜眼，授翰林院编修。戴名世家族素有遗民传统，曾祖戴震弱冠为诸生，国变后剃发服僧衣，入龙眠山中不出，其祖父回养山中。戴名世自幼喜欢收集明朝史事，并有大量书写南明史事及人物的文章。康熙五十年，因《南山集》中录有南明抗清史

---

① 赵宏恩：《江南通志》卷一七一，康熙二十三年刊本。
② 方苞：《方苞集》卷十，第250页。
③ 徐璈：《桐旧集》卷二，咸丰元年刻本。
④ 朱绪曾：《国朝金陵诗征》，光绪十二年刻本。
⑤ 方苞：《方苞集》卷十三，第400、401页。
⑥ 方苞：《方苞集》卷六，第174页。

事,并多用南明年号,而被赵申乔参劾,罹难。《南山集》案发生的背景,固然并不单纯,但也确与《南山集》中的大量遗民书写有关。纵观该集,或歌颂抗清义士,或表彰入清不仕的志士仁人,或揭露清军江南屠城的罪恶,或刻画清廷剃发易服令后画网巾先生这样的悲壮形象。在《与余生书》中戴名世甚至直接使用"弘光""隆武""永历"等南明君主年号①,其对明朝的眷眷之情依稀可辨,关爱和称戴名世:"史学家的良知与遗民情绪是混合并存的。"② 朱书(1654—1707),字字绿,宿松人。康熙二十五年,方苞回安庆应试,和朱书相识。订交后,彼此往来频繁,成为挚友。两人关系交好,除了才华个性以外,与朱书的遗民意识有关。朱书父亲明亡前是一位秀才,明亡后拒绝科举,乡间授徒,可谓典型的明遗民。作为遗民后裔,朱书深受父亲影响。朱书的遗民情结,可以从五个方面来认识。其一,文章多次使用明朝年号纪年,与戴名世相仿,甚至更无所顾忌,比如他《先考仲藻府君事略》一文中就是如此,生年用明朝年号可以理解,但卒年却不用清朝年号,而是用干支纪年。其二,广泛搜罗明代文献,表达黍离之悲,寄托遗民情结。其三,为遗民诗人方文作传,表彰他的抗清志节。其四,康熙三十九年,朱书与张垣、卓尔堪、王概、范莱诸友拜谒明孝陵,寄托旧国之思。其五,朱书与遗民及其后裔交往,比如李颙、万斯同、梁份、王源、方苞等人。虽然后来朱书参加科举中进士,主要是迫于生计,但其字里行间透露出对前明的一片丹心。

赵园说:"交接即在平世,也被认为节操所关。当明清易代之际,其严重性不能不百倍地放大了——尤其遗民的交接。"③ 通过交游,可以看到一个人的情感倾向及心理认同,方苞与父祖辈一样,与遗民更为亲近。他能够获得阅历丰富的遗民老辈的认可,以及与遗民子弟的往来,都不是靠虚情假意能够维持长久,方苞与江南遗民群体的良好关系来自其足够真诚的言行举止。

方苞的遗民文化背景,不仅影响其价值观念生成,而且影响其文学创作。在清代如毛细血管一样的文网管制下,《方苞集》仍然保留了大量书写明遗民志节与史事的篇章。第一,作墓志碑铭,礼敬遗民。墓志碑铭是对前人的祭奠,《方苞集》祭奠明遗民文章有五篇,即:《田间先生墓表》《杜苍略先生墓志铭》《杜茶

---

① 戴名世:《戴名世集》,中华书局1986年版,第2页。
② 关爱和:《〈南山集〉案与清代士人的心路历程——以戴名世、方苞为例》,《史学月刊》2003年第12期,第24页。
③ 赵园:《明清之际士大夫研究》,北京大学出版社2014年版,第273页。

村先生墓碣》《万季野墓表》《季瑞臣墓表》等。第二,传状遗民,推尊志节。《方苞集》收录传记十五篇,明遗民或遗民后裔占三分之一,具体篇目为:《孙征君传》《白云先生传》《四君子传》《左仁传》《孙积生传》等,四君子和左仁、孙积生基本为遗民后裔,孙征君和白云先生是真正的明遗民。第三,纪事遗民,传其逸事。纪事不像传记全面反映史事,而是截取人生片段加以描绘。《方苞集》涉及明遗民逸事的,主要有《石斋黄公逸事》《明禹州兵备道李公城守死事状》等。第四,为崇祯皇帝正名。在《书孙文正传后》《书卢象晋传后》《书杨维斗先生传后》《书泾阳王金事家传后》《书潘允慎家传后》《书熊氏家传后》《书曹太学家传后》《跋石斋黄公手札》诸篇,虽然记事不同,但都在讨论明亡的主题。明亡有诸多因素,方苞认为最主要原因是奸臣当道、忠臣搁置和良将败死,而对于崇祯皇帝的责任,则只字不提。相反,却处处为崇祯皇帝唱赞歌,他认为崇祯是"聪明刚毅之君"[1],其死为"殉社稷"[2],这种为崇祯正名之举被视为"遗民史学的一项志业"[3]。为崇祯正名的另一面,是揭露批判清廷暴行,通过女子贞烈史事的大量书写,方苞明确把烈女与明亡联系到一起。清军入主中原,尤其是对江南的屠戮,致使大量女性殉身报国。

通过遗民家世背景、遗民交游以及遗民书写,可以发现,方苞及其家族与明遗民有着千丝万缕的联系,并在其文学创作中有突出的体现。而金陵,作为明遗民的"精神故乡"与大明定都之地,为方苞铸就人生底色,也为我们理解方苞及其作品提供重要的历史文化背景。

三、京师:成就一代文宗之福地

方苞初入京师在康熙二十六年(1687),到乾隆七年(1742)致仕归里,有五十余年,因此在《传恭斋尺牍》,方苞曰:"仆老布衣,在京五十余年。"[4]但是他最初入京游历太学和后来赴京参加科举考试,都只是暂居京师,真正长住京师是从

---

① 方苞:《方苞集》卷五,第120页。
② 方苞多次提及崇祯之死为"殉社稷"或"死社稷",比如《书王氏三烈女传后》《书泾阳王金事家传后》等。
③ 杨念群:《何处是江南:清朝正统观的确立与士林精神世界的变异》,第289页。
④ 方道希:《传恭斋尺牍》,乾隆三十七年刻本。

康熙五十年(1711)《南山集》案之后开始,到乾隆七年离开,实际是三十年,这中间还有返乡祭祀的时间。因此,合计来看,方苞待在京师的时间,不会超过四十年,与金陵相当或略少。南京与北京,是方苞人生最重要的双城。

京城作为全国政治、经济和文化中心,无疑是士人施展抱负的理想舞台。方苞几十年京师生涯,因势而起,建功立业,成就一代宗师地位。我们可以通过他与仕宦群体与满人高层的交往,考察其成长历程。

第一,与徐乾学士人群体之交游。康熙二十六年,方苞初入京城,通过老友王源,迅速融入京城士人圈,"辛未、壬申间,余在京师,与吾友昆绳日夕相过论文。而昆绳所与交善者,多与余游"①。这个士人圈,包括韩菼、万斯同、阎若璩、刘献庭、查慎行、姜宸英、汤右曾、朱彝尊、何焯、李塨、汪份、张云章、钱名世等人,围绕《明史》馆,是徐乾学士人群体主要阵容,构成方苞初入京城交游圈主体,方苞曾说:"余初至京师,所见司寇(徐乾学)之客十八九。"②康熙二十九年后,徐乾学因故返苏州,《明史》馆的编纂工作实际以万斯同为中心。与徐、万诸人的交游,给方苞人生带来重要变化,具体表现在两个方面:其一,树立一生学术祈向。入京之前,方苞主要用功于辞章,接触万斯同之后,开始转向经史。康熙三十五年秋,方苞与万斯同有一次长谈,万氏告诫他:"子于古文信有得矣,然愿子勿溺也。唐宋号为文家者八人,其于道粗有明者,韩愈氏而止耳;其余则资学者以爱玩而已,于世非果有益也。"前辈的期许让方苞深受触动,从此投身经义之学,"余辍古文之学而求经义自此始"③。其二,开创古文义法。古文义法,是桐城派核心古文理论,为方苞所创。其理论源头最早可以追溯到春秋义法,但其最直接的来源则是万斯同。万氏对方苞寄予厚望,传之以义法:"子诚欲以古文为事,则愿一意于斯就吾所述,约以义法,而经纬其文,他日书成,记其后曰:'此四明万氏所草创也。则吾死不恨矣。'"④考察《方苞集》中所论义法各篇,皆作于结识万氏之后。与万斯同相比,徐乾学对方苞的影响主要在《通志堂经解》。《通志堂经解》为徐乾学所辑,康熙十九年主体完成,"康熙二十九至三十一年之间,《经解》全部校刻完毕,并有整套的《经解》印出"⑤,而该段时间,正是方苞入京、确立学术志业

---

① 方苞:《宁晋公诗序》,《方苞集》,第617页。

② 方苞:《张朴村墓志铭》,《方苞集》,第291页。

③ 方苞:《万季野墓表》,《方苞集》,第332页。

④ 方苞:《万季野墓表》,《方苞集》,第333页。

⑤ 王爱亭:《〈通志堂经解〉刊刻过程考》,《图书馆杂志》2011年第1期,第86页。

的关键时期,这套儒家典籍成了他一生学术着力的重点。此后三十余年时间里,方苞陆续完成删节《通志堂经解》①,达九十余万言②,他希望能够"存一稿本于宇宙间"③,并积极发动各方力量刊刻,多次与友朋弟子翁止园、梁裕厚、德济斋、吕宗华、雷铉、钟励暇、陈大受等商量刊刻事宜,他曾坦言:"余生之事,惟兹为急,是以敢切布之。"④

第二,与李光地士人群体之交游。如果说徐乾学与万斯同为主的学人群体,让方苞由文而学,那么李光地学术仕宦群体,让方苞由学而仕。

李光地(1642—1718)与徐乾学一样,皆为康熙九年进士,但徐乾学的政治生命从康熙二十九年就基本结束了,而李光地的政治生涯持续到康熙五十七年。在学术上,李光地作为清初庙堂理学的代表人物,在他周围形成了清初第二个重要的学人仕宦群体,成员包括魏廷珍、杨名时、王兰生、蔡世远、徐用锡、梅文鼎、李绂、梅毅成、朱轼、何焯、徐元梦、庄亨阳、官献瑶等,方苞曾说:"余与安溪李文贞公久故,其门下士相从问学者十识八九。"⑤李光地对方苞的影响,具体表现在四个方面:其一,青年时期的嘉许。方苞初游京师,正逢诸公招纳贤才,李光地初见方苞文章,极为赞叹,称之为"韩欧复出,北宋后无此作也",此言虽为溢美之词,但对于初出茅庐的年轻人来说,无疑是一种巨大的精神鼓舞。其二,殿试之际的挽留。康熙四十五年,方苞参加礼部会试,名列第四。殿试前,朝论推为第一,但方苞最终以母疾放弃殿试归里。作为大学士和当年殿试阅卷官的李光地,惋惜人才,"驰使留之不得"⑥,但方苞却因此声名远播。其三,《南山集》案中的救命。康熙五十年发生的《南山集》案,五十二年狱决,戴名世处斩,方苞亦拟处斩。但此前的五十一年冬十月,词臣汪霖卒,康熙皇帝感叹:"汪霖死,无复能为古文者矣。"李光地对曰:"若如霖者,才固不乏,即若某案中之方苞,其古文词尚当胜之。"⑦李光地关键时刻的一句话,救了方苞的命,康熙帝朱书曰:"戴名

---

① 方苞在《与吕宗华书》言及花费二十余年时间,而与雷铉的信札言耗费三十余年时间,删节《通志堂经解》(《敬孚类稿》卷七),其实本没有矛盾,与雷铉信札为晚年总结之言,因此完整时间是三十年。

② 方苞:《与陈占咸大受十首》,《方苞集》,第800页。

③ 萧穆:《跋望溪与雷副宪手札云》,《敬孚类稿》,黄山书社1992年版,第195页。

④ 方苞:《与吕宗华书》,《方苞集》,第161页。

⑤ 方苞:《庄复斋墓志铭》,《方苞集》,第287页。

⑥ 苏惇元:《清方望溪先生苞年谱》,台北商务印书馆1981年版,第53页。

⑦ 李清植:《文贞公年谱》,《北京图书馆藏珍本年谱丛刊》第85册,北京图书馆出版社1999年版,第350页。

世案内方苞,学问天下莫不闻。"遂下武英殿总管和素,方苞以白衣诏入南书房,同年八月移至蒙养斋,编校御制乐律历算诸书①。康熙帝不杀方苞,当然有多重考虑,但李光地的及时褒扬与举荐,起到了关键作用,从此方苞仕宦生涯正式开启。其四,仕途至交的引荐。京城在天子脚下,其往来游从,难免沾染政治色彩,更何况李光地为当朝名宦,往来者不乏公卿显贵。方苞在李光地身边结识的官员同僚,后来几乎都成为一生好友,"生平心知之契,自徐文靖公后,曰江阴杨文定公,曰漳浦蔡文勤公,曰西林鄂文端公,曰河间魏公,曰今相国海宁陈公,曰前直督临川李公,曰今总宪宣城梅公,曰今河督顾公"②,除徐元梦、鄂尔泰、顾琮几位满族高官外,其余皆为汉官,都是位列九卿的当朝重臣,在学术上尊崇方苞,有效促进了方苞学术地位的提升。

《清史稿》总结清初庙堂理学时,把方苞列入李光地学术仕宦群:"圣祖以朱子之学倡天下,命大学士李光地参订《性理》诸书,承学之士,闻而兴起。苞与光地谊在师友间,名时、兰生、廷珍、世远皆出光地门。"③学术是方苞与李光地关联的内在线索,这使得他们的关系,比普通的官场同僚更为亲密。综上来看,李光地对方苞不仅政治提携,而且学术指引,堪称方苞人生的贵人。

第三,与帝王及满人仕宦群体之交游。法国当代思想家布尔迪厄提出,文学(学术)场"只有参照权力场才能得到解释,在权力场内部文学场(等等)自身占据了被统治地位"④。也就是说,权力场对学术场具有决定性的影响,方苞京城交游也充分说明了这一点。徐乾学与李光地,都是掌握学术权力的上层官僚,方苞交游的初始动机,并无功利之心,甚至有所回避,但实际却"歪打正着",仕途与学术地位都因此受到沾溉浸濡。康熙五十二年《南山集》案后,方苞还只是文学侍从,并无仕途之意,仅任修书处"闲职"。从雍正九年起,方苞仕途亨通,三年内晋升至从二品内阁学士兼礼部侍郎。方苞朝廷地位的攀升,虽然因素众多,但离不开康、雍、乾三代帝王与满人仕宦高层的权力加持。

首先,是康、雍、乾三代帝王的欣赏。康熙朝入南书房,诏命蒙养斋修书,升任武英殿修书处总裁。雍正朝直接由一介词臣跃升为当朝二品大员,礼部侍郎

---

① 方苞:《两朝圣恩恭记》,《方苞集》,第 515 页。

② 全祖望撰,朱铸禹校注:《全祖望集汇校集注》,第 306 页。

③ 赵尔巽等:《清史稿》卷二百六十,第 34 册,中华书局 1977 年版,第 10282 页。

④ 〔法〕布尔迪厄著,刘晖译:《艺术的法则:文学场的生成与结构》,中央编译出版社 2001 年版,第 263 页。

并教习庶吉士。乾隆帝登极后,复召方苞入南书房,再教习翰林院庶吉士,并组织编纂《钦定三礼义疏》和《钦定四书文》,前者是清代三礼学的集成之作,后者作为科举考试的朝廷指导用书。在三代帝王的嘉勉之下,方苞朝野地位迅速攀升。其二,翰林院掌院的倚重。在翰林院期间,方苞从翰林院侍讲到内阁学士,再到两度教习庶吉士,翰林院掌院学士徐元梦、留保、福敏、鄂尔泰等,对方苞都极为推重,尤其是两朝帝师徐元梦经常向方苞请教经义。其三,主持朝廷重要文化工程的编纂出版。在朝三十年,方苞曾任《一统志》馆总裁、《皇清文颖》馆副总裁、三礼馆副总裁、经史馆总裁等,参与修纂《御定子史精华》《御制历象考成》《御定音韵阐微》《御定骈字类编》等,主持修纂《古文约选》《钦定四书文》《钦定三礼义疏》《十三经》《廿一史》《日讲春秋解义》《日讲礼记解义》《大清一统志》等。《古文约选》为清代最重要的皇家古文选本之一,《钦定四书文》为科举士人和官方衡文的必备参考书,《大清一统志》在方苞修纂时期最有成效,《钦定三礼义疏》是清初最完备的礼学丛书。各大修书馆的工作,有效提升方苞的学术地位与影响力。其四,满族重臣的推崇。在与满族仕宦高层交往的过程中,方苞以自己的才情赢得对方崇敬,尤其以顾琮、德沛、鄂尔泰等人为代表。此外,诸如礼部侍郎留保(1689—1762)、兵部尚书法海(1671—1737)、武英殿大学士来保(1680—1764)等人,对方苞也极为推重。不难发现,方苞经常往来者多为满人仕宦高层,他们的推崇与官场影响力,为方苞在官场与学术圈带来巨大声望,助推其一代宗师地位的形成。

如果说交游是宗师形成的外因,自身努力则是内因。真正的学术宗师,最终还是要靠自身努力及其所取得的成就来加冕。方苞京师三十年仕宦生涯,不仅学术成就丰硕,还培养了一批理学名臣,以陈大受、尹会一、雷铉、官献瑶、沈廷芳等影响较大。正是通过持续的勤勉努力,方苞赢得朝野的认可,走上学术与人生的高峰。京师,既是方苞受难之地,也是崛起之所。

结　语

文化认同,从来就不是一蹴而就,而是一种过程性反思,在这个过程中,地域因素作为一个不可忽视的参考变量,直接或间接影响主体的见解生成与倾向性。方苞从桐城到金陵,再从金陵到京师,从地理学来看仅仅是空间位移,实际却是思想观念与立场价值的转变,自我认同也随之而变。

桐城是方苞先祖定居之地,是他祭祀祖先、慎终追远之所。金陵是方苞生长之地,他的父祖亲人生活其中,朋友乡邻也生活其中。但金陵又是明遗民的故乡,无数先辈在清军征掠中牺牲或殒命,方苞生活其间,必然受其浸染,这也是清初汉族士人普遍的感受与命运。而另一方面,京师作为新朝的政治经济文化中心,给予年轻人施展抱负才华的舞台,方苞也因势成就一代文宗的地位。桐城代表家族,是方苞的来处;京师代表新朝,是方苞的去处;金陵代表旧都,是方苞的归处。方苞身上有江南遗民后裔的影子,有清廷"御用文人"的帽子,有一代文宗的文坛地位。每一个地域都包含一种经历,每一种经历都代笔一种身份,每一种身份都产生一定的社会影响。而方苞是各部分的集合,是时间绵延与空间建构的集合。每一部分都独一无二,都不可替代。在新朝与旧国之间,在满人与汉人之间,在庙堂与乡野之间,在官员与文人之间,在文人与学者之间,方苞以如缘巨笔书写千古文章,又在千古文章中书写独特的自我。

查尔斯·泰勒主张认同"提供了一种框架和视界",人们因此获得价值和立场。[①]而对于读者来说,地域书写也正是这样一种框架和视界,通过其书写的"情感空间"和"意义空间",为我们认识作品获得方向感、确定性和意义。虽然这些认识是零散的、变化的,但自我正是变化着的同一。

作者单位:合肥学院语言文化与传媒学院

---

① 〔加〕查尔斯·泰勒著,韩震等译:《自我的根源:现代认同的形成》,译林出版社 2001 年版,第 2 页。

空间经验与宋元女性文学的审美传统

刘双琴

空间经验对文学创作的基础意义已经逐渐成为学界的共识。人类活动的物理空间本质上也是社会空间,社会性别地理学认为,空间并不是中立的存在,男女性别差异是许多地理空间设置首要考虑的因素,社会分工通常将性别关系定义为男性在公共领域(如政治、经济、文化领域),而女性在私人领域(如家庭)。性别差异带来空间体验的不同,并深刻影响到文学创作。在严分内外的古代社会,这种影响更为显著。早在 20 世纪 20 年代初,文学史家就敏锐觉察到空间经验对古代女性文学创作的影响,并以此为基点对女性文学展开分层研究,其分类主要包括:"宫廷文学",即由活动于宫廷的女性所创作的文学;"平民文学",即由生活于民间的女子所创作的文学;"纯文学",即由出身书香门第的闺秀所创作的文学;"娼冠文学",即由活跃于青楼的妓女及道观的僧尼所创作的文学。这种分类和命名与女性创作主体的空间经验紧密相关,已初步显示出文学地理的视野[1]。此外,不少学者留意到,空间与性别常常交互作用,并影响到文学作品的审美风格,如刘敬圻评钱塘名妓苏小小《减字木兰花》云:"宋代女子的相思恋词,大都具有这种民歌风味。大约与作者身份低下,大都是秦楼楚馆中人有关。"[2] 这是非常敏锐而独到的发现,我们在宋代其他女性作品中也能感受到这一特点,如北宋歌妓盈盈《寄王山》诗"几时满引流霞钟,共君倒载夕阳中"[3],同样具有强烈的民歌风味。一些学者评论女性文学与男性文学的区别时,也开始觉察到空间经验带来的影响,并尝试以地理空间视野分析女性文学的特质,如杨式昭论闺秀词,称"与东坡、稼轩比,则立觉得一是名山大川,一是小院方塘","然以之与清真、梦窗比,亦相去远甚:一则林木丘壑,蔚然深秀,一则浅草直径,

---

① 参见王春荣、吴玉杰主编:《文学史话语权威的确立与发展》,辽宁人民出版社 2007 年版,第 272 页。

② 刘敬圻、诸葛忆兵:《宋代女词人词传》,吉林人民出版社 1999 年版,第 303 页。苏小小《减字木兰花》全词如下:"别离情绪。万里关山如底数。遣妾伤悲。未必郎家知不知。自从君去。数尽残冬春又暮。音信全乖。等到花开不见来。"

③ 李献民:《云斋广录》卷九,中央书店 1936 年版,第 82 页。

一望到头"[①]。这种阐发通过地理景观评述女性文学与男性文学美感特质的区别,折射出女性与男性空间经验之别,即以东坡、稼轩为代表的男性作者其人生行程遍及名山大川,而以朱淑真为代表的女性作者最主要的活动空间就是小院方塘。

如果在女性文学内部进行比较,仍然可以看出这种差别。如就创作量而言,朱淑真无疑是作品总量最多的女性,流传至今有诗337首,词26首,文1篇,然就文学影响及在女性文学史上的地位而言,她与李清照相去甚远。造成这种悬殊的因素很多,当从空间经验视角去理解,我们亦可以得到答案。尽管与朱淑真一样,闺阁是最重要的活动空间,闺情是作品的重要文学主题,但由于良好的家庭环境、父亲李格非的言传身教,以及十五岁由原籍赴汴京、靖康之难后漂泊江浙的空间位移经验,李清照能够更多地摆脱传统闺阁空间的束缚,能够更好地在作品中展示不逊于士大夫的才学,甚至呈现出难得的士人情怀,这无疑扩展了古代女性文学的广度,因而具有开拓性价值。朱淑真的空间经验则相对比较单一,她一生大量的时光消磨于自家东园与西园,虽有从夫宦游的空间体验,但因流动的依附性,她并未脱离以男性为主的家庭伦理秩序,其思想情感仍囿于传统的望月怀远、伤春悲秋范围。朱淑真对幽怨与苦闷的反复书写,把女性文学审美特质发挥到极致,从而开掘了古代女性文学的深度。二人作品呈现出的思想主题广度与深度上的不同,正是二人地理空间经验上"广"与"深"的区别。

从前贤的论述及我们对宋元女性文学作品的体察可见,在宋元性别秩序背景下,空间经验对女性文学最重要的影响在于审美风格的形成。闺阁与内室作为古代女性坐卧起居、修炼女红、研习诗书礼仪之所在,其主要特征就是空间上的狭隘与局促,这在一定程度上限制了女性的思维境界。闺阁内相对闲散、舒适的生活也不利于女性意志上紧张状态的形成,在其作品中多表现为审美空间的幽深性、审美时间的悠长性,以及以感伤、孤寂为情感基调的审美取向。

一、幽深: 宋元女性文学的审美空间

宋元女性长年生活于狭小、幽深而封闭的闺阁空间,这一现实的生存空间

---

① 杨式昭:《读闺秀百家词选札记》,《文学年报》1932年1期。

决定了宋元女性文学的空间描写以闺房为中心,向外辐射至庭院、园林的结构模式,以及审美意象以闺阁物象、庭园风景为主的封闭性特征。宋元女性作家以"深"描写其居住空间的就有数十处。如曹希蕴"画堂深处伴妖娆,绛纱笼里丹砂赤"[①];赵太尉夫人"秋波绽处,相思泪迸,天阻深诚"[②];延安夫人苏氏"小阑干,深院宇。依旧当时别处"[③];周氏"深院日长无个事,一瓶春水自煎茶"[④];郑文妻"花深深。一钩罗袜行花阴"[⑤];温琬"多情天赋反伤情,深闭幽窗倦送迎"[⑥];张玉娘"愁生画角乡心破,月度深闺旧梦牵"(《塞下曲》),"坐移十二阑干曲,兴入千层积翠深"(《春夜》),"三月江南绿正肥,阴阴深院燕初归"(《新燕忆女弟京娘》),"深闺为尔牵愁兴,坐问容光强赋诗"(《海棠月》)[⑦],"月光微,帘影晓。庭院深沉,宝鼎余香袅"(《苏幕遮》),"深院深深人不到,凭阑。尽日花枝独自看"(《南乡子》)[⑧];赵葵姬"怪得无人理丝竹,绿阴深处摘青梅"[⑨];杨氏妇"回首西风深巷底,梅花霜月夜如年"[⑩];贺罗姑"亭院深深昼影移,相从闲看坐间棋"[⑪];辽代萧观音"扫深殿,闭久金铺暗。游丝络网尘作堆,积岁青苔厚阶面。扫深殿,待君宴"[⑫];金汴梁宫人"一入深宫里,经今十五年"[⑬];龙辅"深闺渐老大,始学谢娘诗"[⑭];元代程一宁"绿窗深琐无人见,自碾朱砂养守宫"[⑮];孙淑"庭院深深早闭门,停针无语对黄昏。碧纱窗外初生月,照见梅花欲断魂"[⑯]。即使是俱有较为自由空间体验、能"与秦七、黄九争雄,不独雄于闺阁"[⑰]的李清照,在她的

---

① 曹希蕴:《踏莎行·灯花》,《全宋词》第 2 册,第 701 页。
② 赵太尉夫人:《极相思令》,《全宋词》第 1 册,第 370 页。
③ 苏氏:《更漏子·寄季玉妹》,《全宋词》第 1 册,第 200 页。
④ 周氏:《春晴》,《全宋诗》第 24 册,第 15722 页。
⑤ 郑文妻:《忆秦娥》,《全宋词》第 5 册,第 3539 页。
⑥ 温琬:《述怀》,刘斧撰,施林良校点:《青琐高议》后集卷之八,上海古籍出版社 2012 年版,第 115 页。
⑦ 见《全宋诗》第 71 册,第 44625、44638、44639 页。
⑧ 见唐圭璋主编:《全金元词》,中华书局 1979 年版,第 870、872 页。
⑨ 赵葵姬:《诗一首》,《全宋诗》第 57 册,第 36031 页。
⑩ 杨氏:《送夫从军》,《全宋诗》第 72 册,第 45555 页。
⑪ 贺罗姑:《观棋》,胡友梅:《庐陵诗存》,黄山书社 2018 年影印清刊本。
⑫ 萧观音:《回心院·扫深殿》,王鼎:《焚椒录》,中华书局 1985 年版。
⑬ 陶宗仪撰,李梦生校点:《南村辍耕录》卷十八,上海古籍出版社 2012 年版,第 203 页。
⑭ 龙辅:《题书斋》,《全宋诗》第 72 册,第 45623 页。
⑮ 程一宁:《春夜吹笛词》其一,陈衍辑撰,李梦生校点:《元诗纪事》卷三十五,上海古籍出版社 1987 年版,第 807 页。
⑯ 孙淑:《绿窗遗稿》,陶宗仪撰,李梦生校点:《南村辍耕录》卷十三,上海古籍出版社 2012 年版,第 148 页。
⑰ 杨慎:《词品》卷二,文渊阁四库全书本。

作品中,表达重门深院空间体验的作品也俯仰即是,如"小阁藏春,闲窗锁昼,画堂无限深幽"(《满庭霜》),"小院闲窗春色深。重帘未卷影沉沉"(《浣溪沙》),"庭院深深深几许,云窗雾阁常扃"(《临江仙》),"风定落花深,帘外拥红堆雪"(《好事近》),"帝里春晚,重门深院"(《怨王孙》),"寂寞深闺,柔肠一寸愁千缕"(《点绛唇》)①,等等。幽闭的空间经验促使女性文学沿着感伤的传统发展,"孤""寒""空""锁""深""愁"等是女性最为频繁的情绪体验。一方面,狭小的空间牢牢限制着女性;另一方面,女性自身也会不由自主地朝着内敛的方向约束甚至是封闭自我。比如张玉娘这样长于古风、"绝少闺阁气"②的女性,也会作《汉宫春·元夕用京仲远韵》云:"何人轻驰宝马,烂醉金罍。衣裳雅澹,拥神仙、花外徘徊。独怪我、绣罗帘锁,年年憔悴裙钗。"③由词的内容可见,张玉娘是遵循传统性别秩序,刻意"锁"住个人内心,从而实现与外部世界的隔绝。再如贺罗姑,尽管曾受到父亲良好的诗书教育与熏陶,并有幸嫁给陆秀夫这样的英雄才子,她本人的很多作品也表现出通达、高远之境,但由其《观棋》诗"亭院深深昼影移"之句,还是可以看出空间狭促带来的生命的不安之感。

对幽深空间体验最深的当属朱淑真,她自号"幽栖居士",正是其所处生存空间与地理环境的真实反映,她有大量有关闺阁、庭院、园林的诗词作品,如"海棠深院雨初收,苔径无风蝶自由"(《晴和》),"园林深寂撩私恨,山水昏明恼暗黧。芳意被他寒约住,天应知有惜花人"(《春阴古律二首》其一),"绿槐高柳浓阴合,深院人眠白昼闲"(《暮春三首》其一),"莺声冉冉来深院,柳色阴阴暗画墙"(《恨春五首》其五),"阑月笼春雾色澄,深沉帘幕管弦清"(《元夜三首》其一),"冰蚕欲茧二桑阴,粉箨雕风曲径深"(《初夏二首》其二),"月转西窗斗帐深,灯昏香烬拥寒衾"(《长宵》),"深院雕梁巢燕返,高林乔木谷莺迁"(《春晴》),"默默深闺掩昼关,简编盈案小窗寒"(《春书偶成》),"深闺寂寞带斜晖,又是黄昏半掩扉"(《观燕》)④,"去去惜花心懒,踏青闲步江干。恰如飞鸟倦知还。澹荡梨花深院"(《西江月》),"深院重关春寂寂,落花和雨夜迢迢"(《浣溪沙》),⑤等等。她擅长将幽深的环境、孤寂的感受与闲适的心态糅合在一起,描

① 见《全宋词》第 2 册,第 925、928、929、931、932 页。
② 陶秋英:《中国妇女与文学》,北新书局 1933 年版,第 200 页。
③ 见唐圭璋主编:《全金元词》,中华书局 1979 年版,第 873 页。
④ 见《全宋诗》第 28 册,第 17950、17955、17956、17957、17961、17965、17980、17981、18002、页。
⑤ 见《全宋词》第 2 册,第 1408 页。

写远离人群、超脱纷繁的空间场景，我们可以理解为这是觉醒中的女性对封闭的自我生存环境的审视。在列举的作品中，宋代女性有关"深"的描述与体验远超元代，可见这一反省与审视过程在两宋时期尤为显著。

幽深不仅是普通女子生活空间的特点，对于宫廷女子来说，更是"侯门一入深如海"（崔郊《赠去婢》），宫怨诗作为一种诗词类型在唐宋时期日渐盛行开来，正反映出宫廷女性幽深的生存状态。关于皇宫之"深"，宋理宗谢皇后的一篇诏文极为写实，也很发人深省，其《罢公田复茶盐市舶法诏》一文称："十数年来，征赋繁急，而田里怨嗟；赏罚无章，而将士解体。吾深居宫中，亦罔闻知。"① 尽管贵为皇后，甚至垂帘听政，然所闻知者不出宫廷，皇后尚如此，宫中其他女性生活空间之狭隘可见一斑。在诗性的文学世界中，杨皇后的许多作品向世人展示出宫廷女性幽深的生活空间与审美取向，如"一帘小雨怯春寒，禁御深沉白昼闲"（《宫词》其八），"禁御融融春日静，五云深护帝王家"（《宫词》一〇），"后院深沉景物幽，奇花名竹弄春柔"（《宫词》一一），"绿窗深锁无人见，自碾朱砂养守宫"（《宫词》三〇），"辇路青苔雨后深，铜鱼双钥昼沉沉"（《宫词》三二），"帘幕深深四面垂，清和天气漏声迟"（《宫词》四一）②。宫廷的幽深与别处不同，它具有森严性，看似"白昼闲""春日静""景物幽""漏声迟"，这些闲适、幽静的字眼及场面与"禁御""帝王"等充满张力、富有政治气息的词汇相联系，给人的就不仅是深幽的体验，更是挥之不去的深沉之感。

长期身处闺阁空间中的女性，在文学表达方面往往多选择诗、词这些抒发个人情感的文体作为载体，当以"文"作为表达方式时，她们仍多面向个人与家庭，呈现出深狭的题材取向。如湖州施氏的《乞改正故父冤狱给还抄没家产奏》，孙氏的《李尚行非理沮难杜结转官诉状》，王雱之女的《乞令王逮依旧为先父雱后状》，赵从善妻张氏的《乞依本宫行从赐名士鹏奏》，李清照的《投翰林学士綦崈礼启》《金石录后序》及宋元时期宗室公主的各种奏文，她们上奏的主要内容皆不出家事，叙述的主要事件也大都限于个人经历，涉及的主要人物则主要是家庭至亲或至爱。这些文章的创作面向都具有一定的内闭性，与幽深空间的生活经验密切相关。

---

① 理宗谢皇后：《罢公田复茶盐市舶法诏》，《全宋文》第 347 册，第 165 页。
② 见《全宋诗》第 53 册，第 32890、32891、32892 页。

二、悠长：宋元女性文学的审美时间

"在日复一日的个人经历层面上，空间同样具有时间意义"[1]，空间的封闭意味着创作主体时间敏感度的增强。在幽闭的空间环境中，时间变得漫长，"人生天地之间，若白驹过隙，忽然而已"[2]的光阴流逝感对宋元大多数女性而言只是遥远的想象，长期的围阁生活使她们很难体会到"人生天地间，忽如远行客"（《古诗十九首》）的时空错位感。在文学创作中，宋元女性一方面反复呈现时日之悠长，极力抒写情感之孤寂，同时也不断显露出对安逸闲适生存状态的欣赏。如曹希蕴"因过行院逢僧话，始觉空门气味长"[3]；阮逸女"夜长更漏传声远，纱窗映、银缸明灭"[4]；李清照"小楼寒，夜长帘幕低垂"（《多丽》）、"秋已尽，日犹长。仲宣怀远更凄凉"（《鹧鸪天》）[5]、"薄露初零，长宵共、永昼分停"[6]；杨皇后"薰风宫殿日长时，静运天机一局棋"[7]；刘彤"画扇停挥白日长，清风细细袭罗裳"[8]；龙辅"日斜未理妆，昼长人易倦"[9]；张玉娘"抱恨坐夜长，银釭半明灭"（《班婕妤》其二），"秋风生夜凉，风凉秋夜长"（《秋夜长》）[10]；王纶女"洞境春色长，人间夜寒早"[11]；吴氏女"秋林有声秋夜长，愿君莫把斯文弃"[12]；等等。时间的悠长往往与空间的寂静相得益彰，张氏《绝句》云："罗幕金泥窄地垂，夜香烧尽二更时。不知帘外溶溶月，上到梅花第几枝。"[13]郑允端《游丝》云："织就天孙云锦裳，断丝几缕散悠扬。落花庭院白日静，闲看宫中百尺长。"[14]两首诗都很典型地构建

---

① 〔美〕段义孚著，王志标译：《空间与地方：经验的视角》，中国人民大学出版社 2017 年版，第 103 页。

② 庄子：《知北游》，庄子撰，郭象注：《庄子注》卷七，文渊阁四库全书本。

③ 曹希蕴：《赠乾明寺绣尼集句》，《全宋诗》第 7 册，第 4722 页。

④ 阮逸女：《花心动》，《全宋词》第 1 册，第 203 页。

⑤ 见《全宋词》第 2 册，第 927、929 页。

⑥ 李清照：《新荷叶》，孔凡礼辑：《全宋词补辑》，中华书局 1981 年版，第 26 页。

⑦ 杨皇后：《宫词》一五，《全宋诗》第 53 册，第 32890 页。

⑧ 刘彤：《寄外》其二，《全宋诗》第 71 册，第 45065 页。

⑨ 龙辅：《夏闺》，《全宋诗》第 72 册，第 45622 页。

⑩ 见《全宋诗》第 71 册，第 44625、44628 页。

⑪ 王纶女：《赠父》其二，王明清撰，朱菊如、汪新森校点：《玉照新志》卷第四，上海古籍出版社 2012 年版，第 91 页。

⑫ 吴氏女：《寄夫歌》，见罗烨：《醉翁谈录》乙集卷之二，古典文学出版社 1957 年版，第 22 页。

⑬ 见《全宋诗》第 55 册，第 34310 页。

⑭ 郑允端：《肃雝集》，清刊本。

出封闭的时空结构模式。空间的恒定意味着时间的延宕,即使是像陈碧娘这样的巾帼英雄,当不能投身抗元,只能在闺中等待远在广西战场上丈夫的消息时,也会感受到时间的漫长,生发"三年消息无鸿便,咫尺凭谁寄春怨。日长花柳暗庭院,斜倚妆楼倦针线"的感慨,并深感"无术平寇报明主,恨身不是奇男子"[1]。

对时间感知最强烈的仍然是幽栖居士朱淑真。她的大量作品在反映空间幽深性的同时,也呈现出这个封闭空间内时间的悠长性。如"深院日长无个事,一瓶春水自煎茶"[2],"日长无事人慵困,金鸭香销懒更添"(《又绝句》),"谢却海棠飞尽絮,困人天气日初长"(《清昼》),"长日渐成微暑意,喜看楼影浸波心"(《初夏二首》其二),"雾影乍随山影薄,蛩声偏接漏声长"(《早秋》),"更堪细雨新秋夜,一点残灯伴夜长"(《秋夜有感》),"月转西窗斗帐深,灯昏香烬拥寒衾"(《长宵》),"秋雨沉沉滴夜长,梦难成处转凄凉"(《闷怀二首》其二),"旧家庭院春长锁,今夜楼台月正圆"(《诉愁》),"诗书遣兴消长日,景物牵情入苦吟"(《早春喜晴即事》),"纱橱困卧日初长,解却红裙小簟凉"(《暑月独眠》),"夏日初长候,风棂暑夕眠"(《夏枕自咏》),"淡红衫子透肌肤,夏日初长水阁虚"(《夏日游水阁》),"木落桐应瘦,宵寒漏正长"(《秋夜感怀》),"霜月照人悄,迢迢夜未阑"(《长宵》),"葵影便移日长至,梅花先趁小寒开"(《冬至》)[3],"小院湘帘闲不卷,曲房朱户闷长扃"(《浣溪沙》),"独倚阑干昼日长。纷纷蜂蝶斗轻狂(《鹧鸪天》)[4],等等。在幽闭的空间中,时间的悠长感无时不有,在一天之内,有长日、长夜,在一个季节中,则主要集中于春、秋、夏三个季节,体现为春日长、春夜长、夏日长、夏夜长、秋日长、秋夜长,也有极少量作品呈现出冬日之长。

在我们所认识的客观世界中,真正的长夜当为每一年冬至前后,即每年公历12月21日至23日,冬至这天太阳直射点达到南行的极致,太阳光直射南回归线,对北半球最为倾斜,大阳高度角最小,北半球各地白昼最短、黑夜最长。耐人寻味的是,在宋元女性作家笔下,反映冬夜漫长的作品并不多。什么原因促使宋元女性产生有悖于客观真实的时间感受?一般说来,当人处于封闭的空间,不断进行重复性活动时,更容易产生厌倦的情绪。春、夏、秋三个季节,尤其是春秋季

---

[1] 陈碧娘:《平元曲寄二弟植与格》,《全宋诗》第 63 册,第 39860 页。

[2] 朱淑真:《春晴》,《全宋诗》第 24 册,第 15722 页。

[3] 见《全宋诗》第 28 册,第 17952、17958、17961、17964、17965、17966、17974、17980、17983、17984、17987、17989、17990 页。

[4] 见《全宋词》第 2 册,第 1404、1405 页。

气温相对比较适宜,人能保持清醒的时间相对较长,当长期被动生存于百无聊赖的狭小空间,女性对时间的感知不断拉长。同时,对于这些中上层女性来说,由于有仆人或侍女差遣,不用过多承担家务劳作,当丈夫、爱人因仕宦、经商等各种原因远游,她们会有更多的空闲去"关注并体验生命被闲置、情感被冷落的无聊与痛苦"①,如魏夫人"三见柳绵飞,离人犹未归"②,苏小小"自从君去,数尽残冬春又暮。音信全乖,等到花开不见来"③,在幽闭空间中的宋代女性作家,对离别的痛苦体会越深,她们的时间感就越长。

三、寂与闲: 宋元女性文学的审美传统

幽闭的空间与悠长的时间带给宋元女性最强烈的感受就是"寂"。综观宋元女性作家的文学创作,表达孤独、寂寥感受的作品数量众多。"在文士那里,孤独感有时并不一定与生存方式的形单影只相关联,离群索居时未必觉得寂凉,置身群体中反可能因孤独而痛苦。这不属于那种机缘性的、浮于心理表层之上的孤独,而是由思想的独特、人格的超绝所构成的与整个社会环境的疏离,是心灵深处的哀伤"④,但对于女性来说,孤独感的产生主要来自生活环境的封闭性、身份归属的不确定性,以及因地位低下导致的爱情的失意与苦闷。在传统社会中,女性身份的归属认同往往是"他者"。父系家长制要求家族香火在男性成员内部传承,女性在未嫁之时即已被排除在家庭血统之外,出嫁之初,女性则被迫割裂与原生家庭的血缘联系,成为夫家的外姓人。父系家族为男性提供稳定自我认同感的同时,牢固确立了女性的从属身份。这种绝对的从属地位使女性极为重视家庭婚姻关系。因此,当女性视为人生之全部的婚姻关系出现不尽人意的状况时,她们的孤独感与痛苦感就格外深切。在收集到的作品中,"寂"出现了约70次。如李清照"无人到,寂寥浑似,何逊在扬州"(《满庭霜》),"寂寞尊前席上,惟愁海角天涯"(《转调满庭芳》),"梧桐落。又还秋色,又还寂寞"(《忆秦

① 舒红霞:《女性·审美·文化——宋代女性文学研究》,人民出版社2004年版,第188页。
② 魏夫人:《菩萨蛮》,《全宋词》第1册,第268页。
③ 苏小小:《减字木兰花》,《全宋词》第5册,第3596页。
④ 乔以钢:《中国古代妇女文学的感伤传统》,《文学遗产》1991年第4期。

娥》），"寂寞深闺，柔肠一寸愁千缕"（《点绛唇》）①。再如朱淑真"寂寂珠帘归燕未，子规啼处一春愁"（《晴和》），"园林深寂撩私恨，山水昏明恼暗聱"（《春阴古律二首》其一），"寂寂多愁客，伤春二月中"（《春日感怀》），"寂寂海棠枝上月，照人清夜欲如何"（《春日杂书十首》其一），"燕子楼台人寂寂，杨花庭院日熙熙"（《暮春三首》其三），"一点芳心冷若灰，寂无梦想惹尘埃"（《春归五首》其四），"无奈梨花春寂寂，杜鹃声里只颦眉"（《春夜》），"几度寻芳已不成，又还寂寞过清明"（《阻雨》），"四檐飞急雨，寂寂坐空斋"（《中秋值雨》），"寂寂疏帘挂玉楼，楼头新月曲如钩"（《供愁》），"夜久万籁息，琴声愈幽寂"（《夏夜弹琴》），"深闺寂寞带斜晖，又是黄昏半掩扉"（《观燕》）②，"不忍卷帘看，寂寞梨花落"（《生查子》），"忆前欢。曾把梨花，寂寞泪阑干"（《江城子》），"亭水榭秋方半。凤帏寂寞无人伴"（《菩萨蛮》），"担阁梁吟，寂寥楚舞，笑捏狮儿只"（《念奴娇》），"粉泪共、宿雨阑干，清梦与、寒云寂寞"（《月华清》），"深院重关春寂寂，落花和雨夜迢迢"（《浣溪沙》）③。又如张玉娘"四壁寂无声，合座生灵爽"（《幽居四景·窗月》），"夜深明月度，寂寞玉雕阑"（《华清宫》），"夜凉春寂寞，淑气浸虚堂"（《暮春夜思》），"入更生阒寂，欹坐讶清商"（《咏夏雨》）④。除李清照、朱淑真、张玉娘极善抒寂寥之情外，宋元时期还有其他众多女性在其诗词作品中表达了对深闺寂寥的体验。如孙道绚"秋寂寞。秋风夜雨伤离索"⑤；张夫人"香散帘帏寂，尘生翰墨闲"⑥；龙辅"寂寂中秋夜，含情出玉闺"⑦；吴氏女"梦魂夜夜到君边，觉来寂寞鸳衾独"⑧；高氏"寂寞倚屏帏，春雨纷纷促"⑨；孙淑"绿窗寂寞掩残春，绣得罗衣懒上身"⑩；张阿庆"睡思昏昏如醉思，闺心寂寂似禅心"⑪；赵鸾"日暮

---

① 见《全宋词》第 2 册，第 925、926、931、932 页。

② 见《全宋诗》第 28 册，第 17950、17951、17954、17955、17956、17957、17958、17965、17975、18002 页。

③ 见《全宋词》第 2 册，第 1405、1406、1407、1408 页。

④ 见《全宋诗》第 71 册，第 44627、44628、44635、44640 页。

⑤ 孙道绚：《忆秦娥》，《全宋词》第 2 册，第 1248 页。

⑥ 张夫人：《哭魏夫人》，《全宋诗》第 22 册，第 14340 页。

⑦ 龙辅：《中秋》，《全宋诗》第 72 册，第 45621 页。

⑧ 吴氏女：《寄夫歌》，见罗烨注：《醉翁谈录》乙集卷之二，古典文学出版社 1957 年版，第 22 页。

⑨ 高氏：《失调名·促段功归》，唐圭璋主编：《全金元词》，中华书局 1979 年版，第 1157 页。

⑩ 孙淑：《绿窗遗稿》，见陶宗仪撰，李梦生校点：《南村辍耕录》卷十三，上海古籍出版社 2012 年版，第 147 页。

⑪ 张阿庆：《失题》，见陈衍辑撰，李梦生校点：《元诗纪事》卷三十六，上海古籍出版社 1987 年版，第 812 页。

披图思寂灭,隔林钟磬至今听"①;郑允端"夜深众籁寂,天空缺月明"(《听琴》),"寂寞虚窗下,支难一病身"(《花朝卧病》),"万籁无声人寂寂,一尘不起夜沉沉"(《梅花梦》),"万籁无声人寂寂"(《病起》)②;珠帘秀"寂寞几时休?盼音书天际头"③;等等。可以说,宋元女性将中国传统文学中"孤寂"这一审美追求抒写到极致,从她们的文学创作可以看出,在多数情况下,女性往往"独行独坐、独唱独酬还独卧"④,或者"臂冷香销成独坐"⑤,孤寂的情绪体验是女性创作的重要源泉,也是推动女性文学走向意象细化、情感深化的主要力量。幽闭的空间经验深刻影响着女性文学的抒情深度,女性在被狭小生活空间局限视野的同时,转而培养出对身边事物灵敏的感知力,她们将这一旨趣极力向细处、深处引发,并达到女性文学在审美上的以细见深。

在宋元女性的空间世界里,与孤寂相伴而生的另一重要生命体验就是"闲",这在宋元女性笔下也屡见不鲜。据统计,在宋元女性作家的作品中,"闲"就出现了100余次。如曹希蕴"目穷鸟道青天远,榻转松阴白日闲"⑥;阮逸女"断魂远、闲寻翠径,顿成愁结"⑦;"为报归期须及早,休误妾、一春闲"⑧;李清照"小阁藏春,闲窗锁昼,画堂无限深幽"(《满庭霜》),"小院闲窗春色深,重帘未卷影沉沉"(《浣溪沙》),"任宝奁闲掩,日上帘钩。生怕闲愁暗恨,多少事、欲说还休"(《凤凰台上忆吹箫》),"花自飘零水自流。一种相思,两处闲愁"(《一剪梅》),"险韵诗成,扶头酒醒,别是闲滋味"(《念奴娇》),"枕上诗书闲处好,门前风景雨来佳"(《摊破浣溪沙》),"玉鸭熏炉闲瑞脑,朱樱斗帐掩流苏"(《浣溪沙》)⑨;吴淑姬"久离阻。应念一点芳心,闲愁知几许"⑩。朱淑真的作品中,更是大量出现各种闲情逸致,如"闲将诗草临轩读,静听渔船隔岸歌"(《春日即事》),"鹁鸠声歇已闲晴,柳眼窥春浅放青"(《喜晴》),"谁能更觑闲针线,且殢春光伴酒卮"

① 赵鸾:《题管道昇紫竹庵图》,杨镰主编:《全元诗》第 46 册,中华书局 2013 年版,第 401 页。

② 郑允端:《肃雝集》,清刊本。

③ 珠帘秀:《【正宫】醉西施》,周振甫主编:《唐诗宋词元曲全集 全元散曲》第 1 册,黄山书社 1999 年版,第 120 页。

④ 朱淑真:《减字木兰花》,《全宋词》第 2 册,第 1405 页。

⑤ 张玉娘:《念奴娇·中秋月次姚孝宁》,唐圭璋主编:《全金元词》,中华书局 1979 年版,第 871 页。

⑥ 曹希蕴:《题梅坛》,《全宋诗》第 72 册,第 45291 页。

⑦ 阮逸女:《花心动》,《全宋词》第 1 册,第 203 页。

⑧ 魏夫人:《江城子》,《全宋词》第 1 册,第 269 页。

⑨ 见《全宋词》第 2 册,第 925、928、931、933、934、页。

⑩ 吴淑姬:《祝英台近》,《全宋词》第 2 册,第 1041 页。

（《春日杂书十首》其六），"绿槐高柳浓阴合，深院人眠白昼闲"（《暮春三首》其二），"诗卷酒杯新废却，闲愁消遣殢他谁"（《暮春三首》其三），"暗把后期随处记，闲将清恨倩诗嘲"（《恨春五首》其三），"一篆烟消系臂香，闲看书册就牙床"（《恨春五首》其五），"倚楼闲省经由处，月馆云藏望眼中"（《春日闲坐》），"万紫千红浑未见，闲愁先占许多般"（《雨中写怀》），"砌成幽恨斜阳里，供断闲愁细雨中"（《柳》），"闲闷闲愁百病生，有情终不似无情"（《秋夜牵情三首》其二），"清香未寄江南梦，偏恼幽闲独睡人"（《冬日梅窗书事四首》其二），"墙头花外说新情，拨去闲愁着耳听"（《闻鹊》），"腰瘦故知闲事恼，泪多只为别情浓"（《睡起二首》其一），"烛花影里粉姿闲，一点愁侵两点山"（《雪满群山为韵作五绝》其五），"闲步西园里，春风明媚天"（《春游西园》），"清宵三五凉风发，湖上闲吟步明月"（《湖上咏月》）。① 在宋元女性文学中，以"闲"为情感基调的诗词作品还有很多，上及后宫佳丽，下至平民女子，闲情传统在女性文学中表现得极为突出。除前文所列之例，还包括杨皇后"恼杀野塘闲送目，鸳鸯无数各双双"（《宫词》其四），"溶溶太液碧波翻，云外楼台日月闲"（《宫词》其五），"一帘小雨怯春寒，禁御深沉白昼闲"（《宫词》其八）；② 王氏"闲来撑小艇。划破楼台影③；张玉娘"闲看腊梅梢，埋没清尘绝"（《白雪曲》），"向晚登高楼，帘闲楼上头"（《西楼晚眺》），"玉勒雕鞍燕北春，闲愁空自惜芳尘"（《春思》），"兰闺半月闲针线，学得崔徽一镜图"（《秋思》），"昼永人闲啼鸟静，花飞无语春冥冥"（《暮春偶成》），"斜倚睡屏闲怅望，慵临鸾镜独支颐"（《闺情·倦绣》）；④ 等等。由这些作品可见，宋元女性的"闲"与男性的"闲"体现出截然不同的生命内涵与审美趣味。在男性文人那里，"闲"象征着通达的人生智慧，如庄子的"大知闲闲，小知间间"（《齐物论》）；或者反映悠然的生活状态，如陶渊明的"采菊东篱下，悠然见南山"（《饮酒》）；或者展现安宁的心境，如王维的"人闲桂花落，夜静春山空"（《鸟鸣涧》）；或者表达生命易逝的感慨，如北宋富贵闲人晏殊的"无可奈何花落去，似曾相识燕归来"（《浣溪沙》）。由"闲"构成的语义场一般是闲远、悠闲，"闲"是作为理

---

① 见《全宋诗》第 28 册，第 17952、17953、17954、17955、17956、17957、17958、17960、17968、17969、17972、17975、17977、17981、17987 页。
② 见《全宋诗》第 53 册，第 32889、32890 页。
③ 王氏：《菩萨蛮》，《全宋词》第 4 册，第 2961 页。
④ 见《全宋诗》第 71 册，第 44624、44628、44629、44630、44633、44639 页。

想的人生境界、审美旨趣和生活方式存在于男性文人精神世界。[①]但在宋元女性作家这里,我们看到的是完全不一样的面貌,"闲"往往与忧愁、思念、孤寂、无聊等各种负面情绪相联系,反映的是女性对生存状态的认知及对自我生命的审视。

余 论

在男游女守的传统性别秩序格局下,私人空间与公共空间有着泾渭分明的界限,男性与女性必须在礼制及社会规范内的空间范围活动。女性长期囿于闺闱,其文学形成以感伤为主的情感基调,以及以孤寂为主的生命体验。她们一方面安于闺中,不断在文学创作中重复这种情感与体验,另一方面也逐渐觉醒,渴望超越日常生活,获得全新的空间体验。宋代以来商业经济的发展,以及全社会流动性的增强,加速了女性的觉醒。她们也会在描绘日常生活空间的同时,充分发挥艺术想象,探索闺阁以外的空间,并传达出女性对异地、山水、幻境等空间的期待。她们对空间的想象、探索与建构,使得传统女性文学的空间意象不再单一,审美特质渐趋多元,为宋元女性文学带来刚柔相济的美感,这将是值得进一步探讨的话题。

作者单位:江西省社会科学院

---

① 关于"闲"对中国古代文人审美旨趣的影响,参见苏状:《"闲"与中国古代文人的审美人生》,复旦大学出版社 2013 年版。

论柳宗元永州散文中的"缧囚意识"

——兼论其对永州时空观的影响

吴敏捷

柳宗元在《冉溪》中写道："少时陈力希公侯,许国不复为身谋。风波一跌逝万里,壮心瓦解空缧囚。"[①] 柳宗元少有壮志,渴望为唐王朝做出一番丰功伟业,然而政治打击席卷而来,他被所属的文化圈和官僚群体排挤在外,被迫贬谪去永州和柳州等南蛮之地,成为"唐氏之弃地"的"罪人",柳宗元被贬于永州的十年创作了大量的散文,在这段时期之下他创作的散文总是萦绕着一层浓浓化不开的"缧囚意识"。"在《尚书》文献系统里,我们看到将恶人逐出社会,可以概括为两个类型:一个是精神上的放逐,即断绝其与上天的联系;一个是肉体上的放逐,即处以流刑、极刑和其他肉刑,由此而使放逐者定型化。二者所施对象的共同点是都被视为不洁。"[②] 即使柳宗元再怎么认为自己罪不当死,但层层累积的集体无意识已经让他将自己视为"不洁"的象征,他不仅肉体上被放逐,他的精神也被施加了"流刑"。他精神上的"流刑"便是他永州散文创作中挥之不去的"缧囚意识"。

对于柳宗元在永州散文创作中所体现的谪居心理状态的研究,可谓是如火如荼、成果硕丰。而对于柳宗元笔下的"缧囚意识"的研究,学者在文章偶有涉及,一笔带过,同时学界也未正式提出和界定柳宗元的"缧囚意识"的文本内涵。司马德琳和王玮注意到柳宗元常常自称"罪人",永州和柳州的山水就是他的"殖民地"。[③] 尚永亮认为柳宗元因其罪人的身份,故其笔下的山水描摹往往以委婉曲折的形态出现,[④] 在另文也提到柳宗元内心"被弃感"和"被拘囚感"相

---

① 柳宗元撰,尹占华、韩文奇校注:《柳宗元集校注》,中华书局 2013 年版,第 2997 页。
② 叶舒宪编选:《神话——原型批评》,陕西师范大学出版社 2011 年版,第 385 页。
③ 司马德琳、王玮:《贬谪文学与韩柳的山水之作》,《文学遗产》1994 年第 4 期。
④ 尚永亮:《寓意山水的个体忧怨和美学追求——论柳宗元游记诗文的直接象征性和间接表现性》,《文学遗产》2000 年第 3 期。

互关联,这些心态的叠加大大加深了他的内心苦闷和生命悲感。[①] 户崎哲彦认为柳宗元对永州山水具有恐惧感,于是"拘囚"感油然而生。[②] 刘城深入探讨了柳宗元的散文作品中的"罪人意识",其认为柳宗元的"罪人意识"不断地贯穿在其永州散文中。[③] 总的来看,柳宗元的"缧囚意识"贯穿在他创作的永州散文当中,但仍然还有进一步阐释的空间。因此本文将主要从柳宗元在永贞元年(805)与永贞十年年间[④] 贬谪于永州所创作的散文出发,探讨柳宗元山水散文中的"缧囚意识",以及这种心境对永州的空间和时间观念的建构。

一、"缧囚意识"的概念及历史源流

何为"缧囚意识"?"缧"字来自《论语·公冶长》:"虽在缧绁之中。""缧"字与绳索相关,指的是捆绑犯人的绳索,后引申为关押、拘禁。"囚"字在《尔雅·释言》中解释为:"囚,拘也。""囚"字属于会意字,字形中的"口"将"人"拘禁在其中。简单来说,"缧囚"指的是被拘禁起来的囚犯。"缧囚"二字不断地出现在柳宗元的诗文创作中,其中《答问》提及:"吾缧囚也,逃山林入江海无路,其何以容吾躯乎?"[⑤] 在柳宗元笔下的"缧囚"可以理解为自己是被上天抛弃并且无处可归,囚禁于穷山恶水中的一种充满着无限的孤独与哀伤的罪人心理。柳宗元困拘于永州常常以罪人身份自居,认为自己流放于永州是以囚犯的身份,而非贬谪官吏的身份前往,于是所谓的"缧囚"即为柳宗元自我的罪人观念。在"缧囚"的字面意义上包含着"困""弃""囚"等的罪人心理,当他一旦从身体上和精神上从"罪人"的身份超脱出来,"我今始北旋,新诏释缧囚"[⑥],其内心罪罚的重压才逐渐褪去,笔端逐渐流露出喜悦的色彩。

---

① 尚永亮:《论柳宗元的生命悲感和性格变异》,《文史哲》2000年第4期。

② 〔日〕户崎哲彦:《惊恐的喻象——从韩愈、柳宗元笔下的岭南山水看其贬谪心态》,《东方丛刊》2007年第4期。

③ 刘城:《柳宗元的"囚居"意识与山水描摹——以〈囚山赋〉与〈永州八记〉为中心》,《唐都学刊》2020年第1期。

④ 元和十年,柳宗元受到诏令回京后又贬到柳州,在此段时期创作的散文,学术界尚未给出确定的界限,即是否将此段时期创作的散文归为"永州散文"的范畴。本文将柳宗元在元和十年创作的散文纳入"永州散文"的概念范畴中。

⑤ 柳宗元撰,尹占华、韩文奇校注:《柳宗元集校注》,中华书局2013年版,第1033页。

⑥ 柳宗元撰,尹占华、韩文奇校注:《柳宗元集校注》,中华书局2013年版,第2748页。

"缧囚意识"不仅蕴含着一种为世所不容的孤独感,它还包含着希望东山再起、摆脱罪人身份的渴求在其中。"缧囚终老无余事,愿卜湘西冉溪地。"自己的才华和志向只能在永州的一隅逐渐被耗尽,而在这样的时光里只能将自我的精力投入到将老于此的"冉溪"之地,在这里"缧囚"中包含着一种妥协之意,柳宗元将自己投身到自然山水当中是一种无奈和被迫。而"却学寿张樊敬侯,种漆南园待成器"一句中借用了汉代樊重不畏流言的典故来表达自己积以岁月,以待成器。由此观之,"缧囚意识"当中包含着渴望重新被朝廷启用,渴望东山再起的精神。

实际上,"缧囚意识"根植于中国臣民本身的罪感意识,这是中国古代君臣关系体制下的一种必然结果,在高压的等级制度下的君臣关系是向至高无上的天子倾斜。臣民在天子面前被视作有罪的卑贱者,可谓是"尽人皆奴隶"。[①] 于是臣子也逐渐形成了亦主亦奴的官僚群体普遍具有的双重人格特质。[②] 也就是说,在封建宗法社会中,臣民的"罪感意识"已经成为中华民族的集体无意识,当臣子触犯法律条令,其身上的负罪意识更是极大增强,尤其是在留徙于他乡的贬谪之士的身上尤为突出。柳宗元的"缧囚意识"的触发正是由于永贞革新的政治失败,自己作为罪人的身份贬往南蛮荒远之地,在他的这段贬谪生涯中始终无法摆脱"罪人"的自我认知,可以说罪人身份已经成为柳宗元后半期的自我认知。

总而言之,"缧囚意识"根植于中国极度不平衡的君臣关系体制,臣子往往以罪人自称,当臣子一旦真正变为罪人,其内心的罪感意识则大大加强。柳宗元的"缧囚意识"指的是柳宗元在贬谪时期,尤其是永州时期的罪人身份的生命定位,其中包含着渴望着摆脱罪人身份、希望东山再起的渴望。

柳宗元的"缧囚意识"正是对于屈原、贾谊的"骚怨精神"的继承,他们这些"贬累之人"被迫远离京师,贬谪于穷乡僻壤之地,而艰辛的贬谪之路磨砺着作家的内心,从而流露于笔端的便是浓厚的罪人意识。屈原放逐潇湘的文本成为建构后代文人对于南方惊惧山水的重要经验来源,于是在柳宗元的笔下永州的万物染上了一股屈骚的哀怨色彩。[③] 柳宗元身处以屈原所代表的文人仕途不平

---

① 刘泽华:《论臣民的罪感意识》,《社会科学战线》2004 年第 4 期。

② 刘泽华:《论中国古代的亦主亦奴社会人格》,《南开学报》1999 年第 5 期。

③ 张蜀蕙:《现实经验与文本经验的南方——柳宗元贬谪作品中的疆界空间》,《唐代文学研究》2006 年。

的潇湘之地,面对南方奇山异水的地理风貌和屈原放逐作《离骚》的历史文本,他在抒发自我的"缧囚意识"时不免跳脱不出原有的"哀怨起骚人"的文本框架,于是在他的永州骚体文学中常常形成与屈贾作品的互文。

柳宗元常常在作品中提及屈原,或者借用屈原作品当中的典故和诗句。屈原与柳宗元被贬的共同特征就在于他们都是"信而见疑,忠而被谤",他们都是政治斗争之下的失败者,于是在柳宗元创作的散文中常常寄托着个体的身世之感。沈德潜:"柳诗长于哀怨,得骚之余意。"严羽认为柳宗元的作品师法楚骚,"唐人惟柳子厚深得骚学,韩愈、李观皆所不及"。但不仅于此,柳宗元的人生经历和身世遭遇皆与屈原类似,其中最突出的一点便是他们都是贬谪之徒。柳宗元在来到永州之后,创作了声泪俱下的《吊屈原文》,他与贾谊的《吊屈原文》写作出发点如出一辙,表面上是"哀余衷之坎坎兮,独蕴愤而增伤",吊念着屈原无辜被贬,最终葬身于鱼腹的不幸遭遇,实际上是借与自己有着共同不幸遭遇和高尚爱国情怀的屈原形象来悲叹自我的不幸和对唐代奸佞横行的不满。他的《天对》更是跨越了千年的历史长河,希望能够与屈原死去的魂灵进行一场超越纸面的精神上的对话,其不是在形式和内容上亦步亦趋地模仿着屈原的《天问》,反而它在行文的过程中挥洒自如,探讨天人关系,探究古今之变,充斥着唯物主义的光芒,[①] 可以说它是在《天问》的基础上继续生发和创造,同时也实现了与屈原的隔空交流。柳宗元被贬于楚骚之地,"投迹山水地,放情咏《离骚》",其创作难免受到楚地的地方风物和自然风貌的影响,于是他的散文呈现出"蕴骚人之郁悼"的楚地色彩。

柳宗元自始至终认为自身的贬谪罪不至此,这种不幸的遭遇使其自然而然就联想到同样被贬于楚地的屈原和贾谊,而楚地的自然风物和风俗民情更是让其创作中带上"骚怨"的色彩,由此抒发自我内心南贬的惆怅,于是在他这段时期内创作的散文总是回旋着一股浓重的哀伤的情调。

二、柳宗元的"缧囚意识"在永州散文中的具体体现

柳宗元的前半生可谓是风生水起、一马平川。"由进士出身授校书、正字,然

---

① 翟满桂:《略论屈原〈天问〉与柳宗元〈天对〉》,《文学遗产》2009 年第 2 期。

后任畿县尉,再登台、省做郎官,这是唐代知识分子理想的仕宦捷径。"①柳宗元正是沿着儒家传统仕子的人生轨迹前行,他自幼就有"兴尧、舜、孔子之道,利安元元"的理想抱负,而也正是因为他积极的入世精神导致他卷入到政治的漩涡当中。《旧唐书》中记载:"转尚书礼部员外郎,叔文欲大用之,会居位不久,叔文败,与同辈七人俱贬,宗元为邵州刺史,在道,再贬永州司马。"②柳宗元作为"八司马"的骨干成员,在"二王"主导的永贞革新失败以后,先是被贬为"邵州刺史",其后再贬为"永州司马",他以政治罪人的身份在永州"缧囚"了十余年,而永州处于南蛮楚地,环境恶劣,瘴气横生,民俗落后,不断地折磨着柳宗元的身心,而最令柳氏痛苦的是他身处于荒远野蛮的永州之地,无人能与之形成精神上的共鸣,对他而言,永州是将其灵魂拘囚的监狱所在。他的这种困于蛮荒的"缧囚感"在他贬谪期间尤其是身处永州所创作的许多散文当中可见一斑,而这种"缧囚感"表现在散文中的具体语汇,常常以"缧绁""困拘""孤囚"等词出现在行文当中,以下列举了部分例子:

"为孤囚以终世兮,长拘挛而辗轲。"③(《惩咎赋》)

"余囚楚越之交极兮,邈离绝乎中原。壤污潦以坟洳兮,蒸沸热而恒昏。戏凫鹳乎中庭兮,兼葭生于堂筵。雄虺蓄形于木杪兮,短狐伺景于深渊。仰矜危而俯栗兮,殚日夜之拳挛。"④(《闵生赋》)

"匪兕吾为柙兮,匪豕吾为牢。积十年莫吾省者兮,增蔽吾以蓬蒿。圣日以理兮,贤日以进,谁使吾山之囚吾兮滔滔?"⑤(《囚山赋》)

"今抱非常之罪,居夷獠之乡。"⑥(《寄许京兆孟容书》)

"譬如囚拘圜土,一遇和景,负墙搔摩,伸展肢体,当此之时,亦以为适。然顾地窥天,不过寻丈,终不得出,岂复能久为舒畅哉!"⑦(《与李翰林建书》)

"长为孤囚,不能自明。"⑧(《与顾十郎书》)

---

① 孙昌武:《柳宗元评传》,人民文学出版社1982年版,第43页。
② 刘昫:《旧唐书》第一六〇卷,武英殿本,第2374页。
③ 柳宗元撰,尹占华、韩文奇校注:《柳宗元集校注》,中华书局2013年版,第138页。
④ 柳宗元撰,尹占华、韩文奇校注:《柳宗元集校注》,中华书局2013年版,第151页。
⑤ 柳宗元撰,尹占华、韩文奇校注:《柳宗元集校注》,中华书局2013年版,第170页。
⑥ 柳宗元撰,尹占华、韩文奇校注:《柳宗元集校注》,中华书局2013年版,第1956页。
⑦ 柳宗元撰,尹占华、韩文奇校注:《柳宗元集校注》,中华书局2013年版,第2008页。
⑧ 柳宗元撰,尹占华、韩文奇校注:《柳宗元集校注》,中华书局2013年版,第2019页。

"今孤囚废锢，连遭瘴疠羸顿，朝夕就死，无能为也。"①（《与史官韩愈致段秀实太尉逸事书》）

"今动作悖谬。以为僇于世，身编夷人，名列囚籍。以道之穷也，而施乎事者无日。"②（《与吕道州温论非国语书》）

"拘囚以来，无所发明，蒙覆幽独。会足下至，然后有助我之道。"③《答吴武陵非〈国语〉书》

"宗元以罪大摈废，居小州，与囚徒为朋。行则若带缧索，处则若关桎梏。彳亍而无所趋，拳拘而不能肆，槁焉若柿，隤焉若璞。"④（《答周君巢饵药久寿书》）

"受放逐之罚，荐仍囚锢。"⑤（《上扬州李吉甫相公献所著文启》）

"天道多远，人世多虞，寄心双表，长恨囚拘。"⑥（《祭杨凭詹事文》）

柳宗元虽然常常在书信中以"谬人""山囚"的主体形象自罪，强调自己的"囚籍"身份和"困拘"的悲惨处境，在行文过程中不断流露出为"世所共弃"的痛苦和哀鸣，他并非仅仅只是因为困于永州的蛮荒之地而感到内心灰暗，而是因为他认为自己既不属于长安的正统文官系统，又不属于永州的粗野村夫的文化系统，他被困于正统文明和非正统文明这两个世界交界的黑暗地带。

他也无处不体现着"为量移官，差轻罪累"囚人渴望赦免的愿望，正如黄庭坚所说的"病人多梦医，囚人多梦赦"。但他又总是感谢对方不嫌弃自己的罪犯身份。他在申明自我获罪的原因的过程中，也通过不同的形式向友人乞求期望对方能够帮助自己摆脱困境。柳宗元贬于永州，与友人相隔一方，他内心的孤独和痛苦促使其大量地书写书信，或是向友人诉说心曲，描述他现阶段的困窘的处境，或是向朝廷上的权位之人表明内心的心迹，希望借助友人的力量，免除自身罪人身份。而这些书信当中所诉说的内容都围绕着他的罪人身份展开，分析自己"不测之辜"的原因在于"年少好事，进而不能止"，以此表明自我坚定的政治立场。在《与裴埙书》："圣上日兴太平之理，不贡不王者悉以诛讨，而制度大

---

① 柳宗元撰，尹占华、韩文奇校注：《柳宗元集校注》，中华书局 2013 年版，第 2037 页。
② 柳宗元撰，尹占华、韩文奇校注：《柳宗元集校注》，中华书局 2013 年版，第 2066 页。
③ 柳宗元撰，尹占华、韩文奇校注：《柳宗元集校注》，中华书局 2013 年版，第 2070 页。
④ 柳宗元撰，尹占华、韩文奇校注：《柳宗元集校注》，中华书局 2013 年版，第 2106 页。
⑤ 柳宗元撰，尹占华、韩文奇校注：《柳宗元集校注》，中华书局 2013 年版，第 2287 页。
⑥ 柳宗元撰，尹占华、韩文奇校注：《柳宗元集校注》，中华书局 2013 年版，第 2547 页。

立,长使仆辈为匪人耶?"①圣明的君主在于仁德爱人,如此天下制度已经牢固稳定起来,也应该是大赦天下的时候,他先恭维圣上的太平之治,以此顺理成章地引出希望皇帝能够手下留情,将他从山水的苦厄之地解放出来。在《寄许京兆孟容书》书信中的"许孟容"为京兆尹,为柳镇旧友,地位尊贵,柳宗元在被贬永州之后向他作凄恻楚怜之语,诉说自己在永州"百病所集,痞结伏积"的身体状况和"罪谤交积,群疑当道"的痛苦遭遇,实际上是想要用真情打动许孟容,希望他能够伸出援手,但他终究没能将柳从水火中拯救出来。此外,柳宗元强烈的恋阙情怀使得他常常以"罪臣"的身份唱出缧囚的颂歌。在《献平淮夷雅表》《唐铙歌鼓吹曲十二篇》(并序)等序文当中柳宗元一方面不断歌颂着帝王的文治武功,颂扬皇帝的功德业绩,表现出对国家命运前途的关注②,另一方面透露出自己被贬的凄凉景象,折射出柳氏希望自己能够摆脱罪臣身份,渴望报效国家的期盼。

三、"缧囚意识"对柳宗元永州空间建构和时间观念的影响

永州的山水如同牢笼,不仅仅束缚住柳宗元的肉体,而且不断地消磨柳宗元的自由意志。柳宗元在困拘于永州期间的散文创作具有一种"哀猿何处鸣"的悲感,这是因为政治是古代文人实现人生价值的唯一出路。③当一个人有心于国家政治,却不能施展抱负时,他的散文便带有着哀伤悲戚的"缧囚意识",这种"缧囚意识"建构了柳宗元对永州空间带有着他者凝视的文明优越感和令人窒息的逼厌特色。此外,身贬于永州使得柳宗元常常以贬于永州作为自己人生结点,作为自己划分人生历程的前后两期,他对时间的敏感性加速了他的早亡。

(一)永州空间符号的建构

柳宗元的"缧囚意识"影响了他对永州符号的建构,具体表现在两个方面:一方面是他无形中运用主体的眼光审视永州这一野蛮世界的他者,他通过不断地人工驯化永州的自然山水,以此来满足内心的文明优越感的缺位;另一方面

---

① 柳宗元撰,尹占华、韩文奇校注:《柳宗元集校注》,中华书局 2013 年版,第 1993 页。
② 龚玉兰:《柳宗元贬谪后的朝廷颂歌研究》,《长城》2010 年第 12 期。
③ 吕正惠:《中国诗人与政治》,《抒情传统与政治现实》,大安出版社 1989 年版,第 223 页。

是他常常以自我本位观念来审视"永州",不断突出永州空间的狭小,这种逼仄狭小的空间带给他的是孤独和窒息。

首先,柳宗元来到永州难免以文明者自居,他对于永州山水的凝视是主体对于他者的凝视。这实际上一方面体现了柳宗元深锁永州的牢笼的困境中的痛苦与无奈,另一方面体现了中央文化霸权对于边缘蛮荒之地的蔑视和他者化,企图运用文明对永州山水和村野匹夫进行文明教化和驯化。在柳宗元的观念认知当中,中央指的是以黄河流域为中心高度文明的界域,而永州则不属于这一文明界域的领属范围之内,于是柳宗元就把永州视为文明所抵达不到的"文化沙漠",在这种"文化沙漠"中他所能接触到的布衣黔首皆为白丁俗客,他们这些人是野蛮的象征,是世俗的代表,在这样的精神文化环境和凶恶的地理环境之下,拘囚之感油然而生。这种蛮荒思想的建构也是过往文明对柳宗元思想的建构,可以说是潜藏在其思想中的"集体无意识",南蛮东夷的蛮苍森林和清幽碧潭早在前代文人的笔下就已花费大量的笔墨进行渲染和夸饰,柳宗元在未贬至永州以前,在脑海中就已经开垦出了一片荒僻的想象图景,而当他身临其境之时,眼前的自然风貌即使再清幽动人,而野蛮领属之地的恐怖观念已经先入为主,这种极强的中心本位的文化观念让他不得不对永州之地卸甲投降,以此导向自我的认同。

永州的地理环境这一真实空间对于原本在永州生活的居民来说,毒蛇猛兽是生活的常态,但是当一直生活在高度文明世界的柳宗元面临这一情况时,永州山水在柳宗元的凝视之下多呈现出惊恐、幽深的特征。他认为这些带有野性色彩的山水必须经过人工和文明的驯化才能摆脱野蛮的色彩,实际上这背后隐藏着柳宗元的"规训权力"。他作为权利知识的主体身份,企图通过改造使永州山水屈服于他,这一自然的改成过程是文明作为权力形式及其权力效应的传播过程。在《钴鉧潭西小丘记》中柳宗元对小丘进行改造,自然对于柳宗元而言仍然是处于对立状态,因此他选择了"铲""伐""烈"等人工活动,从而使得小丘具有人为改造过的色彩,"木"为"恶木","草"为"秽草",并且动之以"烈火"焚烧。可以说,未人工改造过的自然对于柳宗元而言具有恐惧、恶劣的特征,人为改造后的小丘才是柳宗元心目中真正的归属,而这个归属往往将其陷入"拘囚"当中。《石渠记》中在小潭的山野之景可谓是人迹罕至,人间的烟火气息似乎抵达不到此处,"诡石怪木"更是带有野性和恐惧的色彩,它们都是未被开发过的自然风貌,呈现出幽冷凄清的色彩。柳宗元对此处幽深的小潭同样进行人为改造化,他认为未经改造过的自然风光会带给人恐怖压迫的视觉感受,"渠之美,于是始穷也",只有经过人为改造后的景物,才是他心目中真正的美之所在,这也说明柳宗元并非真正徜徉在野性自然的山水之中,更准确来说,柳宗元能够达到逍遥忘我于自然山水的境界的前提是山水经过人类文明的"驯化"①,没有人为因素介入的凉山野水终究带有野蛮恐怖的色彩,它们是困厄他的精神牢笼所在。柳宗元以文明的姿态对永州的山水进行改造,可以说是一场对抗野蛮自然的文化殖民胜利,是一种绝对权力的实施和垄断,柳宗元在作为一名罪犯的同时,也在以文明教化的权力凝视着永州。

其次,柳宗元的"缧囚意识"使得柳宗元常常采用自我本位的视角来书写永州的地理方位和地理概况,他以自己为中心进行辐射,对永州的山水进行地理标记。他通过步数来衡量永州的山水,可见永州的狭小与逼仄,这正是囚犯在监狱中的自我管理所呈现出的典型心态。②"寻山口西北道二百步""潭西二十五步""从小丘西行百二十步""自渴西南行不能百步""由东屯南行六百步",柳宗元以自我为中心,通过脚步计数的形式来准确地描述小石潭、钻𬭎潭等永州之景的位置,可见柳宗元对永州的熟悉程度。正是因为他不断地在狭小有限的范围内游走,长年累月地困拘在某一空间之内,必然导致他对这一空间内的每一个微小细节都极其熟悉,就如同被关押在密闭空间的监狱中缺少自由的囚犯不断计算自己的步数。例如在查尔斯·狄更斯《双城记》中描写达南被关入监狱后的心理:"他们往上爬了四十级,(达南只当了半小时囚犯,却已经点过它们的数了)。"③陀思妥耶夫斯基描写沙俄牢狱生活的《死屋手记》中也以步数来衡量监狱的空间:"监狱大院长二百步,宽一百五十步,呈不规则的六角形。"④这些外国文学作品中作家细致地观察到囚犯的心理状态,都以囚犯的步数来构造出他们的活动空间,这些以步数为单位准确的计量数字说明监狱空间的狭小和逼仄,这是只有经过反复的实践才能得出的准确数值。柳宗元能够以准确的步数来描述永州的各个景点,同样也是说明了这一方面的道理。

柳宗元的出行范围在某种程度上受到各种条件的限制,他所能见到的永州

① 邵宁宁:《山水审美的历史转折——以〈永州八记〉为中心》,《文学评论》第 2003 年第 6 期。
② 邱晓:《论柳宗元山水文学空间书写的原型结构》,《西北大学学报(哲学社会科学版)》2019 年第 2 期。
③ 〔英〕狄更斯著,马小弥译:《双城记》,四川文艺出版社 1986 年版,第 330 页。
④ 〔俄〕陀思妥耶夫斯基:《陀思妥耶夫斯基小说故事总集》,上海文艺出版社 1996 年版,第 259 页。

只是片面化的永州,他无意识地对永州的真实面进行遮蔽。因为他被禁锢在固定的范围之内游走,于是他存在着对永州认识的偏差,在柳宗元笔下的永州地图是被变形化和简化过的形态样貌,而他也在这一狭小的区域范围内窒息。从《始得西山宴游记》到《小石城山记》,他都始终醉心于那些精致小巧的原始山水,他往往将笔端聚焦于一丘一壑、一溪一林,无论是小丘、小石潭,还是小石城等景物,都呈现出一个"小"的特征。在《钴鉧潭西小丘记》中柳宗元形容钴鉧潭西小丘极其之小是"可以笼而有之",小到可以用笼子就把它装进去并占有它,一个"笼"字就充分体现了小丘之小。[①] 可以说,人类被赋予了感受时间和空间的能力,当个体不断将视野聚焦于狭小的事物时,他的内心也会逐渐束缚于狭小密闭的空间当中,作为欣赏主体的柳宗元面对永州山水这一逼仄的空间,他并不会被清幽自然的山水所救赎,反而在与山水的审美交流中会产生某种被拘囚感。柳宗元困拘于永州这一狭小的地理空间中的心理感受是:"顾地窥天,不过寻丈,终不得出,岂复能久为舒畅哉。"在柳宗元看来,永州的狭小空间相当于监狱,在这个狭小的监狱当中,他的灵魂、思想和意志受到了一种无形的折磨。永州这一空间符号的建构难免是与京城的空间符号进行对比而产生,唐代的长安规模宏大,格局井然,宝马雕车香满路,柳宗元曾经多年身处繁华的长安,如今面对山南水北之外的永州自然存在心理的落差,京城的繁华宏大与永州的闭塞狭小形成了鲜明的对比,这无疑加深了他内心对自己的惩罚。

(二)时间观念的建构

空间观念的建构往往与时间观的建构密不可分。柳宗元的"缧囚意识"也深刻影响到他的时间观念的转变,具体表现在两个方面:一方面是柳宗元以贬谪永州的获罪时间点作为衡量自己人生前后半期的节点;另一方面是柳宗元栖栖遑遑于时间的快速飞逝,但是自己却未能有所成就的痛苦。正是在这种时间观的建构之下,柳宗元自我生命的无力感大大加强,促使他走向了早衰和早亡。

柳宗元的永州散文常常以因果律来记录他重返京城的渺渺无期,让柳宗元对谪居时间格外的敏感,于是在他的散文里不断地强调和标识谪居的年份,他以获罪的时间为记忆的起点,以此来记录自己人生的新阶段。在柳宗元看来,他的

---

① 董艳艳:《清丽流畅 简约凝练——〈钴鉧潭西小丘记〉语言赏析》,《名作欣赏》2011年第20期。

人生分为前后两期,前期即获罪之前青云直上的时期,后期则是获罪以后被贬于蛮荒之地的时期。当个体对于某一个时间点极为重视,就会采用以某个时间点为临界点来作为衡量个体时间的主要标尺,对柳宗元而言这个时间点就是他获罪被贬的时间点,如:

> "伏念得罪来五年,未尝有故旧大臣肯以书见及者。"[①](《寄许京兆孟容书》)
>
> "某愚陋狂简,不知周防,先于夷途,陷在大罪,伏匿岭下,于今七年。"[②](《上西川武元衡相公谢抚问启》)
>
> "居南中九年,增脚气病,渐不喜闹,岂可使呶呶者,早暮哔吾耳,骚吾心?"[③](《答韦中立论师道书》)

由以上材料可见,柳宗元对自己获罪的时间和获罪以来的时间更替记忆得极其清晰,此类时间数值的强调常常出现在书信行文的开端,他向书信的对方说明自身境况时,有意无意地采用了这一计时方式,这恰恰说明了他的"缧囚意识"并没有随着时间的推移而逐步淡化,相反这种痛苦随着时间的层层累积逐渐加深,甚至如影随形地跟随到他生命的结尾。在他去世的前一年,都仍然以这一时间标尺来标记自己的一生:"废为孤囚,日号而望者十四年矣。"[④] 他的书信当中不断地以自己获罪的时间为人生的新阶段,这个新阶段的开始是他不幸的发端,他的精神惩罚不仅是永州之地的肉体酷刑,而且是不在量移之列的精神折磨,这种精神折磨意味着他无法完成对生命的终极价值和意义的实现,相当于被朝廷判处无期徒刑,于是这只会让他的生命永远也无法得到救赎。

他这种对时间的敏感也正是继承了楚骚中"老冉冉其将至兮,恐修名之不立"的时间之思,时间不断地逝去,但自己却困在了偏远的永州,无法实现自己的理想抱负,死亡的迫近更是让他感觉到窒息和痛苦。柳宗元在这一时期表现出来的心理状态总是恍惚不定,并且常常流露出对生命的惶恐畏惧和消极避世

---

① 柳宗元撰,尹占华、韩文奇校注:《柳宗元集校注》,中华书局 2013 年版,第 1955 页。
② 柳宗元撰,尹占华、韩文奇校注:《柳宗元集校注》,中华书局 2013 年版,第 2238 页。
③ 柳宗元撰,尹占华、韩文奇校注:《柳宗元集校注》,中华书局 2013 年版,第 2177 页。
④ 柳宗元撰,尹占华、韩文奇校注:《柳宗元集校注》,中华书局 2013 年版,第 2237 页。

的思想,这样"虑吾生之莫保"的不祥预感大大加速了其走向死亡的终点。由于永州司马这一职位是个相对闲散的职位,没有过多的公文和奏章处理,于是他常常处于一种"羁闲"的状态,而正是在这样的闲散的状态下,他才总是感觉到"闷"和束缚。他的"闷"来自长达十年的拘囚生活,这使得他的精神状态总是处于一个恍恍惚惚的状态,"神志荒耗,前后遗忘",甚至"蹶气震怖,抚心按胆,不能自止"(《与杨京兆凭书》),他的内心始终处于一个不稳定的状态,他的敏感使他感觉自己即将命不久矣。他在《与萧翰林俛书》提道:"悲夫!人生少得六七十者,今已三十七矣。长来觉日月益促,岁岁更甚,大都不过数十寒暑。"① 他身处壮年之际,却认为自己命不久矣,他忧虑着"老冉冉其将至兮,恐修名之不立",他被封锁在永州蛮夷之地,无法实现自己的人生抱负和社会理想,他无法找到自己的人生定位,岁月忽已晚更加重了他内心的苦闷和忧虑,逐渐萌生出了死亡的意识,甚至说着消极避世、灰心丧气的话:"自料居此尚复几何,岂可更不知止,言说长短,重为一世非笑哉。"(《与萧翰林俛书》)《清波杂志》卷四中评价贬谪之人时提道:"放臣逐客,一旦弃置远外,其忧悲憔悴之叹,发于诗什,特为酸楚,极有不能自遣者。"② 而柳宗元正是这个无法"自遣"的人,他的敏感使他创作了许多彪炳史册的伟大诗篇,但同时也使得他"拘囚"于自我编织的痛苦牢笼中,不断地陷入绝望的深渊之中。

结　语

"盖遭时之士,功烈显于朝廷,名誉光于竹帛,故其常视文章为末事,而又有不暇与不能者焉。至于失志之人,穷居隐约,苦心危虑,而极于精思,与其有所感激发愤,惟无所施于世者,皆一寓于文辞,故曰穷者之言易工也。如唐之刘、柳,无称于事业,而姚、宋不见于文章。"③ 欧阳修以柳宗元贬谪时期的文思泉涌作为例子来证明自己的"诗穷而后工"的文学思想,由此可见柳宗元出色的文学创作得益于他贬谪于永州和柳州的人生经历,正是这种经历促使其笔下生发出其以往散文创作中未有的"缧囚意识"。柳宗元的"缧囚意识"深刻地影响了他对永

① 柳宗元撰,尹占华、韩文奇校注:《柳宗元集校注》,中华书局 2013 年版,第 1999 页。
② 周辉:《清波杂志校注》卷四,中华书局 1994 年版,第 138 页。
③ 吴文治编:《古典文学研究资料汇编》,《欧阳文忠公文集》四《居士集》卷四,第 34 页。

州的空间和时间观念的建构。在空间观念方面,他一方面以文明者自居审视永州的自然山水,一方面又以囚犯的心态被永州狭小的山川所束缚。在时间观念方面,他以准确的数值强调获罪的时间,一方面是隐含着柳宗元对自己的人生被迫停滞于永州瘴疬之地,荒废了自己宝贵的光阴的慨叹;另一方面是对时间倏忽而过,自己一事无成的急切和痛苦。

柳宗元的"缧囚意识"除了影响他的时空观的建构之外,还深刻影响了他永州散文中的修辞方式和语言形式。在修辞方式上,他作为罪臣无法直言内心的痛苦与牢骚,于是他常常通过托物言志的方式来表达内心的不满,例如《憎王孙》中通过"美猿贬猴"的寓言故事来隐喻君子和小人。在语言形式方面,多用入声韵,入声韵的音质急促低沉与《永州八记》中柳宗元凄凉孤寂的心境相映成趣。句法上运用婉曲句格,柳宗元常常对自己的官职、身份及品德等方面用谦词构成的婉曲句格来表达内心的孤愤之情,例如"自余为僇人"(《始得西山宴游记》)、"末以愚蒙剥丧顿悴"(《与杨京兆凭书》)等。在篇章结构上多用回旋的方式,通过文意的三转,更好地抒发自己怀才不遇的巨大愤慨。

总之,柳宗元被迫成为"潇湘客"这一不幸经历恰恰是柳宗元一生中创作的高峰,他的"缧囚意识"起到了承上启下的作用,他与屈、贾以及后代的贬湘诗人共同绘制了潇湘图谱,永州也成了潇湘图谱中不可磨灭的地理符号。

作者单位:北京语言大学中华文化研究院

论晚唐舒州诗人曹松

陈　敏

　　曹松是晚唐舒州（今安徽潜山）诗人，我们对他的生平知之甚少。新旧《唐书》和《五代史》均没有为其立传，其余像《唐摭言》《唐诗纪事》《唐才子传》等书虽有记录却也是只言片语不成系统。从《唐才子传校笺》以来对曹松的生平多有考证，也取得了一些成果，但尚有较大的探讨空间。

　　本文紧紧依靠《全唐诗》现存的曹松一百四十多首诗，参考相关的文献材料，对曹松其人其诗进行研究，对曹松的生平、思想、性情及诗歌的题材、风格和意象的运用进行简要的介绍与论述，最后对曹松诗歌中的"重出"等文献讹误问题略有指正，期待能有更多的同仁来关注、研究曹松。

一、曹松其人

（一）简略的生平

　　正如开头指出的那样，我们对曹松的生平知之甚少，生卒年无法确认，这里我们采用目前最新的研究成果，把曹松的生年定在约公元 830 年，卒年定在约公元 910 年，当然准确与否仍可以从容讨论。[①]据《唐才子传》记载："松，字梦征，舒州人也。学贾岛为诗，深入幽境，然无枯淡之癖。尤长启事，不减山公。早未达，尝避乱来栖洪都西山。初在建州依李频，频卒后，往来一无所遇。光化四年，礼部侍郎杜德祥下，与王希羽、刘象、柯崇、郑希颜同登第，年皆七十余矣，号为'五老榜'。时值新平内难，朝廷以放进士为喜，特授校书郎而卒。松野性方直，罕尝俗事，故拙于进宦，构身林泽，寓情虚无，苦极于诗，然别有一种风味，不沦乎怪也。集三卷，今传。"[②]也就是说，曹松曾有长期的隐居山林、游历四方的生活。曹松被授予校书郎这一官职时已经七十多岁了，而且没过多久也就过世了。至

① 彭家丽：《曹松诗歌研究与文本整理》，上海师范大学硕士学位论文 2019 年。
② 辛文房：《唐才子传》，上海古籍出版社 1987 年版，第 146 页。

于"学贾岛为诗,深入幽境,然无枯淡之癖……苦极于诗,然别有一种风味,不沦乎怪也"云云,则说的是曹松诗歌的特点,这是后文需要重点论述的,此处不提。

(二)"三教合一"的思想

曹松诗中体现出的思想是"三教合一"的。所谓"三教"指的是儒、释、道三种思想,"合一"则指儒、释、道三种思想统一于曹松一人之身,这一点不难从曹松的诗作中得到佐证。

儒家思想主要是一种积极进取的"入世"精神。曹松的儒家思想除了表现在多年往返于长安求取功名,终以七十高龄荣登"五老榜"这一人生传奇之外,除了体现在上文提到的诗歌中丰富的情感、积极乐观的精神、对普通人的关爱等方面之外,还体现在"忠君"上。

曹松的忠君思想明显是对自屈原以来"忠君恋阙"古老传统的传承,也是对前辈"致君尧舜上,再使风俗淳"(杜甫《奉赠韦左丞丈二十二韵》)的呼应。曹松的诗作中确实不乏对当权者特别是君主的歌颂,如"君恩过铜柱"(卷七一六《南游》),"张帆度鲸口,衔命见臣心。渥泽遐宣后,归期抵万金"(同卷《送胡中丞使日东》),"明朝遥捧酒,先合祝尧君"(同卷《除夜》),当然他对上层的批判也并不少见,如"吟诗应有罪,当路却如仇"(同卷《书怀》),"为君乐战死,谁喜作征夫"(同卷《塞上行》),"泽国江山入战图,生民何计乐樵苏"(卷七一七《己亥岁二首》)。也就是说曹松的"忠君"是歌颂与批判同在的,而且尽管是批判,其出发点也是"善"的,"出门嗟世路,何日朴风归"(卷七一六《道中》),这种批判里饱含着一个读书人对社会的关注与忧虑。

释家思想在曹松的诗作中最为常见,体现得也最为明显。据统计,在曹松一百多首诗中直接或间接涉及佛寺僧侣的高达二十多首,曹松游历的深山古寺也不胜枚举,这一点早有研究者指出,此处不赘述。更何况只涉及佛理的一个"空"字就出现了 22 次,再加上"青莲""贝叶经""水晶念珠"等佛语不一而足。因此,似乎可以说释家思想是曹松思想的主导思想,只是这种释家主导思想已经是融合了儒道"中国化"了的禅宗。禅宗讲究"砍柴挑水,无非妙道"①,讲究"饿了吃饭,困了睡觉",总之是"该干嘛干嘛",因此曹松可以在不顺意时做到"吾道

---

① 冯友兰:《新原道》,北京大学出版社 2014 年版,第 185 页。

不当路,鄙人甘入林",也可以在"特敕授官"时做到"苏舒同舜泽,煦姬并尧仁"(卷七一七《武德殿朝退望九衢春色》)。

长期以来,曹松"构身林泽,寓情虚无"遍游名山大川,与松鹤云泉为伴,这很可能是从道家那里得到的启示。庄子说"天地有大美而不言",曹松正在那无言的自然之美中收获了无穷的乐趣,"一天分万态,立地看忘回"(卷七一六《夏云》)。曹松除了从道家那里悟得天地之美,还从道家那里参得人生妙谛。"寥寥天地内,夜魄爽何轻。频见此轮满,即应华发生。不圆争得破,才正又须倾。人事还如此,因知倚伏情"①,这首《月》并不是如某些研究者所说的那样只是单纯的咏物,明显寄托了作者对人情冷暖的深刻洞察。"人事还如此,因知倚伏情",道家不也说"祸兮福之所倚,福兮祸之所伏"吗?

最后,我们需要对曹松能形成"三教合一"思想的原因略作阐释。大唐是产生了"诗圣""诗佛"和"诗仙"的时代,因此唐朝高度开放包容的社会大环境是曹松得以形成儒释道合一思想的最基本原因,正如他的"苦吟"也受漫游、入幕和读书山林的时代风气影响一样。

当然具体到曹松本人还有一些更直接的原因,这里可以指出的两点是:一是诗人的"朋友圈",二是曹松家乡安徽潜山得天独厚的自然和人文环境。通过阅读曹松的作品,我们确实不难发现诗人的交际圈呈现出"三教并行"的现象,与他友善的朋友包括了文人处士,如方干、胡玢和陈陶;包括了释道名流,如贯休、齐己和栖白;包括了朝廷官员,如李频、李璋和杜德符。这样的交友环境对诗人思想的形成带来潜移默化的影响是可想而知的。

至于潜山的自然和人文环境对曹松产生的影响则往往是为人们忽略的。从目前对曹松生平事迹的考证现状来看,我们对曹松在家乡潜山的活动情况的考证是很欠缺的。事实上,家乡潜山对诗人一生的影响是不容忽视的。正如前文所指出的那样,诗人长时间漂泊异乡,在诗中每每表达对家乡亲人的思念之情,更不必说在《白角簟》(角簟工夫已到头,夏来全占满床秋。若言保惜归华屋,只合封题寄列侯。学卷晓冰长怕绽,解铺寒水不教流。蒲桃锦是潇湘底,曾得王孙价倍酬。)和《碧角簟》(细皮重叠织霜纹,滑腻铺床胜锦茵。八尺碧天无点翳,一方青玉绝纤尘。蝇行只恐烟粘足,客卧浑疑水浸身。五月不教炎气入,满堂秋色

---

① 彭定求等:《全唐诗》(增订本),中华书局 1999 年版,第 8306 页。

冷龙鳞。)中对家乡潜山盛产的竹席(舒席)大加赞赏了。这两首咏物诗的主题相同,都是极力赞叹舒席的清凉可贵,但内容又各有侧重。前者力显其华贵,赞颂白角簟编织的精巧、图案的秀美,它光滑如冰,清凉似水,自宜归存华屋,为列侯、王孙所激赏。后者重在显其清凉,给予多侧面的形象描绘。这两首诗,想象丰富,设喻新颖,字里行间饱含着诗人对故乡特产的赞赏。舒席自古以来就被列为珍品,从曹松诗中正得到形象的印证。[①] 曾有仙人得道的鹤鸣泉的传说[②],天柱山上那满目皆是松树的景象,很可能对曹松的人生和诗歌创作产生着影响,以至于以松树喻人和自喻成了诗人的显著特色之一,比如"何当抛一干,作盖道场前""偶来松槛立"和"空山涧畔枯松树",何况曹松本名"松"。而天柱山边的三祖禅寺更有禅宗三祖僧璨到此驻锡,所谓"禅林谁第一,此地冠南州"。总之,古皖大地的山、水、松和寺很可能给了曹松最初最好的滋养和熏陶,这一切也都很有研究的价值。

(三)诗中的情感

实际上,构身林泽、寓情虚无、深入幽境的曹松是性情中人。这主要体现在以下三个方面:一是情感丰富热烈,二是诗歌所表达的情感积极乐观,三是对社会底层的关注。

1. 对朋友和家人的珍爱之情

实际上,曹松的情感是很丰富的。这一点似乎看几首诗的题目就能知道:《喜友人归上元别业》、《览春榜喜孙鄂成名》、《哭胡处士》(二首)、《哭李频员外(时在建川)》、《哭陈陶处士》,等等。这些诗一则以喜,一则以悲,悲喜都与朋友相关,为朋友的荣升与荣归而欢喜,为朋友的离世而痛哭,这些无不表达了曹松内心那深厚的友情。

与外露的友情相比,曹松诗中对亲情的表达则显得异常委婉深沉。如果不是《金陵道中寄》中的"向隅心"和"秣陵砧"(这两个词常用来表达对妻子的思念)留下了一点"蛛丝马迹",我们似乎都会产生曹松是否有妻室的疑问。在

---

① 祝凤鸣主编:《安徽文化精要丛书·安徽诗歌》,安徽文艺出版社 2012 年版,第 97 页。
② 据《天柱山志》载,鹤鸣泉"因白鹤道人鹤止于此得名。冬夏不涸,后失修久废。一九四五年秋,潜山旱,觅水源,忽发现一井,掘之,清泉辄涌出,深三四丈,取之不尽"。参见乌以风编著:《天柱山志》,安徽教育出版社 1984 年版,第 39 页。

诗人那里亲情多表现为"思乡"之情,比如:"此地良宵月,秋怀隔楚砧"(卷七一六《题湖南岳麓寺》),"难忘楚尽处,新有越吟生"(卷七一七《赠馀干袁明府》),"游秦分系三条烛,出楚心殊一寸灰"(同卷《荆南道中》),潜山原属楚地,诗人对"楚"的思念也就是对故乡对亲人深沉的思念。当然,把思乡之情表达得最强烈直白的是那首著名的《南海旅次》"忆归休上越王台,归思临高不易裁。为客正当无雁处,故园谁道有书来。城头早角吹霜尽,郭里残潮荡月回。心似百花开未得,年年争发被春催"[1]。

2. 对自然山川的热爱之情

除了显而易见的友情和深沉委婉的亲情之外,曹松还有着对自然对祖国山川的热爱之情,这点早有研究者指出,曹松诗中的意象多是月、松、鹤、泉,曹松又好游历名山大川、深山古寺,从长安到南海,从滕王阁到岳阳楼,从铅山到匡山,从隐溪到桂江,从商山到蓝关……总之天南地北,塞外江南都有曹松的足迹,都留下了曹松的感怀和题咏,比如《长安春日》《南游》《滕王阁春日晚眺》《岳阳晚泊》《洞庭湖》《铅山写怀》《桂江》《商山》,诸如此类,无须再举例。曹松之所以如此爱游历山水,也许是在践行读万卷书、行万里路的古训;也许是时代风气使然,有唐一代的诗人在未入仕前大多有隐居山林古寺、漫游都市山川的经历;也许是因为那幅"世界地图"——唐代地理学家贾耽绘制的《海内华夷图》,诗人在《观华夷图》中说"落笔胜缩地,展图当晏宁。中华属贵分,远裔占何星。分寸辨诸岳,斗升观四溟。长疑未到处,一一似曾经"[2],全诗高度赞扬了地图绘制得惟妙惟肖,尾联则蕴含着诗人对祖国大好河山的向往和热爱之情;也许是诗人如云朵般自由的天性使然,"白云逸性都无定,才出双峰爱五峰"(卷七一七《江西逢僧省文》)。当然无论出于什么原因,诗人对自然与祖国河山的热爱之情都是显而易见、毋庸置疑的。

3. 对社会底层的关爱之情

作为一个晚唐诗人,曹松通过诗歌保持着对社会现状的关注和对社会底层人民的关爱是很可贵的。这一点在那首流传千古的诗篇中表现得最为明显,我们知道那就是《己亥岁二首(僖宗广明元年)》:"泽国江山入战图,生民何计乐

---

① 彭定求等:《全唐诗》(增订本),中华书局 1999 年版,第 8317 页。
② 彭定求等:《全唐诗》(增订本),第 8307 页。

樵苏。凭君莫话封侯事,一将功成万骨枯。""传闻一战百神愁,两岸强兵过未休。谁道沧江总无事,近来长共血争流。"

这两首诗可以说是曹松的"名片"了,说起曹松没有人不提这两首诗的,尤其是那句"一将功成万骨枯"堪称人尽皆知,尽管可能不知道它的作者是谁。这首诗的这一句也早已被无数次引用也被无数次解读,读者自可参看。在这里要指出的一点是,我们认为这首诗体现了"人人平等的生命观",即关注底层人民的生活,关爱普通人的生命。我们说每个人的生命都只有一次,要珍爱生命,但在那个以"头颅"计算军功的时代又有谁管普通人的死活呢? 没有。我们不否认领袖人物的作用,但人类生活的大厦始终是由无数普通人构筑的。"凭君莫话封侯事,一将功成万骨枯"不愧为时代的"呐喊",是给普通人的"悼词"。

这一点,曹松与前辈大诗人杜甫惺惺相惜。曹松在《哭陈陶处士》一诗中写道"白日埋杜甫,皇天无耒阳",诗人为朋友的逝世而感到悲痛,进而将陈陶与杜甫相比,这里固然有对友人的高度赞赏,固然是因为杜甫漂泊一生最终在耒阳去世的遭遇与朋友相似,但笔者认为诗人之所以把陈陶与杜甫联系起来也是出于"自然联想"。众所周知,杜甫也写过一首《悲陈陶》,曹松应该也读过,只是这里的陈陶是作地名罢了。"孟冬十郡良家子,血作陈陶泽中水。野旷天清无战声,四万义军同日死"[1],战争摧毁了多少家庭,多少年轻的生命,这是一曲普通士兵的挽歌。实际上,杜甫的《悲陈陶》正可以与《己亥岁二首》互相参看,"谁道沧江总无事,近来长共血争流"。曹松对普通民众和士兵的关注还可以略举两例,如"垂白商於原下住,儿孙共死一身忙。木弓未得长离手,犹与官家射麝香","离乡俱少壮,到碛减肌肤……为君乐战死,谁喜作征夫"。因此,闻一多先生在《唐诗杂论》里说"……在古老的禅房或一个小县的廨署里,贾岛、姚合领着一群青年人做诗,为各人自己的出路,也为着癖好,做一种阴黯情调的五言律诗(阴黯由于癖好,五律为着出路)。老年中年人忙着挽救人心,改良社会,青年人反不闻不问,只顾躲在幽静的角落里做诗"[2]是欠准确的,那种动辄将晚唐特别是苦吟诗人冠以"视野偏狭"的评判对同是"学贾岛为诗"的曹松,以及与其相似的一批诗人也是有失公允的,更不必说曹松的诗除了五律还有古体、七律、七绝、五绝了。

① 邓魁英、聂石樵选注:《杜甫选集》,上海古籍出版社 2012 年版,第 77 页。
② 闻一多:《唐诗杂论》,岳麓书社 2009 年版,第 36 页。

二、曹松其诗

（一）题材的多样性

《全唐诗》的卷七一六、卷七一七和卷八八六共收录曹松的诗作达一百四十余首。曹松的诗歌主要内容大致可分为酬唱交友赠别诗，如《赠南陵李主簿》《秋日送方干游上元》《望九华寄池阳太守》，总之，这类诗不胜枚举，只明确标有"赠""送""寄"就达 39 首；漫游题咏诗，曹松诗中达 30 多首，比如《江西题东湖》《桂江》《南游》《钟陵寒食日郊外闲游》等；批判现实诗，如《塞上》《商山》《己亥岁》等；咏物、咏史抒怀诗，如《书怀》《石头怀古》《六朝》等。这些前人已有较为全面的论述，此处不赘述。①

（二）风格的多样性

1.清幽淡泊与明丽轻快

正如前文已经提到的《唐才子传》称曹松"学贾岛为诗，深入幽境，然无枯淡之癖……苦极于诗，然别有一种风味，不沦乎怪也"，也就是说曹松的诗歌虽然学习贾岛但与贾氏相比又显得简单平淡、形象生动。关于这方面的研究前人已有所论述，这里略举一例。

"竹林啼鸟不知休，罗列飞桥水乱流。触散柳丝回玉勒，约开莲叶上兰舟。酒边旧侣真何逊，云里新声是莫愁。若值主人嫌昼短，应陪秉烛夜深游。"曹松的这首《陪湖南李中丞宴隐溪（璋）》无疑是清幽淡泊的。竹林、啼鸟、飞桥、流水、柳丝、莲叶、兰舟总给人一种淡淡的感觉，虽然也有酒有歌，也透着喜悦，也通宵达旦，但给人的感觉却没有富丽只有幽雅。最后两句"若值主人嫌昼短，应陪秉烛夜深游"，让我们看到的是良朋好友之间欢聚的那种快乐。正所谓"一觞一咏，亦足以畅叙幽情"（王羲之《兰亭集序》）。

在《全唐诗》收录的曹松诗里，有三首诗是比较"另类"的。这三首诗一改往日的愁苦，也一洗过去的"苦寒"，更看不到深山古寺里的清幽，有的是温暖热

---

① 参见谷怡然：《论曹松的思想及诗艺》，首都师范大学硕士学位论文 2011 年；雷敏：《晚唐诗人曹松研究》，陕西师范大学硕士学位论文 2008 年。

烈和轻松喜悦,甚至有点得意洋洋,总之给人以明丽轻快之感。在这里我们看到了另一个曹松,然而这些却鲜有人提及。

《夜饮》:"良宵公子宴兰堂,浓麝薰人兽吐香。云带金龙衔画烛,星罗银凤泻琼浆。满屏珠树开春景,一曲歌声绕翠梁。席上未知帘幕晓,青娥低语指东方。"[1]

《驸马宅宴罢》:"粉墙残月照宫祠,宴阑银瓶一半欹。学语莺儿飞未稳,放身斜坠绿杨枝。"[2]

《武德殿朝退望九衢春色》:"玉殿朝初退,天街一看春。南山初过雨,北阙净无尘。夹道天桃满,连沟御柳新。苏舒同舜泽,煦姬并尧仁。佳气浮轩盖,和风袭缙绅。自兹怜万物,同入发生辰。"[3]

这三首诗给人直观的感受是,第一在意象的选择上显得华丽,第二表达的情感则是轻松愉悦、得意满足的。名贵的麝香从金兽香炉中吐露出浓郁的芬芳,雕龙画凤的花烛和酒杯,珍珠宝树装点的屏风,粉墙宫祠银瓶,美酒欢歌青娥,面对此情此景难怪诗人会将其称为"良宵"。良宵苦短,不知不觉中天亮了,此刻的诗人显然意犹未尽,"席上未知帘幕晓,青娥低语指东方",这其中有多少的情意绵绵,不能不令人遐想。

同是宴饮,曹松的诗之所以会表现出两种不同的风格,即前者明丽轻快,后者清幽淡泊,笔者认为主要是因为曹松境遇的改变与其原本健全的人格。

境遇的改变是最直接的原因。上文提到的曹松的这首《陪湖南李中丞宴隐溪(璋)》作于咸通十三年(872)左右,隐溪在洪州(今江西)丰城,那时候曹松正隐居于此,所谓"构身林泽,寓情虚无"[4],因此其诗歌风格表现得清幽淡泊也就在情理之中了。

《夜饮》《驸马宅宴罢》和《武德殿朝退望九衢春色》则不同,从内容看这三首诗很可能是在曹松得第授官之后所写,何况后两首的诗题还直接标明"驸马

---

① 彭定求等:《全唐诗》(增订本),第 8326 页。
② 彭定求等:《全唐诗》(增订本),第 8326 页。
③ 彭定求等:《全唐诗》(增订本),第 8327 页。
④ 傅璇琮主编:《唐才子传校笺》卷一〇,中华书局 1987 年版,第四册,第 421 页。

宅"和"武德殿朝退",字里行间透着一股掩盖不住的自豪与满足。"九衢"是四通八达繁华的街市,也就是诗句中的"天街"。天街指的是长安的承天门街。自从韩愈写了"天街小雨润如酥,草色遥看近却无。最是一年春好处,绝胜烟柳满皇都"(韩愈《早春呈水部张十八员外》)后,承天门街也就有了第二个名字,长安人早春时节去承天门街欣赏草色也成了潮流。所以当曹松刚从武德殿散完朝会,走在承天门大街上放眼望去看到的确实是一派大好春光:春雨过后,南山北阙清净无尘,街道两边的桃花在春雨的滋润下开得更加饱满可人,护城河畔那成片的杨柳绿得清新。至于"舜泽"和"尧仁"则是对皇帝的歌颂与感恩,"轩盖"和"缙绅"指的则是达官贵人。总之,诗人极尽渲染之能事,不吝赞美之词把一个春风得意的新登龙门的士子内心的激动与愉悦表现得淋漓尽致。

然而,这一天来得实在太晚,这样美好的时光也实在过于短暂。"丘中久不起,将谓诏书来。及见凌云说,方知掩夜台。白衣归北路,玄造亦遗才。世上亡君后,诗声更大哉"①,这是一首写给朋友的悼亡诗,诗名是《哭胡处士》。据史料记载,胡处士就是胡玢,与曹松在洪州西山隐居时多有酬唱。诗的大意是:朋友你长期在山中隐居,听说让你入朝为官的诏书也下来了,眼看着老兄你就要施展自己的抱负了,然而哪里知道你已经去世了呢? 现在你已经清白回归了,苍天也会遗弃英才啊! 虽然这世上再也看不到你了,但你所写的诗一定会让你的名声更大的!"及见凌云说,方知掩夜台"多么沉痛的现实,何尝不是曹松自己的写照呢?"世上亡君后,诗声更大哉"是对朋友极高的赞誉,何尝又不是曹松对自己的宽慰呢?

通过上面的论述,我们需要指出的是清幽淡泊固然是曹松诗歌的主要风格,这主要是他长期的生活环境所造成的,可以说曹松几乎一辈子都往来于深山古寺,游历在名山大川,他的交际圈也多是诗僧和处士(隐居不做官的人)。尽管也曾有过前途渺茫时的失意与彷徨,所谓"徒云多失意,犹自惜离秦"(卷七一六《长安春日》),"把向侯门去,侯门未可知"(卷七一六《崇义里言怀》),然而一旦金榜题名入朝为官后,所有的愁苦也就都不见了,有的只是明丽轻快、温暖热烈,上文分析的《夜饮》《驸马宅宴罢》和《武德殿朝退望九衢春色》就是证明。这其实体现了诗人诗风的丰富性。

---

① 彭定求等:《全唐诗》(增订本),第 8317 页。

2.苦吟与乐观

文学史将曹松归入"苦吟"一派当然是有道理的。正如《唐才子传校笺》指出的那样,"苦极于诗",《重订中晚唐诗主客图》也说"梦征刻苦深思",所谓"平生五字句,一夕满头丝"(卷七一六《崇义里言怀》);"听君吟废夜,苦却建溪猿"(同卷《访山友》);"水石南州好,谁陪刻骨吟"(同卷《林下书怀寄建州李频员外》)。然而,通读曹松的诗我们不难发现诗人的字里行间虽有苦楚但总给人希望,总有一种对未来的美好向往,总是充溢着积极与乐观。比如"岂能穷到老,未信达无时。此道须天付,三光幸不私"(同卷《言怀》),这是对个人未来美好前程的向往,也是对社会公平正义的希望;"入郭非无路,归林自学空"(同卷《书翠岩寺壁》),"吾道不当路,鄙人甘入林"(同卷《林下书怀寄建州李频员外》),这些则是对自己的高度自信和宽慰;"风光若有分,无处不相宜"(卷七一七《览春榜喜孙鄂成名》),则是由友人中举转而对自己的期许。

诗中的积极与乐观还体现在诗人对春天的热爱,"春饮一杯酒,便吟春日诗"(卷七一七《立春日》),"门外报春榜,喜君天子知"(同卷《览春榜喜孙鄂成名》),"残腊即又尽,东风应渐闻"(卷七一六《除夜》),"春风有余力,引上古城墙"(卷七一七《春草》),春草、春日还有那屡次的寒食节郊外闲游,可见尽管春天里有过失落忧愁,但还是可以说春天是诗人充满希望的象征,春天给人力量。

(三)意象的多样性

正如前文所指出的那样,曹松作诗"深入幽境",故所用意象也多是清幽淡远的云月松泉,这一点研究者已多有论述,此处不赘述。但诗人内心那丰富热烈的情感,我们还可以从他喜用"火"这一意象得以窥见,这一点也往往为人们所忽略。"一朵又一朵,并开寒食时。谁家不禁火,总在此花枝"[1],这首小诗用火来比喻在寒食节时分盛开的杜鹃花,是多么的艳丽热烈。诗人似乎对"火"这一意象或者说这一比喻很是钟爱,因此又有:"无奈春风输旧火,遍教人唤作山樱"(卷七一七《钟陵寒食日郊外闲游》),这句写的是寒食节盛开的山樱花;"何处寄烟归草色,谁家送火在花枝"(同卷《钟陵寒食日与同年裴颜李先辈、郑校书郊外闲游》),这句歌颂的还是如火般绽放的杜鹃花;"日边肠胃餐霞火,月里肌肤饮露

---

[1] 彭定求等:《全唐诗》(增订本),第 8320 页。

英"(同卷《赠道人》),这句则用火写了那热烈的太阳;"叶中新火欺寒食,树上丹砂胜锦州"(同卷《南海陪郑司空游荔园》),这句则用"新火"来比喻南海盛产的荔枝。与"火"这一意象相联系的色彩(意象)则是"红"和"丹砂",比如"打桨天连晴水白,烧田云隔夜山红"(同卷《将入关行次湘阴》)。通过这些我们确实可以说在"清幽"的掩映下,曹松同样有一颗热烈的心。

三、勘误

笔者在阅读曹松相关文献过程中发现若干错讹,现在逐一列举如下并对错讹之原因略加说明,以期引起研究者的共同关注。①

1.《全唐诗》卷七一七题为曹松的诗《赠广宣大师》"忆昔同游紫阁云,别来三十二回春。白头相见双林下,犹是清朝未退人",与范仲淹的诗集(《范集》卷四)重合。据方健先生的《范仲淹评传》"此诗仲淹于由尧移润时所作"②,可知曹松同名诗为误入。疑为松与僧侣诗歌往来酬唱甚繁,考《全唐诗》松与之交往的高僧有贯休、齐己和栖白等人,故误。《赠广宣大师》曾被研究者多次引用来证明松与僧的关系。

2.《全唐诗》卷七一七题为曹松的诗《赠雷乡张明府》"任官征战后,度日寄闲身。封卷还高客,飞书问野人。废田教种谷,生路遣寻薪。若起柴桑兴,无先漉酒巾",另有题作《赠雷卿张明府》,作者是贯休,其余内容相同。"乡"的繁体"鄉"与"卿"字形似,疑"雷卿"实为"雷乡"之误。雷乡是地名,在今广东龙川县。松有诗《霍山(在龙川县)》。松与贯休是好朋友,《全唐诗》卷七一六松有《与胡汾坐月期贯休上人不至》。

3.《全唐诗》卷七一六松有《赠南陵李主簿》:"外邑官同隐,宁劳短吏趋。看云情自足,爱酒逸应无。簟席弹棋子,衣裳惹印朱。仍闻陂水近,亦拟掉菰蒲。"结合全诗传达的飘然隐逸之风来看,尾联"仍闻陂水近,亦拟掉菰蒲"之"掉"应为"棹"之误,"桨"的意思,如陶渊明"或棹孤舟"。菰和蒲是一种水草,"菰蒲"亦可借指湖泽,如苏轼《夜泛西湖》"菰蒲无边水茫茫,荷花夜开风露香"。"掉"

---

① 彭家丽的硕士论文《曹松诗歌研究与文本整理》设"下编 曹松诗歌整理"讨论较详,可参看。上海师范大学硕士学位论文 2019 年。

② 方健:《范仲淹评传》,南京大学出版社 2001 年版,第 28 页。

和"棹"字形相似,或为传抄错误。

4.《全唐诗》卷七一七松有《寒食日题杜鹃花》"一朵又一朵,并开寒食时。谁家不禁火,总在此花枝",曾被某作者引用说"唐代诗人曹松如此描述火焰花,形象逼真,历时久远"[1],这是不准确的,曹松明明写的是"杜鹃花"。至于"火"只是用来比喻杜鹃花开得鲜艳罢了,并不是真正的"火焰花"。

5.《全唐诗》卷七一七松有《霍山(在龙川县)》"七千七百七十丈,丈丈藤萝势入天。未必展来空似翅,不妨开去也成莲。月将河汉分岩转,僧与龙蛇共窟眠",曾被引用道"就连游遍祖国名山大川的晚唐诗人曹松也为天柱山的迷离景色所陶醉。他在赞美天柱山一诗中写道……"[2],这显然也是不准确的,因为曹松明明写的是"霍山",还特地标明地点在"龙川县",尽管天柱山的景色确实与诗中所写相符。

作者单位:北京语言大学中华文化研究院

① 凌纯阶:《火焰无忧一枝花》,《广西林业》2010 年第 2 期,第 24 页。
② https://wapbaike.baidu.com/item/%E5%A4%A9%E6%9F%B1%E5%B3%B0/13983743,2023 年 8 月 8 日。

论吴克岐《皖江妇女诗征》辑录

叶冰清

　　清代各类著述繁荣，也是地方诗文总集、妇女文学专书辑录考评的鼎盛时期，地方诗文总集出现了诸如王豫《江苏诗征》、曾燠《江西诗征》、陈世镕《皖江三家诗钞》等诗集，妇女文学则出现了徐乃昌《小檀栾室汇刻闺秀词》《闺秀词钞》、袁枚《随园女弟子诗选》等诗词集。而地方范围内的妇女文集虽不多，但也有所发展，吴克岐所辑《皖江妇女诗征》则是一本兼具地方与妇女属性的诗歌总集。

　　吴克岐，字轩垂，盱眙人①，生活于晚清民国时期，常活动于宁沪两地，南京图书馆藏有"盱眙吴氏杂著十二种"②，共八十九册，均为稿本。著作内容主要集中在红学研究、词学及妇女文学整理研究，如《犬窝谈红》《犬窝北宋词矩》《古代妇女年华录》③，吴克岐所著"生前均未得付梓，加之其社会地位本亦不甚显著，因此长期以来学界对其生平经历知之甚少，甚至连籍贯标注和卒年推测都有明显的错误"④，更无须论其著作研究。目前仅有个别学者注意到《皖江妇女诗征》一书，如邓子勉《吴克岐的词学研究》对该书进行了基本概述⑤，叶当前师《古代女性文学语境下的桐城女诗人》也言及该书具有很高的的文献价值⑥，但尚未有学者就其所辑诗人相关文献内容研究，兹不揣浅陋，就此问题略作论析，就教于方家。

---

① 具体应为"皖盱眙"或"盱眙三界"，非今日"江苏盱眙"。具体考证可见杜志军：《吴克岐与〈红楼梦〉》，《红楼梦学刊》2017年第2期，第205页。

② 原无总名，此为南京图书馆所编。具体包含《皖江妇女诗征》《词调异名录》《犬窝北宋词矩》《清代词女征略》《词女词钞》《雪梅居词样》《词女初录》《东坡乐府笺》《犬窝谜话》《犬窝谈红》《读红小识》《古代妇女年华录》。

③ 此种原书名已佚。

④ 杜志军：《吴克岐与〈红楼梦〉》，《红楼梦学刊》2017年第2期，第203页。

⑤ 邓子勉：《吴克岐的词学研究》，《中国典籍与文化》2003年第1期，第30—36页。

⑥ 叶当前：《古代女性文学语境下的桐城女诗人》，《安庆师范大学学报(社会科学版)》2022年第3期，第7页。

一、《皖江妇女诗征》所辑诗人情况

吴克岐《皖江妇女诗征》共四卷,该书主要辑录自唐代及至民国时期安徽妇女诗人的诗词作品。在第一卷卷首,吴克岐列"民国安徽省道县表"和"清安徽省道府州县表",每卷卷首均列出所辑妇女诗人名录,按时期、姓名、地名的格式进行排列,正文则按诗人分篇目编其小传,论及诗人亲属生平,辑录诗人诗词创作,偶有校勘或数语点评,有的篇目仅有小传,极个别篇目附小像。

现将除清代以外时期的妇女诗人按时期、卷次、地名、数量情况列于表1,清代妇女诗人则按照"清安徽省道府州县表"进一步归纳所属区域列于表2。

表1　卷首所列除清代外妇女诗人地名具体数量统计

序号	时期	卷次	地名①	诗人数量
1	唐	卷四	濠阳②	1
2	宋	卷四	泗州	1
3	明	卷一	桐城	2
4			望江	1
5		卷二	庐州	1
6			庐江	1
7		卷四	宁国	1
8			当涂	2
9			凤阳	1
10			盱眙	1
11			未标	1
12	民国③	卷一	桐城	1
13			庐江	1
14			泾县	1
15			太平	1
16			旌德	3
17			未标	1

---

① 诗人姓名后所写的地名,均为安徽省内县名,如若为本地诗人则标其籍贯,外地诗人则标其夫籍。

② 此处卷首吴克岐标为"唐　薛媛　凤阳",正文则写作"濠阳县,今凤(阳)人"。"凤阳"县名为洪武七年设,唐代未设此名,所以写作"濠阳"。

③ 吴克岐标为"今",该书作于民国时期,因此写为民国。

表2　卷首所列清代妇女诗人地名具体数量统计

序号	所属道	所属府/州	地名	诗人数量	卷次
1	安庐滁和道	安庆府	桐城	44	卷一
2			怀宁	5	
3			太湖	1	
4			潜山	1	
5			望江	1	
6			未标	5	
7		庐州府	合肥	6	卷二
8			庐江	1	
9			舒城	2	
10			无为	2	
11		滁州直隶州	全椒	3	
12			来安	1	
13		和州直隶州	和州	3	
14			含山	3	
15	徽宁池太广道	徽州府	歙县	32	卷三
16			休宁	22	
17			婺源	6	
18			黟县	2	
19			绩溪	1	
20			未标	2	
21		宁国府	宣城	6	卷四
22			泾县	7	
23			太平	1	
24			南陵	5	
25		池州府	池州	1	
26			青阳	2	
27		太平府	当涂	3	
28			芜湖	2	
29	凤颍六泗道	凤阳府	凤阳	1	
30			定远	1	
31		颍州府	颍上	4	
32			阜阳	1	
33			亳州	1	
34			蒙城	1	
35		六安州直隶州	六安	1	
36		泗州直隶州	泗州	2	
37			天长	4	
38			未标	2	

　　表1和表2比较直观地反映出吴克岐所辑录各时期妇女诗人所属地域情况，书中共辑录206位女诗人，诗人遍布安徽各县，其中包含皖南，抑或是皖西北。而"皖江"一词，在不同语境所指代的范围不同：一是经济概念；二是地区概念，古人以"皖江"代称安庆，在清代更是成了诗学意象，"以'皖江'或与皖江区域题名的诗歌总集亦不断出现"①；三是文化概念，是"安徽省长江流域（包括安庆、池州、铜陵、芜湖、马鞍山）精神文明和物质文明的总和"②。可见《皖江妇女诗征》题中的"皖江"与以上概念均不符，题名所写的"皖江"指代的是安徽境内。

　　从诗人所属地域来看，各地分布不均衡，差异较大。以县为单位来看，妇女诗人最多的地区为桐城、歙县、休宁，其余县差距不大。以府、州为单位来看，徽州府和安庆府的妇女诗人数量遥遥领先，其次是宁国府、庐州府、颍州府，皖南总体水平远高于皖北。徽州府、安庆府内部差异较大，徽州府内东南高于西北，安庆府内东北桐城一枝独秀，这与府内学术文化格局有着紧密联系，"徽州学术文化区在南宋形成了以歙县、休宁、婺源为中心的区域学术文化格局……追及清代，徽州学术文化区则呈现比较明显的三级层次"③。而安庆府内桐城是安庆乃至整个安徽的学术重镇，戴名世也说"江淮之间，士之好为诗者，莫多于桐。余桐人也，而不逞为之，乃生吮笔和墨，以从事于其间，其犹有桐之风也欤"。

　　从诗人所属朝代来看，吴克岐辑录清代妇女诗人最多，有186位，占全书的90%，其余为明代11位，民国8位，唐宋各1位，说明清代安徽妇女诗人数量较多，诗作颇丰，这与清代妇女文学空前繁荣的发展趋势是一致的。妇女文学源自皇娥清歌，汉代始盛，魏晋勃兴，唐代转变，五代中衰，元明复兴，及至清代盛极，蔚为大观，可谓是："才媛淑女，骈萼连珠，自古妇女作家之众，无有逾于此时者矣！"④胡文楷所著《历代妇女著作考》二十一卷，清代独占十五卷，具体共辑4000余人，清代则占3500余人。可见清代安徽妇女创作是整个妇女创作的缩影，它的繁盛是与时代保持高度一致的。

---

① 汪谦干：《皖江文化的内涵及其特点》，《安徽史学》2005年第4期，第159页。
② 叶当前：《刘大櫆〈皖江酬唱集序〉本事及其意义》，《北方论丛》2022年第6期，第278页。
③ 周晓光：《徽州传统学术文化地理研究》，复旦大学博士学位论文2005年，第60页。
④ 梁乙真：《中国妇女文学史纲》，上海书店1990年版，第374页。

二、吴克岐辑录妇女诗人特点

纵观《皖江妇女诗征》各篇目,再结合卷首目录标注情况,可以发现吴克岐辑著妇女诗人的三个特点:

第一,目录标注涵盖导览性、全面性。清王鸣盛认为"凡读书最紧要者,目录之学。目录明,方可读书;不明,终是乱读"①,余嘉锡也认为"治学之士,无不先窥目录以为津逮"②,都可见目录的重要性。而《皖江妇女诗征》四卷卷首目录包含朝代、姓名、地名,通过翻阅目录即可一览诗人基本信息,了解到该书从时间上涵盖唐代至民国,从范围上则囊括整个安徽境内,每个道、府州都有所选辑,较为全景式地勾勒出自唐代及至民国安徽妇女诗人的创作概貌。与同类体式的诗集相比,清末民初王锡祺《山阳诗征续编》卷首目录是按照年号所编,从明万历及至清嘉庆年间,再进一步按年号划分卷次,清袁景辂《国朝松陵诗征》卷首目录则是只录诗人姓名。相较之下,吴克岐所标内容较为全面,其所标地名实际上是诗人籍贯抑或是夫籍,如果是本地诗人,则标其籍贯,如果是外地籍贯,则标其夫籍,也有个别特例。例如卷一清代王梦兰,其籍贯不详③,因其为太湖赵梓芳室④,所以卷首姓名后的地名标为夫籍太湖。一个特例是个别诗人所标地名非籍贯也非夫籍,如卷二清代吴丝,吴克岐标于姓名后的地名为合肥,但吴丝籍贯为福建莆田,是为吴县钦牧室,吴克岐在吴丝小传里交代了原因,吴丝乃威略将军吴英之女,吴英本是合肥人,幼为海贼所掠,投诚后,遂占籍莆田,因此吴克岐还籍于吴丝。另一个特例是在卷首名录中有 11 位诗人仅标其时期和姓名,未标地名,列其籍贯、婚嫁情况于表 3。可以发现籍贯有的不甚具体,没有具体到县,有的婚嫁情况不详,在正文留白以待填补,所以猜测吴克岐未标地名是待查证资料完全后再补上空缺。

---

① 王鸣盛:《十七史商榷》卷七,清乾隆五十二年洞经草堂刻本,第 1 页。
② 余嘉锡:《目录学发微　古书通例》,中华书局 2007 年版,第 7 页。
③ 原文籍贯处留白,为待填补的空缺。
④ 原文为"太湖赵粹芳室",吴克岐后文也写作"粹芳",应为讹。赵继元,文楷孙,昀子,字梓芳,号养斋。详见清同治十一年刊本《太湖县志》卷十七"同治七年戊辰科洪钧榜"。

表 3 未标地名妇女诗人相关情况

序号	卷次	姓名	时期	籍贯	婚嫁情况
1		陈安人	清	安庆	山东临淄知县仁和徐业钧继室
2		李淑卿	清	安庆	诸生钱小徐室
3	卷一	鲁敬庄	清	安徽	南丰汤确亭室
4		汪夫人	清	安徽	嘉兴钱仲英室
5		吴馥	清	安徽	
6	卷三	龚自璋	清	浙江①	徽州朱祖振室
7		俞小霞	清	皖南②	
8		郭爱	明	凤阳	
9	卷四	杨秀藻	民国	临淮	广东王□□室③
10		刘氏	清	颍上	
11		刘令右④	清	颍州	

第二,所辑诗人大多家世优、阶层高。袁枚认为:"闺秀能文,终竟处于大家。"⑤ 从吴克岐所辑录的妇女诗人小传来看,这些女诗人无论地域,家族大多为世家大族,家境显赫,祖辈、父辈多为达官显贵,身居要职,抑或是书香门第,家庭有受到良好的教育,社会阶层较高。如清代合肥李道清,其祖父是大学士一等侯直隶总督李鸿章,其父为邮传部左侍郎李经方;清代桐城吴怀凤,其祖父为明兵部尚书;清代泾县吴绣珠,其祖父为左都御史;清代歙县汪玉英,其父为户部郎中;清代山东曲阜的孔宪英,其父为举人;清代浙江钱塘沈善宝,其父为江西义宁州判;等等。可以看出外地嫁至安徽的女诗人,家境也较好。桐城的方氏、姚氏、张氏、左氏都是世家大族,从卷一辑录诗人的情况来看,吴克岐所辑四大士族里的女子高达 70% 以上。而这些名门望族出身的女子,家族也会选择阶层相对趋同的男子进行婚配,明代桐城方孟式,其父为明大理卿,其弟为兵部侍郎,嫁给山东布政使同邑张秉文;清代桐城张似谊,其父为大学士吏部尚书,其夫为主事同邑姚文燕。家族也会选择有识之士,如诸生、贡生、进士等进行婚配,毕竟"在

---

① 具体应为浙江钱塘人,一作仁和人。

② 原文为"俞小霞,皖南农家女也。"

③ 《皖江妇女诗征》正文语句中有诸多留白处,应为吴克岐以求日后查漏补缺之用。

④ 卷首写作"刘右令",正文则为"刘令右",应为"刘令右"。清乾隆十七年刊本《颍州府志》卷之九"艺文志"及清道光九年刊本《阜阳县志》卷二十二"艺文六"均为"闺秀刘令右",并辑录其《西湖听莺曲二首》。

⑤ 袁枚:《随园诗话》卷三,清同治八年刻本,第 19 页。

家庭生活中,诗词才华相当的一对夫妻可以通过文化上的契合点来达到理解和沟通,诗词唱和,书画酬赠,两人由此比较容易亲近,从而能够保持和谐美满"①。

第三,所辑诗人之间家族化、群体化。"清代词人群体的地域和家属性特征,在妇女词领域内尤为明显。姊妹、妯娌、姑嫂、婆媳以及母女构成一个个小型群体,在清代普遍存在于南北。当'内言不出''无才是德'观念嬗变时,首先必在闺阁圈内竞起啸咏。而这种群体型的'闺秀'韵事,对风气的拓开关系甚大。"②吴克岐辑录的很多妇女诗人之间,存在着亲缘关系,比如以桐城方孟式、方维仪、方维则三姐妹为主,加上吴令仪、吴令则俩姊妹,会于清芬阁,结"名媛诗社",唱和吟酬,还有含山张苣馨、庆凤亭、庆凤辉母女三人,休宁曹贞秀、曹兰秀姊妹,南陵徐婉、徐华姊妹等。在世家大族身份背景影响下,家族内部唱和吟咏、互相影响,夫妻抑或是亲属之间,形成了诗词创作的良性循环。随着社会思想的不断开放,女性词人的交游增多,不仅是跟随父辈或丈夫的宦游,而是符合自身主观意志和价值追求的主动交游、学习、唱和,以独立个体的身份开展群体化的吟酬,"随园女弟子""蕉园七子"都是很好的例子。吴克岐辑录了数位妇女诗人,有王碧珠、朱意珠等随园女弟子,也有"蕉园七子"的代表人物沈善宝。

三、吴克岐辑录特点生成的诗学背景

吴克岐辑录特点的生成并不是毫无根据的,这与其职业与兴趣、深受红学思想影响及延续文脉的追求三方面相关。

第一,职业属性与兴趣使然。吴克岐早年从事的工作可能与电政、报业相关。③《犬窝谜话》中记载了相关信息,并且其兴趣为编制谜语,如1925年,电政公益会创刊《会报》,编者征稿于电政同人,吴克岐竟一夕之功,代作电报局名谜若干条投之,以了文债。1933年,南京实验民众教育馆馆长徐朗秋在广播电台主讲民众教育节目,每星期同文会友谜语,征求猜射,相关内容也均刊载于《广播周报》,后吴克岐又助其增加《谜话》内容,也登载于《广播周报》,科普教育

---

① 常娟:《明清之际的才女群及其家族化》,西南大学硕士学位论文2012年,第44页。
② 严迪昌:《清词史》,江苏古籍出版社1990年版。
③ 马培荣:《[盱眙名人]吴克岐制谜专著〈犬窝谜话〉》,[EB/OL].http://www.360doc.com/content/16/0718/08/5205112_576434937.shtml,2016-07-18/2023-08-01。

谜语相关知识与要点,颇受时人欢迎。1935 年,南京《扶轮日报》开辟忆鲈社内容,吴克岐也积极参与。《犬窝谜话》卷二则专章以《红楼梦》为材,编制谜语。吴克岐另一大兴趣则是研究红楼,著作颇丰,辑录材料方面的成就是"辑录了迄今所见的第一套红学丛书《忏玉楼丛书》。辑书多达五十八种六十六册,包括评论、赞诵、诗歌、戏曲、图咏和杂赏,涉猎面甚广;从短文到八卷的《红楼梦传奇》、十六卷的《红楼梦散套》皆作全文誊录,连序跋、题词都予以认真逐(辑)录。有些还参照他本进行了校订,并均注明所据版本来源。其中四十多种他人著述之后附有吴氏所撰题识,考核作者生平,并对相关著述的观点作了篇幅不一的评说"①,可见其文献功底之强。纵观吴克岐其他作品,都可以发现其书目文献征引范围广,资料性强,文献价值非常显著,出于红楼研究和制谜的需要,广罗资料,丰富文献,再将不同的资料分类别记录成册,通过其作品概貌,也可分析出与其兴趣紧密关联。

第二,深受红学思想影响,具有较为先进和平等的妇女价值观。吴克岐称自己为"嗜红之癖",又"积数十年之功,收藏辑录不同版本的《红楼梦》及相关研究著述,辑成红学主题的《忏玉楼丛书》,并撰写颇具史料价值的《忏玉楼丛书提要》;他对通行本《增评补图石头记》的回目及内文作了至少两次通部的文字修改,并能积极地承继陈其泰等前人的红学成果"②,可见其嗜红之深。对《红楼梦》的各方面进行深入研究也使其深受影响,毕竟"《红楼梦》中的女性观不受封建社会已有的意识形态和其他小说中女性描写的影响,本着自然的、哲学的高度和深度跳出当时的任何一种圈圈套套,表现的是对人本身的思考,是在宇宙观念下对女性真正的关怀和认识"③。书中辑录妇女诗人除了名家之后,也有各种身份的妇女诗人,譬如布衣百姓、农家妇女等,诸如卷二清代的顾媚,是为秦淮八艳之一,吴克岐详写其小传,录其诗歌多篇。再加之男性创作一直是主流,女性创作在清朝虽及至鼎盛,但相较之下,数量仍不算多,能编诗成书再刊刻成集的更是少之又少,有许多不知名的诗人就消逝在历史的长河中,而有的诗人甚至仅存其小传或是寥寥几笔的信息,但都是在为其妇女创作的长河中留下一笔,如卷二清

① 杜志军:《吴克岐与〈红楼梦〉》,《红楼梦学刊》2017 年第 2 期,第 211 页。
② 张云:《吴克岐"正误"与桐花凤阁评批〈红楼梦〉》,《中国矿业大学学报(社会科学版)》2018 年第 5 期,第 92 页。
③ 杨芍:《论〈红楼梦〉的女性观》,华东师范大学硕士学位论文 2011 年,第 35 页。

代皖南的俞小霞,出身于农家,具体籍贯不详,诗文没有流传,但足有三页录其逸闻轶事。

第三,通过资料辑录延续文脉,希望以书存人,以书扬皖。安徽全省文化样貌丰富,究其原因,从疆域上而言,"安徽地跨大江南北,各府州县棋布星罗"①;从形势上而言,"安徽介吴楚之交,为上游重镇,自浔阳下趋采石,长江天堑"②;从建制沿革来看,"安徽包络江淮,实兼禹贡扬豫徐三州之域"③,都可看出安徽的地理位置优越性。而整个地域范围内,"霍副衡岳江淮河,皆经安徽境,于五岳得其一,四渎兼其三"④,山水形胜,地貌多样。长江、淮河自西向东横贯安徽全境,淮北土地肥沃,江淮之间丘陵连绵、河湖纵横,江南则崇山峻岭、风景绮丽,因而造就了不同风貌的文化:淮河文化、皖江文化、徽州文化,区域文化不断影响、互相融合,自然从这片土地成长起来的文人面貌各有不同,辑录各种文化风貌的诗人轶事和作品,以人事和诗貌展现安徽的整体人文特点,用女性文学作品补充安徽文化,进而能够延续安徽文化脉络。

以上简略陈述分析了吴克岐《皖江妇女诗征》所辑妇女诗人的情况及原因,更为深入的研究,尚待来日。其人及其著作的研究还未受到学界广泛关注,也亟待更多学者关注分析其文献及学术价值。

附表:《皖江妇女诗征》所辑妇女诗人名录

序号	卷次	时期	姓名	地名	籍贯
1		明	方孟式	桐城	桐城
2		清	方维仪	桐城	桐城
3		清	方维则	桐城	桐城
4		清	吴令仪	桐城	桐城
5	卷一	明	葛嫩	桐城	桐城
6		清	章有湘	桐城	江苏上元
7		清	吴怀凤	桐城	江苏华亭
8		清	吴榴阁	桐城	桐城
9		清	张鸿庬	桐城	桐城
10		清	方笙	桐城	桐城

---

① 吴坤修、沈葆桢:《安徽通志》卷十五,清光绪四年刻本,第1页。
② 吴坤修、沈葆桢:《安徽通志》卷十六,清光绪四年刻本,第1页。
③ 吴坤修、沈葆桢:《安徽通志》卷十七,清光绪四年刻本,第1页。
④ 吴坤修、沈葆桢:《安徽通志》卷二十四,清光绪四年刻本,第1页。

续表

序号	卷次	时期	姓名	地名	籍贯
11		清	方佺	桐城	桐城
12		清	姚凤翙	桐城	桐城
13		清	盛氏	桐城	桐城
14		清	江墨庄	桐城	桐城
15		清	张莹	桐城	桐城
16		清	张令仪	桐城	桐城
17		清	张似谊	桐城	桐城
18		清	张若娴	桐城	桐城
19		清	张恭人	桐城	桐城
20		清	张宜雕(张)[1]	桐城	桐城
21		清	姚德耀	桐城	桐城
22		清	姚瑛玉	桐城	桐城
23		清	方氏	桐城	桐城
24		清	方若徽	桐城	桐城
25		清	方若蘅	桐城	桐城
26	卷一	清	方慧仪	桐城	桐城
27		清	方筠仪	桐城	桐城
28		清	徐氏　鲁月霞	桐城	江宁
29		清	吴孟嘉	桐城	桐城
30		清	张熙春	桐城	桐城
31		清	方静	桐城	桐城
32		清	左如芬	桐城	桐城
33		清	左北堂	桐城	桐城
34		清	左慕光	桐城	桐城
35		清	左绍先	桐城	桐城
36		清	徐蕙文	桐城	桐城
37		清	张瑞芝	桐城	桐城
38		清	张爱芝	桐城	桐城
39		清	方云卿	桐城	桐城
40		清	姚宛	桐城	桐城
41		清	方曜	桐城	桐城
42		清	李媞	桐城	江苏上海

---

[1] 吴克岐卷首所写姓名与正文篇目有出入,卷首写为张恭人,正文篇目名为张。后续表格出现此类括号同理。

续表

序号	卷次	时期	姓名	地名	籍贯
43		清	孔宪英	桐城	山东曲阜
44		清	张湘月	桐城	桐城
45		清	姚若蘅	桐城	桐城
46		清	姚倚云	桐城	桐城
47		民国	吴芝瑛	桐城	桐城
48		清	阮丽珍	怀宁	怀宁
49		清	任淑仪	怀宁	怀宁
50		清	陈氏女	怀宁	怀宁
51		清	汪瑶芳	怀宁	怀宁
52	卷一	清	张淑	怀宁	怀宁
53		清	熊象慧	潜山	潜山
54		清	王梦兰	太湖	□□
55		明	龙辅	望江	望江
56		清	龙循	望江	望江
57		清	陈安人	未标	安庆
58		清	李淑卿	未标	安庆
59		清	鲁敬庄	未标	安徽
60		清	汪夫人（汪）	未标	安徽
61		清	吴馥	未标	安徽
62		明	张娴倩	庐州	庐州
63		清	顾媚	合肥	江苏上元
64		清	吴丝	合肥	福建莆田
65		清	许燕珍	合肥	合肥
66		清	赵景淑	合肥	合肥
67		清	阚寿坤	合肥	合肥
68		清	李道清	合肥	合肥
69	卷二	明	王夫人	庐江	庐江
70		清	陶安生	庐江	江苏常熟
71		民国	吴弱男	庐江	庐江
72		清	钟文淑	舒城	舒城
73		清	钟文贞	舒城	舒城
74		清	吴氏	无为	无为州
75		清	富梦琴	无为	江苏江宁
76		清	郭芬	全椒	全椒

续表

序号	卷次	时期	姓名	地名	籍贯
77	卷二	清	吴霭英	全椒	全椒
78		清	孙恭人（孙）	全椒	江苏阳湖
79		清	沈善宝	来安	浙江钱塘
80		清	蒋映	和州	浙江仁和
81		清	晏诉真	和州	和州
82		清	蒋氏	和州	和州
83		清	张苮馨	含山	含山
84		清	庆凤亭	含山	含山
85		清	庆凤辉	含山	含山
86	卷三	清	毕著	歙县	歙县
87		清	方月容	歙县	歙县
88		清	黄之柔	歙县	歙县
89		清	程璋	歙县	歙县
90		清	赵家璧	歙县	江苏上元
91		清	曾淑英	歙县	歙县
92		清	方婉仪	歙县	歙县
93		清	吴申	歙县	歙县
94		清	吴喜珠	歙县	歙县
95		清	程瑜秀	歙县	歙县
96		清	汪是	歙县	歙县
97		清	蒋锦楼	歙县	歙县
98		清	陈绛绪	歙县	歙县
99		清	徐七宝	歙县	歙县
100		清	易淑班	歙县	歙县
101		清	汪景山	歙县	歙县
102		清	洪昙蕊	歙县	歙县
103		清	萧氏	歙县	歙县
104		清	汪嫈	歙县	歙县
105		清	胡佩兰	歙县	江苏太仓
106		清	汪玉英	歙县	歙县
107		清	张尚玉	歙县	歙县
108		清	程云	歙县	歙县
109		清	殷德徽	歙县	歙县
110		清	鲍文芸	歙县	歙县

续表

序号	卷次	时期	姓名	地名	籍贯
111		清	吴氏	歙县	歙县
112		清	何佩玉	歙县	歙县
113		清	何佩芬	歙县	歙县
114		清	何佩珠	歙县	歙县
115		清	程娴	歙县	浙江桐乡
116		清	鲍淑媚	歙县	歙县
117		清	郑芬	歙县	歙县
118		清	范满珠	休宁	休宁
119		清	江文焕	休宁	休宁
120		清	汤淑英	休宁	休宁
121		清	丁白	休宁	陕西西安
122		清	徐简简	休宁	浙江嘉兴
123		清	汪亮	休宁	休宁
124		清	汪佛珍	休宁	休宁
125		清	陈湘	休宁	休宁
126		清	黄卷	休宁	休宁
127	卷三	清	程袚娥	休宁	休宁
128		清	汪韫玉	休宁	休宁
129		清	秦湘南	休宁	休宁
130		清	汪瑶	休宁	休宁
131		清	范淑钟	休宁	休宁
132		清	曹贞秀	休宁	休宁
133		清	曹兰秀	休宁	休宁
134		清	曹佩英	休宁	休宁
135		清	王碧珠	休宁	江苏元和
136		清	朱意珠	休宁	江苏长洲
137		清	金若兰	休宁	休宁
138		清	许延礽	休宁	仁和
139		清	汪德贞	休宁	休宁
140		清	黄俪祥	婺源	婺源
141		清	王瑶芬	婺源	婺源
142		清	王玉芬	婺源	婺源
143		清	王少华	婺源	婺源
144		清	王纫佩	婺源	婺源

续表

序号	卷次	时期	姓名	地名	籍贯
145	卷三	清	胡凯似	婺源	通州
146		清	方可	黟县	黟县
147		清	舒姒	黟县	黟县
148		清	程淑	绩溪	绩溪
149		清	龚自璋	未标	浙江钱塘 一作仁和
150		清	俞小霞	未标	皖南
151	卷四	清	徐珠渊	宣城	江苏江都
152		清	焦烈妇	宣城	宣城
153		清	王贞仪	宣城	江苏江宁
154		清	刘运福	宣城	宣城
155		清	朱小瑛	宣城	宣城
156		清	吴莲芳	宣城	宣城
157		明	沈天孙	宁国	宁国
158		清	胡珠林	泾县	泾县
159		清	吴绣珠 妹宝珠	泾县	泾县
160		清	吴麟珠	泾县	泾县
161		清	吴稚芬（后写吴）	泾县	泾县
162		清	吴醉青	泾县	泾县
163		民国	毕素梅	泾县	江苏常州
164		清	崔巧云	太平	太平
165		民国	花黛梅	太平	燕山
166		民国	吕惠如（吕）	旌德	旌德
167		民国	吕清扬	旌德	旌德
168		民国	吕碧城（吕）	旌德	旌德
169		清	许德蕴	南陵	浙江德清
170		清	刘世珍	南陵	贵池
171		清	赵春燕	南陵	江苏江都
172		清	徐婉	南陵	南陵
173		清	徐华	南陵	南陵
174		清	陈氏	池州	池州
175		清	查清	青阳	青阳
176		清	吴荔娘	青阳	福建莆田
177		明	邹赛珍	当涂	当涂
178		明	端淑卿	当涂	当涂

续表

序号	卷次	时期	姓名	地名	籍贯
179		清	吴山	当涂	当涂
180		清	胡缘	当涂	浙江平湖
181		清	曹静宜	当涂	当涂
182		清	黄凤	芜湖	芜湖
183		清	沈英	芜湖	芜湖
184		唐	薛媛	凤阳	濠梁
185		明	徐皇后	凤阳	濠阳县 今凤阳
186		明	郭爱	未标	凤阳
187		民国	杨秀藻	未标	临淮
188		清	王氏(烈女王氏)	定远	定远
189		清	李长宜	颍上	颍上
190		清	刘碧	颍上	颍上
191		清	刘氏	未标	颍上
192	卷四	清	汪静宜	颍上	江苏江宁
193		清	刘右令(刘令右)	未标	颍州
194		清	武德班	颍上	颍州
195		清	李清辉	阜阳	阜阳
196		清	方氏	亳州	亳州
197		清	张襄	蒙城	蒙城
198		清	李氏	六安	六安
199		宋	泗州女子	泗州	淮上
200		清	王素筠	泗州	泗州
201		清	顾翊徽	泗州	江苏山阳
202		明	盱眙女郎	盱眙	盱眙
203		清	陈士更	天长	天长
204		清	朱雪英	天长	天长
205		清	陈珮	天长	天长
206		清	袁嘉	天长	浙江钱塘

作者单位：南京市秦淮区图书馆

空间旅行与双重视角：张恨水的故乡书写①

王　谦

在张恨水的创作生涯中，留下了诸如《春明外史》《金粉世家》《啼笑因缘》等经典小说，也有像《两都赋》《山窗小品》这样风格清新的系列散文。这些作品或以城市作为写作背景，或以城市为描写对象，特别是张恨水足迹所至且生活多年的北京、南京、重庆、成都等城市，都得到了多维的呈现。可以说，这些作为"他乡"的城市在张恨水的作品中占有主导的地位，相比之下，张恨水的故乡写作则不太引人注意。一般以为，与现代文学史上擅长乡土书写的作家如鲁迅、沈从文相比，以城市书写闻名的张恨水似乎忽略了对现代中国乡土社会的描绘，因此有学者认为，"张恨水在小说中不写乡愁、乡情、乡趣、乡怨，而执著于都市生活"②。实则不然，在张恨水数千万字的作品中，有《天河配》《似水流年》《现代青年》《天明寨》《秘密谷》等长篇小说以故乡作为背景，还有大量的散文回忆了故乡生活与乡土社会。

张恨水的故乡书写与乡土写作之所以未受到应有的关注，可能是因其前期城市书写的影响太大，人们过于看重他作为都市记者的身份属性与通俗文学写作的文学史地位，而后期爱国主义又成为张恨水写作的另一重要主题，遮蔽了张恨水故乡书写的真实性与时代价值，故乡书写与乡愁意识再次被忽略，但正因其被忽视而更具讨论的价值。张恨水的故乡书写在其城市书写之外提供了另一条理解现代中国城乡关系的道路，提供了另一个观察现代中国社会转型的视角。因此，回到事物本身，回到张恨水的作品及其生命体验本身，重新审视张恨水笔下的故乡，不仅可能，而且必要。

---

① 本文曾发表于《安庆师范大学学报（社会科学版）》2021 年第 5 期。
② 刘少文：《都市生活·趣味化·公共空间——以报人作家张恨水的创作为例》，《北方论丛》2007 年第 6 期，第 27—30 页。

一、空间旅行与发现故乡

张恨水祖籍安徽潜山，生行于江西景德镇，在江西度过童年时光，九岁时举家移居南昌，并接受学校教育，在南昌生活多年，因此他把南昌称作"第二故乡"①。被张恨水称为"第二故乡"的还有北京与重庆两座城市。北京是张恨水生活时间最长的城市，从 1919 年（24 岁）离开故乡到北京开始，先是住在家乡的会馆中，随后租房住，继而又买房居住，家眷也都接到了北京，至 1936 年举家迁往南京，在北京共生活了十七个年头，此后，张恨水便称北京是他的第二故乡。抗战开始后，张恨水于 1938 年由南京经安庆、武汉辗转来到重庆，至 1946 年重回北京，住在重庆的南温泉，彼时生活条件艰苦，屋漏不足挡雨，张恨水遂将自己的住处命名为"待漏斋"，如此艰难坚持生活了七年多，"久客之地，成了第二故乡"②。

张恨水长至十岁才回到祖籍潜山，至十二岁又随父亲到江西，直到十七岁时他的父亲去世才迁回潜山居住，次年即离开潜山至上海、苏州等地谋生，此后虽陆续回到潜山短住，但与他在北京、重庆、南昌等地的生活时间相比，潜山在张恨水的生涯中时间长度是最短的，他自己也说："予少随祖父宦游，鲜返故里，壮又以糊口奔南北，仅十载一省庐墓。故家居胜地，而予反少闻知。"③因此，张恨水在谈到自己的籍贯时亦颇感为难："其初，我也有点不愿称潜山籍，而况我在江西出世，一直活到十七岁，至少是半个江西老表。"④尽管张恨水在安徽生活的时间不长，但他自己所承认的"第一故乡"，只有安徽潜山，他的回忆散文如《故乡的小年》《故乡的四月》等，写的都是安徽潜山。这可能是因为，潜山是张恨水的祖籍，张家的宗族亲人都生活在潜山，传统社会的宗族关系起到了维系人心的作用，强化了张恨水对原籍的身份认同感，且潜山的乡下有张家祖上留下的祖屋，不似在江西时追随父亲宦海漂泊，无固定居所，空间与场所是心理认同与情感记忆的最好载体。

故乡，本质上是一个心理空间，故乡所承载的是生活记忆、情感归属与身份认同，但故乡终究会指涉具体的物理空间、地域，心理空间与物理空间的融合共

---

① 张恨水：《伟大的南昌》，载徐永龄：《张恨水散文：第 2 卷》，安徽文艺出版社 1995 年版，第 197 页。

② 张恨水：《去年今日别巴山》，载徐永龄：《张恨水散文：第 2 卷》，安徽文艺出版社 1995 年版，第 404 页。

③ 张恨水：《潜岳引见录》，《旅行杂志》1945 年第 1 期，第 89—91 页。

④ 张恨水：《潜山县秀才：一辈子不发达》，载徐永龄：《张恨水散文：第 2 卷》，安徽文艺出版社 1995 年版，第 33 页。

同构建了精神上的故乡。从这个意义上说,张恨水的故乡书写指涉了三个不同的物理空间,即皖江地域、安庆城与潜山乡村。

皖江地域是一个宏观的地理概念,"皖"即皖山,是安庆潜山县境内天柱山的别称,皖江连用,则泛指安徽境内长江流域的安庆、池州、铜陵、芜湖等区域,今人在讨论皖江文化对张恨水创作的影响时均从此立论①。皖江地域的地理风貌、历史文化与人文精神具有内在的相似性,特别是青年时期的张恨水,在安庆与芜湖都有过生活、工作的经历,成为后来张恨水书写故乡的一种重要记忆,反映清末太平军运动的长篇小说《天明寨》即以皖江地域的潜山、桐城、太湖、宿松等地区为背景,小说《似水流年》对怀宁县及皖河流域的乡村风貌做了形象的刻画,抗战期间写的《野人寨好比小宜昌》《岳西》等杂文,都是以皖江地域为背景的。

然而,这种以地域为背景的故乡书写往往是印象式的,缺乏感性的情感体悟与生活体验,皖江地域与皖江文化对张恨水的创作产生了重要影响,但在张恨水作品中的表现并不典型,情感的缺席与心理认同的模糊削弱了皖江地域的故乡色彩。作为一个地理概念,张恨水笔下的皖江地域似乎不及沈从文笔下的湘西特点鲜明,失于空泛。

安庆城是张恨水故乡书写的另一物理空间。在近代,安庆一度是安徽的省城,是安徽省境内长江流域上游的第一个城市,素有"长江万里此咽喉"之称,是重要的军事重镇,在近代中国也曾引领过近代化、工业化的潮流,是近代安徽的政治、经济、文化中心,是安徽西南部的交通节点。因此,安庆的地缘优势决定了它是皖江地域与外部世界连接的必经之地。

如果说皖江地域与皖江文化孕育了张恨水的创作基因,那么安庆则是张恨水走上创作道路的一个物理空间起点。安庆是张恨水去往外部世界的首站城市,沿江而下,可至芜湖、南京、上海,溯江而上,能至汉口、重庆,因此,在张恨水往返于故乡与外界的路线图中,安庆都是无法绕过的地点。但安庆对于张恨水只是一个旅行中的过渡点、中转站,尽管张恨水在安庆也为他的原配妻子郑文淑购置了房产,但除了往返于潜山与外界之间的短暂停留,张恨水在安庆并无太多的生

---

① 相关的论文主要有:谢昭新:《地域文化与张恨水的文学创作》,《安徽师范大学学报(人文社会科学版)》2001年第2期,第177—180页;郑炎贵:《"金字塔"与故土情结的关联——试论皖江文化对张恨水创作的影响》,《池州学院学报》2008年第4期,第102—108页;谢家顺:《张恨水与皖江文化》,《苏州教育学院学报》2009年第2期,第9—13页。

活经历，安庆对于张恨水来说更多的是一个空间概念，没有丰富、真切的生活体验。因此，早期张恨水对安庆的书写多是城市局部意象的描绘，如写安庆城郊长江边的大观亭："这里原没有什么花木园林之胜，只是土台上，一座四面轩敞的高阁。不过在这里凭着栏杆远望扬子江波浪滚滚，恰在面前一曲；向东西两头看去，白色的长江，和圆罩似的天空，上下相接；水的头，就是天的脚，远远地飘着两三风帆，和一缕缕轮船上冒出来的黑烟，却都看不见船在哪里，只是风吹着浪头，翻了雪白的花，一个一个，由近推远，以至于不见。"① 颇能见出江边城市的特点。对安庆玉虹门的描写，则将对历史的感慨融入城市之中："这玉虹门有安庆一道子墙，当年曾国藩和太平天国的军队，两下对峙的时候，在山头上新建筑的。出了这门，高高低低，全是乱山岗子。山岗上并无多少树木，偶然有一两株落尽了叶子的刺槐，或者是白杨，便更显着荒落，不过山上枯黄的冬草，和那杂乱的石头，也别是一种景象。这里又不断地有那十余丈的山沟，乃是当年军营外的干濠。西偏的太阳，照着这古战场的山头，在心绪悲哀的人看着，简直不是人境。"② 总之，张恨水对于安庆的体验更侧重于城市本身的历史文化，是以一个游客的身份来观察、体验安庆的，因此，那些象征着安庆历史、政治、军事的城市空间符号更易引起张恨水的注意。中华人民共和国成立以后张恨水又写了《安庆新貌》《迎江寺塔》《菱湖公园》等散文，仍是以一个游客的心理来书写、记忆安庆。由于缺乏丰富的生活体验，张恨水笔下的安庆没有空间的整体性，也不能深入表现安庆城的日常生活，显示不出安庆城的特征性与地方性，这种概念式的描写远不及他对北京、南京的书写细致、深刻，缺乏对城市的情感体验与价值评判。总之，张恨水对安庆这种印象式的描绘还是难以见出故乡的情感归属，安庆对于张恨水而言只是籍贯的象征，而不是精神的故乡。

张恨水的精神故乡及其故乡书写集中体现在以潜山为代表的乡土社会的记忆与书写里。

潜山以其境内的天柱山著称，张恨水写于1933年的长篇小说《秘密谷》就是以天柱山为背景，张恨水曾有感于天柱山在中国的名气不大，还曾专门撰文宣传："潜山县是以山得名，可是这名县的潜山，比庐山伟大，比庐山雄奇，比庐山壮

---

① 张恨水：《现代青年》，北岳文艺出版社2019年版，第79—80页。
② 张恨水：《现代青年》，北岳文艺出版社2019年版，第401页。

美，反而湮没不彰了。在南宋以前，这山似乎走过一时运，石崖上有着东晋到宋许多名人题名，是老大的证据。南宋亡了，这山也就消沉了，未知何故。前年金大生物系，光顾到这无人睬理的潜山主峰天柱山来，测量出它拔海四千余尽（零头似乎是七百），带了许多稀有的标本去，这山才略微出点头。去冬在故乡，我曾深叹此山之不幸。只恨人微言轻，不能发扬光大它罢了。"[①] 天柱山所在的潜山及乡村社会是张恨水真正的心灵故乡。

在北京时，张恨水称自己是潜山籍京剧名家程长庚的"同乡"，而同为京剧名家的杨小楼，"予一向认为系怀宁石牌人，恒少注意其家珍。今既知为同乡，他日回故里，或可访得其祖父一二逸事也"[②]。在张恨水所用的众多笔名中，诸如"潜山人""我亦潜山人"一类亦证明他对潜山的故乡认同。

张恨水的宗族自元代迁至潜山[③]，随后在潜山境内繁衍，兴建祠堂，因此，在张恨水的故乡叙述中，在他一生复杂的空间旅行中，只有潜山的乡村才能获得他的心理认同，位于大别山余麓的那个山村与乡土社会才是张恨水真正的精神故乡。

二、双重视角下的乡土社会

与沈从文用一种近乎理想的笔调来描绘现代湘西的农村不同，张恨水则力图呈现皖省乡村的真实面貌。张恨水对乡村的观察并不仅是一个"乡下人"的视角，还站在一个经历了现代都市文明的"城市人"的立场重新体验乡村，即站在城乡二元结构的立场上来回忆乡村。基于这种观察视角的双重性，张恨水的乡村记忆呈现出内在的矛盾性，传统乡村的田园生活与"城市人"眼中乡村的落后之间的巨大张力，构成了张恨水对故乡的复杂记忆。

张恨水的祖居位于潜山北部的一个山村，交通闭塞，这个位于大别山区的乡村在近代中国仍处于未开化的"前现代"社会，经历过现代都市文明的张恨水对故土乡村的贫困、落后、封闭用一种近乎写实的笔调进行了再现，这种再现不同于沈从文笔下世外桃源般的湘西，不同于萧红笔下充满了苦难的东北，也不同于鲁迅批判地书写故乡绍兴。

---

① 张恨水：《潜山出头了》，载徐永龄：《张恨水散文：第4卷》，安徽文艺出版社1995年版，第274页。
② 我亦潜山人：《杨小楼系安徽潜山人》，《南京人报》1936年6月14日，第2版。
③ 谢家顺：《张恨水年谱》，安徽文艺出版社2014年版，第9页。

一方面,张恨水以本乡人的立场书写乡土社会的生活体验,感受农耕社会的自然与纯朴。张恨水笔下的乡村更接近于原始的农耕文明,对于他生活并不长久的乡村,张恨水丝毫不吝啬描写乡村自然风光的笔墨,他用极为真实的笔调描写故乡的旷野、麦田、油菜花等田园景色,用故乡的方言模仿鸟儿的叫声,"'割麦栽禾,蚕豆成棵。'那年年必来的布谷鸟,这又开始工作了。乡下的农人们,似乎也因为有了这种声音,工作得很起劲,男子们在田时割了麦,一挑一挑的大麦,成捆地顺着田埂,向麦场上挑去。田沟里的水,在绿色的短草里叮叮地淙淙地响着,随着田埂的缺口,向割了麦的空田里流去,真个是割了麦又预备栽禾了"①。如此写实的田园风光描写,正是张恨水在故乡生活的真实观察与体验,也表明了他对乡村的真情实感。但这种对皖西南乡村田园的牧歌式赞美并未掩盖张恨水对乡村社会的细致观察,故乡前现代社会的闭塞、落后导致的贫穷,在张恨水的小说中如镜像般保留了下来,如写乡村居住条件的简陋:"这里有一间房,四周都是黄土墙。有个钉了木棍子不能开动的死窗户,正对着夹道开了,只透些空气,并无别用。屋顶有两块玻璃瓦,由那里放进一些亮光来。虽是白天,屋子里也是黑沉沉的,而且最不堪入目的,便是那靠黄土墙的所在,高的矮的,围了许多簟席子,里面屯着稻谷。"②又如,对于故乡日常饮食的描绘,张恨水似乎也保留了新闻记者般的写实眼光,小说《天河配》中的王玉和家是当地的大户,接待北京而来弟媳的第一顿饭,"那张矮桌上,有一个大瓦盘子,装了北瓜,一只粗瓷蓝花碗,装了一大碗苋菜,又是一只旧瓦碗,装了一大碗臭咸菜,四方堆着四大碗黄米饭"③。《似水流年》中的黄惜时家"虽是一乡的巨族,可是自家吃饭的人很少,只有五个人,除了黄守义夫妇和惜时,此外还有个寡嫂冯氏,一个六岁的小侄子小中秋儿。三代坐了四方,桌上一碗煮豆腐,一碗盐菜,一碗炒老茄子,都放在桌子中心。另外一碗红辣椒煎干鱼,一碟煎鸡蛋,都放在惜时面前"④。此外,乡村的生活细节,诸如烧茅草煮饭、用石磨磨面、用碓臼春米等,张恨水都真实地加以还原,类似于民俗学家的社会纪实调查。在小说《秘密谷》中,张恨水借助几位南京的城市青年,以一种猎奇、探险的视角呈现天柱山一带的前现代社会生活。张

① 张恨水:《天河配》,北岳文艺出版社2019年版,第122页。
② 张恨水:《天河配》,北岳文艺出版社2019年版,第204—205页。
③ 张恨水:《天河配》,北岳文艺出版社2019年版,第205页。
④ 张恨水:《似水流年》,北岳文艺出版社2019年版,第5页。

恨水以其切身的乡村生活体验,用一种冷静的笔调复述着故乡社会的日常生活,既没有虚伪的同情,也没有表现出欣赏式的歌颂,而是像一个理性的社会学家一样,用近乎田野调查的方式还原故乡生活的真实面貌。

此外,小说《天河配》中回忆潜山乡间过年时祭祖的习俗,颇有民俗学的价值。不管是记忆故乡生活的散文①,还是关于故乡的写实小说,都力图还原故乡生活的原貌,这种真切的故乡记忆与朴素的叙述,呈现了一个未经现代性侵蚀的乡村社会,是乡土社会的现代挽歌。

另一方面,张恨水又借助外来的"城市人"的眼光来"发现"乡村生活的封闭,毫不留情地展示农耕社会的落后与弊端。

如果说张恨水对现代都市贫困空间的书写是从社会学家的视角着手,是为了揭示现代城市社会的症结,对大众读者进行"抚慰"和"警戒"②,那么他对故乡乡土社会生活的贫困书写则更多的是为了突出其故乡的风土民情,具有鲜明的地域性特点与情感寄托,故乡社会的贫困生活在张恨水的记忆里不是无法忍受的艰难岁月,而是乡土中国的本真面貌,凝聚的是他在经历了现代都市生活后的情感返归。

张恨水对前现代故乡社会的记忆,并不像沈从文对湘西的深情歌颂,把乡土田园当成是理想的乌托邦,而是以其真实的生活体验来冷静地剖析乡村田园的日常生活与社会人情。数年的潜山乡居生活让张恨水亲眼看见了乡土底层农民生活的艰辛,他以现实主义的笔触真实地还原了乡间农夫艰辛的劳作生活。例如写农夫们车水灌溉的劳作场景:"车水工作,须半夜起,日入而止。农人立转动之车轮上,凡十余小时。家近者,可归餐。否则有妇人或童子,以竹篮送饭至树阴,呼而食之。食饭外,唯农人藉抽旱烟,得小歇。附近或无树阴,即坐水滨烈日中,于腰间拔旱烟袋出,将田岸上所置燃火之蒿草绳,就烟斗吸之。偶视同伴,尚作一二闺阃谑语,以自解嘲。盖除此外,亦无以调剂苦闷与枯燥也。"③又以同情的口吻描写故乡农民在种植水稻过程中除草时的辛苦:"耙草者,戴草帽,赤背。然背不能经烈日之针灸,则以蓝布披肩上,藉稍抗热。下着蓝布裤,卷之齐腿缝。与都市女郎露肉,其形式一,而苦乐殊焉。农人赤足立水中,泥浆可齐膝。然实

---

① 张恨水:《故乡的小年》,载徐永龄:《张恨水散文·第2卷》,安徽文艺出版社1995年版,第421页。

② 凌云岚:《垃圾堆上放风筝——张恨水小说中的北京城市贫困空间》,《北京社会科学》2018年第8期,第46—56页。

③ 张恨水:《忆车水人》,载徐永龄:《张恨水散文·第2卷》,安徽文艺出版社1995年版,第332页。

不得谓之泥浆，经久晒，水如热汤，酿浊气扑人胸腹。水中有蚂蟥，随腿蠕蠕而上，吸人血暴流，更有巨蚊马蝇藏水草中，随时可袭击人肉体。耙草者一面耙草，一面须防敌人。身上不仅谓之出汗，直是巨瓮漏水，其披在身上之蓝布，不时可取下拧汗如注溜也。"[1] 在现代作家群体中，将乡村田园生活描绘为人类幸福家园的不在少数，他们大多常站在"城里人"的立场用一种猎奇的眼光来看待乡村社会，像张恨水这样站在农民的立场来体验真实乡村生活的并不多见。在沦陷时期，张恨水居住在重庆的外郊，曾用细腻的文字详细地回忆了故乡农村收获小麦与插秧的农忙事，打麦子、唱山歌、看水牛、"吃插田饭"等前现代的乡间生活在张恨水的记忆里是一种难得的"农家乐"。但张恨水也像唐代诗人白居易那样，对这种田间生活的"乐"是理性认识的："不过，由我想，农夫们是不怎么乐的。太阳那样晒人，我看他们工作，自己却缩在树阴里呢。田里的泥浆水，中午有点像温泉，插秧的人，太阳晒着背，泥浆气又蒸着鼻孔，汗珠子把披的那块蓝布透湿得像浸了盐水。皮肤晒得像红油抹了，水点落在上面会滑下来。但泥浆却斑斑点点，贴满了胳膊和两腿。于是我了解他们为什么唱山歌，为什么中午的山歌，唱得最醉了。"[2] 他以一种现实主义的态度来观察乡村生活贫苦、艰辛的真实面目，"是知风雅事，实不及于农村。古来田园诗人，每夸农村乐趣，固知谎也"[3]。

张恨水笔下的田园生活不是浪漫主义的故乡乌托邦，而是一个现实的乡土社会。张恨水的乡愁并不是一味地赞颂乡村的田园生活，而是在回忆故乡生活的日常琐事中融入了真切的现实关怀。张恨水的城市书写呈现出鲜明的田园气息，或许就来自他乡下人的生活经历与对"乡愁"的心理补偿。

在批判乡土社会的落后与农民性格的缺陷上，张恨水虽不及鲁迅深刻、典型，但张恨水笔下的乡土社会更加形象、立体，这些作品对乡土社会的书写在一定程度上折射着张恨水本人的生活体验，是一种蕴含着复杂情感的批判；在呈现潜山乡村的地域、人文特征上，张恨水又不像沈从文对湘西那样热烈赞美，张恨水对潜山乡村带有"乡下人"的乡土眷恋，以及对田园生活的肯定和对乡土社会的同情、体谅，但对乡村社会的实质又有着清醒的理性认识。因此，张恨水的乡愁在理性的社会批判之外又带着对故乡生活记忆的温情，是一种矛盾的心理。

---

① 张恨水：《耙草者》，载徐永龄：《张恨水散文：第2卷》，安徽文艺出版社1995年版，第333页。

② 张恨水：《故乡的四月》，《国风》1943年第14期，第5—8页。

③ 张恨水：《桂窗之忆》，载徐永龄：《张恨水散文：第2卷》，安徽文艺出版社1995年版，第339页。

三、城乡二元与现代人的乡愁书写

在张恨水的 70 余年的人生旅程当中,只有青年时期在潜山乡村生活过几年光景,对于乡土社会的空间体验算不上丰富,却对故乡留下了深厚的生活记忆,形成了真挚的心理认同,书写了都市游子的乡愁;在张恨水数千万字的作品中,直接书写故乡的文字虽不及书写城市厚重,但其呈现的故乡形象与乡愁在现代文学史上亦能独树一帜,既展现了皖省乡土社会的独特空间形态与地域特征,深入皖省的乡村生活,呈现了前现代乡村的真实面貌,又对乡土社会进行了理性反思,在往返于城乡的空间旅行、传统与现代碰撞的时代背景中重现了中国乡村在现代化进程中的特殊境遇。

短暂的潜山乡居生活使张恨水对故乡留下了深刻的记忆,产生了深厚的感情,即便张恨水在成为"城里人"、接受现代都市文明之后,还念念不忘故乡的老屋、池塘、冬青树等,"门外即草塘一所,环堤种古柏垂杨之属,更其右有旷场冬青一树,高入云霄,数里外即望之,年期既届,在满日阳春之下,与群儿戏冬青树下,以急线爆竹,掷水中燃放,终日不倦。今十年未归,闻堤树多坏,冬青亦倒却,弥增感慨也"[1]。十多年后,张恨水仍用了纯净的笔触回忆在故乡旧居中读书的闲适生活,老屋、草塘、小院、古桂、鸡鸣、麦田、野雉等乡村社会的空间意象,构成了他浓厚的乡愁,"恒觉诗情画意,荡漾不止"[2]。

乡愁是离乡游子的共通情感,乡愁书写体现了作家心中的故乡心理空间与身份认同。数年的皖省乡居生活是张恨水排遣不去的故乡之忆,通过对故土乡村的描绘与记忆,呈现出近代中国现代化进程里"城乡二元"结构中的特殊乡愁意识。

有学者认为,现代作家的故乡书写呈现出肯定型认同与反思型认同两种乡愁形态,前者以沈从文、废名为代表,后者以鲁迅、师陀为典型[3]。张恨水的乡愁显得与众不同。张恨水笔下的乡愁游走在这两种故乡认同之间,显示出其乡愁书写的双重性。一方面,潜山的乡村社会与田园生活寄托了游子张恨水的故乡

---

[1] 张恨水:《旧年怀旧·四》,《上海画报》1929 年第 456 期,第 66 页。

[2] 恨水:《乡居偶忆》,《南京人报》1936 年 6 月 17 日,第 2 版。

[3] 卢建红:《"乡愁"的美学——论中国现代文学的"故乡书写"》,《华南师范大学学报(社会科学版)》2012 年第 1 期,第 81—89 页。

记忆，承载了他生命成长历程中的特殊情感与对故乡的肯定认同；另一方面，张恨水又能站在现代性的视角上冷静地回忆、反思乡村社会的弊端，在往返于城乡之后反思传统的乡土社会。

乡村与城市是近代社会转型的两极，背井离乡进入城市是全球性的社会运动。英国学者雷蒙·威廉斯在谈及 19 世纪英国文学中的乡村写作时指出，乡村的真实生活被新兴的城市文明与文学书写所遮蔽了[①]。与欧洲等国家自发性的现代化相比，中国的现代化进程则更加曲折、复杂，乡土写作亦呈现出更加多元化的景象。一方面，传统的乡村社会结构与伦理秩序经过数千年的实践，顽强地证实了其存在合法性与适用性，直到 20 世纪中国社会转型时期的乡土社会中仍起着主导作用，费孝通在《乡土中国》里详细地分析了中国乡村中的熟人社会结构；另一方面，外来的现代性以一种"后发"的姿态由城市向乡村渗透，大量的人口离开乡村进入城市，生活空间的迁徙、转移形成了近代中国人的群体乡愁。特别是乡村中的青年群体，他们在社会转型时期由乡村来到城市，往返于城乡之间的空间旅行使他们体会到了现代性对传统乡村社会秩序的挑战，重构了他们的故乡意识。

在中国现代文学史上，沈从文、萧红都曾描写过故乡社会，但其故乡书写缺乏现代空间旅行经验的视角，鲁迅、师陀则深刻地揭示了乡村青年在进城、返乡后对故乡的反思与批判，就这点而言，张恨水的故乡书写更近于鲁迅与师陀对乡村社会的批判，乡村生活的真实体验使张恨水对故乡社会的认识与文学呈现更加现实、理性，更接近乡土社会的本原面貌。

张恨水笔下的故乡并不仅仅是一个土生土长的"乡下人"的书写与记忆，还以一个经历了现代都市空间体验的"现代人"来观察故乡，多年的报人生涯让张恨水的足迹遍布大江南北，无论是上海、南京、北京、杭州、沈阳、重庆、成都等大型城市，还是他特意而为的西北之行，都使他能在丰富的空间旅行之后用一种更为全面的城乡二元视野来反观自己的故乡。在体验了现代都市文明以后，张恨水能清醒地认识到自己的故乡"离省城有七八十里，隔绝了一切城市上的物质文明"[②]。这种空间距离形成了心理认同的差异，突显了传统乡土社会文明与现

---

① 〔英〕雷蒙·威廉斯：《乡村与城市》，韩子满、刘戈、徐珊珊译，商务印书馆 2013 年版，第 252 页。
② 张恨水：《天河配》，北岳文艺出版社 2019 年版，第 123 页。

代都市文明的紧张关系。小说《天河配》里的青年玉和在北京求学、供职,回到故乡吃乡下的饭菜已"有些吃不惯"①,玉和从北京带回故乡的媳妇桂英(在京是当红的京剧演员)认为"理想中的家乡,一定是和住西山旅馆那样舒服。不料到了家乡,竟是这样的不堪"②。《似水流年》中的青年黄惜时看到家中仍以油灯照明,"立刻想到住在城市里,电灯是如何的光亮,而今在家里,却是过这样三百年前的生活"③,甚至嫌弃自家厨房"不卫生",嫌乡下人吃冷东西"不卫生",总觉得"乡下物质不文明"④,急着去北京求学,享受现代都市文明。

但张恨水又不是简单地赞颂都市文明、批判乡村的落后,而是在城乡二元结构的空间差距中来评价乡村与城市的差异,"乡村人家,到处都露着古风,物质上的设备,往往是和城市上相隔几个世纪的。在城市里的人,总是羡慕乡村自然的风景,在乡村里的人,也总是羡慕城市里物质文明"⑤。

有学者认为,张恨水之所以"始终保持对'安徽潜山人'的认同,很大程度上是由于他在父亲亡故后再度回到过安徽潜山、经历过难忘的人生低谷"⑥。特别是张恨水成年后往返于城乡之间的空间旅行经历,使他能以一个"局外人"的身份来体验、感知现代城市与故乡农村两种不同社会空间的差异,尤其是在北京、上海等城市经历了现代都市的空间体验与物质文明后重新全面地反观故乡,新闻记者的从业经历与对都市社会的深入探察也为他反观乡村提供了新的视角。

在张恨水的记忆中,故乡并不完全是精神归宿的乐园,还是一个充满着偏见、功利的客观现实,他在青年时期到上海谋生未成,回到故乡,遭到了乡亲们的非议⑦。在回忆这段经历时,张恨水写道:"辍学归里,闭户不敢出。因乡人认读书必作官或赚钱,不作官而耗财者,谓之曰败子。予向不与人作无谓之争,况在乡里,以是埋牖下,将家中所藏残篇,痛读一遍。"⑧在另一处回忆中张恨水则把这种切身之怨呈现得更为直接:"十九岁二十岁之间,我因家贫废学,退居安徽故乡。年少的人,总是醉心物质文明的,这时让我住在依山靠水的乡下,日与农夫

① 张恨水:《天河配》,北岳文艺出版社 2019 年版,第 125 页。
② 张恨水:《天河配》,北岳文艺出版社 2019 年版,第 207 页。
③ 张恨水:《似水流年》,北岳文艺出版社 2019 年版,第 4 页。
④ 张恨水:《似水流年》,北岳文艺出版社 2019 年版,第 5 页。
⑤ 张恨水:《似水流年》,北岳文艺出版社 2019 年版,第 3—4 页。
⑥ 朱周斌:《张恨水作品中的乡村与城市》,中国电影出版社 2015 年版,第 46 页。
⑦ 袁进:《张恨水评传》,湖南文艺出版社 1988 年版,第 38 页。
⑧ 张恨水:《旧年怀旧》,载徐永龄:《张恨水散文:第 2 卷》,安徽文艺出版社 1995 年版,第 15 页。

为伍，我十分的牢骚，……二十一岁，我重别故乡，在外流浪。二十二岁我又忽
然学理化，补习了一年数学。可是，我过于练习答案，成了吐血症，二次回故乡。
当然，这个时候耗费了些家中的款子（其实虽不过二三百元，然而我家日形中落，
已觉不堪了），乡下人对于我的批评，十分恶劣，同时，婚姻问题又迫得我无可躲
避。乡党认为我是个不可教的青年，我伤心极了，终日坐在一间黄泥砖墙的书房
里，只是看书作稿。"① 张恨水家道的中落与事业的挫折，让他更清楚地看到了乡
村社会的真实面目。这个乡土社会不是唯美的桃花源，而是一个充满了蒙昧、偏
见的前现代社会。

　　张恨水以一个返乡的"城市人"的立场，将对故乡社会的体验、记忆与批判
写进了小说里。《现代青年》中的农民周世良由于无法忍受乡下人的谣言与东
家的算计，毅然卖掉了乡下的田地房产，被迫带着儿子周惜时离开了农村，到几
十公里以外的安庆城里谋生。《天河配》里乡下青年王玉和在北京带回一个唱
京戏的女演员桂英，受到乡下人的非议，来自北京的桂英一看到乡下社会祭祖时
的习俗，心想："还是执着前清那一派的老古套。这样的家庭，怎样安插我一个
唱戏的女人？"② 最后他们二人不得不离开乡下到城市谋生，王玉和在临行前感
叹道："不是哥哥催我出去，也不是乡下人催我出去，只是这乡下传下来千百年
的老风俗，逼着我不能不出门，到了现在，我知道旧礼教杀人这一句话，不是假的
了。"③

　　此外，张恨水还站在社会学家的立场深入反思乡村的社会结构，理性地看待
乡村社会的人口结构与乡村治理方式，对于故乡的"族长式"基层乡村治理也有
清醒的认识，指出了皖省乡村"支祠"中存在的"小族长"现象，"他们有一机构
作为单位，就拿了这个作武器，上可以抗大族长、大户长，下可以统治一部分同族
的忠实分子，对外也足以与外姓士绅周旋。至于不断的在公家白吃白喝，分调些
公款，尤其余事了。……国人慎勿学院中人士也"④。在回忆故乡、抒发乡愁的同
时，又能理性地认识、批判故乡社会的弊端，为理解近代中国乡村社会提供了一
个新的视角，是另一种"乡土中国"的叙述。

---

① 张恨水：《我的小说过程》，载张占国、魏守忠：《张恨水研究资料》，天津人民出版社1986年版，第272页。
② 张恨水：《天河配》，北岳文艺出版社2019年版，第234页。
③ 张恨水：《天河配》，北岳文艺出版社2019年版，第237页。
④ 水：《想起家乡小族长》，《新民报（重庆）》1940年11月15日，第6版。

　　由乡村到城市,是现代中国转型的一个必经历程,张恨水本人及其笔下的乡村青年都经历了这一过程,张恨水的乡愁最终指向的是潜山乡村而不是安庆城,显然是他故意为了突出乡村与城市的差异,往返于城乡之间的空间旅行及在城市中的现代性体验是张恨水对故乡社会的批判重要参照点,因此,张恨水对封闭、传统的故乡社会的揭露与批判具有一定的启蒙意味。

　　然而,处于转型时期的乡村青年在经历过现代性的体验之后想再回到故乡已无可能,张恨水在青年时期的数次返乡都以不愉快地离开结束;《似水流年》中的王惜时在徒步旅行过大半个中国后失意地回到故乡,才发现乡村已经没有他生活的空间,最终不得不告别故乡外出流浪。张恨水以其记者的敏感,真实地记录了现代中国转型时期的乡土社会的真实境况,又以故乡之子的真挚书写了城乡空间旅行后的乡愁。

　　故乡,是一个人在空间旅行后形成的视角重影,是一个物理空间、心理空间与文化空间相交融的符号。在现代中国,故乡所指涉的乡愁是乡土社会与现代都市文明的碰撞中形成的空间疏离感,是乡村与城市之间的紧张关系。因此,有学者认为,张恨水的乡土写作能"如实反映乡村大环境中的农民个体和农民生活实况,甚至兼顾在城镇化过程中农民心理的变迁,细致而入微,虽然并未触及灵魂本质,但也提出了城乡对峙等值得探讨的严肃问题"[1]。

　　对张恨水而言,书写故乡的意义不仅在于呈现了乡土社会的深层结构与排遣心中的乡愁,更在于在城乡之间空间旅行后所形成的观察故乡的双重视角,这种视角形象地再现了中国乡村社会的现代转型及处于转型时期人的特殊境遇。谈论张恨水的故乡(乡土)书写,不仅为重新理解张恨水的创作提供了可能,也为重新理解现代中国的社会转型路径提供了新视角。

作者单位:安庆师范大学人文学院

---

[1]　薛熹祯:《批判与缅怀:疗救"乡土中国"的思考与实践》,《苏州大学学报(哲学社会科学版)》2018年第4期,第122页。

陈世镕《皖江三家诗钞》与皖江地域文化阐微

史哲文

"皖江三家"语出陈世镕道光十四年（1834）辑《皖江三家诗钞》四卷，此集又称《皖上三家诗钞》，收汪之顺《梅湖诗钞》一卷，余鹏年《枳六斋诗钞》一卷，后附余鹏翀《息六斋遗稿》，江尔维《七峰诗稿》二卷。目前所见版本，一为同治十三年（1874）刻本，安徽省图书馆藏本即为此本，前有陈世镕、姚鼐二序，内又有潘瑛《晋希堂诗集》一卷，应为逸入；二为上海图书馆藏民国安徽官纸印刷局铅印本，无潘瑛诗集，无姚鼐序。

一、"吾皖一大名家"：陈世镕及其诗学观念

陈世镕（1787—1872），字大冶，号雪庐、雪楼、爨楼，嘉庆二十一年（1816）举人，道光十五年（1835）进士，历官陇西、岷州、古浪知县，道光末年迁擢同知，不久辞官归乡，有《求志居集》存世。陈诗在《皖雅初集》赞陈世镕诗云："奇肆而能敛，翔实而能腴，为道咸时吾皖一大名家。"[1] 当时名家于今却鲜有所闻，未尝不是一种遗憾，这也正说明挖掘流落于"草野"诗家的必要。陈世镕尝选唐诗八十二卷，但刻版被烧毁，是集遂不存，其文集中尚存《唐诗选旧评记存》《琐说八则》《各卷评语》，对其诗学品格有一定的体现，雪庐在《琐说八则》中称：

> 唐诗之有选，自殷璠、高仲武而后，无虑数十百家，好尚不同，弃取各异。讲格律者或失在脬肛，谈性情者多流于率易。不知二者相须为用，离之两伤，无性情则为优孟偃师，无格律则为腐土湿鼓。是选意无偏主，兼收并蓄，总以质而不俚，婉而成章，无庚于温柔敦厚之旨，可以为兴观群怨之资，宗指斯在。治世之音啴缓而和平，衰世之音趣数而纤细。文章关乎国运，虽上哲亦潜移而不自知，此初盛中晚之分，若天实为之界

---

[1] 陈诗：《皖雅初集》，上海美艺图书公司 1929 年版，卷一第 16 页。

限也。孔子取"二南",不删曹、桧;录《鹿鸣》《文王》,不黜《民劳》《祈父》。是选荟萃三百年作者,盛则为宣豫导和,衰则为忧时闵俗。境地既别,感发自殊,要期不强笑以为欢,不饰哀而佯哭,何分时代,各有千秋。后人断断格调,谓某联在神龙以前,某句落大历以后,此等习气,无异夏虫语冰,所望同志一切破除。……诗话兴而诗道厄。宋明人意识自障,议论横生,每于一代之中标举数首,一人之集摘取数篇,拾道韫之唾余,仰钟嵘之溲泄,诗家原本,概乎未窥。《虞书》曰:"诗言志。"《小序》曰:"诗者,志之所之也,情动于中而形于言。"当其情景适会,意兴忽来,天机之动不能自知。至于意有惨舒,词有工拙,亦视其人才分所至,各不相掩,何烦千载以下,操玉尺以量甲乙哉!是选不欲学者锢其灵源,故于诸说一概不登,廓清之功比于武事。①

陈世镕主张性情与格律应兼收并蓄,归于诗三百温柔敦厚之旨。又强调诗歌"观风俗之盛衰"之价值,他认为诗与史互为表里,强调诗自有其时代性,而后人强加其上的风格论反而容易失诗本心,雪庐尤推崇唐音,认为宋明诗话阻碍了诗歌的进步,对宋明议论矫揉之评语一律贬斥。从诗学主张上看,陈世镕生活于清中晚期,其时格调性灵诸说已渐式微,宗唐潮流亦现冷却之态,反思前人的诗论观点以至对宋诗的高扬,是当时道咸诗坛的主流,但是在以雅正为官方诗学意识形态的风导之下,以及个人的审美爱好、地域诗学风气等影响下,陈世镕的诗学趣尚依然在于唐音。

从另一个角度说,当宗宋的诗学思潮逐渐占据主流,为了与之抗衡,道咸时的崇唐诸人也在反思如何为清人学唐找到合适的路径,如与陈世镕同时代的黄培芳(1778—1859)在《香石诗说》云:"自汉魏唐宋以来,其间好诗,无不一一可求合乎三百。……诗分唐宋,聚讼纷纷。虽不必过泥,要之诗极盛于唐。以其酝酿深醇,有风人遗意。宋诗未免说尽,率直少味。"②与陈世镕相仿,学唐诸人常常将宗唐对抗学宋的思路寄托于诗三百,试图通过源头的上溯寻找到宗唐的正统诗学地位。因此陈世镕的诗学观念映射到其编纂的《皖江三家诗钞》时,有着

---

① 陈世镕:《求志居集》,《清代诗文集汇编》第 577 册,上海古籍出版社 2010 年版,第 703—704 页。
② 黄培芳:《黄培芳诗话三种》,广东高等教育出版社 1995 年版,第 114—115 页。

较为一致的表现,不过其对诗歌与地域文化的认知,在选编时尤为着意,这是其编纂的特色。

二、"皖江三家"群体与《皖江三家诗钞》辑纂缘由

说是三家,其实《皖江三家诗钞》中列有四人:汪之顺(1621—1677),字禹行,号平子,晚号梅湖老人;余鹏年(1755—1796),初名鹏飞,字伯扶;余鹏翀(1755—1784),鹏年弟,字少云,号息六、月村;江尔维(1780—1826),字季持,号七峰。

诗歌体派的确立,却有着复杂的成因,许总先生在《唐宋诗体派论》一书中认为诗歌体派可分为三种类型,其一是"某一特定时期带有普遍性与倾向性的诗坛风气与审美时尚",其二是"若干趣味相投的个体诗人通过交游酬唱等社交应酬性练习而聚合为规模或大或小的诗人群体",其三是"某些诗人之间当时并未意识到在创作题材或艺术体性方面的类似而为后人确认为一种独特的体格或流派"①,可谓不刊之论。当体与派之辨日久成熟以后,着眼于清代诗歌史,第一种类别更倾向于"体",如牧斋体、梅村体、渔洋体、同光体、汉魏六朝体,皆导一时之诗学主流,侧重于诗歌的审美品格。后两种类别更趋向于"派",如浙派、秀水派、桐城诗派、宣城派、江左三家、岭南三家、毗陵七子、江左十五子等,侧重于诗人群体,在诗法与地域特色上各有趣尚。因此,清诗之体派,在上层诗学形成一时之体的同时,地域诗坛则也必然存在一地之派,而体和派之间又常双向影响,从而形成"大传统"与"小传统"的互动。

可见《皖江三家诗钞》所选汪之顺、余鹏年、江尔维三人所生活的时间跨越清代前中期,显然并非当时已有三家之名,可见"皖江三家"之名应属于许总先生划分的第三种体派类型,即"某些诗人之间当时并未意识到在创作题材或艺术体性方面的类似而为后人确认为一种独特的体格或流派"。汪、余、江皆是安庆府怀宁县人。清代怀宁县同为安庆府治所在,当桐城诗文的光华晟然照耀在清代安庆乃至整个安徽文学史的冠冕之巅时,安庆府下怀宁县的"皖江三家"则长期有意无意被掩盖着。其实论地域诗歌体派,"桐城自有诗派"言之不虚,汪

---

① 许总:《唐宋诗体派论》,江西人民出版社 2008 年版,第 9—11 页。

之顺、余鹏年（包括其弟余鹏翀）、江尔维并称的"皖江三家"亦不能忽视，并且更能在整体上丰富与反映出安庆府的文学发展真实情貌。陈世镕在《皖江三家诗钞序》中对该集的编纂过程叙述较为详尽：

> 余所见伯扶草本有《枳六斋诗稿》，有《江光阁诗钞》，皆涂改淋漓，就其可辨识者，犹数百首，伯扶与弟少云皆无子，余因与季持议……将以备一邑輶轩之贡，且使后生小子知土音是操，不忘旧时之义，乃命仆钞伯扶集，仆惰，仅钞得《枳六斋诗稿》之半，余与季持旋同赴礼部试，其事遂辍。而季持报罢后以病卒于京师，伯扶原稿则季持家人以付伯扶僚婿蒋如鲲，余屡寓书季持之兄学圃，令向蒋君索之，并索其祖素书《夜光集》，皆不报，未知其存否矣。独平子《梅湖集》则其族人世世守之，以为诵法。往时锐斋仪部尝欲刻行而未果，桐城姚惜抱先生为之序，自言甚爱其诗，曾钞一册置笥中，其本未见。余窃以意为去取，亦录得一册，并伯扶《枳六斋稿》之半，益以少云诗数篇合而刻之，以卒季持之志。即以季持自著《七峰诗稿》为之殿焉，统名曰《皖江三家诗钞》，刻成距季持之殁已九年矣。①

可见此三家各自的别集存世情况与入选原因各有不同。先看梅湖，汪之顺在当地早有诗名，诗集"其族人世世守之，以为诵法"，入选未有疑义。再看伯扶，江尔维力推余鹏年为一大家，"乾隆以来季持则独推伯扶"②，余鹏年、余鹏翀兄弟因余鹏年诗集因故仅抄一半，添其弟诗作若干为补，故而陈世镕视余氏兄弟为一家，而以余鹏年为主。最后是季持，陈世镕与江尔维为友，交谊甚深，余鹏年得以入选也是江尔维推重所致，陈世镕选江尔维之诗作为怀念故友，"以卒季持之志"，故而编《皖江三家诗钞》也有为完成江尔维的遗志的含义，而实际上《怀宁县志·文苑传》"江尔维"条载"友人陈世镕为选刻附汪之顺、余鹏年两家诗，后名曰《皖江三家诗钞》"③，就更能说明江尔维对陈世镕编纂《皖江三家诗钞》的影响所在。

---

① 陈世镕：《皖江三家诗钞》，同治十三年刻本，序第1—2页。
② 陈世镕：《皖江三家诗钞》，同治十三年刻本，序第3页。
③ 舒景蘅：《民国怀宁县志》，《中国地方志集成》，凤凰出版社2011年版，第458页。

三、地域文化对"皖江三家"诗风及诗名的影响

地域文化对诗人的影响关系虽然不能说绝对的完全对应,但是在很大程度上是合理存在的。《安庆府志》载:"怀宁、桐城、望江,文若胜于其质;潜山、太湖、宿松,质若胜于其文。或曰:怀宁澹乎,桐城史乎,望江略乎,潜山野乎,太湖矫乎,宿松放乎。"①《怀宁县志》又云:"大抵怀之人文不胜质,守则有余,士恪遵功令,不敢结社连盟,标榜声气。"②一说文胜于质,一说文不胜质,看似二者相互抵牾,其实仔细分辨是各自成立的。在《安庆府志》中,记载怀宁、桐城、望江三县当地的地域风俗"文若胜于其质",但是其后又称"怀宁澹乎,桐城史乎,望江略乎",这是相对于安庆府另外的潜山、太湖、宿松三县而言的。所谓文胜质则史,在《安庆府志》这里,桐城应当说"文胜于质"最为显著。怀宁县则以一"澹"字概之,所谓澹,其一,"澹者,水摇也",似有怀宁地处江畔之意,其二,贾谊《鵩鸟赋》云"澹乎若深渊之静",则怀宁之地的民风就重在闲淡自适,而同时又相对质实,所以《怀宁县志》称当地"文不胜质"也就较为合理。

从诗风来看,汪之顺为顺康时人,以遗民入清,熊宝泰《汪梅湖诗集序》云"公安派盛行,梅湖居吴头楚尾间,不为其所染。入国朝年已迟暮,而和平冲淡,无几微激昂感慨之意"③,这里明确指出汪之顺于晚明时不与公安性灵同流,而进入清代后,隐居梅湖,诗风清淡但又隐蕴深意。上文所引"吟咏自适,其诗冲淡容与,有陶渊明雅尚,间及时事,不欲尽言,则为廋词隐语,寄其哀怨"的诗风也正与怀宁"澹乎"的地域风气有着自然的一致。结合《皖江三家诗钞》来看,一方面明清易代后,汪之顺归隐,其冲淡的诗风颇有陶潜之气,另一方面在诗中常作隐语,如其《坐兜率岩对白海棠饮阙茶》诗云:

> 古岩千仞上,结构出人间。花似高僧静,茶消世法悭。县廊深窈窕,
> 危径稳跻攀。叹息支公去,回思初买山。④

① 张楷:《康熙安庆府志》,《中国地方志集成》,凤凰出版社 2011 年版,第 120 页。
② 舒景蘅:《民国怀宁县志》,《中国地方志集成》,凤凰出版社 2011 年版,第 166 页。
③ 熊宝泰:《赐墨堂家集合编》,《清代家集丛刊》,国家图书馆出版社 2015 年版,398 页。
④ 陈世镕:《皖江三家诗钞》,同治十三年刻本,《梅湖诗钞》第 10 页。

《世说新语》载："支道林因人就深公买印山,深公答曰:'未闻巢、由买山而隐'。"①梅湖引支遁隶事,既见肥遁之心,又间有怨意。又如《自述》诗:

> 白头居士似山僧,小几乌皮镇日凭。充隐尽教多谢朓,养生但恐愧孙登。鹿裘带索安贫贱,马队儴书让友朋。数亩竹园三径草,满湖风雨一宵灯。②

此诗中颔联用谢朓、孙登二典,以嵇康自比,方都秦作《汪梅湖诗序》也云:"三十年益肆力于诗,而清新俊逸者,且老熟平淡矣。"③平淡的诗风与归隐诗情交织一体,一定程度上能够反映出当地的地域文化。再来看余鹏年,伯扶为乾嘉时人,《皖江三家诗钞》内有其诗集序云"所为诗浑脱淋漓,一往骏利,出入于高季迪、何大复之间"④,在乾嘉诗坛重温柔雅正的主流思潮下,并不是一个随波逐流者。江尔维所处时代更晚,大约为嘉道时人,《皖江三家诗钞》内其集序称"君诗直抒胸臆,高者近乎李太白、孟浩然,抑或取资乎孟郊而不至于涩,亦有时似皮日休、陆龟蒙,小碎之弊则无有焉"⑤,也同样走的是高古清淡的诗路。

而诗人的诗名与地域文化风俗也同样有着微妙的关系,在《皖江三家诗钞序》中,陈世镕从地域文化上评价汪之顺与余鹏年、余鹏翀兄弟称:

> 平子本明季诸生,鼎革之后,抗志肥遁,筑宅梅湖以吟咏自适,其诗冲淡容与,有陶渊明雅尚,间及时事,不欲尽言,则为廋词隐语,寄其哀怨,亦与渊明《述酒》《荆轲》等篇同旨。乾隆以来季持则独推伯扶,伯扶以诗名在南庄后,为《皖中诗略》所未收,……姚氏序平子诗谓与其乡钱田间埒,田间交游较广,为世盛称,而梅湖伏处草泽,……其后遂声华寂寞。……盖务其实,不急其名,志于古,不求知于世,吾乡先辈习尚,则然岂惟平子,即伯扶弟兄当乾隆中叶以才名游竹君、兰泉诸公之

① 刘义庆撰,刘孝标注,朱碧莲详解:《世说新语详解》,上海古籍出版社2013年版,第527页。
② 陈世镕:《皖江三家诗钞》,同治十三年刻本,《梅湖诗钞》第23页。
③ 方都秦:《梅溪文集》,乾隆十五年刻本,卷二。
④ 陈世镕:《皖江三家诗钞》,同治十三年刻本,《枳六斋诗钞》序第1页。
⑤ 陈世镕:《皖江三家诗钞》,同治十三年刻本,《七峰诗稿》叙第1页。

门,与黄仲则、孙渊如等角逐,亦未尝稍自表襮挟行卷干时,故其名亦不出江淮间。①

从个人秉性来看,虽然梅湖"伏处草泽,声华寂寞",伯扶、少云兄弟即便以才名与朱筼、王昶、黄景仁、孙星衍游,"未尝稍自表襮挟行卷干时"是他们的个人选择,但是汪之顺、余鹏年、余鹏翀与"先辈习尚"相合的"务其实,不急其名,志于古,不求知于世"的性格,以及清代怀宁地区诗家声名不著的客观事实恰与《怀宁县志》所言"不敢结社连盟,标榜声气"的文化风气一脉相承,不能不说地域文化对人的性格形成有着潜泳而深远的熏染。因此姚鼐《梅湖诗钞》叙中有这样的评价:

> 先生明末诸生,入国朝,自匿以老死。为人多技能而尤长于诗,清韵悠邈,如轻霞薄云,俊空映日,不必广博,而尘埃浊翳无纤毫可入也。当时吾郡名工诗者,钱田间与先生并二人之才,各有优绌,较之正相垺。然田间交游较广,为世所称,而梅湖伏处草泽,仅南昌陈伯玑知之而复不尽,其后遂声华寂寞,凡诸家选明诗者裒录遗老甚备,而梅湖之作终不与焉。非徒生前身之显晦有数,即死后之名亦若有阨之使不扬者,而孰知其有不可没者存哉。②

此段叙言作于嘉庆十三年(1808),在前文陈世镕《皖江三家诗钞》序内也有部分引用。姚鼐称赞汪之顺诗风清韵悠邈,也合平淡之意。姬传本身即是桐城人,他道出钱澄之"田间交游较广,为世所称"正是桐城一地得以形成声势浩大的文派、诗派的一个重要原因,《桐城耆旧传》对钱澄之的交游略载:"是时,'复社''几社'始兴,比郡中主坛坫者,宣城沈眉生,池阳吴次尾,吾邑则先生及方鲝山、密之诸公,而先生又与陈卧子、夏彝仲辈联'云龙社'以接武'东林'。"③后世桐城诸人互相应和,着意树立起"三祖"的地位,有浓厚的宗派意识,且桐城

① 陈世镕:《皖江三家诗钞》,同治十三年刻本,序第3页。
② 陈世镕:《皖江三家诗钞》,同治十三年刻本,《梅湖诗钞》叙第1页。
③ 马其昶著,彭君华校点:《桐城耆旧传》,黄山书社2013年版,第177页。

"城中皆世族列居"①,又兼有怀宁所不具备的高门盛族宗脉世家,更加具备同声共气的优势。

而怀宁当地文人"不敢结社连盟,标榜声气",汪之顺、余鹏年、江尔维等人的鲜为人知与当地的地域文化不能说没有联系,也恰符《安庆府志》"怀宁澹乎,桐城史乎"之语,我们不能不正视诗坛中"交游"的积极作用及文学的"圈子"对一个诗人生前身后的影响。陈世镕纂《皖江三家诗钞》也应已经意识到怀宁当地诗人不互相标榜声气的弱势,意图为乡邦诗人留下诗名。怀宁与桐城紧邻,然而当地诗名在今天看来,在桐城面前黯然失色,不能不说是与当地"澹乎"的地域风俗有一定关联。不过姚鼐彼时已名扬天下,以其桐城派宗主的名望为汪之顺诗集作序,既有希望重新发掘其诗名的考量,似也应有为桐城诗派拓宽思路的意概。

江尔维虽然与汪之顺、余鹏年所处时代不同,但是他们的性格未尝不相近,包世臣在《艺舟双楫》内有《江季持七峰诗稿序》,乃道光二十年(1840)其为江尔维《七峰诗稿》单独刊刻时所作,他感慨道:

> 倪莲舫太守持《皖江三家诗》板本见示,并言汪平子、余伯扶,非江季持匹。拟别刻专行之,而请为序,余读之,太守之论盖信。季持余曾一再见于白门,不知其能诗也。今读其诗,庶几有窥于柔厚之旨。……余尝诩不失人,以季持观之,则失人正多矣。工诗者未必可言,可言者或又失之交臂,则信夫诗之难言矣。②

严迪昌先生在《清诗史》中曾慨然指出:"诗史秉笔者是有义务拨开一点缙绅们设置的雾障,多尽'表微'之责的。"③我们也不禁感慨,如上文所述,钱澄之在皖省乃至全国的诗名显然毋庸置疑,而在当时与钱澄之齐名的汪之顺,由于其受怀宁乡土地域文化影响的性格导向,令其声名在清中晚期就已经不被人所知,放眼整个清代,又会有多少人在当时诗名卓著却因为各种原因"阸之使不扬"而被蒙上厚厚的历史尘埃?

① 廖大闻、金鼎寿:《续修桐城县志》,台北成文出版社 1975 年版,第 91 页。
② 包世臣撰,李星点校:《包世臣全集》,黄山书社 1993 年版,第 327 页。
③ 严迪昌:《清诗史》,人民文学出版社 2011 年版,第 408 页。

结 语

我们必须要注意到,当大批学者都在钻研桐城之文学,与桐城相邻的怀宁,却寂寂无闻于文学史,何尝不是包世臣所云"失人正多矣"！余鹏年、江尔维莫不如此,《皖江三家诗钞》中,清人钱林作江尔维《七峰诗稿》序有言:

> 既而闻君卒,始惘然若疑,终大痛。非痛君之没也,痛林所见诗如君者,落落然无几人,天又摧折之,使之不得以诗见于世。……或钞而传之,而传之不广,即传不传尚在不可知之数也。①

而再鸟瞰整个中国文学史的演进历程,历代之下又有多少诗家被遗憾地埋没？不过面对这一种遗憾,我们研究清代文学又是一种幸运,因为清人正是有如此丰富的文献资料留存,使得"声华寂寞"的诗家、诗派得以重现于学界视野,他们也理应获得属实的评价。

作者单位:安徽省社会科学院文学研究所

---

① 陈世镕:《皖江三家诗钞》,同治十三年刻本,《七峰诗稿》叙第 1 页。

晚明桐城青山何氏家族诗歌谫论

束 强

　　明代区域经济文化迅速发展,徽州地区经济文化蔚然兴盛,而桐城得益于地理、经济、政治的优越条件,也日渐成为与徽州相比肩的文化胜地。同时,桐城也涌现了一大批名门望族,这些家族以方氏、姚氏、张氏、左氏、马氏为代表,带动了桐城地区文化的繁荣。青山何氏作为晚明时期兴起的家族,其规模难与五大家族相抗衡,但是其家族文化在晚明直至清初,仍有着不俗的发展和影响。青山何氏源于江西婺源的田源何氏,明洪武三年(1370),何鼎迁居桐城,遂为始祖。传至七世何思鳌,官山东栖霞县令,何氏初显声名。思鳌次子何如申官至浙江右布政使,幼子何如宠官至户部尚书、武英殿大学士,何氏遂蔚为望族。

　　关于何氏家族研究的成果,代表性著述是吴功华的《六皖风云起　开先宰相家——明清桐城青山何氏家族文化》[①]一书。该书选取了明清青山何氏为研究对象,从家族考略、家族繁衍、宗族建设、家学传承、家风探析、家族人物、家族影响等七个层面,力图展现该家族的历史演变历程与组织表现形态,深入挖掘何氏家族文化中的积极因素与现实意义。作者见解独到,材料运用充分,但由于全书更偏向家族文化的整体观照,而缺少对何氏家族文学作品的有效阐释,为本文进一步研究何氏家族诗歌文本留有余地。此外,俞晓红《明清桐城望族文化基因及其传续机制疏略》[②]一文,介绍了何氏家族人物的主要事迹与文学作品,以及宗《易》的家学传统和家族科举情况,并梳理了何氏与方氏、吴氏之间复杂的姻亲关系,这也为本文写作提供了重要参考。

一、何氏家族的文化续衍与创作概貌

　　根据清朱彝尊《明诗综》、清张楷纂修《(康熙)安庆府志》、清《(康熙)桐城

---

① 吴功华:《六皖风云起　开先宰相家——明清桐城青山何氏家族文化》,安徽人民出版社 2020 年版。
② 俞晓红:《明清桐城望族文化基因及其传续机制疏略》,《苏州科技大学学报》2019 年第 5 期。

县志》、清潘江辑《龙眠风雅》、清徐璈辑《桐旧集》、清朱绪曾《金陵诗征》、清末陈田《明诗纪事》等书收录诗歌情况,其中青山何氏有代表性诗作的包括何思鳌、何如申、何如宠、何应璿、何应珽、何应珏、何永栋、何亮功、何采等九人(直系血缘)。

七世何思鳌(一作思鼇),嘉靖至万历年间人。字子极,号海渔。嘉靖间,以贡生身份参加廷试得第一,除山东栖霞县令。思鳌居官多惠政,百姓敬重之。后以子如宠显贵,赠户部尚书、武英殿大学士。潘江辑《龙眠风雅》卷六录其诗《登圣水庵和韵》1首,清徐璈辑《桐旧集》卷十七亦录此诗。

八世何如申,万历至崇祯年间人。字仲嘉,号虚白。何思鳌次子,何如宠兄。明万历二十六年(1598)举进士,初授户部主事,督辽东漕运粮饷。升处州知府,不久,以参政分守嘉湖,累迁浙江右布政使,引疾归。著有《万伯遗诗》,今未见。清潘江辑《龙眠风雅》卷十录其诗13首。清朱绪曾《金陵诗征》卷三十九《寓贤》录其诗2首。清徐璈辑《桐旧集》卷十七录其诗5首。其中重合7首。

八世何如宠(1569—1641),字康侯,号芝岳。何思鳌幼子。万历二十六年(1598)进士,选翰林院庶吉士,授翰林编修。累加少保,官至户部尚书、武英殿大学士。崇祯十四年(1641),卒于金陵里第,祀于皖郡之乡贤祠。福王时,赠太保,谥"文端"。著有《后乐堂集》,今未见。清朱彝尊《明诗综》卷五十八录其诗《七十自寿》1首。清潘江辑《龙眠风雅》卷十录其诗62首。清张楷纂修《(康熙)安庆府志》卷二十五录其文《劝圣学疏》1篇,卷三十录其诗《爽园》1首。清徐璈辑《桐旧集》卷十七录其诗24首。清光绪间朱绪曾《金陵诗征》卷三十九《寓贤》录其诗8首。清末陈田《明诗纪事》庚签卷十九录其诗3首。其中重合31首。

九世何应璿,万历至崇祯年间人。字子政。何如申仲子。少聪颖好学,每旦能受七艺,善于属文。生性友爱,重情重谊,廉洁不苟取。及长偕何应琼同居,两家亲密无间。晚梦异人授以石,石上镌铭曰"淡然若石",遂自署"淡石居士"。年六十六卒。著有《据梧轩集》,今未见。清潘江辑《龙眠风雅》卷二十七录其诗6首。清徐璈辑《桐旧集》卷十七录其诗2首。其中重合1首。

九世何应珽,明万历至清顺治年间人。字撝之。何如申三子。年少善文,郡庠生,读书至夜不辍。生性耿介,光明磊落,无纨绔子弟绮靡恶习。甲申国变后,应岁荐,因病未行,卒于旅舍。清潘江辑《龙眠风雅》卷二十八录其诗《暮雨》1首,清徐璈辑《桐旧集》卷十七亦录此诗。

　　九世何应珏,明万历至清顺治年间人。字待卿,号道岑。南直安庆府桐城(今安徽桐城)人。何如申幼子。崇祯十五年(1642)中副榜。清顺治五年(1648)贡生,授河南归德司理。升湖广黄州知府。卒年六十六。《(康熙)桐城县志》卷八《艺文志》录其诗《游金谷岩》1首。清潘江辑《龙眠风雅》四十七录其诗21首。清徐璈辑《桐旧集》卷十七录其诗4首。其中重合3首。

　　十世何永栋,明万历至清顺治年间人。一名栋,字克上,号退斋。南直安庆府桐城(今安徽桐城)人。何应奎公嗣子(何应斗长子)。天启间诸生。每试皆优异,才名蔚起,以《易》补邑庠生。善于书法,深得晋人笔法。豪强任侠,挥金如土。明亡后,隐居不仕。晚年以吟咏自适,与二三老人每日酬答。年七十余,卒。著有《寒香斋》《绿天园》《绛雪亭》《莲溪诗稿》,今未见。清徐璈辑《桐旧集》卷十七录其诗9首。清潘江辑《龙眠风雅》卷二十八录其诗4首。其中重合2首。

　　十世何亮功(1617—1690),字次德,号辨斋。何如宠孙,何应璜长子。顺治十四年(1657)举人,官福建古田知县。因劳成疾,卒于官,年七十有四。著有《长安道集》,另有《稽堂》《静外轩》《黄海游》《闽宦游》诸草,今皆未见。清潘江辑《龙眠风雅续集》卷十三录其诗7首。清胡必选《(康熙)桐城县志》卷八录其诗《送龙戒还浮山》1首。清徐璈辑《桐旧集》卷十七录其诗6首。其中重合1首。

　　十世何采(1626—1701),字敬与,又字涤源,号醒斋、省斋,又号南硐、芦庄。何如宠孙,何应璜次子。顺治六年(1649)二甲第十二名进士,选庶吉士,迁编修,官至翰林侍读、奉政大夫。文章翰墨,为一时词臣之冠。年甫三十,即弃官告归。往来太平山中,号"太平山农",优游林下四十余年,公府之请皆不应。工诗词,风格萧凉高逸,亦善书法。著有《让村集》《南硐集》《南硐词选》,前二者今未见。清徐璈辑《桐旧集》卷十七录其诗20首。

　　综上,青山何氏9位诗人,共有诗歌203首,除去重合作品46首,实为157首(其中何思鳌1首,何如申13首,何如宠68首,何应璿7首,何应珽1首,何应珏23首,何永栋11首,何亮功13首,何采20首)。这些人的诗作体现了何氏家族文学上的艺术成就,与其他家族的诗歌共同构成了明代桐城地区的文学风貌。

二、何氏诗歌的主题内容与情感特征

　　从《龙眠风雅》《桐旧集》等诗歌总集来看,何氏家族诗歌总量并不多,但诗歌的主题内容较为充实,涉及怀人赠别、写景纪游、咏史述怀等多方面,反映了当时一定的社会生活状况。

何氏诗作主题的第一个重要方面,便是"送别"二字。自古至今,无数诗人皆写送别,或怀友,或赠人,何氏族人亦不能脱免。何氏诗人们写这样一个重要的文学母题,落笔重在情深意远,时有别离之愁,亦出宽慰之语,他们往往借由山水景象生发无限意绪。何如申《送黄中介年兄谪任黔中》诗曰:"万里长风嘶倦马,五湖明月照啼猿。"[①] 长风万里送君去,马倦人亦疲,明月隔五湖,猿啼一何苦! 诗人为友人贬谪路远而担忧。何如宠《又别黄二为》诗曰:"春水茫茫春草绿,孤帆人去夜郎西。"[②] 春至春水涨,春来春草绿,江南好时节,送君孤帆去,情景交融,何等愁深情切! 何采诗作亦多送别,如《送申凫盟归广平》《送龚孝升入都》《送张公选还润州》《送程清臣归白门》等,笔下离情,更是各具风采。送申凫盟时,诗人写道"青帘拖雨暗红桥,慷慨悲歌转寂寥"[③],不尽惆怅孤寂之叹;与龚孝升分别时,诗人则"一镫把袂共倾尊",声称"陇头归客足黄昏"[④],离别中不失潇洒豁达之风,这与写给程清臣的"送君不唱渭城诗"[⑤]语殊意同。张公选回润州时,何采相送,诗曰"燕乳欲离莺舌老,寂难听处是旗亭"[⑥],"旗亭"即为酒楼,别情难解,唯以诗酒自慰。

"赠别"是当下场景,送者与被送者仍处于同一时空下,而"怀人"是事后场景,怀人者与被怀者通常是两不相见,时空阻隔,于是情思倍添。何氏族人思亲怀友,发诸为诗,或远寄,或自悼。何如宠《寄怀何充符排律十韵时充符系诏狱》以"六月燕霜未可期,三年憔悴一身危"发端,对久陷狱中的何充符饱含怜惜同情之感,篇末"龙精自古干牛斗,傍狱风云好护持"[⑦]之句,格调却为之一变,自有勉励宽慰的用意。何永栋《怀从兄方屏》则是另一番景象,全诗未有"怀人"之字眼,未提及从兄方屏之名,在看似平静的场面之下潜藏着汹涌的情绪。秋日的色彩总是暗淡的,诗人眼前所见是"池塘草""斜晖""鸿雁",是夹岸的残荷与

---

① 潘江辑:《龙眠风雅》卷十,《四库禁燬书丛刊》集部第98册,北京出版社1997年影印版,第125页。
② 潘江辑:《龙眠风雅》卷十,《四库禁燬书丛刊》集部第98册,北京出版社1997年影印版,第130页。
③ 徐璈辑录,杨怀志、江小角等点校:《桐旧集》卷十七,安徽大学出版社2016年版,第四册第154页。
④ 徐璈辑录,杨怀志、江小角等点校:《桐旧集》卷十七,安徽大学出版社2016年版,第四册第155页。
⑤ 徐璈辑录,杨怀志、江小角等点校:《桐旧集》卷十七,安徽大学出版社2016年版,第四册第157页。
⑥ 徐璈辑录,杨怀志、江小角等点校:《桐旧集》卷十七,安徽大学出版社2016年版,第四册第157页。
⑦ 潘江辑:《龙眠风雅》卷十,《四库禁燬书丛刊》集部第98册,北京出版社1997年影印版,第130页。

隔溪的麦苗,诗人其身所处是"灯青墨榻诗瓢满,露白苔阶屐齿稀",诗稿已满,而门庭冷清。诗人不由得想起故人,"风雨情牵如过问,衔杯待月夜深归"①,若故人来访,当不醉不归。

写景纪游是何氏诗作的另一个重要内容,无论是登临还是畅游,诗人们常常以家乡的风物为描写对象,记叙生动。何思鳌《登圣水庵和韵》前三联写登庵时环境,路上"苍茵滑",水如"白练飞",声能"击云扉",尾联诗人却称能在庵内"坐不归"②,可见其间禅意。何如申《游浮山》同样是前三联写景,末联表意,诗人通过奇特的想象,所谓"幻出芙蓉青万叠,怪来虎豹碧千寻",极写浮山之奇崛壮美;"兴移危磴苔茵滑,步入幽栖花雨侵",在"兴移""步入"之间,随着游览者位置的变化,景象也随之换形;诗人最后在"高僧说法海潮音"③中进入幽境。

当然,纪游并不一定重在写景,诗人可以通过出游表达一种生活态度和个体选择。何如宠在《游龙井山房》一诗中,并没有像其父兄那样将笔墨落在景物环境的刻画上,他更多地在传达一种"闲情韵僧司水石,倦同癯鹤梦苍凉"④的愿景。同样纪游也不一定要拘泥于家乡风物,也不必执着于禅意。何应璐《晚登邗江郡楼》一诗别开生面,由近及远,从登楼所目之浩荡江水,曰"江涛渺渺送寒流,倚槛风烟一望收";联想到形胜之地,河山寥廓,曰"对楚遥吞湘圃日,凭吴欲锁海峰秋";最终又回归到近处"灯火万家芦荻绕"⑤的景象。可以说,何氏写景纪游,既有传统的意象刻画与禅思点缀,又有日常的生活表达和宏观呈现,揭示了家族写作的多元性。

何氏家族诗作的第三个重要构成部分是述怀之作,它又主要分为咏史述怀、感时述怀两种,前者吟咏古人古迹,后者感叹时世艰危。何氏族人常常置身于古迹,过旧址,登故城,望残垣,从而思古人、感今朝。何如申、何如宠兄弟曾同咏《范增墓》,如申诗曰:"好向彭城解铁衣,鸿门一失事全非。至今草野花如雪,犹作纷纷玉斗飞。"⑥如宠诗曰:"宴罢鸿门百事空,腰悬宝玦恨无穷。可怜七尺英

① 徐璈辑录,杨怀志、江小角等点校:《桐旧集》卷十七,安徽大学出版社2016年版,第四册第139—140页。
② 潘江辑:《龙眠风雅》卷六,《四库禁燬书丛刊》集部第98册,北京出版社1997年影印版,第86页。
③ 潘江辑:《龙眠风雅》卷十,《四库禁燬书丛刊》集部第98册,北京出版社1997年影印版,第124—125页。
④ 潘江辑:《龙眠风雅》卷十,《四库禁燬书丛刊》集部第98册,北京出版社1997年影印版,第129页。
⑤ 徐璈辑录,杨怀志、江小角等点校:《桐旧集》卷十七,安徽大学出版社2016年版,第四册第134页。
⑥ 潘江辑:《龙眠风雅》卷十,《四库禁燬书丛刊》集部第98册,北京出版社1997年影印版,第125页。

雄骨,归葬彭城属沛公。"① 两诗立意基本相同,前诗追忆彭城、鸿门旧事,项羽不听范增之言,致使身死他手,如今野花似雪当空舞,当年英雄俱烟土;后诗同样感叹鸿门宴上之遗恨,范增数次举玦相示,项羽却不为所动,后来楚汉相争,天下尽归刘氏,"可怜"二字道尽无常。

何如宠的《登蓟丘忆乐生》更是抚古思今的典范,诗人咏史亦咏今,思绪越千载而接今朝。诗人游蓟而登黄金台,不禁感慨万千,怅念悠悠,当年燕昭王与乐毅君臣相知,"剖肝宁见猜",乐毅不负王命,连下齐国七十余城,"刈齐若蒿莱"。如今"西北纷尘埃",大明境内,国势日危,西北流贼四起,劫掠州县,以高迎祥、李自成为主的农民起义军,迅速席卷大半中国。何如宠对时局心怀忧虑,发出"何人扫氛翳?豁我心颜开"② 的呼喊,这是对乐毅式英雄人物的期待,他希望有人能出来重整山河,扫灭群小,以安社稷。其实,何氏族人这种咏史怀古之作还有很多。像何应珏《梁园眺雪》写西汉梁孝王所建梁园,"不减题诗兴,难逢作赋才"③,梁园虽在,却不见当年邹阳、枚乘等一批文杰,令人怅然;《洗墨池步月》写黄州东坡遗迹,"从古有才须见忌,至今无客不来寻"④,诗人的放旷与苏轼的豁达自成一体。又如何应璿《岳少保墓》前两联曰:"庙是黄龙府,燕云一望深。千秋三字血,一片两宫心。"⑤ 岳飞当年意欲直捣黄龙府,收复燕云十六州,迎回二帝,却被冠以"莫须有"之罪见杀,带血的战士正是死于他赤诚的理想,诗人在英雄的墓前不得不落下眼泪。

至于感时述怀之作,更是将笔触深入到切身所受,时局震动,危如累卵,何氏家族诗人们面对惊变,又呈现出迥异的情绪表达。崇祯十七年(1644)三月,李自成的大顺军攻克北京,崇祯帝自缢,明朝覆灭,史称"甲申之变"。当时代巨变的风吹到了南方,何应珏便以一首《甲申三月作》谱写出一曲亡国悲歌,诗曰:

> 血诏淋漓变徵音,呼天无路怆伤心。散家应购荆轲匕,吞炭宁辞豫让瘖。九庙威仪春寂寂,诸陵风雨夜沉沉。黎民此际思先帝,恸哭郊原

① 潘江辑:《龙眠风雅》卷十,《四库禁毁书丛刊》集部第98册,北京出版社1997年影印版,第130页。
② 潘江辑:《龙眠风雅》卷十,《四库禁毁书丛刊》集部第98册,北京出版社1997年影印版,第125页。
③ 潘江辑:《龙眠风雅》卷四十七,《四库禁毁书丛刊》集部第98册,北京出版社1997年影印版,第636页。
④ 潘江辑:《龙眠风雅》卷四十七,《四库禁毁书丛刊》集部第98册,北京出版社1997年影印版,第637页。
⑤ 潘江辑:《龙眠风雅》卷二十七,《四库禁毁书丛刊》集部第98册,北京出版社1997年影印版,第337页。

不忍闻。^①

"血诏淋漓",家国残破,诗人"呼天无路",悲痛欲绝。世受皇恩的何氏家族,不能不为之动容。诗人想起历史上的荆轲、豫让之辈,心怀家国血恨,表明为明王朝尽忠的决心。此时的帝庙寂寂无声,明陵风雨入夜,追思先帝的百姓们,长恸于郊原之上,诗人何其痛哉! 全诗以悲怆为基调,描述了鼎革之际前朝旧臣的凄苦心境,流露出道不尽的亡国之殇。

何应珽的《暮雨》同样作于国变逃难途中,诗人困顿驿舍而不改清净自然之本性,不为外物所扰。即使"檐溜翻盆夜有声""雨来汗漫窗前暗",这是自然界的暮雨,也是亡国后时局的"暮雨",诗人却仍能伏案写诗而不辍。"时危袛合茅斋坐,不向人间浪得名",诗人旷达无争的个性,注定他不会因风雨如晦的时事而愁苦,诗人"抱膝自怜""掩门终日"^②,天下有变,他始终在废墟上坚守自己的人生之花。

此外,亲情的书写是何氏家族诗歌中不能回避的主题,一个家族的血脉绵延与文化续衍,离不开家风、家训、家教的传承。知孝悌,明事理,习诗礼,这是何氏家族奉行的准则,这也是何氏在诗作中崇扬的思想。何如宠《亮功读书清凉僧舍诗以勖之》一诗,在谆谆教诲中凝聚着祖父对孙子的关爱和希冀。一曰:"但期谋远大,何必羡轻肥。""轻肥"即轻裘肥马,喻贵显。诗人认为立志当高远,富贵不必上心。二曰:"若愚真用智,敛翼始高飞。"这是在告诫孙子须收敛锋芒,韬光养晦,此乃智者所为。三曰:"交多防晚节,名重伏危机。"交友须谨慎,名重有风险,诗人句句肺腑之言。四曰:"茂行莫予毒,虚怀知昨非。"诗人阐明了两种基本的立身原则,即品行高尚和虚心谦退。五曰:"定期绳祖武,袖简莫相违。"^③最后诗人要求孙子秉承优良家风传统,继承祖业,即使穷苦也不可违背祖训。在劝与戒的层层叙述过程中,文字间流淌着祖辈对孙辈的期许之情,这种殷切教导彰显了何氏家族对亲情的重视。

这种温情的书写,也延续在子辈写给父辈的诗作里,何亮功《寄大人》一诗很好地传达了子辈对父辈的敬爱与思念。诗人收到了远方父母的来信,"读罢新

① 徐璈辑录,杨怀志、江小角等点校:《桐旧集》卷十七,安徽大学出版社 2016 年版,第四册第 136 页。
② 潘江辑:《龙眠风雅》卷二十八,《四库禁燬书丛刊》集部第 98 册,北京出版社 1997 年影印版,第 354 页。
③ 潘江辑:《龙眠风雅》卷十,《四库禁燬书丛刊》集部第 98 册,北京出版社 1997 年影印版,第 130 页。

诗泪几行",为之涕泪横流下,因为"岂有老亲思壮子",理应自己先致信向父母问安。诗人回信道:"水程计日能依膝,书剑无多易治装。"① 走水路不日就能至家,得以侍奉双亲膝下,自己也无甚行李,很快就能出发。他语带温情地宽慰父母,诗句间充满着对双亲的深厚感情,这种血浓于水的亲情,写来感人至深。

综上所述,何氏家族的诗歌创作内容比较丰富,从赠别诗到写景诗,从咏史诗到感怀诗,亲情、友情、家园、故国,皆有关涉。而且,诗歌的主题内容与情感特征高度契合,写景时淡远,纪游时畅和,别人时情隽,怀古时幽邃。虽诗歌水平并非上乘,但何氏诗人以心性赋予诗作以个性,已属不易。

三、何氏诗歌的创作手法与艺术特色

至于何氏家族诗歌的创作手法与艺术特色,主要体现在典故运用、交游记录、诗风塑造几个方面。

其一,何氏好用典,也善用典,甚至一首诗能连用多个典故,因此诗歌内涵丰富。像"哭汉始知孤愤苦,哀湘方识《九歌》悲""遥怜侠气朱家少,浪说交情鲍子知""邹阳书就谁堪上,黄霸经明志可师"②,何如宠的这首《寄怀何充符排律十韵时充符系诏狱》,一诗竟连用韩非、屈原、朱家、鲍叔牙、邹阳、黄霸等六人故实,用典何其密实!又如何亮功《题木厓河墅》"漆园蝴蝶原成幻,且读《逍遥》第一篇"③,诗句引庄周梦蝶与《逍遥游》的故实。

何亮功亦喜用典,如《过淮上旧馆》诗曰:"竟回谢傅青山屐,来看裴公绿野花。"④ 前句语出《宋书·谢灵运传》"(灵运)登蹑常著木屐,上山则去前齿,下山去其后齿"⑤,后句典出《旧唐书·裴度列传》"(裴度)又于午桥创别墅,花木万株,中起凉台暑馆,名曰绿野堂"⑥。这首诗是诗人怀念祖父何如宠之作,无论是谢灵运游山陟岭,还是裴度晚年宴饮自乐,都表现了祖父那种不问朝政的闲适生活态度。此外何采还有"人惜刘蕡偏下第,我占李广不封侯"(《偶成》)、"遥知

① 徐璈辑录,杨怀志、江小角等点校:《桐旧集》卷十七,安徽大学出版社 2016 年版,第四册第 142 页。
② 潘江辑:《龙眠风雅》卷十,《四库禁燬书丛刊》集部第 98 册,北京出版社 1997 年影印版,第 130 页。
③ 徐璈辑录,杨怀志、江小角等点校:《桐旧集》卷十七,安徽大学出版社 2016 年版,第四册第 143 页。
④ 徐璈辑录,杨怀志、江小角等点校:《桐旧集》卷十七,安徽大学出版社 2016 年版,第四册第 142 页。
⑤ 沈约:《宋书》卷六十七《列传》第二十七,中华书局 1974 年版,第 1775 页。
⑥ 刘昫等:《旧唐书》卷一百七十《列传》第一百二十,中华书局 1975 年版,第 4432 页。

贺监儿童问,应说相如驷马扬"(《五弟送彭郎归里》)①等等,都涉及了大量的典故。这一特色与何氏家族作为文化世家密不可分。何氏累世治《易》,又一向以诗礼传家,而文化教育的重要内容就是经史。族人们皆熟读经典,对文史掌故的运用自然是信手拈来,反映在诗歌创作中便是偏重用典,甚至达到了炫才的地步。

其二,何氏以赠别诗尤多,这些诗歌记录了他们与名士显宦的交游史实。像何采交游的申凫盟即申涵光(1618—1677),明末清初著名文学家,开创河朔诗派。龚孝升即龚鼎孳(1615—1673),明末清初著名文学家,官至刑部尚书。张公选即张九徵(1617—1684),顺治四年进士,授行人司行人,历官吏部主事、员外、郎中,迁河南按察司金事、河南督学金事。

何如申《送徐宾岳之任衡州》曰:"对惜离尊同作客,相看津树总怀人。潇湘独喜多回雁,尺帛飞飞莫厌频。"②徐尧莘(1545—1620),字汝聘,号宾岳,南直安庆府潜山(今安徽潜山)人。万历十四年(1586)二甲二十七名进士,初授户部主事,升永州知府,服父丧后补衡州知府,历任辽阳兵备副使、山东粮储参政、广东按察使、广西布政使。何如申与徐尧莘虽年纪相差二十余岁,但二人的同乡之谊不减分毫。此时的徐尧莘刚服丧期满,经历了三年守孝的艰苦生活,将前往衡州,回归官场,何如申对他满怀不舍之情,"尺帛飞飞莫厌频"道出了对友人书信寄情的希冀。

何应珏《寿方绣山司徒二首》其一曰:"……酒兴寻常同贺监,诗名七十是玄晖……最喜秦淮歌管近,曲终应奏《鹤南飞》。"③方绣山,即方若珽,字撝公,号绣山。方学渐从孙,方学御孙,顺治四年(1647)进士,官至户部郎中。何、方两家累世联姻,据吴功华统计④,从八世到十六世,两家共计联姻266次。何应珏的长女嫁给了方若珽之子方宣言,因此这首诗是作为亲家的何应珏送给方若珽的祝寿诗。"贺监"指贺知章,善饮酒,与李白等人并称"饮中八仙";"玄晖"指谢朓,字玄晖,善为诗。诗人以贺、谢二人作比,来夸赞方若珽酒量之大、才华之高。《鹤南飞》语出苏轼《李委吹笛并引》,诗引曰:"元丰五年十二月十九日,

① 徐璈辑录,杨怀志、江小角等点校:《桐旧集》卷十七,安徽大学出版社2016年版,第四册第142—143页。
② 潘江辑:《龙眠风雅》卷十,《四库禁燬书丛刊》集部第98册,北京出版社1997年影印版,第125页。
③ 潘江辑:《龙眠风雅》卷四十七,《四库禁燬书丛刊》集部第98册,北京出版社1997年影印版,第637页。
④ 吴功华:《六皖风云起　开先宰相家——明清桐城青山何氏家族文化》,安徽人民出版社2020年版,第252页。

东坡生日也……则进士李委,闻坡生日,作新曲曰《鹤南飞》以献。"① 可见该曲为献寿之乐,因鹤有长寿之意。两家由于姻亲关系,几十年交往密切,诗人在用典祝寿之际,用诗句记录了两家的深厚感情。

其三,何氏诗作,诗风平实雅正,然时有激越之声。总体来看,何氏诗人大都秉承诗教传统,遵循温柔敦厚之旨,所作之诗情感真切,格调雅正,叙述平实。无论是写景纪游,还是赠别怀人,都能适性缘情,毫无粗俚寒俭之态。何永栋《途中柬友》曰:"凤凰山下树青青,极目千峰点翠屏。浪迹莫愁书信绝,相逢多在醉翁亭。"② 诗人与友人作别,以诗劝勉,虽天涯路远,踪迹难觅,音信断绝,然人生何处不相逢,自有重会之日。"醉翁亭"即欧阳修所写的滁州之醉翁亭,诗人所谓相逢醉翁亭,意在劝告友人憧憬相逢之时的山水之乐、宴饮之乐,而不是沉溺于离别之苦。诗人前两联写美景,后两句发真情,全诗张弛有度,不失雅正之风。再如何应璿《乱后寄江外友人》诗曰:

> 乱后浮家异,相思寄碧筒。云深山色暝,石静野烟空。战血腥秋草,
> 残阳急断鸿。年年二三月,时有可怜风。③

在一场战乱后,诗人给友人寄去书信,平实地叙述乱后情景。远处"云深""山暝",近处"石静""烟空",秋草上洒满战血,残阳下只有那失群的孤雁在哀鸣。在和谐与不和谐景象的对立中,冷静肃杀的气息扑面而来,"可怜风"正是对这种场面的总结。全诗虽写乱象,却无激烈之气,诗人的情感隐而不发,发乎情,止乎礼,显其儒教性情。至于激越之声,何应珏《甲申三月作》"血诏淋漓变徵音,呼天无路怆伤心"之句可见一斑。

四、从《自寿》看何如宠优游自适中的幽意

何如宠是何氏家族兴盛的核心人物,作为内阁大学士,他有政治影响力,作为诗人,他有一定数量的诗歌创作。因此,对何如宠诗作进行探究,是深入何氏

---

① 苏轼撰,王文诰辑注,孔凡礼点校:《苏轼诗集》卷二十一,中华书局 1982 年版,第 1136 页。
② 徐璈辑录,杨怀志、江小角等点校:《桐旧集》卷十七,安徽大学出版社 2016 年版,第四册第 140 页。
③ 潘江辑:《龙眠风雅》卷二十七,《四库禁毁书丛刊》集部第 98 册,北京出版社 1997 年影印版,第 337 页。

家族文学内部的关键。何如宠《自寿》组诗共20首,现已不见全貌,潘江《龙眠风雅》录15首,较为完整。组诗诗题在各种诗歌总集中略有差异,《明诗综》(录1首)、《桐旧集》(录2首)作《七十自寿》,《龙眠风雅》作《自寿》,《金陵诗征》(录7首)、《明诗纪事》(录2首)作《自述》,笔者此处取第二种。该组诗是何如宠晚年的重要作品,也是其心境的自然流露,反映了明末危局下高级官员的隐秘心态。现摘录如下:

自寿　有引①

圣恩予告,兼赐秦淮一廛。幸而祁祁十年,今不觉七十老矣,春斋行药,欣慨交怀,孤影独哦,颓放自适,工拙非所问也。时在庚辰闰正上浣,赐老平章,恩诏存问,岁给舆廪,龙眠芝岳老人何如宠识于石城之后乐堂。

五朝遗老乞闲身,黄耇绯衣绿野民。十载前头周甲子,半生回首负君亲。

人将祖帐贤疏傅,或以辞荣美季真。不道悬车无异意,明农自古属髦臣。

嘉平几望始孤悬,漉罢椒觞便洒然。已老幸当存马日,非贤不畏在龙年。

寒温厌听东山语,剥啄慵开北海筵。枕畔《南华》遮眼熟,衰龄尤爱《养生篇》。

历落中台映少微,夕曛余照尚依依。许身盛世趋黄阁,投老名山号白衣。

似蠹谋生惟食字,与鸥结伴共忘机。不将晚节污青史,洗耳尧天未必非。

伏腊团圞酒共倾,长将往事说家听。卿无失德终惭长,弟免非才乐有兄。

云外松楸成涕泪,霜前鸿雁忆飞鸣。如今素发歌《皇览》,自抚孤怀百感生。

君恩转觉重难酬,曲为农臣逸老谋。诏赐秦淮如鉴水,家依钟阜作

<hr />

① 潘江辑:《龙眠风雅》卷十,《四库禁煅书丛刊》集部第98册,北京出版社1997年影印版,第128—129页。

蒐裘。

（再召，辞归，奉旨养病南都。）

草堂幸免嘲遄客，瓜市应谁识故侯？却笑古人名累在，犹烦十赉到林丘。

西畴曾拟赋归兮，转眼花源失旧蹊。鸡社渐稀争席友，鹿门旋悼馌田妻。

几年赪尾筹桑土，是处黄巾应鼓鼙。何日五风兼十雨，酡颜皓首唱铜鞮？

待漏曾惊绛帻鸡，今看朝旭梦还迷。人谁再相阿司马？古有良朋筹稚圭。

开阁已难三握发，下堂犹可一扶藜。自非主眷容坚卧，能免钟鸣受品题？

白板青林大道边，寻常封户一丸坚。身癯得健犹赊老，晷短能闲亦抵年。

不必为僧颠渐秃，未思欹枕意先眠。衰残习气应全减，万念消归五叶禅。

罗雀门谁棹雪航？自非支远即求羊。茅峰夜枕丹炉暖，摄顶春筇药路长。

蹢疾旧持观鼻偈，读书重构印跌堂。世兼世出无奢愿，聊遣余生一味忙。

总贪幽事讵伤廉？揽月搴云日满帘。有地便栽王令竹，无书不挂郅侯签。

闲拈楸谱销微醉，卧看榆晖下矮檐。学道未知何所得，唯余永夜梦魂甜。

枯菀畴非雨露恩，看花荣瘁悟朝昏。微疴自便翻辞药，热客原疏不署门。

吊古每思严濑好，贻谋应让寝丘尊。归田逸老惟图史，免记平泉误子孙。

黄龙柱自说三关，白鹤何须炼九还？醉客岂真千日醉？闲人难到十分闲。

清溪水满长摇艇,红雨春深一看山。时至便行无不可,几能尘世驻朱颜?

尽教任运百无求,难可逍遥到白头。堕地一生真草草,从天卒几许悠悠。

不须缑岭思骑鹤,自觉墙东好伴牛。最是俗情无远韵,缪猜同乐与同忧。

骈骈四牡下仙班,帝语亲传问小山。捧得丝纶开圣藻,宛从蓬荜觐天颜。

惊心马齿应无几,稽首龙鳞不再攀。欲和卿云歌八百,惭无表饵佐时艰。

(己卯蒙恩遣,大行存问。)

屠苏转喜后春筵,避世催人白发贤。乐圣好从耆旧社,买山曾赐尚方钱。

八公地近分丛桂,五老峰遥礼白莲。不是沈冥忘帝力,病臣衰及古稀年。

清代徐璈《桐旧集》在诗后按语曰:"综叙时境,优游自适。史所称:'操行恬雅,与物无竞'。读其诗,可以得其性情焉。"[1] 似乎优游自适的特点,与何如宠其人其诗高度绑定,读其诗有平易闲适之风,知其人有淡泊雅静之性情。然而有时候这种认知存在着误区,容易流于诗词表面,换种角度来看,何如宠这种恬淡自守的选择,其实又何尝不是一种急流勇退、明哲保身的无奈之举。马其昶在《桐城耆旧传》中说道:"公致位宰相,屡疏乞退,翛然不滓,岂其澹静之操然哉,抑其意量之所营者大、而不能自慊也?"[2] 何如宠与周延儒、钱象坤共同入阁辅政,身处宰辅之位,理应为国事劳心,反而屡次上疏老归,虽不与世俗同流合污,但令人不由心生疑问,是由于他本性淡泊宁静,还是他思虑远大而不能自我满足呢? 也许,这可以在他的《自寿》组诗中找出答案。

① 徐璈辑录,杨怀志、江小角等点校:《桐旧集》卷十七,安徽大学出版社 2016 年版,第四册第 130 页。
② 马其昶著,毛伯舟点注:《桐城耆旧传》卷四,黄山书社 1990 年版,第 144 页。

诗引标明了写作时间："时在庚辰闰正上浣。"其中"庚辰"即崇祯十三年（1640），该年闰正月为公历 2 月 22 日至 3 月 21 日；"上浣"即上旬，包括初一至初十（2 月 22 日至 3 月 2 日）。地点是"石城后乐堂"，石城位于江西婺源，后乐堂乃何如宠藏书室名。根据《青山何氏三修族谱》所载，青山何氏来源于婺源何氏，十五世"秀三公子鼎，行荣三，迁桐城青山"①，遂为青山何氏第一世祖，婺源乃如宠先祖故里。

诗引所称"幸而祁祁十年"，言崇祯四年致仕归里迄今，斗转星移。当时何如宠"疏九上乃允"，他不愿为官的坚决态度表露无遗，可就在他辞官归家前后，曾两次向崇祯帝恳切陈疏，先是"陈惇大明作之道"，至家时"复请时观《通鉴》，察古今理乱忠佞"②。足见，何如宠并非不留心于朝政，实际上他怀有报国治乱之志，只是时势已经难以如其所愿。在何如宠告老请归之前，国是日非，明王朝面临着内忧外患的局面。崇祯元年，以高迎祥为代表的大规模农民起义先后爆发；崇祯二年，后金南下入塞，兵临北京城下，京师震动；崇祯三年，张献忠、李自成先后起义。自万历、天启以来的党争仍在继续，东林党、齐党、浙党等党派互相倾轧，争权夺利，对国事却无根本性的解决策略。与此同时，朝廷不断加征税银，比如针对后金的"辽饷"、镇压内部起义的"剿饷"及训练军队的"练饷"，这种饮鸩止渴的办法，促使社会矛盾进一步激化。何如宠的请辞正是在这样的大背景下展开，可以说他的离开绝不是因为澹静恬雅的个性追求，他更多地考量在于无法立足的处境。

"欣慨交怀，孤影独哦，颓放自适"，与其说何如宠是在享受悠闲的晚年生活，不如说他是在闲适的日常生活中消磨自我。所谓"颓放自适"，人们往往将关注点集中在"自适"上，强调何如宠悠然闲适而自得其乐的一面，但"颓放"却是他自适的前提。"颓放"指的是志气消沉，行为放纵。何如宠曾贵为一朝宰辅，如今却颓唐萎顿，不拘礼法，放浪形骸，个中幽意不难分说。即面对无能为力的家国危机，诗人选择了逃避，他离开中央权力枢纽，回归市井乡野，以一种看似放纵不羁、优游闲适的生活，聊以自遣。但是，何如宠无论如何也消除不了来自朝廷与皇帝的影响，圣恩浩荡，"恩诏存问，岁给舆廪"，崇祯帝甚至赐予他"秦淮一

---

① 何玉琪纂修：《青山何氏三修族谱》，清光绪二十一年广石堂活字本。
② 张廷玉等：《明史》卷二百五十一《列传》一百三十九，中华书局 1974 年版，6491 页。

廑"以供养老。《桐城耆旧传》也说:"公虽家居,犹岁给廪禄,遣行人存问。"① 可知,何如宠晚年赋闲在家,不入公门,也或多或少地与朝局存在联系。

具体来看《自寿》组诗,有对皇帝圣恩的感激,有对养生修身的追寻,有对闲居生活的深爱,在一种平和自然、恬淡闲适的诗境中,又暗含着难以言明的孤怀萧索的滋味。

一方面,对官场生涯的经历,以及对圣恩的眷顾,诗人满怀感激的同时又自惭不已。第一首忆昨思今,从"五朝遗老乞闲身"到"半生回首负君亲",身经万历、天启、泰昌、崇祯几朝的老臣,也就是诗人自己,回顾蹉跎半生,自愧有负君亲;"不道无异意,明农自古属髦臣","悬车"即致仕,古人七十辞官家居,废车不用,"明"通"勉","髦"通"耄"。诗人自述年老而犹能劝勉农业,以尽微薄之力,明忠君之道。在第三首中,诗人很清楚地表达了自己从"许身盛世"到"投老名山"的转变,他由仕转隐的原因正在于"不将晚节污青史",他深知在混乱的官场里很难做到独善其身,只有离开才可能是比较好的选择。第五首诗后小注:"再诏,辞归,奉旨养病南都。"当指崇祯六年事,朝廷欲复起如宠,何如宠又连上六疏请辞。复起之事实际上是政斗的结果,时温体仁将为首辅,"延儒憾体仁排己,谋起如宠以抑之"。诗人一句"却笑古人名累在,犹烦十赍到林丘",风姿何其潇洒淡泊!可诗人对现实也有着清晰的认知,在第七首诗中,诗人时刻提醒自己:"自非主眷容坚卧,能免钟鸣受品题?"皇帝的恩宠与宽容才是他得以安居的关键。第十四首诗后小注:"己卯蒙恩遣,大行存问。"崇祯己卯年即崇祯十二年(1639),上遣使者存问,"骓骓四牡下仙班",诗人为之受宠若惊,因为自己"马齿应无几",已是年老无用之人。"表饵"指对付敌人的策略,诗人为没有"佐时艰"的良策而自恨。在第十五首中,诗人再次为自己辩解,"不是沈冥忘帝力,病臣衰及古稀年",年老体衰的臣子无法为国效力,这也是诗人痛苦之所在。何氏深受皇恩圣眷,却早早退出朝政舞台,澹静自守,看似不与世事,可无处不在的"帝力"令其不能安稳,何如宠想为朝廷做些什么,却又无计可施,于是饱受精神上折磨的他只能在沐浴圣恩中自愧。

另一方面,诗人追怀今昔,在优游自适的闲居生活中,采药、炼丹、观偈、读书,并思考人生,不时有孤吟颓丧之感。第二首诗人由昔及今,曰:"嘉平几望始

---

① 马其昶著,毛伯舟点注:《桐城耆旧传》卷四,黄山书社1990年版,第144页。

弧悬,漉罢椒觞便洒然。"嘉平"即腊月,"弧悬"指生男孩,"椒觞"就是椒浆酒,诗人追忆自己当年腊月出生的场景,不禁泪洒当场。如今七十老矣,诗人熟读《南华经》(即《庄子》),欲从《养生篇》中寻找修身的真谛。第四首写诗人在"伏腊"之日,"长将往事说家听",兄弟二人杯酒对诉,不论"云外松楸"还是"霜前鸿雁",皆成过往,诗人如今白发高歌,自是百感交集。至于第六首的"西畴曾拟赋归兮,转眼花源失旧蹊",第八首的"衰残习气应全减,万念消归五叶禅",第九首的"世兼世出无奢愿,聊遣余生一味忙",第十首的"学道未知何所得,唯余永夜梦魂甜",第十一首的"枯菀畴非雨露恩,看花荣瘁悟朝昏",以及第十二首的"时至便行无不可,几能尘世驻朱颜",这些诗句都与诗人闲居时的哲学思考有关。诗人学道论禅,坐看花草荣枯,日月变换,旧日桃源已失归径,然已无奢愿,只是随时而行,消遣余生。这种遗世萧索的感觉伴随着诗人的孤吟,在第十三首诗中表现得尤为明显。诗人尽吐胸中所思,他认为即使任凭命运的安排而无欲无求,也很难逍遥到老,不由发出"堕地一生真草草"的慨叹,人终究被命运嘲弄,草草过完一生。不须想着修道成仙,"最是俗情无远韵,缪猜同乐与同忧",诗人最终选择在俗情中颓放自适。

总之,青山何氏作为明代桐城家族的重要一支,在文化传承上的递代衍续,促使这一家族得以绵延发展。何氏家族在何如申、何如宠一世迅速崛起,政治文化上的声势,虽不及"方姚左马张"五大望族,但具有一定的地域文化特色,是桐城文学的重要组成部分,属于大江南的区域板块之一。研究这一家族文学的关键,在于何如宠其人其诗,只有深入挖掘何如宠这样一位高级官员的创作心态,才能更好地理解诗歌与时代的关系。

作者单位:安徽师范大学文学院

遥远的山林：王渊、朱德润《良常草堂图》卷考述

王小蝶　熊言安

　　《良常草堂图》合卷，纸本，水墨山水，纵 26.2 厘米，横 293 厘米，由元代画家王渊和朱德润为张经（字德常）绘制。引首有元人张子善篆书"良常草堂"四字。右图署款为"若水为德常作"，下钤"无声诗""王若水印"二枚印章。左图落款残存"过江山色萃良常，碧树阴森结草堂"两句。二图合装，图后有元韩友直、张翥、柯九思、苏大年，明徐火勃、林宠、吴震亨、邵捷春，清徐渭仁题跋。据明朱存理《铁网珊瑚》载，原卷中还有元李孝光、倪瓒、张天永、吴克恭、蒋堂、马文璧、郑元祐等人题跋，今文存而迹散。此卷曾经曹冕、邵捷春、高兆、徐渭仁、黄芳、完颜景贤等递藏。卷中有"句曲曹氏泰家藏珍玩""捷春""高兆鉴定""徐紫珊秘箧印""咸丰丙辰后黄氏所藏""完颜景贤精鉴"等鉴藏印。（图 1-1、1-2）二图现分藏于美国克利夫兰艺术博物馆、大都会艺术博物馆。

图 1-1：（元）王渊、朱德润绘《良常草堂图合卷》（局部一）

图 1-2：（元）王渊、朱德润绘《良常草堂图合卷》（局部二）

　　本文通过梳理《良常草堂图合卷》中现存题跋及《铁网珊瑚》著录的《良常张氏遗卷》《良常草堂诗》等文献资料，考察张经的仕途履历及张经与吴中文人交游的情况；通过查阅句容地方志、古代地图及良常山文旅资料，考察良常草堂的地理空间；通过细读王、朱《良常草堂图》，品味二图的画境及其在立意和构思上的异同；通过分析诸家的题画诗和序跋，探寻元末文人的山居隐逸情怀。

一、良常草堂的地理空间

张经寓居荆溪(今属江苏宜兴)时,思念故居,把荆溪的居所命名为良常草堂。郑元祐题跋"卷中所谓良常草堂者,德常扁其室,示不忘金坛故居,日接良常之山也"①,良常山在今茅山风景区内。茅山在句容县东南四十五里,方圆有一百五十里,最初叫句曲山,因为山的形状犹如"勾曲",故又名巳山。汉元帝时茅盈、茅固、茅衷三兄弟在此山修行,所以又名茅山。三兄弟所居山峰分别叫大茅峰、中茅峰(二茅峰)、小茅峰(三茅峰)(图2、图3)。

图2:大茅峰(右)、二茅峰(中)、三茅峰(左),图片来自曹袭先纂修《(乾隆)句容县志》卷首

小茅峰位于中茅峰之北,是三茅君居住和修炼之地。清曹袭先《(乾隆)句容县志》卷三:"小茅峰在中茅峰北,即保命三茅君所居,上有卧龙松、左纽桧。"②

---

① 朱存理集录:《铁网珊瑚》,卢辅圣主编:《中国书画全书》第四册,上海书画出版社2009年版,第505页。

② 曹袭先纂修:《(乾隆)句容县志》,江苏古籍出版社1991年版,第530页。

图 3：小茅山（左）、中茅山（右）

图 4：良常山，出自《（乾隆）句
容县志》卷首

元刘大彬《茅山志》卷四引《太元内传》曰："王莽地皇三年七月戊申遣使者章邕赍黄金、白玉、铜钟五枚赠于（予）句曲三仙君，光武建武七年三月丁巳遣使者吴伦赍黄金、玉帛献三仙君。"①

良常山在小茅峰的北侧，旧名北垂山。刘大彬《茅山志》卷四："良常山，《太元内传》曰：'茅山北垂洞口一山名良常山，亦句曲相连，都一名耳。秦始皇三十七年十月癸丑出游，……始皇叹曰：巡狩之乐莫过山海，自今以往良为常也。尔乃群臣并称寿唤曰：良为常矣……乃改句曲北垂曰良常之山。'"②（图 4）

良常山中有良常洞，《（乾隆）句容县志》卷三："良常洞在茅山紫阳观五里，即华阳北大便门三十二小洞天，昔始皇埋白璧处也。石壁嶙峋，近南有石罅，仅容一人。石磴屈曲而下，有石门，门内有石屋，可容数十人，顶上天光如镜下照，洵奇观也。"③（图 5、图 6）

在茅山风景中，华阳洞也很著名（图 7），《良常草堂图合卷》诗跋中经常提到华阳洞。《（乾隆）句容县志》卷三："华阳洞在大茅峰，其洞有二，西洞在崇寿观后，南洞在元符宫东，其门有五，三显二隐，三茅君、二许君俱得道于此。宋授

① 刘大彬：《茅山志》，《续修四库全书》史部第 723 册，上海古籍出版社 2022 年版，第 34 页。
② 刘大彬：《茅山志》，《续修四库全书》史部第 723 册，上海古籍出版社 2022 年版，第 34—35 页。
③ 曹袭先纂修：《（乾隆）句容县志》，江苏古籍出版社 1991 年版，第 533 页。

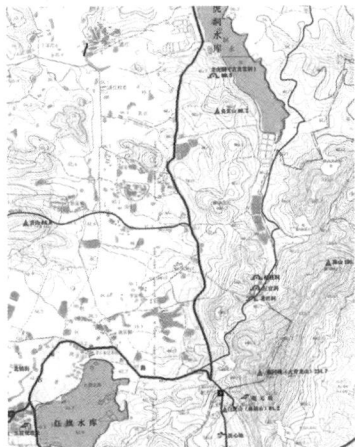

图 5：良常山和古良常洞位置

图 6：古良常洞（今称老虎洞）

金龙、玉简，灵异至多，又谓第八洞天。周回百五十里，洞虚，四廓上下皆石，内有阴晖，夜光日精之根。阴晖主夜，日精主昼形，如日月之光，既不自异，草木水泽亦与外同，又有飞鸟交横。"① 自古咏华阳洞的诗有很多，如唐綦毋潜《茅山洞口》："华阳仙洞口，半岭拂云看。"② 南宋尤袤《庚子岁初前一日游茅山》："华阳第八天，仙圣之所居。"清钱谦益《题华阳洞》："一入华阳隔世氛，天坛真拟见茅君。"等等。

图 7：华阳洞

---

① 曹袭先纂修：《（乾隆）句容县志》，江苏古籍出版社 1991 年版，第 532 页。

② 句容县地方志编撰委员会：《句容县志》，江苏人民出版社 1994 年版，第 912—923 页。以下凡出自本书的诗歌不再出注。

二、张经其人及仕宦经历

张经,元末人,生卒年不详,字德常,祖籍金坛(今属江苏常州),随父亲张监寓居荆溪。张监,字天民,受王仲德邀请到荆溪做私塾老师,当地人尊称鹤溪先生。张氏父子博学好古,擅长文学,其道在荆溪一带广泛流传。荆溪之人为张氏父子购买田产,营造房舍,让他们安顿于此。郑元祐跋《良常草堂图》曰:"荆溪王仲德以故宋将家子孙,博古嗜学,延致金坛张天民先生于其家。德常盖先生子,其父子积学能文,其道行于荆溪。荆溪之人为其父子买田筑室,居甚充然。故朋从往访仲德,必至德常之家饮酒赋诗,盖亦极其一时之盛。"① 得益于王仲德的人脉,张经结识了很多朋友,提高了社会声誉。苏大年在《良常草堂图合卷》题跋中说:"君(张经)之尊翁鹤溪先生以高年硕德沉浮里社,一家父子兄弟自相师友,文风蔼然,人望雅归重之。承平无事,先生携诸子、诸生杖履往来山间,衣冠伟然,望之如神仙,披图尚可见仿佛也。"② (图 8)这些话虽有夸赞成分,但也

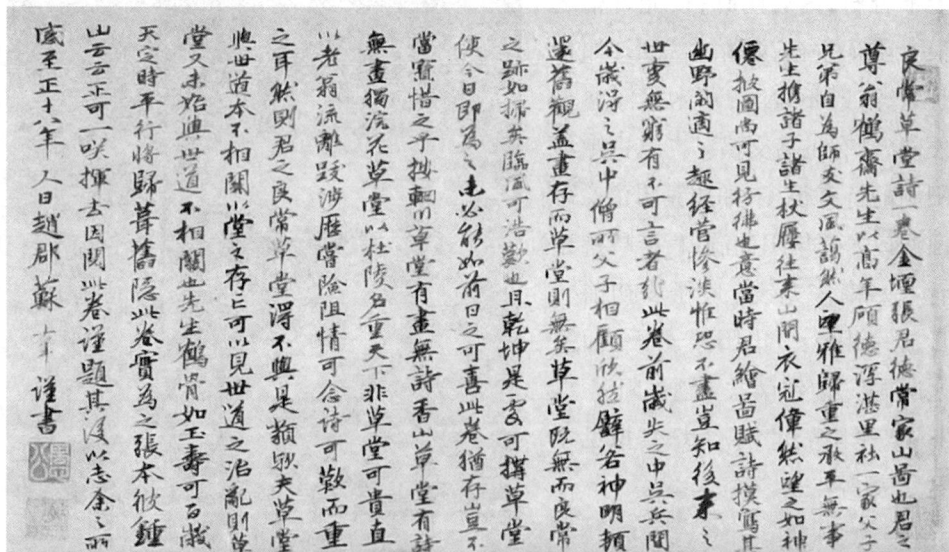

图 8:(元)苏大年跋《良常草堂图》

---

① 朱存理集录:《铁网珊瑚》,卢辅圣主编:《中国书画全书》第四册,上海书画出版社 2009 年版,第 505 页。
② 朱存理集录:《铁网珊瑚》,卢辅圣主编:《中国书画全书》第四册,上海书画出版社 2009 年版,第 505 页。

反映出金坛张氏家族敦亲睦邻，重视学问和文学修养，在荆溪文人中拥有良好的声誉。

张经的诗流传下来的只有几首，如《奉题景安征士秀野轩因忆季瞻刘君》："仰挹天池俯绿畴，轩居巧占涧之幽。……春明拟泛轻舟去，徙倚阑干一散愁。"① 描写了秀野轩秀美风光和主客流连山水之乐。明吴宽《家藏集》卷五十三《跋张氏尺牍》："故元时宜兴张氏自鹤溪而下，累世好文雅，多所交游，其往还尺牍散落人家。克温以邑人，故能聚成此卷，亦爱前辈之意也。张氏以为吴县尹者，予尝过吴中治平寺，见小屏上刻其诗一首，当时为人所重如此。"② 可以说，张经走向政坛，并接连升迁，与张氏家族在治学和交友方面赢得的声誉密不可分，而张氏家族与文人交游留下的绘画、题咏和手札墨迹，也成为后世争相收藏或抄录的对象。

杨基《送张府判诗序》说："至正丙申（1356）春，江西等处行中书省平章政事楚国公渡江来吴，念吴民多艰，牧字者多非其才，悉选而更张之，自令、丞、簿、尉以及录事、录判同日命十有一人，各赐衣二袭，马一匹，粟若干石，肥牺旨酒有差，而丹阳张君德常其一也。德常时为吴县丞，三年以考绩上，陟县尹。又明年，除同知嘉定州事。壬寅（1362）秋，调松江府判官。"③ 据此可知，自元至正十六年（1356）春至二十七年（1367）张士诚政权灭亡，张经仕途主要经历四个阶段：一、任吴县丞，二、任吴县尹，三、任嘉定州同知，四、任松江府通判。按，张士德，小字九六，张士诚弟，跟随兄起兵反元，屡立军功，注重选贤任能。后随兄降元，任江西等处行中书省平章政事。至正十七年（1357）七月为朱元璋大军所败，被俘后绝食而死，元顺宗追封楚国公。④

张经十年内连升四级，主要原因是他清廉贤能，爱护百姓，深得民心，声誉远播，政绩斐然。郑元祐《送张吴县之官嘉定分题诗序》说："（吴）县遭邻境烧劫杀掳，君虽丞，其所以惜民者逾于尹，声蜚实章，遄升县尹。……其惠及民者，真所谓息黥而补劓，生死而骨肉，无愧于古之人，于是民气稍稍复完。"⑤ 又，杨基《送张府判诗序》说："且受命之日，如德常者十有一人，七年之间余，悉坐免，而

---

① 朱存理纂辑，王允亮点校：《珊瑚木难》上册，浙江人民美术出版社 2012 年版，第 73 页。
② 吴宽：《家藏集》，上海古籍出版社 1991 年，第 485 页。
③ 朱存理集录：《铁网珊瑚》，卢辅圣主编《中国书画全书》第四册，上海书画出版社 2009 年版，第 504 页。
④ 李峰主编：《苏州通史·人物卷》（上），苏州大学出版社 2019 年版，第 305 页。
⑤ 朱存理集录：《铁网珊瑚》，卢辅圣主编《中国书画全书》第四册，上海书画出版社 2009 年版，第 501 页。

德常不惟仅存,又籍籍若是,谓之非贤,可乎? 不特此也,德常受命以后,朝征暮辟,进用者不止百人,坐免者有之,刑废者有之,固不可指而数,然则德常不惟贤于十人,而且贤于百人矣。"① 这些虽然是溢美之词,但是也能反映出张经在任上为百姓做了不少好事和实事,其治理才能超出同批提拔者。明林世远、王鏊纂修的《姑苏志》卷四十一亦有相关记载:"张经,字德常,金坛人,博学通才,为一时之望……经在任三年,以政最,升知县事,仁恕公廉,教化平易,折狱明慎,时扰攘之余,继以凶疫,民死者半,经焦劳全活,百姓感怀,省又陈荐,擢嘉定州同知。"② 王鏊为明成化至嘉靖间台阁大臣和学者,又是吴县人,其对张经事迹的记录和评价有一定的可信度。

张经在《元史》中只有一处记载,明宋濂等撰《元史》列传第八十一《杨乘传》载:"杨乘,字文载,滨州渤海人。……张士诚入平江,其徒郭良弼、董绶言乘于士诚,士诚遣张经招乘,乘曰:'良弼、绶皆名臣,今已失节,顾欲引我,以济其恶邪!'且让经平日读书云何,经俯首不能对。……经促其行愈急,乘乃整衣冠,自经死,年六十四。"③ 可见,在奉命征召杨乘这件事上,张经对张士诚唯命是从,在受到杨乘指责后,虽有愧疚之意,却依然催促杨乘,导致杨乘守节自杀。《元史》中的这则材料或许有助于我们认识真实的张经。

入明后,张经惧祸不出,明汪珂玉《珊瑚网》卷八《赵文敏公小楷麻姑坛、赵仲穆书读书城南、司马温公劝学三帖卷》载:"今年四月十九日,余自华亭过松陵之甫里田舍,天气骤热,因留度夏。邻有张君德常、德机贤伯仲、伯子多蓄名迹,而希会面,名迹亦罕以示人。'幽居默默如潜逃'而已。乃子元度亦不肯相过,招邀数次,不过黾勉一来。……己酉(1369),倪瓒。"④ 按,"幽居默默如潜逃"出自韩愈《八月十五日夜赠张功曹》"十生九死到官所,幽居默默如藏逃。下床畏蛇食畏药,海气湿蛰熏腥臊"⑤,张经及其家人入明后的行迹和心态于此可见一斑。

① 朱存理集录:《铁网珊瑚》,卢辅圣主编:《中国书画全书》第四册,上海书画出版社 2009 年版,第 504 页。
② 林世远、王鏊等纂修:《(正德)姑苏志》,书目文献出版社 1998 年版,第 626 页。
③ 宋濂等:《元史》,中华书局 1976 年版,第 4406 页。
④ 汪珂玉:《珊瑚网》,卢辅圣主编:《中国书画全书》第八册,上海书画出版社 2009 年版,第 68 页。
⑤ 韩愈撰,方世举笺注,郝润华、丁俊丽整理:《韩愈诗集编年笺注》,中华书局 2019 年版,第 112 页。

三、张经与吴中文人的交游

本文中的吴中文人包括籍贯吴中和寓居吴中的文人。张经与吴中文人的交往主要体现在三次活动中。第一次是张经请王渊、朱德润绘《良常草堂图》，之后陆续请韩友直、张翥、柯九思等文人题诗作跋，以增重其风雅。第二次是张经授嘉定州同知时，成庭珪、郑元祐、陈秀民等人为其赋诗送别。第三次是张经调任松江府判官时，杨基、饶介、成廷珪等人为其作诗送行。而在吴中众多文人中，与张经交往最密切的人是倪瓒。

（一）吴中文人为张经良常草堂作画和题跋

《良常草堂图》应绘于元至正三年（1343）或之前。张雨《题良常草堂图》诗后注："德常久索良常草堂诗，未就，及观华盖山人碧笺书五言，因追其韵，顷刻成章，虽为草堂末至之客，可以无愧矣。癸未岁（1343）十一月望日，句曲外史张雨题于荆溪之上。"[1] 从诗跋落款时间看，这些诗作于不同岁月，相隔时间较长。如苏大年诗作于"至正十八年（1358）人日"，张天永的诗作于"至正辛丑（1361）夏五月"。又，朱德润《良常草堂图》诗跋曰："处士不知人事变，更求丹篆写仙方。"[2] "处士"古时往往用于称呼有德才而不愿意做官的人，后泛指未做官的人，这也说明此图绘于张经做官之前。草堂图绘成后，张经陆续请韩友直、张翥、柯九思、倪瓒、苏大年等吴中文士题跋。

关于《良常草堂图》的创作时间，毛代炜《王渊的绘画及其鉴定》说："按画中有柯九思题跋推测，此作品应当绘制于至正三年（1343）十月柯九思去世之前。"[3] 冷婧《王渊、朱德润合绘〈良常草堂卷〉小考》说："结合柯九思题跋和其生平判断，该图应绘制于至正三年（1343）柯九思去世以前。"[4] 二人的说法皆缺乏依据。按，卷中柯九思题跋原文如下："予常为德常记草堂矣，复见此卷，诵五峰之词甚奇古，仲穆使君之篆笔力遒劲，泽民、若水之画清润，张助教之诗流丽，

---

① 朱存理集录：《铁网珊瑚》，卢辅圣主编：《中国书画全书》第四册，上海书画出版社 2009 年版，第 506 页。

② 朱存理集录：《铁网珊瑚》，卢辅圣主编：《中国书画全书》第四册，上海书画出版社 2009 年版，第 505 页。

③ 毛代炜：《王渊的绘画及其鉴定》，南京大学硕士学位论文 2018 年，第 60 页。

④ 冷婧：《王渊、朱德润合绘〈良常草堂卷〉小考》，《收藏与投资》2021 年第 7 期，第 52 页。

皆令人敛衽,故为之识其后。丹丘柯九思题于王氏环庆堂。"①跋中并未提及此图的创作时间,可见二人之说明显有误。

(二)送张经之官嘉定府同知分题诗

至正二十年(1360),张经由吴县尹升为嘉定州同知。成庭珪、郑元祐、陈秀民等二十九人赋诗,为其送行。郑元祐《送张吴县之官嘉定分题诗序》曰:"今兹五寒暑,政誉洋溢,用年劳擢,授嘉定州同知。……早晚施之用,且将支柱明堂清庙矣。吴之人士于君之行也,姑分题赋诗以送君,而属遂昌郑元祐为序。"②序中赞美了张经的德政,表达了对张经前程的期许,交代了诸人赋诗的原因。二十九首送别诗中,除苏大年诗题为《吴县乡三老顾子明求送前县尹张君德常改除嘉定州同知诗,西涧老樵赋此为赠》、曾朴诗题为《送张别驾》,其余二十七人的诗皆以吴地名胜命题,所谓分题赋诗,如成庭珪《赋得龙门》、郑元祐《赋得采香径》、陈秀民《赋得灵岩》等。

这些送别诗与传统送别诗的写法略有不同,因为是分题赋诗,诗中往往先咏名胜,或咏史,或怀古,或写景,最后归结到送别,或颂张经政绩,如范致大《赋得石湖》:"范公如贺监,吴越似同风。一曲君王赐,千年霸业空。萧条湖水碧,凌乱藕花红。相送青山暮,孤帆没断鸿。"③首联怀古,写范成大和贺知章有吴越文人的风采。颔联感慨吴越争霸终为一场空。颈联写石湖景致,湖水碧绿,荷花粉红。尾联寓情于景,用"青山暮""孤帆""断鸿"意象渲染送别之情。

有的送别诗表达了作者与张经的依依惜别之情,如卢熊《赋得馆娃宫》:"送君一吊古,临觞惨不怡。"④高启《赋得响屧廊》:"方悲故宫换,复送故人行。"⑤徐文矩《赋得百花洲》:"感旧复伤别,愁倾双玉壶。"⑥等等。有的送别诗表达了对张经政绩的歌颂,如郑元《赋得越公井》:"张侯来作县,胸中摅素有。冽泉人共食,博施泽弥厚。……终当勒悬崖,相继垂不朽。"⑦又如陈汝秩《赋得采香径》:

① 朱存理集录:《铁网珊瑚》,卢辅圣主编:《中国书画全书》第四册,上海书画出版社 2009 年版,第 505 页。
② 朱存理集录:《铁网珊瑚》,卢辅圣主编:《中国书画全书》第四册,上海书画出版社 2009 年版,第 501 页。
③ 朱存理集录:《铁网珊瑚》,卢辅圣主编:《中国书画全书》第四册,上海书画出版社 2009 年版,第 502 页。
④ 朱存理集录:《铁网珊瑚》,卢辅圣主编:《中国书画全书》第四册,上海书画出版社 2009 年版,第 503 页。
⑤ 朱存理集录:《铁网珊瑚》,卢辅圣主编:《中国书画全书》第四册,上海书画出版社 2009 年版,第 503 页。
⑥ 朱存理集录:《铁网珊瑚》,卢辅圣主编:《中国书画全书》第四册,上海书画出版社 2009 年版,第 503 页。
⑦ 朱存理集录:《铁网珊瑚》,卢辅圣主编:《中国书画全书》第四册,上海书画出版社 2009 年版,第 501 页。

"去去苏民瘼，歌谣动城郭。遗爱拟甘棠，垂名若采香。"① 再如黄本《赋得白公桧》："千载人所钦，遗爱犹在兹。愿君重典郡，斯躅邈以追。孤根为扶植，令名同久垂。"② 等等。

另两首因为没有分题的限制，所以能够按照传统赠别诗的写作思路来写，如苏大年《吴县乡三老顾子明求送前县尹张君德常改除嘉定州同知诗，西涧老樵赋此为赠》："乱离安辑抚疮痍，保障骈黎及此时。感德阳春元有脚，抢材月旦本无私。江湖水阔波涛息，雨露恩深草木知。三老手编遗爱传，送行当就去思碑。"③ 首联写满目疮痍的吴县在张经的治理下逐渐太平，百姓的生活有了依靠。颔联赞扬张经的恩德如和煦的春风，选拔人才能够大公无私。颈联用比喻手法，写张经的恩德草木都能知道。尾联写当地人为其作传立碑。又如曾朴《送张别驾》："一天风雨净炎埃，父老欢迎别驾来。撮蚤鸺鹠还避去，朝阳鸾凤却飞回。吴门善政人争诵，海国甘棠手自栽。世寿堂中时进酒，彩衣屡舞笑颜开。"④ 前两句写景点题；三四句写吴县在张经的治理下恶人避走，有才之士回来；五六句写张经做了很多惠及百姓的事情，百姓争相歌颂他的善政；最后两句写张经对父母的孝敬。

（三）诸人送张经调任松江府判官诗

张经政绩斐然，至正二十二年（1362）调为松江府判官，友朋再次作诗为其送行。此次送行题咏由杨基作序，饶介、余诠、成庭珪、袁章、何恒、徐士茂、马庸等写诗赠别。杨基在《送张府判诗序》中不仅极力称赞张经贤能超出众人，而且顺带赞美张士德善于选拔人才，张士诚善于用人，张经工作兢兢业业是对张士德兄弟的回报。他说："今楚国公十人而得一人，则楚国公知人之明贤于人远，而才之众可见矣。噫！楚国拔之而太尉用之。德常所以辱知于二公者，宁不思有以报之耶？德常之调松江也，大夫士咸歌以送之，淮南袁君达善俾基序其首，因撮楚国公拔君之意，以重勉云。"⑤

饶介（题款中自号华盖柏浮丘公酒史）时为张吴政权的右丞，主文章之事，

---

① 朱存理集录：《铁网珊瑚》，卢辅圣主编：《中国书画全书》第四册，上海书画出版社 2009 年版，第 502 页。
② 朱存理集录：《铁网珊瑚》，卢辅圣主编：《中国书画全书》第四册，上海书画出版社 2009 年版，第 503 页。
③ 朱存理集录：《铁网珊瑚》，卢辅圣主编：《中国书画全书》第四册，上海书画出版社 2009 年版，第 503 页。
④ 朱存理集录：《铁网珊瑚》，卢辅圣主编：《中国书画全书》第四册，上海书画出版社 2009 年版，第 503 页。
⑤ 朱存理集录：《铁网珊瑚》，卢辅圣主编：《中国书画全书》第四册，上海书画出版社 2009 年版，第 503 页。

其题咏落款时间为"至正廿二年壬寅秋九月十一日",交代了这次送别的具体时间。其诗曰:"种树不问根,树生枝叶空。树阴不复好,那得振其风。谁云种者去,犹有种时功。世道果相容,嗟嗟张府公。"① 前四句是从反面写,种树如果不注意培育树根,枝叶就不会茂盛,树阴就不会浓郁,大树就不能发挥功能。第五六句说张经虽然人已经离开此处,但是种的树依然很牢固。最后两句表达对张经钦佩之意。余诠送别诗后四句:"肝胆几时酬楚国,里闾从此变王风。吴淞江水秋无底,好与使君怀抱同。"② 意谓张经酬谢张士德的恩德,嘉定州变成了礼仪之邦。张经的怀抱就像吴淞江水那样明澈。成廷珪赠诗曰:"汉庭亟用三章法,晋士犹传二陆文。今日颠崖政章在,慈祥恺悌是功勋。"③ 说张经不仅有政治谋略,而且文章写得好,其功勋建立在仁慈的基础之上。

(四)张经与倪瓒交游

张经与倪瓒的交往最为密切。倪瓒曾资助张经建构草堂,其《题良常草堂疏》曰:"昔王录事寄少陵之资,近代赵文敏干岳氏之助,皆有实效,不事虚文。今德常欲构草堂,所求者柯、张、杜三君,或宿诺而寒盟,或解嘲而调笑,遍求其实,则罔所知。数年之间,三君已矣。草堂适成,载览标题,重增嗟悼。捐予珍秘,永镇新居。捐舍赵荣禄正书一卷。"④ 此外,倪瓒多次为张经良常草堂题诗。倪瓒《清闷阁集》中与张经相关的诗有十几首。

张经升任嘉定州同知和松江府判官的送别雅集,倪瓒虽然未能到场,但都写了赠别诗。一首是《送德常同知》:"闻道之官嘉定去,载书连舸泊江濆。……宓子风流常宰邑,张翰识达更能文。亦欲东观钓鲸手,棹歌秋趁白鸥群。"⑤ 诗中说张经好读书,善作文,对张经仕途充满期待。另一首是《张德常明公旧有良常草,在金坛之华阳洞天,揭曼硕、张仲举诸学士尝赋诗纪胜。其后,德常宦游无定居,政绩显著,今为松江府判。因潘义仁之便,辄赋七言一首奉寄》:"樗散张侯意久疏,斋厨服食转清虚。……吴松江水浮青玉,聊此飡霞驻羽车。"⑥ 希望张经公务

① 朱存理集录:《铁网珊瑚》,卢辅圣主编:《中国书画全书》第四册,上海书画出版社2009年版,第504页。
② 朱存理集录:《铁网珊瑚》,卢辅圣主编:《中国书画全书》第四册,上海书画出版社2009年版,第504页。
③ 朱存理集录:《铁网珊瑚》,卢辅圣主编:《中国书画全书》第四册,上海书画出版社2009年版,第504页。
④ 倪瓒著,汪兴祐点校:《清闷阁集》,西泠印社出版社2010年版,第316页。
⑤ 倪瓒著,汪兴祐点校:《清闷阁集》,西泠印社出版社2010年版,第137页
⑥ 倪瓒著,汪兴祐点校:《清闷阁集》,西泠印社出版社2010年版,第158页。

之余不忘山林隐逸之趣。

倪瓒与张经也有通信，《清閟阁集》记录了倪瓒写给张经的信札数通。如："至正辛丑（1361）十二月廿四日，德常明公自吴城将还嘉定，道出甫里，捩柂相就语，俯仰十霜，恍若隔世，为留信宿，'夜阑更秉烛，相对如梦寐'者，甚似为仆发也。"[1] 信中倪瓒回忆了二人秉烛夜谈的往事。

张德常去世后，倪瓒作《挽张德常》："孝弟由天性，清贞有祖风。宦游江郭远，归隐曲林通。嗜古真成癖，歌诗信已工。有才悲贾傅，荏苒百年中。"[2] 称颂其品德和才华，用贾谊典故悲悼其早逝。

四、王渊、朱德润《良常草堂图》中的画境异同

王渊，字若水，号澹轩，杭州人，自幼学习书画，师从赵孟𫖯，传世作品有《秋山行旅图轴》《竹石集禽图轴》《莲池禽戏图卷》等。朱德润，字泽民，其先睢阳人，故号睢阳居士。占籍昆山，工山水画，传世作品有《秀野轩图卷》《林下鸣琴图》《探友归来图》等。朱德润也擅长诗文，著有《存斋集》十卷。

《良常草堂图》所绘之良常山在今句容茅山风景区小茅峰的北侧，旧名北垂山。刘大彬《茅山志》卷四："良常山，《太元内传》曰：'茅山北垂洞口，一山名良常山，亦句曲相连，都一名耳。秦始皇三十七年十月癸丑出游……始皇叹曰：巡狩之乐莫过山海，自今以往良为常也。群臣并称寿唤曰："良为常矣！"……乃改句曲北垂曰良常之山。'"[3]

王渊所绘的《良常草堂图》，草堂位于画面中心偏左位置，是作者重点表现的对象。画面最右边是陡峭的山壁，山壁下有两座坡度较小的山峦，山坡上有几棵高大的青枫，坡下是一块空旷的平地，平地上有三间茅草屋，茅屋被篱笆和树林环绕着。大门在草堂左边。正对大门的屋内，主人坐在书桌前读书，桌上放着笔墨纸砚，书童倚门而立。最右边茅屋内有一妇人，正在倚窗眺望远处的风景。草堂前面是一片宽阔的溪流，溪上有一座长长的木桥，连通草堂和对面的群山。近处山间云雾缭绕，犹如仙境。山体用淡墨点染，表现山色的青翠和湿润，用浓

① 倪瓒著，汪兴祐点校：《清閟阁集》，西泠印社出版社2010年版，第301页。
② 倪瓒著，汪兴祐点校：《清閟阁集》，西泠印社出版社2010年版，第68页。
③ 刘大彬：《茅山志》，《续修四库全书》史部第722册，上海古籍出版社2022年版，第34—35页。

墨点苔,表现茂密的山林。一片飞云对面,是朦胧起伏的远山。草堂前后的青山遥相呼应,门前流水潺潺,衬得草堂静谧幽深,宛若世外桃源。在草堂中,可以读书写诗,也可以阅山观水、赏云看树,还可以听流水的鸣唱和日夜的天籁,远离尘嚣,与世无争。(图9)

图9:(元)王渊绘《良常草堂图》

与王若水画的草堂相比,朱德润所绘《良常草堂图》给人的感觉更加冲淡含蓄、澄明静谧。画面从右向左依次展开。画的右下角,是比较矮小的山坡,远处是一座高山,再远处是峭立的山峰。草堂位于山脚之下,草堂侧面有几棵苍翠的大树。草堂面朝湖面,围以木栅。草堂由前后两间茅屋构成,主人面向门外,坐在书桌前,似有所待,桌上有一摞书,仆人抱手立于门前,向湖面眺望,似在迎候远道而来的客人。草堂侧面往左是一片葱茏跌宕的山峦,山间流水潺潺。画法上,画家先勾勒山石轮廓,再用阔笔皴染,最后用短粗线条画树林,用点苔法画石矶。远处则用淡墨勾染,画出虚无缥缈、匍匐不绝的群山。草堂门前不远处的湖岸,有一条船系在木桩上,喻示着草堂主人可以随时荡舟湖面或远游访旧。湖心有一叶扁舟,舟内有两人,一抱手而坐,一用力划桨,正往草堂驶来。画的左边有画家题跋:"过江山色萃良常,碧树阴森结草堂。处士不知人事变,更求丹篆写仙方。泽民为德常作。"[①] 题诗不仅平衡了画的重心,而且解释了画面内容,点出了画的主题。张洲《线条与语言的协奏:倪瓒诗画汇通研究》:"元代文人在画上题诗,将诗书画统一起来,书法衬出画的笔法、诗情点出画意。"[②] 这幅画最传神的地方,就是草堂主人不仅能够欣赏山水之美,享受草堂之静,而且在广袤山水

---

① 朱存理集录:《铁网珊瑚》,卢辅圣主编:《中国书画全书》第四册,上海书画出版社2009年版,第505页。
② 张洲:《线条与语言的协奏:倪瓒诗画汇通研究》,中山大学博士学位论文2012年,第270页。

之间，还有友人来访，评诗论画，品山味水，避免了山居的寂寞。（图10）

图10：(元)朱德润绘《良常草堂图》

王、朱二人所绘《良常草堂图》都是水墨山水，虽然立意、构图和画法不同，但都表现了良常山水的幽旷、草堂的僻静和草堂主人的山居之乐。朱德润的《良常草堂图》要比王渊的《良常草堂图》画面构图更加开阔和舒展，立意更加丰富和深远。正如钱乘题跋所言："王若水画，杂仿米(元章)、高(克恭)，极山川之致。朱泽民全用郭熙、许道宁笔法，气韵流动。"[①] 二图异曲同工，相互补充，恰到好处。画中的人物、草堂、青山、白云、树木、小桥，流水、湖面、小舟，或浓或淡，或隐或现，或高或低，或近或远，无不流淌着诗意。这些既是绘画语言，也是诗歌意象，既是画境，也是诗意。

五、《良常草堂图》诗跋中寄托的山林之思

么书仪《元代文人心态》说："宋金元易代之际乃至元代社会，社会环境都比较险恶，知识分子遇到的物质的困顿和精神的危机，在元代文人中，造成两种带有普遍性的趋向：一是耽于耳目声色的享乐，一是隐逸退避之风的极盛。这两种倾向其实又是相通的，前者也采取某些隐逸的方式，后者也不拒绝物质追求。"[②] 尤其是在元明易代之际，朱元璋、陈友谅等起义军割据一方，与元朝廷对垒，张士诚先起兵反元，后来虽然表面上投降元廷，但是实际上据守吴中，成为朱元璋的劲敌。在这种动荡年代里，由于张吴政权统治时期，吴中经济比较富庶，

---

① 卞永誉：《式古堂书画汇考》，卢辅圣主编：《中国书画全书》第十册，上海书画出版社2009年版，第124页。

② 么书仪：《元代文人心态》，人民文学出版社2013年版，第12页。

社会秩序比较安定,加之张士诚兄弟对文人非常礼遇,很多文人乐为所用。然而,毕竟这是一个动荡的年代,张经等人虽身在朝堂,却心恋山林。张经请王渊、朱德润绘《良常草堂图》不仅寄托了对金坛故居的怀念,而且隐含着归隐山林的愿望。而诸家在歌咏良常草堂的同时,也表现出希冀隐逸山林的心态。

李孝光《良常歌》曰:"朝余升兮,良常之颠。暮栖予兮,良常之下。谓良为常兮,谁哉暴者?余守余箧,毋哆其肱。箧中之藏,孔子之书。谓尧汤贤,谓商辛愚。孰憎是言,我获其余。孰好之者,往馈一鸥。予素言张德常好今古文,作《良常歌》。"① 诗中运用庄子《胠箧》篇中的典故,发扬道家"绝圣弃智"的思想。诗中想象良常草堂主人朝登良常之巅,暮栖良常之下,沉浸于山水之乐。

倪瓒题《张德常良常草堂二首》其一:"一室良常洞,幽深太古茅。风瓢元自寂,畦瓮不知劳。独出逢骑虎,初来学种桃。还应白云里,迟子共游遨。"② 诗中描写了良常洞的幽深,茅山的古老,山风之寂静。草堂主人像仙人一样生活着,而自己也期盼和草堂主人一起遨游于白云之乡。

吴克恭《题良常张处士山居》:"良常标名山,句曲主仙洞。茅君倚翠麓,白云满高栋。上有岩栖士,出入与云共。芝草鸟为耘,桃花鹿衔送。茅君见兄弟,夙昔勤远梦。子独擅为邻,幽深补其空。风飘悬雅乐,灵术分仙供。息我山木阴,怀人玉箫弄。暂时苦劳事,非必能抱瓮。洗药爱源泉,掇英比朝饔。归静其抱一,知尚亦殊众。鹤驭来何方,寻君引余鞚。"③ 这首诗充满神奇想象,描绘了草堂主人与仙人共处的生活,反映了作者对仙人世界的怀想。

张天永题草堂诗曰:"草堂价为青山重,山是良常乃结茅。……近说金坛仙梦接,青葱林屋拥旗旐。"④ 诗中说张经最近梦回金坛故居,与仙人同游。

张翥的草堂诗是步张天永诗韵而作,与原作相比,更加清新自然:"句金坛下幽人宅,斫桂为梁荫白茅。畦长药苗过野援,瀑流黏子入山庖。鹿远散漫春苔径,鹤影襜襦晓露巢。池上僧棋闻竹外,岭头樵曲落松梢。旧来长史留虹篆,时过神君响凤匏。坐石修将琴别谱,焚香读尽易诸爻。卢鸿图在宜终隐,杜甫诗成讵解嘲。不待驰烟劝逋客,三峰苍翠拂云旐。"⑤ 诗中通过"幽人""药苗""瀑流""鹿

---

① 朱存理集录:《铁网珊瑚》,卢辅圣主编:《中国书画全书》第四册,上海书画出版社 2009 年版,第 504 页。
② 倪瓒著,汪兴祐点校:《清閟阁集》,西泠印社出版社 2010 年版,第 54 页。
③ 朱存理集录:《铁网珊瑚》,卢辅圣主编:《中国书画全书》第四册,上海书画出版社 2009 年版,第 504 页。
④ 朱存理集录:《铁网珊瑚》,卢辅圣主编:《中国书画全书》第四册,上海书画出版社 2009 年版,第 505 页。
⑤ 朱存理集录:《铁网珊瑚》,卢辅圣主编:《中国书画全书》第四册,上海书画出版社 2009 年版,第 505 页。

远""鹤影"等意象渲染了山林野趣,用"僧棋""樵曲"描画山居的闲情雅致,
然后想象草堂主人坐在石上修琴,焚香读《易经》。最后用唐代佚名《卢鸿草堂
图》典故,表达远离官场、流连于三茅峰之间的隐逸情怀。

马文璧题咏草堂:"翩翩张公子,结茅良常山。缘知炼金液,足以要朱颜。玉
桃花开水潺湲,琅玕芝草绕池碧。子复来往三峰间,三峰峨峨昔所憩。积金寥寥
半空峙,松崖月黑啼青猿。石林丹光中夜起,人间日月如流水。别来梦此三千秋,
茅君兄弟岂相忆。张家草堂思一游,神仙不知王伯图。纷纷喜怒无时无,华阳便
问归路熟,三十六洞吾何须。"[1] 这首诗应该是针对王渊《良常草堂图》而发。写
张经结屋良常山,与桃花、琅玕、芝草、青猿为伴,梦中与茅君兄弟相遇。表达读
王渊《良常草堂图》激发自己畅游良常草堂、领略茅山三十六洞风光的愿望。

张雨的良常草堂诗是追补的:"相近方隅洞,良常别有天。草堂朝看雨,药圃
夜春泉。邈矣卢鸿一,奇哉鲁仲连。君看遗世者,若个是顽仙。"[2] 诗中称赞张经
既有卢鸿的隐居情怀,又有鲁仲连的经世谋略,并戏称之为"顽仙"。

成庭珪为良常草堂题写了二首七律,其一:"屋下清泉屋上山,独余猿鹤共高
闲。仙家只在松萝外,海月常悬水竹间。社瓮今朝村酿熟,邻翁何处棹歌还。华
阳真逸时相觅,闻道岩扉夜不关。"[3] 首联和颔联写良常草堂神仙世界,颈联写村
社酒熟,邻翁扁舟归来。尾联写草堂主人寻仙生活。

蒋堂的二首题咏在格调上与众不同,其一:"蕙帐空招隐者居,玄猿白鹤夜愁
予。只今百尺长松下,何处草堂宜读书。"[4] 意谓如今很难找到可以安心读书的
草堂,诗抒发了草堂主人不能归隐山林的伤感情怀。

这些题画诗都围绕着《良常草堂图》而作,诗中使用了"幽人""风飘""白
云""芝草""仙家""桃花""鹿远""鹤影""洗药""掇英"等优美意象,把良
常山水和草堂主人生活描写得如梦如幻。这些意象构成一幅幅画,令人目不暇
接,浮想联翩。

---

① 朱存理集录:《铁网珊瑚》,卢辅圣主编:《中国书画全书》第四册,上海书画出版社 2009 年版,第 505 页。

② 朱存理集录:《铁网珊瑚》,卢辅圣主编:《中国书画全书》第四册,上海书画出版社 2009 年版,第 506 页。

③ 卞永誉:《式古堂书画汇考》,卢辅圣主编:《中国书画全书》第十册,上海书画出版社 2009 年版,第 125 页。

④ 朱存理集录:《铁网珊瑚》,卢辅圣主编:《中国书画全书》第四册,上海书画出版社 2009 年版,第 505 页。

结　语

　　《良常草堂图》应绘于元至正三年（1343）或之前，是元代草堂图的代表作之一。良常草堂在今句容茅山风景区小茅峰北侧。受画人张经与吴中文人的交游，既体现了家族声望对个人仕途的影响，也反映了元末文人频繁雅集、诗酒唱和的交游风气。王渊、朱德润所绘的《良常草堂图》，虽然立意、构图和画法不同，但都表现了良常山水的幽旷、草堂的僻静和草堂主人的山居之乐。倪瓒、张翥、柯九思等人的诗跋，透露出元明易代之际吴中文人对山林隐逸生活的向往。

作者单位：王小蝶：安庆师范大学人文学院研究生

熊言安：安庆师范大学人文学院

皖江文化研究

"垂为后世法"：论桐城派的声音家法

方　新

　　面对桐城派，我们惊叹于其在时间和空间中展现出的巨大体量和蓬勃生命。品读桐城文章，如同步入浩瀚银河，令人徜徉繁华而作皓首之叹。从什么样的角度，最能捕捉桐城文章的美？借助何种方式，最能感受其中本真而丰富、有机而直接的艺术风貌？其实，美感来自体验，而体验说到底是审美主体的应激、感受和生发，体现出主体的反思。这样说，声音便在呼唤中出场，因为口耳之声不同于心下无言，"口诵心惟"不同于"视读默看"。不只是突出口耳之声的物质存在，如提倡"声出金石之乐"[①] 的曾国藩指画的"气"与"辞"：

　　　　使其气若翔蕭于虚无之表，其辞跌宕俊迈而不可以方物。[②]

更是要强调"口——耳——心"的反复循环，如教人"不听之以气，而听之以神"[③] 的吴汝纶串联起"义""乐"与"读"：

　　　　文章之道，感动性情，义通乎乐，故当从声音入，先讲求读法。[④]

这样就增加了艺术感受的一个新途径，促成了主体体验的一个新维度，以主体对声音的反思，深化对古文的批评。

　　表面上，声音只是古文形态在视觉之外另一维度的呈现；更为本质的则是，声音体现着文本形式的另一种可能，给予"读"者以声音的乐感体贴，并用这种具有生发力量的乐感去体贴去"兑换"纯粹的感悟思考。如果您愿意，可以将声

---

① 曾国藩：《日记·十一年十二月廿四日》，《曾国藩全集》日记卷一，岳麓书社 1987 年版，第 698 页。
② 曾国藩：《书信·同治八年五月二十七日复陈宝箴》，《曾国藩全集》书信卷九，岳麓书社 1994 年版，第 6783 页。
③ 唐文治：《桐城吴挚甫先生文评迹跋》，《茹经堂文集》三编卷五，文海出版社 1974 年版。
④ 同上。

音理解为超越常规的刺激。在这种刺激下，主体的精神世界被拓展开来，以不同的印迹呈现审美反思，并进而构建和"还原"立足于特定古文文本的声音形象。

由此观之，上引二语自成一家之言。扩而论之，自刘（大櫆）、姚（鼐）明言"因声求气"与"声音证入"，桐城派文人标举"声气"，讲求诵读，表现出连续的传承，张裕钊总结说："故姚氏暨诸家因声求气之说，为不可易也。"①方东树于《书惜抱先生墓志铭后》谈及"学古人之文"，以"沈潜反复"的"精诵"，体察文气于"运思置词迎拒措置之会"，并道：

> 此虽致功浅末之务，非为文之本，然古人之所以名当世而垂为后世法，其毕生得力，深苦微妙而不能以语人者，实在于此。②

推心置腹且表述明白，方氏认为声音虽难于指实——"不能以语人"，却是"毕生得力"之道——"垂为后世法"，且以"实在于此"作一强调。可以说，对古文声音的关注就不限于一家之言，颇有"桐城家法"的意味了。有趣的是，"不能以语人"与"垂为后世法"，两者间似有矛盾：既然声音的内涵不足以或曰不能够清晰地予以述说，又何以流传后世并成为法则呢？也许在方东树看来，非"不能"也，实"不易"也。好在学界已有相关研究足资启发③，基于此，本文拟就"不

---

① 张裕钊：《答吴挚甫书》，王达敏校点：《张裕钊诗文集》，上海古籍出版社 2007 年版，第 84 页。

② 方东树：《书惜抱先生墓志铭后》，《考槃集文录》卷五，清光绪二十年刻本。

③ 相关研究有且不限于：柳春蕊结合由桐城而湘乡的声音论述，指出"因声求气"与古文所体现的"语言型"相关，以文气取得文字的自然流畅，以诵读实现对于古文经典的摹拟，并实现某种声音的意蕴美。（柳春蕊：《论晚清古文理论中的声音现象》，《文艺理论研究》2008 年第 3 期。）陈引驰对于桐城派声律理论的线性梳理非常清晰，他从古文声音写作的源头谈起，并指出，古文内含声音要素，而桐城派在写作中声音的表现及对声律的关注，表现出极大的文学价值，体现着诗文于声音一途的交互影响，以及桐城派对于诗学声律的借鉴。（陈引驰：《"文"学的声音：古代文章与文章学中声音问题略说》，《文艺理论研究》2012 年第 5 期。）叶当前对姚永朴《文学研究法》中声律论的思考，很有系统性："声律是桐城派文论的一个理论范畴，桐城派古文家论述颇为丰富……（姚永朴）在对照齐梁声律论与历代音韵学的基础上，熔铸唐宋古文家及桐城派以气势声调为要点的声律论，讨源于经学，勾勒其历史，区判自然的声律与人为的声律，为文章声律论敷理举统，具有一定的学术史意义。"（叶当前：《姚永朴的声律论》，《安庆师范大学学报》2020 年第 6 期。）胡琦以汉宋之争为线索，探讨清季以来是知识界由对"文"的反思而促成文章声音理论的嬗变，提出桐城派学者型的作家们对于古文"言语"属性的强调。（胡琦：《言文之间：汉宋之争与清中后期的文章声气说》，《文学遗产》2022 年第 1 期。）余祖坤则指明，以桐城派古文为代表的古文作品体现着优美而自由的声调经营，注意"行气"和"调声"，既有句式的伸缩变化，又有笔法变换、虚字妙用，从而实现优美而自然的文章声音。（余祖坤：《古文声调的实现方式及其现代启示》，《江西师范大学学报》2021 年第 4 期。）另外，拙文《桐城派古文声音研究》（安徽师范大学博士学位论文 2023 年）亦有粗浅探讨。

易"处予以讨论：桐城派文法理论关于古文声音的表现,诵读之法的内容及声音作为"方法"的当代价值。

一、"桐城家法"论古文声音呈现

对古文作品的接受,是文本面向主体的敞开,是主体对于作品内在和外在的把握。这种把握实际上有理性和感性的两条路,一是理性的对于文章意义的把握,古文文本已经向你的内心显现了,可以去分析理解;一是感性的对于艺术风貌的确证,它是隐形的,被遮蔽的,表现出美感的神秘。怎样才能感受体会这一遮蔽的艺术性呢? 就要在文本和主体之间建立一种"感性的"联系,如刘大櫆所说:"理不可以直指也,故即物以明理;情不可以显出也,故即事以寓情。即物以明理,《庄子》之文也;即事以寓情,《史记》之文也。"①而《庄子》也好,《史记》也罢,都需要架起一个"梯子",在物与理、事与情之间提供途径和道路。作为一架"梯子",声音的特殊价值就在于它不仅仅只是静态的放置在那里,而是可以行动(诵读),可以体贴(聆听)。如果说,诵读是古文声音的伴随与创造,如方东树所言是"急读之以夺其神气,微咏之以得其音节,玩味之以衰其精华"②;那么聆听更是对于古文声音的沉浸,如刘开所言是"惟其嗟叹之也,而其意始无尽"③,从而把握古文更为本真的存在,"此真知文之深者"④。在诵读的声音中,古文的风貌或可截然不同,如钱仲联所说:"阳刚之美的作品读起来要声调昂扬,能够表达声情激昂的一种意境。阴柔之美要读得声音回肠荡气,一唱三叹。这种声音比较委婉,表达一种词当中所谓婉约派的那一种调子。所以两种调子是不相同的,不能把读阴柔之美的文章,读成阳刚的一种气势;也不能够把阳刚气势的文章读成阴柔之美的那种沉雄。假使这样一来,作品的精神就完全失掉了。"⑤

如此立论,古文的声音便既是"读者"的环境,如梅曾亮所谓"取清庙生民之词,而佶屈诵之,未有不听而思卧者"⑥;又是审美主体的"生活",如姚鼐所谓

① 刘大櫆:《论文偶记》(与初月楼古文绪论、春觉斋论文合刊),人民文学出版社1959年版,第12页。
② 方东树:《书惜抱先生墓志后》,《仪卫轩文集》卷六,同治刻本。
③ 刘开:《拟古诗序》,《中华文汇清文汇》,中华书局1960年版,第681页。
④ 姚范:《援鹑堂笔记》,《续修四库全书总目录》卷四十四,影印清道光姚莹刻本。
⑤ 魏嘉瓒主编:《最美读书声——苏州吟诵采录》,长江文艺出版社2014年版,第175页。
⑥ 梅曾亮:《闲存诗草跋》,《柏枧山房诗文集》卷五,上海古籍出版社2012年版,第105页。

"尝漫咏之，以自娱而已"①，从而更加开放而立体地展现古文"不一样的"艺术面貌。

对于古文中的声音要素如音韵、节奏、重音和声调等，前引研究已有论述，对于声音与作品情感意蕴的关系也有所涉及。这里，借用近代学者傅东华之论作为文章声音在形式层面的总结：

> （一）声调是文章所以传情达意的一种重要手段，故声调有内在的元素，就是应合着情意发展的一种自然音节。（二）声调又是美术的一种重要现象，故声调有外在的元素，就是利用着语言特质而逐渐形成的一种美术的组织。（三）凡声调的内在元素和外在元素，彼此密切协调而无畸轻畸重的弊病，便是好声调。②

之所以说是"形式层面的"，是要凸显桐城派是以声音作为桐城派古文的艺术特征，作为桐城家法的理论亮点，作为桐城派古文家的主体特质。更是意在强调桐城派的声音家法，既关注集体，也凝视"这一个"。的确，桐城派古文有其声音的艺术表现，具体作家的特定文本又有其个性所在，或许，让古文成为"它自己"也是声音价值的另一种表达。

桐城派作家拈出声音，是古文艺术性的新生、提升和参照。说是新生，考虑的是声音从眼观的字面上升到口耳相传的空中，在沉醉于自身的同时，又面对着一个文辞文本，文本因之诠释为一全新的文学形态，别样的艺术世界。若细细探赜，这个世界或许并不止"分太阳气势、太阴识度、少阳趣味、少阴情韵"③ 等"四象"而已。说是提升，意下是桐城文人将以前被忽视的声音要素从文字中分离，形成与文辞文本平等的"声音文本"。这似乎是削弱了文字在意义层面的价值，但又可以说，它是对于古文艺术价值的提升。在这之前，声音一直在沉睡，没有被完全唤醒，但经由桐城派古文家，声音得以意识、得以独立、得以成长，声音便有了"悟入"的可能，从而具有了独立的力量。假以时日，这力量不仅落笔成文，还可形诸主体的品性体貌，略似于唐文治所说，因陈柱"与余同席，辄歌诗诵文，

---

① 姚鼐：《食旧堂集序》，《惜抱轩诗文集》文集四，四部丛刊本。
② 傅东华：《读音与声调：文辞解剖入门第二讲》，《学生杂志》1940 年第二十卷第二号。
③ 曾国藩：《致沅弟》，《曾国藩全集》家书卷二，岳麓书社 1985 年版，第 1296 页。

余戏以陈惊座呼之"①。说是参照,更是在文本的意义层面之上建立起声音的体系,不仅以之反观,更以声音的诸要素交织影响,从而形成一个更清晰的参照体系。不仅以声音参照文本,参照创作,也以之观照古文家,观照文法流变。

声音是桐城派的坚持。桐城派古文具有"声音的"品质,或许不够,但有鲜明体现;桐城派古文家以声音为文法,或许不能,但终身信奉;桐城派文论重视声音之道,讲究"因声求气",代代相传,往复论谈。桐城文人敏锐地找到声音作为感性而直接的工具,声音遂成为桐城派的"秘密武器",坚定不可更替,长久而不可须臾离。

以声音之道作为桐城家法的理论亮点,是想说明桐城派文人既以声音为古文的"启蒙",又以声音家法作为"启悟"之道。前者是彰显声音作为文学的底色,如姚永朴诗意地感叹:"天地之元音,发于人声;人声之象形,寄于点画。点画之联属而字成,字之联属而句成,句之联属而篇成,文学起原,其在斯乎?其在斯乎?"②后者是说明,在古文创作和接受的两端,在声音为文和诵读之道的两个方面都是"有用的"。这样说来,桐城声音家法就不像是工程手册,凭借它去建起一个个样板房,而是如春风化雨,以古文声音为媒介,让作者和"读者"相互遇见、相互吸引,在欣赏中体会自由与自由的碰撞,在碰撞中潜移默化,"循循善诱,诵读吟唔声琅然出户外"③,从而实现艺术化的"桐城启蒙"。

桐城派文人的声音启蒙是多样化的、全方位的。如姚鼐评朱子颖诗,并用四种手段:"即之而光升焉,诵之而声闳焉,循之而不可一世之气,勃然动乎纸上而不可御焉,味之而奇思异趣,角立而横出焉。"④以声音作为"过程性"的呈现,辅以其他的手段,这无疑是桐城家法的高明之处。单就诵读而言,声音的状态不同,读解文意便有差异,刘开将"长言"与"嗟叹"对比:"唯其长言之也,而其意始尽;唯其嗟叹之也,故其意始无尽。"⑤如何"嗟叹",也是多感官并用,并不仅仅落在口耳当中,梅曾亮有论说:"夫观书者,用目之一官而已;通之而入于耳,益一官矣;且出于口,成于声,而畅于气。夫气者,吾身之至精者也;以吾身之至精,御

---

① 唐文治:《广西北流陈君柱尊墓志铭》,《茹经堂文集》六编卷六,文海出版社 1974 年版。

② 姚永朴:《文学研究法》卷上,商务印书馆 1916 年版,第 2 页。

③ 唐文治:《朱君叔子墓志铭》,王桐荪等选注:《唐文治文选》,上海交通大学出版社 2005 年版,第 396 页。

④ 姚鼐:《海愚诗钞序》,《惜抱轩诗文集》卷四,四部丛刊本。

⑤ 刘开:《拟古诗序》,《刘孟涂集》卷七,桐城姚氏樊山草堂本。

古人之至精，是故浑合而无有间也。"[1] 以声音切入古文之"精气神"，自然不能满足于粗浅之处，如曾国藩所说："欲分段之古，宜熟读班、马、韩、欧之作，审其行气之短长，自然之节奏。"[2] 更要有所体会："因思古人文章，所以与天地不敝者，实赖气以昌之，声以永之，故读书不能求之声气二者之间，徒糟魄耳。"[3] 在文章声气之间涵泳体贴，再一次次回到文本的过程中，印证自身的主体特质。

桐城文人在"声音"的环境中生成，他们的主体特质本身便具有某种共相。比如"因声求气"的声音之道就由外而内地渗透，由内而外地传达。在这个意义上说，桐城派古文的声音生发自桐城文章，又渗透进桐城文章，它表现出桐城派古文的生命所在、灵气所在。这样说不是因前文所论古文声音既可以供人诵读、供人聆听，借用俞平伯大段考证后的总结语"整齐的句度，谐调的音绝，以中国言文之特质为背景而自然地发展的，此种情形实诗文所同具"[4]，而得出桐城文声是完美艺术品的结论；而是重在强调，诗文的声音便如维纳斯的断臂那般，是古文的另外一面，是引人遐思品味的材料。

二、桐城派读文法的内涵

诵读最直接的创造就是声音，声音最直观的感受就是其中似有若无的乐感内容，在诵读主体逐步解构的过程中，这个乐感的内容被转化为主体的惯性感受，成为一种不可指实却又切实可感的，不止一端而有多重指向的秩序。姚鼐说诵读之时，"作者每意专于所求，而遗于所忽，故虽有志于学而卒无以大过乎凡众"[5]，专门强调在读文时要补足自身感受中的遗失和不足，才能真正在学文一事上有所增益。

前文已经论及，曾国藩"中兴桐城"，关于诵读的"身教"功不可没。吴汝纶记录曾氏的作息："未正后见宾治事，酉初晚餐后即读经史古文，至亥正止。高诵

① 梅曾亮：《与孙芝房书》，《柏枧山房文集·文续集》卷六，《续修四库全书·别集》第 1513 册，上海古籍出版社 2002 年版。
② 曾国藩：《咸丰十一年三月十一日复许振袆》，《曾国藩全集》书信之三，岳麓书社 1994 年版，第 1971 页。
③ 曾国藩：《十一年十二月廿四日》，《曾国藩全集》日记之一，岳麓书社 1987 年版，第 698 页。
④ 俞平伯：《诗的歌与诵》，《俞平伯全集》第 3 卷，花山文艺出版社 1997 年版，第 126—127 页。
⑤ 姚鼐：《与陈硕士书》，《姚惜抱尺牍》，新文化书社 1935 年版，第 70 页。

朗吟,声音达十室以外。"[1] 反观曾国藩生平,确乎是反复言说诵读之所得,诵读之乐趣。这个声音的秩序被强化被塑造,终于成为一个具有音乐性内容的存在,张裕钊体会到:"文章之道,声音最要。凡文之精微要眇,悉寓其中。必令应节合度,无铢两秒忽之不叶,然后词足而气昌,尽得古人音节抗坠抑扬之妙。"[2] 唐文治进而强调桐城文章声音理论中音律层面的内容,几乎化身为音乐理论家:

> 朱子谓独奏一音,则其一音自为始终,而为一小成。若并奏八音,则先击镈钟以宣其声,后击特磬以收其韵,则合众小而为一大成。凡文制局之小者,其声如独奏一音,而为一小成。制局之大者,其声如并奏八音,而为一大成。而入门之始,则宜先辨声之短长。[3]

可以总结说,桐城派读法理论的深刻在于其具有三个层次的言说。一是作为外在的感觉或曰体验。如刘大櫆"日取古人之文纵声读之"[4] 的画面就留存在后人的想象中。梅曾亮对诵读有朴实之论,他说:"文言之,则昌黎所谓养气;质言之,则端坐而读之七八年;明允之言,即昌黎之言也。"[5] 也就是说,只需要老老实实地"端坐"冷板凳捧书朗读就能找到"养气"的感觉,只不过"知而信之者或鲜"[6] 罢了。

二是在诵读的内在经验中获得文意的解读、声音的秩序。如张裕钊所说:"文章之道,须从声音证人。若取古人书,反复朗诵而深思之,以意逆志,达于幽缈,所得必超出常解之上。"[7] 便是以诵读超越"常解"。亦如曾国藩自言心得:"舆中读《上林赋》千余字,略能成诵。少时所深以为难者,老年乃颇能之,非聪明进

---

① 唐文治:《桐城吴挚甫先生文评手迹跋庚午(1930 年)》,王桐荪等选注:《唐文治文选》,上海交通大学出版社 2005 年版,第 345 页。

② 刘声木:《桐城文学渊源考》卷十"张裕钊"条,王水照:《历代文话》,复旦大学出版社 2007 年版,第 9380 页。

③ 唐文治:《国文大义》下卷,无锡国学专修学校铅印本。

④ 张裕钊:《答吴挚甫书》,《晚清文选》卷中,上海生活书店 1937 年版,第 245 页。

⑤ 梅曾亮:《与孙芝房书》,《柏枧山房文集·文续集》卷六,《续修四库全书·别集》第 1513 册,上海古籍出版社 2002 年版。

⑥ 同上。

⑦ 《清国史嘉业堂抄本》卷一二,中华书局 1993 年版,第 741 页。

于昔时，乃由稍知其节奏气势与用意之所在。"① 这就是在由"少时"而"老年"的时光中体验到声音法度。

三是在诵读中建立艺术的直观，在直观中获得某种无法言明的神妙。"士苟非有天启，必不能尽其神妙；然苟人辍其力，则天亦何自启之哉！"② 这是姚鼐对古文艺术的启悟；"尝谓求富贵而无命者，布衣则终布衣耳。学之成不成，亦有命焉，然终胜于不学之人"③，这是梅曾亮以诵读关联其生命的哲学；"人格日高，文格亦日进。唯天下第一等人，乃能为天下第一等文。皆于读文时表显出来。故读文音节，实与社会与国家有极大关系"④，这是唐文治竟以诵读之声关乎社会的进化。

这三个层次融合的内容，是桐城派口耳相传的家法传承所在。

诵读不是文本还原，声音不是作品本质，即便你技法精妙，诵读纯熟，你的诵读仍然和古文文本并非一事。你可以这样读，别人则可以那样读，不同的人可以有不同的读法，也有不同的感受。这种和而不同的复杂性足以证明桐城派以诵读作为古文启蒙之法的深刻。

在桐城派古文家那里，以诵读建立起声音，但声音仍然只是一种外在的产物，它超越于诵读者心中所感，更无须刻意将其内化为主体的意识。假如你注意到桐城派以外的诵读，或有以声音通晓大义，或有以读文融会文旨，如陈淳所说：

> 大抵读书之法，先须逐字逐句，晓其文义，然后通全章，会其旨归。文义、旨归既通，然后吟、哦、讽、诵，优柔餍饫，以玩其味。其中之底蕴，虚心以察之，切身以体之，使本章正意、大义烂熟，击其首则尾应，击其尾则首应。逐章每每如此相续，然后意味浃洽，而圣贤精蕴可见。必至于理义昭明，如在面前，一扣及之，便如自胸中流出，方为实得，而谓之己物。⑤

---

① 曾国藩：《日记：同治六年正月十五日》，《曾国藩全集》卷三，岳麓书社 1989 年版，第 1342 页。
② 姚鼐：《与陈硕士书》，《姚惜抱尺牍》，新文化书社 1935 年版，第 47 页。
③ 梅曾亮：《复陈伯游书》，《柏枧山房诗文集》，上海古籍出版社 2012 年版，第 21 页。
④ 唐文治：《唐蔚芝先生读文灌音片说明书》，大中华唱片公司 1948 年铅印本。
⑤ 陈淳：《答陈伯澡一》，《北溪大全集》卷二七，文渊阁四库全书本。

说得再详细,总离不开由"文义"返归"圣贤"的一条主线,总免不了"虚心体察"的涵养功夫。两相比较,更能见出桐城读法始终明确的坚持诵读的独立性地位,不是要以诵读融会作品,从而消解自身,而是一直以声音作为作品的参照,以自身在音响上的特质与文本形成"对立",声音自在地体现出来。声音的独立性,有体现在文意上的,如梅曾亮谈到乐声与文辞的对立:

> 今世之闻乐者,肃然穆然,其声动人心,非皆能辨其词也。[①]

强调声音于文字以外的感动。或如贺涛提出以声音激发人心:

> 声不中其窍,则无以理吾气。气不理,则吾之意与义不适,而情之侈敛、词之张缩,皆违所宜,而不能犁然有当于人之心。[②]

在情感理路和文章法度之外,声音和人心须能两下愉悦。也有纯粹体现于文法上的独立,如唐文治论及声音顿挫与文脉转折:

> 盖初学读文往往口中吟哦,而心不知其所之者。唯于段落顿挫之际,急将放心收敛,则我之神气始能渐于文章会合,且一顿一挫之后,必有一提或一推,细加玩味,则起承转合之法,不烦言而解矣。[③]

这就绕过了文辞意义,直接以声音的感受对应于文法的经营,虽略显偏颇,却更见唐文治的刻意突显。在这样的对立观照下,声音一直保有其独立性,从而持久地生发和解读古文的审美内涵。桐城派文人以声音作为一种方法,就是以声音逐渐内化为相对独立的主体意识。桐城派声音之法就是以诵读行为去获取声音的昭示,将声音的个体存在通过启示、感悟和习得内化于心。

---

① 梅曾亮:《闲存诗草跋》,《柏枧山房诗文集》卷五,上海古籍出版社 2012 年版,第 105 页。
② 贺涛:《答宗端甫书》,《清文海》卷八二,国家图书馆出版社 2010 年版,第 231—232 页。
③ 唐文治:《唐蔚芝先生读文灌音片说明书》,大中华唱片公司 1948 年铅印本。

三、桐城声音家法的当代价值

在本文的论述中，我们可以说文章声音将桐城派古文的思想情感表现得太多了；也可以以反向立论，认为桐城派古文的"声气"将文章内在表现得太少了。前者是指，从诵读中我们感受到古文作品在声音层面的艺术风貌，从中抉发出仅靠"视读"不能够或曰不足以解读出的作品内涵，在声音中，古文有了声调，有了语气，有了音乐性的想象，这才有"若行文自另是一事"[1]，几乎让我们有了这样一种错觉，似乎解析声音就足以品评作品。借用朱自清先生的话："过去一般读者大概都会吟诵，他们吟诵诗文，从那吟诵的声调或吟诵的音乐得到趣味或快感，意义的关系很少；只要懂得字面儿，全篇的意义弄不清楚也不要紧的。"[2] 此语明白道出古典吟诵主要关注声音的事实。后者是说，当声音经由诵读产生，就像作品落笔为文，声音就不只是从属于作品，而是另一种文本——声音文本，它不仅仅传达作品字面的意义，甚至也不仅只是指向字里行间的潜在意义，它还有另外的艺术表现。还是在朱自清先生的话语里，他说："似乎适于朗诵的诗或专供朗诵的诗，大多数是在朗诵里才能见出完整来的。这种朗诵诗大多数只活在听觉里，群众的听觉里；独自看起来或在沙龙里念起来，就觉得不是过火，就是散漫，平淡，没味儿。对的，看起来不是诗，至少不像诗，可是在集会的群众里朗诵出来，就确乎是诗。这是一种听的诗，是新诗中的新诗。"[3] 这就突出"朗诵诗"中声音的特性。

在过多过少的斟酌之间，也许比较稳妥的则是如本文前面所考察的，既可以借助文字来传达，又明确的表现为声音现象的部分。在这些考察中，我们有限度地解读桐城派古文声音在声韵、音调、节奏上的表现，也有分寸地探究桐城派古文家关于诵读之声气、声音之风格的论述。简言之，着眼于以声音连接起作品鉴赏与文法批评。

关注文章声音，是桐城派具有强大生命力的一个重要原因，这里不妨列举一早一晚两个材料，以说明桐城派作家的"一以贯之"。早在康熙末方苞以"雅洁"

---

[1] 刘大櫆：《论文偶记》（与初月楼古文绪论、春觉斋论文合刊），人民文学出版社 1959 年版，第 4 页。
[2] 朱自清：《论百读不厌》，朱乔森编：《朱自清全集》第三卷，江苏教育出版社 1988 年版，第 227 页。
[3] 朱自清：《论朗诵诗》，朱乔森编：《朱自清全集》第三卷，江苏教育出版社 1988 年版，第 255 页。

论文之前,清初方以智即以声调论诗,提出"中边皆甜"之说,以为"此诗必论世论体之论也,此体必论格论响之论也",论曰:

> 姑以中边言诗可乎?勿谓字栉句比为可屑也。从而叶之,从而律之,诗体如此矣,驰骤回旋之地有限矣。以此合声,以此合拍,安得不齿齿辨当耶?落韵欲其卓立而不可移也,成语欲其虚实相间而熨贴也,调欲其称字,欲其坚字。坚则老,或故实、或虚宕,无不郑重。调称则和,或平引,或激昂,无不宛雅。是故玲珑而历落,抗坠而贯珠,流利攸扬可以歌之无尽。如是者,论伦无夺,娴于节奏,所谓边也。中间发抒蕴藉,造意无穷,所谓中也。措词雅驯,气韵生动,节奏相叶,蹈厉无痕,流连景光,赋事状物,比兴顿挫,不即不离,用以出其高高深深之致,非作家乎?非中边皆甜之蜜乎?①

观其行文,读者可感受到这位桐城思想家对于音响的郑重态度,要经营声音上的"驰骤回旋",以"落韵"与"成语"造就语调上的"称字"与"坚字",从而在诵读中获取声音上连贯的乐感。方以智进而提出,以声音之"边"抒发诗意之"中",就是从感官的感受超越到内蕴的解读,音节与文字获得了有机的统一。

另有一位民国"新月派"诗人方玮德,论亲缘他和方以智并不同宗,可是论声音之法却又是一脉相承。舒芜忆道:

> 玮德大哥的新诗,我读过不少,像"八月的天空掉下一些忧伤,雁子的翅膀停落在沙港";像"满天刮起一团风暴,电火在林子里奔跑";像"星子不做声,这一夜,露水落在我的脸上。水不答我话,这一夜,沉默落在我的心上"。这一些诗句,我都能背诵出来,虽然不太懂,但却非常喜欢。
>
> 有一次玮德大哥叫住我说:"小管,你听听,我写了一首诗,多好!"接着就高声朗诵:"河里有船,船上有灯光……"我没等他念完就大笑起来。我说这有什么,我也会说,"河里有船,船上有灯光!"我还以为

---

① 方以智:《诗说》,《通雅》卷首三,影印文渊阁四库全书本。

大哥又在同我开玩笑呢。后来我才知道,他真的做了这么一首诗,题目叫《幽子》,诗中"河里有船,船上有灯光"的确是佳句,很有李白"沙墩至梁苑,七十五长亭;大舶夹双橹,中流鹅鹳鸣"的风调。[①]

注意看,舒芜这里虽未明言,却说出了他对于方玮德诗作声音之美的凝视,难忘方玮德大声朗诵的佳句只是他"也会说"的生活中的话。若将前文所引舒芜对于祖父方守敦吟诗的例子合看[②],这位不大说桐城派"好话"的学者对于桐城派的声音法则也是有切身体悟的。

与其说桐城派的声音之道是一种方法,一种特性;不如将其视为一种意识,一种行为。这大概就是"因声求气"的内在理路,即以静态的声音转化为有主体意识的"气",姚鼐的话恰好能作注解:

> 文字者,犹人之言语也。有气以充之,则观其文也,虽百世而后,如立其人而与言于此,无气则积字焉而已。[③]

这样理解,就将桐城声音家言从历史的静态展览中唤醒,让它成为一种可以指导今人行动的意识,可以在现实的世界中显现的行为。

古文的声音,说到底,是来自作者的创作,所以它在根本上是具有主体的自我意识,要一贯的自我印证。也许正是从声音对主体自我印证的角度,唐文治并非故作玄论:"凡作文必须愈唱愈高,不宜愈唱愈低,其人之富贵贫贱、穷通寿夭、皆可于文之声音验之。"[④] 今天看来,声音的自我确证尚未得到充分的实现,这或许可以启发我们如何沿着桐城派声音家言的道路继续前行。

在探索和构建中前行,并不意味着要确证声音的整体性,诵读不足以囊括古文的全部,而只是突出声音的现实性,以诵读作为一条线索以贯通作品。所以,诵读不是整体性地支配作品,而是以声音的形态现实性地串联文本。在本文看

---

① 舒芜:《桐城方家的故事》,《文汇报》特刊部编:《下一个还是苹果:文汇报"新书摘"选萃》,文汇出版社 2004 年版,第 156—157 页。

② 舒芜:《"家学"杂忆》,《中国文化》2007 年第 2 期。相关事例参阅本论文第一章第一节。

③ 姚鼐:《答翁学士书》,《惜抱轩诗文集》文集卷六,四部丛刊本。

④ 唐文治:《丰乐亭记(篇后评)》,《国文经纬贯通大义》,无锡国学专修学校 1925 年铅印本,第 125 页。

来，诵读的自我实现需要完成双向的运动，它既要向下渗透，体现着古文文本的解读，声音同时作为文本的一部分，也就是说，诵读要无保留地展现自己；同时也要向上标举，成为作者和"读者"的引领，如此，声音又作为艺术美感的一部分，强调的是诵读作为一种艺术的反思。

文学的声音，其本质无疑也是"文学的"，所以，诵读绝不只是冷冰冰的艺术原则，而是源于自然的"天籁"，源于灵魂的"人籁"。唐文治以读文为气质、人生、社会之"大道"：

> 夫读文岂有他道哉。因乎人心以合乎天籁，因乎情性以达乎声音，因乎声之激烈也，而矫其气质之刚，因乎声之怠缓也，而矫其气质之柔。由是品行文章，交修并进，始条理者所以成智，终条理者所以成圣，即以为淑人心，端风俗之具可矣。[①]

略微可惜的是，桐城派对声音的关注，似乎并未明显地进入现代的文学语境中。若以诵读作为文学启蒙为例，顾随早已言明："中国语言训练应与中国语文的诵读取得连系。根据'声入心通'的道理，'耳治'实不失为语文教学的有效方法。"[②]可是诵读的相关训练至今仍未能广泛而显著地见于语文课堂，或者仅是专业的技能而已。若以诵读作为文学创作路径为例，叶圣陶亦早明心迹："……最后就是完篇之后的诵读了。诵读能告知我们哪句话没有神韵，哪个词不够活跃。我常常因诵读而修改原稿好多次。"[③]可是声音写作的教学并没有在语文教育、文学创作上形成普遍的讨论，相反是被严重地忽视了。这样说，并不是要抹杀朱自清、朱光潜、夏丏尊、叶圣陶、赵元任、叶嘉莹等一众学者的贡献[④]，而是意在强调，现代学者们更多的只是在描述关于声音的表象，哪怕他们已经将声音从

---

① 唐文治：《〈读文法笺注〉序》，《唐文治文选》，上海交通大学出版社2005年版，第257页。

② 陈士林、周定一记：《中国语文诵读方法座谈会记录》，《国文月刊》1947年第53期。

③ 叶圣陶：《文艺谈》，《叶圣陶集》第九卷，江苏教育出版社1990年版，第51页。

④ 相关研究参见冯蒸、牛倩：《叶嘉莹吟诵理论新探》，《首都师范大学学报》2018年第6期；杨玫：《吟诵文献综述（2011年—2015年）》，《人民音乐》2015年第11期；李小贝：《让传统文化在当代"活起来"——以吟诵文化为例》，《湖南社会科学》2012年第2期；秦德祥：《朗诵、吟诵与古典诗词歌曲——兼与蒋凡先生商榷》，《交响》（西安音乐学院学报）2009年第2期；秦德祥：《赵元任与吟诵音乐》，《中国音乐》1998年第3期。

古典诗文转移到现代新诗和散文的身上来，"声音"都还只是一个对象，谈不上被构建为具有能动性的自足的概念。换言之，现代文学的视野里，声音并没有在"自己本身"中被完成，也就没有真正实现"声音"作为一个概念的存在。正如本文所尝试呈现的，桐城文章的声音之道、诵读之法表现为一定的艺术和理论的形态，它们在历史中形成生命的流动，在流动中凸显和分裂，也必然的走向消解和融合。无疑的，桐城派古文的声音在古文艺术的流变中彰显出来，在坚持自身的同时又必然地汇入万物自然的生命河流里。倘若此说不错，桐城派以古文声音"垂为后世法"的思考就是一个前置成果，就是文学声音艺术的生命之流中一个暂时性环节，就是文学声音艺术的一段生长，一次眺望，一个慢镜头。

作者单位：池州学院文学与传媒学院

《天仙配》：经典的诞生与强化

周红兵　王　姗

黄梅戏戏曲剧目历来有"三十六大戏,七十二小戏"之说,但根据黄旭初主编、桂遇秋搜集校刊的《黄梅戏传统剧目汇编》和安徽省文化局编印的《安徽省传统剧目汇编》,都认为黄梅戏计有小戏 116 个、大戏 79 个。116 个小戏当中,最具代表性的是《打猪草》和《闹花灯》,79 出大戏当中,最具代表性的是俗称"老三篇"的《天仙配》《女驸马》《罗帕记》及《牛郎织女》《槐荫记》《孟丽君》等,其中"老三篇"是所有剧目演出最多的大戏。仅在安徽省黄梅戏剧院,《天仙配》《女驸马》各演出 1000 场以上,《罗帕记》演出 600 场以上,"老三篇"是几乎所有黄梅戏剧团的看家戏和吃饭戏,并为其他剧种移植。[①] 而在"老三篇"当中,能够称为经典中之经典的非《天仙配》莫属。《天仙配》的核心内容是董永与七仙女之间的爱情故事,据考,"董永遇仙传说最早与戏曲结缘是在元代,并最终赖戏曲形式大扬于世,形成经典文本黄梅戏电影《天仙配》",在《天仙配》进入黄梅戏之前,"董永遇仙"这一故事题材广泛存在于众多地方戏曲当中,别名众多,如《上天梯》(湖南辰河高腔)、《董永借银》(湖北麻城高腔)、《仙姬传》(江西都昌、湖口青阳腔)、《七仙女下凡》(河北罗罗腔笛子调)等,单以《天仙配》《七姐下凡》之名就可见于全国数十个剧种。[②] 尽管《天仙配》在新中国成立以前流播甚广,但据严凤英回忆:"'天仙配'是黄梅戏的传统剧目。我从小就唱黄梅戏。一开始,我只是上台跑跑丫环,那时就看到老一辈的演员唱'天仙配'了。后来自己也演这出戏。讲老实话,那时我懂得什么呢? 师傅叫怎样唱就怎样唱。唱戏只是为了糊口,对七仙女这个'人物'谈不上爱,也谈不上讨厌。不管看人家演也好,自己演也好,我对这出戏是不大感兴趣的。"[③] 这说明,新中国成立以前尽管黄梅戏当中存在着《天仙配》这一剧目,但在其表演体系中并不占突出位

---

① 金芝、杨庆生:《黄梅戏》,中国文联出版社 2008 年版,第 115 页。
② 纪永贵:《董永遇仙传说戏曲作品考述》,载朱恒夫、聂圣哲:《中华艺术论丛》第 6 辑,同济大学出版社 2006 年版,第 28—29 页。
③ 严凤英:《我演七仙女》,《中国电影》1952 年第 3 期。

置,相反,一些能够显示演员唱功特长的唱段、剧目,如《小辞店》等,最受演员和观众喜爱。但是,历史的发展往往充满了转折,至少从1956年起,《天仙配》就已经确立了她在黄梅戏表演体系中不可撼动的经典地位,一直延续至今。从边缘到中心,从严凤英本人的"不大感兴趣"到无人不知,历史的反差何其巨大。那么,这一经典是如何诞生的呢?

一、《天仙配》：黄梅戏表演体系中的经典地位

讨论经典,首先需要厘清该词在中西方不同语境中的内涵。"经"与"典"在古代汉语中本来是复合词,"经"与"典"可以互训,意指重要的图书典籍,后来,经典外延逐渐扩展,成为各种可以传世的文化精品的概称,比如古代孔孟儒学经书、各种宗教典籍,等等。现代汉语中"经典"一词首先与英文中的"canon"语义相近,据考证,canon一词最初来自古希腊文,本意指直杆、横木。在权威的《牛津英语大词典》(OED)中,canon包含了以下多种含义:一种尺度,法律或教堂的法令;一般性的法律、尺度、法令、规则、基本原则、判断和权威的标准;一种趣味、评判标准和区分方法、被基督教会认可的圣经选集或书目、任何宗教的书籍、使徒经书。在英文中,"经典"一词还可以用classic来表示,意指一流的、最高一级的、被证明是典范的、标准的、不朽的作品。人们对"经典"的理解各异,但在经典是"最优秀的作品""事后的认识""历史角度""古典地位"及"得到公认的作品"这些关键问题上则几乎相同。这意味着:

首先,经典是行业内的标杆。在无数的作品中经典作品之所以能够被确立为经典,首先是因为它本身一流的、最高一级的品质,这种品质意味着经典本身就是行业内某个时期的典范和标杆,是后来者难以逾越的界限,经典不是天生的,但经典也不是寂寞的,经典一旦被确立,至少带来两个层面的变化:一方面,由于该经典的确立,使得原有的经典秩序发生变化,所有经典秩序需要重新划定坐标;另一方面,由于该经典的确立,使其具备权威性,因此成为新来者欣赏、模仿、学习,甚至是超越的对象。总之,经典在给后来者确立典范的同时,也会带来"影响的焦虑"。

其次,经典必须拥有广泛而持久的生命力。法国著名文艺社会学家埃斯卡皮曾经公布一项调查统计:一年之后,市场上百分之九十的文学著作将被淘汰;

二十年之后,这个淘汰率将高达百分之九十九。当然,这些百分比所计算的是文学著作的总数而不可能平均分摊于每个作家名下——多数作家一辈子也不曾将自己的著作打入百分之一的圈子。换言之,仅有不足百分之一的作家可能于二十年之后仍然为人所提及。[①] 某个时间内经典可能会被忽视,但是如果开放一个较长的时间段的话,那么经典一般是笑到最后因此也是笑得最甜的那部作品。

再次,经典还会拥有发散效应,这就意味着作为经典的作品不仅是行业内的标杆,对行业内经典系统产生全局性影响,其经典地位还会扩大行业自身影响,带动、促进甚至是培育一批新型受众与市场,从而提升行业影响力,带动行业自身发展,充分发挥自身的发散效应。

以此观之,《天仙配》在艺术上确实是行业内的标杆与典范:在音乐唱腔上,无论是"四赞",或是"路遇",还是"满工",都已经成为无法逾越的经典;在表演程式上,"三撞"已经成为严凤英、王少舫各自所代表的严派、王派的重要程式;在艺术形象上,七仙女与董永已经成为黄梅戏的代名词,几乎成为黄梅戏的独家专利;而在演员这方面,严凤英、王少舫不仅是黄梅戏梅开一度的领军人物,同样也是黄梅戏的标杆。因此,《天仙配》确实成为黄梅戏最早、同样是最具代表性的经典。今天人们知道、了解和熟悉黄梅戏,首先离不开《天仙配》,跨越半个多世纪的时间,《天仙配》俨然成为黄梅戏的代名词,无论是在黄梅戏业内的标杆性、跨越时间和空间的流播程度,以及为黄梅戏自身带来的发散效应,《天仙配》都当之无愧是黄梅戏经典。

二、经典的形成:改编、秩序的改变与地位的确立

"现存的艺术经典本身就构成一个理想的秩序,这个秩序由于新的(真正新的)作品被介绍进来而发生变化。这个已成的秩序在新作品出现以前本是完整的,加入新花样以后要继续保持完整,整个的秩序就必须改变一下,即使改变得很小;因此每件艺术作品对于整体的关系、比例和价值就要重新调整了;这就是

① 南帆:《艺术价值与社会价值》,《文学自由谈》1988 年第 1 期,第 74—78 页。

新与旧的适应"①,经典并非一个固定不变的静态体系,相反,经典总是在艺术史的发展过程中,经过不断衡量、斗争而变化的,一部艺术作品要想成为经典,必须经受历史的检验和时间的淘洗,这一过程即是"经典化"过程。今天人们普遍接受了《天仙配》是黄梅戏的经典之作,但实际上,"《天仙配》成为黄梅戏的代表作之前,在黄梅戏的剧本库中并不具有特别重要的地位,同时它也不是黄梅戏的专利"②。《天仙配》进入黄梅戏之前,经历了一个相对来说较为漫长的衍生阶段,进入黄梅戏之后,《天仙配》的题材"董永遇仙"不仅不是黄梅戏的专利,是很多其他戏曲的共享资源,而且在黄梅戏表演体系当中也并不占据很重要的位置,但传统《天仙配》本被改编成现代《天仙配》本之后,在很短的时间内迅速成为黄梅戏经典甚至是黄梅戏的代名词。

《天仙配》主要讲述的是董永与七仙女的爱情故事。董永遇仙的传说,最早见于西汉刘向《孝子(图)传》,但此文已经佚失。最早有关董永遇仙故事的文学作品是曹植的《灵芝篇》诗歌:"董永遭家贫,父老财无遗。举假以供养,佣作致甘肥。责家填门至,不知何用归。天灵感至德,神女为秉机。"③ 到了晋代,干宝的《搜神记》中记有《董永》一则,其中记道:"汉,董永,千乘人,少偏孤,与父居,肆力田亩,鹿车载自随。父亡,无以葬,乃自卖为奴,以供丧事。主人知其贤,与钱一万,遣之。永行三年丧毕,欲还主人,供其奴职。道逢一妇人曰:'愿为子妻'。遂与之俱。主人谓永曰:'以钱与君矣。'永曰:'蒙君之惠,父丧收藏。永虽小人,必欲服勤致力,以报厚德。'主曰:'妇人何能?'永曰:'能织。'主曰:'必尔者,但令君妇为我织缣百匹。'于是永妻为主人家织,十日而毕。女出门,谓永曰:'我,天之织女也。缘君至孝,天帝令我助君偿债耳。'语毕,凌空而去,不知所在。"④ 敦煌石窟发现有唐代末叶的《董永变文》,宋元话本小说有《董永遇仙传》,宋代以后,董永遇仙女的故事演变成戏剧,较早的元杂剧中就有《董永》的残存唱词,而明代传奇则有《遇仙记》和《织锦记》两个传奇剧本,其中《织锦记》是顾觉宇为弋阳腔写的演出本,弋阳腔流传到安徽贵池、青阳、石台一带后,与当地民间声调相结

① 〔英〕T.S.艾略特:《传统与个人才能》,载赵毅衡:《新批评文集》,中国社会科学出版社 1988 年版,第 26 页。
② 纪永贵:《黄梅戏〈天仙配〉的改编与影响》,载朱恒夫、聂圣哲:《中华艺术论丛》第 6 辑,同济大学出版社 2006 年版,第 42 页。
③ 曹操、曹丕、曹植:《三曹诗集》,山西古籍出版社 2008 年版,第 185 页。
④ 干宝:《搜神记》,中华书局 2009 年版,第 36 页。

合,约在明代嘉靖(1522—1566)以前产生了青阳腔。从弋阳腔到青阳腔,尽管在音乐唱腔上发生了较大的变化,但青阳腔的很多剧本都是从弋阳腔那里移植过来的,《织锦记》也被青阳腔"改调而歌之",并且在实际演出过程中做了很多丰富。青阳腔直接影响了包括黄梅戏在内的许多地方戏,黄梅戏的《天仙配》就是接受了青阳腔的剧本,不仅场次人物相同,甚至一些主要台词也相同,在唱腔上也受到青阳腔的很大影响。[①]《天仙配》还拥有《百日缘》《槐荫记》《七仙女下凡》等别名,进入黄梅戏后不久成为黄梅戏早期"三十六大戏"之一。

这是一个长达二千余年的漫长的衍生阶段,尽管相对来说文人墨客们对这个传说较为冷淡,但传统中国丰厚的民间文化传统,一直在滋养着董永遇仙这个传说,很多不同历史时期的艺术类型尤其是民间艺术接纳了董永遇仙这一素材,并且反复锤炼、加工、改编这一素材,董永遇仙的传说最终也被正在创生、发展中的黄梅戏所接纳。

黄梅戏起源问题一直众说纷纭、聚讼不已,但黄梅戏是相对晚出的地方剧种这一观点则几无异议,自起源之后,黄梅戏历经曲折,于1952年迎来了一次历史性发展机遇。1951年政务院发布了《关于戏曲改革的指示》,1952年7月22日,为了贯彻中央"戏改"指示,安徽省在合肥举办了"安徽省暑期艺人培训班",对艺人进行集中培训、学习,同时也请一些艺人做展览演出,促进同行之间的艺术交流。其间,黄梅戏演出了传统小戏《游春》《蓝桥会》,移植古装大戏《梁山伯与祝英台》及现代戏《新事新办》,黄梅戏得到好评,并且受到邀请于1952年11月到上海参加华东区演出。为了准备这次难得的演出,黄梅戏赴沪演出筹备工作在安庆进行,最终确定了到上海演出的两台剧目,有传统小戏和折子戏《打猪草》《蓝桥会》《被背褡》《路遇》及现代戏《柳树井》《新事新办》,其中《路遇》即由班友书整理的本戏《天仙配》的一折,这是《天仙配》作为传统"三十六大戏"之一在新中国成立后的首次改编,当然只是局部的。1952年11月在上海上演的《天仙配·路遇》(王少舫、潘璟琍)一折,主要是以"小戏"的面目呈现,在当时整个黄梅戏表演体系中仍然未占据重要分量。此次上海之行,黄梅戏获得了巨大的成功,载誉归来后已经名动大江南北,借此契机,安徽省决定成立省

---

① 王兆乾:《董永遇仙故事的演变——黄梅戏〈天仙配〉探析之一》,《黄梅戏艺术》1981年第2期,第37—51页。

级国营的安徽省黄梅戏剧团。1953年4月安徽省黄梅戏剧团（简称"省黄"）成立之后，便开始了在省内外各地的演出活动。1953年5月24日，省黄在蚌埠与当时仍在安庆的王少舫、潘璟琍等为视察治淮工程的中央和华东局领导联合演出了《路遇》《夫妻观灯》等小戏和单折，谭震林等中央和华东局领导看了演出很高兴，认为黄梅戏是值得一看再看的好戏。1953年6月10日，省黄在南京与从安庆来的王少舫、潘璟琍会师，组成"安徽省黄梅戏赴宁演出团"，为来访的波兰玛佐夫舍歌舞团演出了传统小戏，并且为江苏省和南京市的文艺界做了短期公演，尽管受到文艺界的好评，但一般观众却反应冷淡，经过分析，大家认为，原因之一是，黄梅戏为文艺界赞扬的"戏小、人少"的传统小戏，不符合当地广大观众的欣赏习惯，需要扩大演出剧目，增加有头有尾、故事性较强的大本戏。安徽省黄梅戏剧团从南京回到合肥后，即着手排演经过改编的传统大戏《天仙配》。[1]这次排演的《天仙配》，是陆洪非根据黄梅戏老艺人胡玉庭口述本改编的，《天仙配》初改本经过审查修改后，于1953年9月在安庆投入排练，导演是李力平、乔志良，查瑞和演董永，陈月环演七仙女。

　　1954年9月25日到11月2日，上海举行华东区戏曲观摩会演，安徽省有徽剧、泗州戏、倒七戏、梆子戏、皖南花鼓戏和黄梅戏参加。这次会演受到安徽省委领导的高度重视，黄梅戏确定了《天仙配》作为重点演出剧目，并指定由陆洪非执笔修改剧本，严凤英、王少舫担纲主要演员，在华东区会演中，黄梅戏演出了《天仙配》《红梅惊疯》两个传统大戏和《打猪草》《夫妻观灯》《砂子岗》《推车赶会》等传统小戏。此次演出，由严凤英、王少舫分别扮演七仙女和董永，黄梅戏取得了巨大的成功，《天仙配》获得剧本一等奖、优秀演出奖、导演奖、音乐演出奖，《天仙配》的主要扮演者严凤英、王少舫获得演出一等奖，参加演出的其他演职人员都获得了一些奖项，在所有获奖人员中，严凤英、王少舫最受欢迎，《天仙配》改本还被收入《华东区戏曲观摩演出大会剧本选集》。因此，这次华东区会演不仅一举奠定了黄梅戏的地位，《天仙配》也由原来的"戏曲共享资源"一

---

[1]　陆洪非：《黄梅戏源流》，安徽文艺出版社1985年版，第296页。

举成为黄梅戏自身的保留剧目,再无其他同题剧目能够与黄梅戏相提并论。① 由于《天仙配》在华东区会演中取得的成功,上海电影制片厂决定在改编过的舞台剧基础上,拍摄电影神话戏曲片《天仙配》,由著名导演石挥导演,桑弧改编,罗从周摄影,影片于 1955 年年底在上海拍成,1956 年 2 月开始发行。影片放映后取得了巨大的成功。此后,尽管对《天仙配》剧本有过调整、修改,但直至今日,黄梅戏《天仙配》基本以此为蓝本,《天仙配》经典地位由此形成。

三、经典的建构:多种力量的综合结果

黄梅戏前身是"采茶调",源自皖、鄂、赣三省交界处,当地人民多种茶,在采茶之际辅以歌谣,"采茶调"的传唱者多是农民,他们多数文化水平不高,黄梅戏品质提升需要一批文化素养相对较高的专业人士。新中国成立后,黄梅戏逐渐聚集了一批知识分子,他们为黄梅戏的发展呕心沥血,立下了汗马功劳,这些知识分子有王兆乾、班友书、陆洪非、方绍墀、时白林等。陆洪非、班友书、时白林等人根据原来版本的《天仙配》,对该剧本进行了改编,《天仙配》集中了编剧、导演、作曲和表演等各个不同领域里最优秀的一批人才,这是《天仙配》得以成功的前提。

经典是怎么形成的? 很多人想象,"文学经典源于一次美学权威的由衷征服。如同无可争议的王权神授,文学经典挟带了天生的美学光芒凌空而降,众望所归,不可置疑"。事实上,这只是一种"想象",人们很快就揭开了"建构"的面纱,暴露出经典背后各种势力的复杂博弈,如在艾布拉姆斯看来,"伟大作品的经典评价标准已不再以作品的艺术价值为主,而是以权力政治为主;即经典形成的依据是意识形态、政治利益以及白人、男性和欧洲社会精英阶层的价值观"②。

① 据纪永贵:《黄梅戏〈天仙配〉的改编与影响》,《中华艺术论丛》(第6辑),第42页:进入黄梅戏之后的《天仙配》当然不是黄梅戏的专利,传统戏曲中剧目的移植是经常性的,因此,常常不同剧种往往上演着同一剧目,《天仙配》自明代以后就成为各地方声腔、剧种的共享戏曲资源,在1952年,还有其他剧种,比如湖北武汉市戏曲审定委员会就修改了《百日缘》,参加了中南区戏曲观摩会演(李雅樵饰董永,关啸彬饰七姐。获优秀剧目奖,李、关获个人奖状),并且随后被推荐参加了全国第一届戏曲观摩会演,李、关获表演三等奖。但是,到1952年之后,《天仙配》已经成为黄梅戏的保留剧目,其他所有剧种舞台的同题戏都相形失色。而黄梅戏因其影响并未能够参加1952年的全国第一届戏曲观摩会演。这样说,黄梅戏《天仙配》有后来居上,短时间内一骑绝尘的意思。
② 南帆:《文学经典、审美与文化权力博弈》,《学术月刊》2012年第1期,第92—101页。

"建构"于是便成为从普通作品通达成经典的共识，覆盖在经典之上的"美学光芒"和"艺术价值"的神秘面纱被吹拂开来，经典就是文化场域中各种因素争夺、平衡、角力、牵扯的产物，具体来说，助力《天仙配》为黄梅戏之经典除优秀艺术家的努力之外，其他建构力量主要来自国家政权、时代潮流和新的传播媒介。

首先，从国家政权层面来说，《天仙配》既是贯彻新政权"戏改"政策的重要成果，也是新政权持续为其创造制度保障的结果。

"新中国成立后进行的'戏改'，对众多地方戏曲而言，政权的力量使它们摆脱了之前普遍遭到歧视甚至禁绝的地位，并且由于其与民间百姓的天然血脉联系及丰富多样性获得了官方的认可，获得了发展的机会。众多的地方小戏也努力汲取艺术经验，向大戏过渡、发展。有些新中国成立前奄奄一息的地方剧种在新中国成立后获得了新生。……黄梅戏在新中国成立后获得了难得的发展机遇，逐渐成为有影响的地方剧种之一。"[①] 从传统本到改编本，《天仙配》至少在三个层面有较为重大的修改：一是董永的身份，由书生变成了农民；二是七仙女下凡的原因，由被玉帝遣送下凡到主动思凡下凡；三是故事结局，即七仙女返回天庭的原因，由原来的主动到现在的被动，由大团圆到悲剧结局。经过这样的改动之后，整个《天仙配》故事核心虽然仍是董永遇仙，但是主题已经有了"质的演变"[②]，即原来董永遇仙的核心内容为"孝感动天"，而改编之后的核心内容为"情感动天"。为什么要对主题进行这样的置换？改编者的直接依据是周扬在《第一届全国戏曲观摩演出大会上的总结报告》中对神话传说与迷信故事所作的区别，而更为根本的原因，则是为了贯彻"戏改"的要求。1951 年政务院发布的《关于戏曲改革工作的指示》中，提出"改人、改制、改戏"三个方面内容，1952 年安徽省暑期艺人培训班即是贯彻"戏改"要求的第一步，而 1952 年成立国营性质的安徽省黄梅戏剧团，则对传统的黄梅戏演出机制进行了全面改革，与此同时进行的则是改戏，《天仙配》作为"三十六"大戏之一，又因其中一折《路遇》多次亮相，获得了一定认可，因此，对《天仙配》进行"改戏"正是顺应了当时的实际情况。

《天仙配》原来的主题是"卖身葬父、孝感动天"，"卖身葬父"能够反映封建

---

① 胡淳艳：《中国戏曲十五讲》，北京师范大学出版社 2012 年版，第 126—127 页。
② 陆洪非：《物换星移几度秋——黄梅戏〈天仙配〉的演变》，载王季思、张庚：《名家论名剧》，首都师范大学出版社 1994 年版，第 309 页。

社会人民被压迫的悲惨境地,但"孝感动天"则宣传了封建礼教,因此改编时保留了"卖身葬父",删除了"孝感动天"。然而,改编之后的《天仙配》只是创造出了符合时代氛围的剧本,较为成功地进行了"推陈出新",并不一定能够成为戏曲经典。从适应时代到成为经典,其间需要整个经典制度的参与,如果说华东会演是《天仙配》成功开始的话,那么,当时省委领导的直接重视,权力机构的直接参与,是促成《天仙配》成功的重要起点,因为有体制的支撑与保证,可以集中当时一批优秀的知识分子、民间艺人,不仅挖掘、改编出传统剧目,而且也让这些传统剧目更加丰富、饱满,在艺术上更加成熟。也因为当时体制的原因,华东区会演使黄梅戏有一个更为宽阔的舞台,从而使这个土生土长的地方小戏,在时隔十多年后再度进入大上海,并且有了翻天覆地的变化,更因为获得了众多奖项,而被文艺评论家、美学家及众多的艺术同行接纳、认可并且给予了高度评价,从而使黄梅戏能够在较短的时间内迅速成为安徽省代表剧种、全国知名剧种。

其次,时代潮流是《天仙配》确立其经典地位的接受语境。"建国后,黄梅戏对这个传统剧目的改造只做了两处大的变化,就使其面貌焕然一新,实现了'质的飞跃'。一处是把董永的身份由'书生'必为'农民',另一处是把七仙女的'奉命下凡'改为'偷跑下凡'。我们知道,安徽省黄梅戏剧团是1953年成立的,也就是第二次赴上海的翌年。当时新中国成立伊始,表现劳动人民的新生活,表现社会主义的新道德、新思想、新观念是社会主旋律。整个时代的潮流是劳动人民当家作主,用和平劳动创造自己的幸福生活。董永的身份变成农民,弱化了其卖身葬父的孝行,突出了他勤劳善良的劳动人民本质。……七仙女偷跑下凡,是她对自己婚姻的主宰,对人间劳动和创造生活的向往,是对爱情理想的大胆追求。那段经典唱词就是她爱情的宣言……这是时代的潮流,也是尚未彻底摆脱贫寒的中国广大劳动百姓或者说社会所希望于女性的。……这正与当时的社会解放相同构,唱出了亿万人民的心声。这也就注定了这段对唱日后必然要广为流传。"① 时代风尚的改变,不仅需要《天仙配》被改编成适合时代风尚的主题、人物形象、故事,而且由于整个历史语境的变化,使得美学风格也改变过来,以工农兵为主的文艺风向,使得土生土长的地方小戏,以表现农民题材为主的黄梅戏,与时代氛围达成一致,尽管在表现新的时代人物、风尚的现代戏上困难重重,但

---

① 王长安:《中国黄梅戏》,安徽文艺出版社2009年版,第5—6页。

是在旧有的题材上进行改编，却相对较为顺畅。

最后，传播媒介为《天仙配》经典地位的奠定输送了临门一脚。电影拍摄使《天仙配》和黄梅戏拥有了更多的受众，产生了全国性、区域性和国际性影响。所谓全国性，是指当时的《天仙配》观影人员和场次达到了历史高度，而且，因为《天仙配》的播出，使黄梅戏迅速打开市场，成为家喻户晓的剧种；所谓区域性，是指黄梅戏不仅在大陆产生了非常大影响，而且在《天仙配》的影响下，港台地区也产生了非常大影响，香港、台湾不仅拍摄了大量的"黄梅调"影片，而且黄梅调风靡数十年，诞生了一批有影响的影视歌星，凌波、邓丽君等影视明星可以说都是在黄梅戏影响下成长起来的；所谓国际性，是指《天仙配》还走出国门，代表中国产生了世界性影响，比如参加电影节、获得英国女王青睐等。电影在当时作为一种新兴媒介，为黄梅戏影响扩大到海内外起到了关键性作用；《天仙配》被拍摄成电影，是《天仙配》经典地位得以形成的临门一脚。

四、与时俱进：《天仙配》经典地位的强化

经典一经形成，就会受到整个社会的关注与推崇，也就会拥有更多的读者，成为被反复阅读、阐释的焦点，在此后的艺术活动中产生广泛深远的影响。《天仙配》在 20 世纪 50 年代进入黄梅戏，并且成为黄梅戏最具代表性、最有影响力的剧目之后，也经历了被反复阅读、阐释和强化的过程，《天仙配》作为黄梅戏经典的地位被不断强化。

首先，《天仙配》成为黄梅戏的保留剧目，《天仙配》成为黄梅戏中传唱度最高的唱段之一，凡学习黄梅戏，首先必然学习《天仙配》，凡上演黄梅戏，首先必然上演《天仙配》，凡是被誉为黄梅戏优秀演员，必然从演出《天仙配》开始。就严凤英本人来说，《天仙配》的"七仙女"不仅成了她的代名词，而且甚至还出现了"黄梅戏＝《天仙配》＝严凤英"的说法；就严凤英之后最有代表性的演员如马兰、吴琼、韩再芬、袁媛等而言，《天仙配》也成为她们走上舞台获得观众认可的必然剧目。《天仙配》于 2012 年荣获文化部第二届"优秀保留剧目大奖"。2022 年，中国艺术研究院倾心推荐的"百部文艺作品"中，1953 年的安徽省黄梅戏剧院的黄梅戏《天仙配》名列榜单，与其他 99 部经典作品一起成为"在'讲话'精神的照耀下"百部文艺作品之一，《天仙配》被确立为自 1943 年以来的百部文

艺作品,意味着得到官方与艺术的双重认可,其经典地位再次得到确认。就演出而言,据不完全统计,到 2013 年,《天仙配》就已经演出 2600 多场①,远远超出其他剧目的演出次数。《天仙配》不仅在国内几乎所有省份和地区都有过演出,是中央电视台春节联欢晚会的座上常客,还作为黄梅戏的经典剧目远赴欧洲、美洲等国家和地区进行文化交流和演出②。《天仙配》走出国门,仅安徽省黄梅戏剧院就曾携带《天仙配》等精品剧目先后出访美国、法国、澳大利亚等 30 多个国家和地区。

其次,《天仙配》直接刺激了港台黄梅调电影的诞生并且产生了巨大影响。可以说,20 世纪 50 年代到 70 年代的港台电影是黄梅调的天下,据统计,从第一部黄梅调电影《貂蝉》开始到最后一部黄梅调电影,港台地区共拍摄了数十部黄梅调电影,无论是业绩成绩、社会影响还是票房收入,都产生了巨大影响。最为人称道的是 1963 年邵氏出品的《梁山伯与祝英台》一剧,该片在台湾上映,仅在台北就"创下了三家戏院连映 52 天、观众 72 万人次、票房 84 万新台币的空前纪录"③,该剧主演凌波成为当时港台乃至东南亚地区最为耀眼的电影明星。港台黄梅调电影涌现了一大批知名导演、演员、编剧,其中李翰祥是最为大家熟知的导演,凌波、乐蒂是最著名的演员,周蓝祥是最著名的作曲,可以毫不夸张地说,20 世纪整个六七十年代港台地区的电影就是黄梅调的时代。《天仙配》直接带动了港台地区黄梅调电影的产生、发展和高潮,也为港台地区提供了连绵不绝的想象支撑,当然,也正是对《天仙配》的持续汲取中,港台黄梅调电影的经典地位得以巩固和强化。

第三,《天仙配》被陆续改编、续写成其他文化产品,从而在整个"文化社区的话语中"被人们经常提及。如 1956 年,辽宁画报出版社出版了连环画《天仙配》④,上海人民美术出版社刊行了三条屏 18 画连环年画《天仙配》⑤;20 世纪 80年代初,东方歌舞团的歌唱演员王洁实、谢莉斯在中央电视台春节联欢晚会的

---

① 汪森:《黄梅戏〈天仙配〉:传世经典 历久弥新》,[EB/OL].(2013–07–15).https://www.mct.gov.cn/whzx/qgwhxxlb/ah/201307/t20130715_786441.htm.

② 王子涛:《黄梅戏〈天仙配〉在上海东方艺术中心唱响》,[EB/OL].(2021–4–3).http://www.sh.chinanews.com.cn/wenhua/2021–04–03/86056.shtml.

③ 蔡洪声、宋家玲:《当代电影论丛——香港电影 80 年》,北京广播学院出版社 2000 年版,第 130 页。

④ 王弘力:《天仙配》,辽宁画报出版社 1956 年版。

⑤ 郑慕江、周楚江:《年画连环画:天仙配》,上海人民美术出版社 2009 年版。

亮相，借助电视这一传播媒介将"满工对唱"唱成国民歌曲，再次将黄梅戏拉入大众视野，尤其是其中的"树上的鸟儿成双对"更是成为人人知晓传唱的经典；1998年由北京金泽文化传播有限公司与上海电影制片厂联合摄制，由罗慧娟、周莉、张国、李志奇等主演28集神话爱情电视剧《新天仙配》；2007年，由中国国际电视总公司、中国广播电视电视节目交易中心、北京中视精神影视文化有限公司、安庆电视台联合出品，吴家骀执导，著名演员黄圣依、杨子领衔主演的古装神话电视剧《天仙配》在中国大陆播出，该剧播出后，是2007年央视8套收视率和收视份额的"双料冠军"；2011年，《天仙配》被改编成动画版在中央电视台演出；2019年，著名舞蹈家杨丽萍将《天仙配》改编成新媒体情景剧《黄山映象之"天仙配"》，该剧以黄梅戏"天仙配"的故事为基础，采用当代中国流行的穿越手法，将传统故事与现代舞台进行整合重构，实现了《天仙配》艺术的再加工，引起了国内外戏曲、舞蹈等行业的高度关注。[①] 戏曲本是综合艺术，这为黄梅戏《天仙配》向其他文化领域的改编提供了可能性，《天仙配》被改编成其他文化产品，不仅是其开放性的体现，也是其旺盛生命力的最佳证明，《天仙配》也在时代发展中与时俱进、守正创新，不断强化着自身在黄梅戏这一剧种中的经典地位。

结　语

　　黄梅戏是一门相对较为年轻的艺术，黄梅戏得以在短短的数年内一举实现省内、国内和国际的三级跳，完成其从地方小戏向五大剧种之一的历史性转变，《天仙配》至关重要。《天仙配》从原来并未占据一席之地，甚至被黄梅戏最重要的演员严凤英"不大感兴趣"，到新中国成立后成为黄梅戏最重要的剧目，进而成为黄梅戏经典剧目，艺术家们的努力是经典得以确立的前提，经典得以确立，是多方力量加持的结果。《天仙配》经典地位确立之后，还与时俱进，不断与其他不同文化媒介结合，进而其经典地位得以不断强化、固化，并且直到今天仍然是黄梅戏最重要、最有代表性的作品。

　　时代仍然不断发展，《天仙配》成为黄梅戏经典之作的历史中最值得认真对

---

① 韩婷：《杨丽萍监制〈黄山映象之天仙配〉首演　观众反响热烈》[EB/OL].（2016-8-31）.http://www.ahwang.cn/p/1555503.html.

待的历史经验是：经典是在特殊时代背景下产生并被多种力量合力锻造，从而被推向经典的历史地位的，经典之所以能够跨越时间的阻隔，保持常青，不是因为故步自封、踥步不前，而是因为经典自身也在时代发展中面向不断发展的时代，向时代敞开自己，积极融入时代，利用时代发展带来的新兴条件，不断扩充自己，因而能够在守正的同时不断创新，经典地位不断固化和强化。今天黄梅戏也处在历史的一环，黄梅戏今天的发展面临着巨大的历史挑战，无论是过去的黄梅戏经典剧目，还是不断创造的现代黄梅戏剧目，也应如《天仙配》一样，面向时代，敞开自己，守正创新，最终成为黄梅戏新的经典。

作者单位：周红兵：安庆师范大学人文学院

王　姗：安庆师范大学人文学院研究生

厚德·闲静·谨言

——张廷玉《澄怀园语》伦理身体美学研究

张迪平

绪　言

张廷玉(1672—1755),字衡臣,号砚斋,又号澄怀主人,张英次子,安徽桐城人。十岁能粗通《尚书》《毛诗》大意。康熙三十九年进士,历任侍讲学士、内阁学士、刑部侍郎、吏部侍郎、礼部尚书、翰林院掌院学士、户部尚书、文渊阁大学士、文华殿大学士、保和殿大学士、吏部尚书等职。历事康熙、雍正、乾隆三朝皇帝,为"康乾盛世"的昌盛景象立下了不朽的历史功勋。配享太庙,清代汉大臣配享太庙的仅张廷玉一人。总裁《明史》《大清会典》等重要历史文献典籍。著有:《澄怀园诗选》(十二卷)、《澄怀园载赓集》(六卷)、《澄怀园语》(四卷)、《澄怀主人自订年谱》(六卷)、《澄怀园文存》(十五卷)。张廷玉在清初政坛、文坛拥有重要地位,其修身、齐家、治国、安邦思想内涵丰沛,富有伦理身体美学意义和生活美学思想价值。本文以《澄怀园语》为主要文献材料基础,试图从厚德、闲静、谨言这三个具有较丰富伦理身体美学思想内蕴的话语出发来论述张廷玉在传统儒家伦理思想严格规训下的身体美学话语表征与意蕴,以图从这三个切入点来了解一代名相的精神风貌和生活世界,体验他厚德载物的古大臣之风,学习他闲静养心的生活艺术,领会他谨言慎行的政治文化生活智慧和身体政治修炼境界。

一、以厚德为美

张廷玉能够历仕康熙、雍正、乾隆三朝而不倒,创造了中国古典时代官场政治生活一段传奇,至今为文史界所津津乐道,亦被其桐城乡人传为美谈,其中原因,我们认为不仅仅在于他拥有卓越的治国才能和政治智慧,更在于他始终秉持传统儒家修身伦理,践行君子人格理想,以厚德载物的生命伦理情怀来处理政事、理解生活、修身养性。律令有道是:一沙一世界,一叶落而知秋。只要善于用心观察世界,留意生活,我们就能从极微小的事物中获得极大的启悟。张廷玉就是善于从细微处修炼厚德之身、仁爱之心,他说:"凡人得一爱重之物,必思置之善地以保护之。至于心,乃吾身之至宝也。一念善是,即置之安处矣;一念恶,是即置之危地矣。奈何以吾身之至宝,使之舍安而就危乎?亦弗思之甚矣!一语而干天地之和,一事而折生平之福。当时时留心体察,不可于细微处忽之。"① 注重从心中的一个念头、口中的一句话、生活中一件小事来修炼自己的道德人格,守护自己的身体伦理。诚如刘备对其子刘禅所说:莫以恶小而为之,莫以善小而不为,惟贤惟德,能服于人。② 这样的道德修炼功夫既对我们普通研习者具有现实的启示意义,提醒我们在平常生活中,从小事做起,注重细节,也是对乃父重视儒家"人心惟危,道心惟微;惟精惟一,允执厥中"十六字心传精神的继承和在生活中的践行。厚德的心怀能够做到以己度人,秉持儒家君子人格所崇尚:己所不欲勿施于人。他说道:"文端公对联曰:万类相感以诚,造物最忌者巧。又曰:保家莫如择友,求名莫如读书。姚端恪公对联曰:常觉胸中生意满,须知世上苦人多。又虚直斋日记曰:我心有不快,而以戾气加人可乎?我事有未暇,而以缓人之急可乎?均当奉为座右铭。"③ 如果说范仲淹融贯在"先天下人之忧而忧,后天下人之乐而乐"中的精神属于崇高的人格道德境界,那么我们可以说张廷玉的缓人之急就属于可以惬意安放身心的恬静生活世界;如果说"先天下人之忧而忧,后天下人之乐而乐"属于阳春白雪的壮美境界,那么我们就可以说张廷玉的缓人之急属于下里巴人的优美境界,因它切近生活,贴近普通人的心里,融合在生活的方方面面、时时处处,而具备了润物细无声的伦理力量,能够给人的身心更加直接的影响,达到更有效的道德教化和伦理规训目的。厚德之心还可以做到处变不惊、镇静自若。雍正八年,北京发生地震,他的子女们都非常惊恐,觉得无处安身。他这样说道:"天变当惧,理所宜然。惟是北方陆居之地震与南方舟行之风涛,皆出于不及觉,何从预知而逃避之!尔等惟有慎持此心。若果终身不曾行一恶事,不曾存

---

① 张廷玉:《澄怀园语》(卷一),《清代诗文集汇编(二二九)》,上海古籍出版社 2010 年版,第 150 页。
② 陈寿撰,裴松之注,陈乃乾校点:《三国志·蜀书·先主传第二》,中华书局 1959 年版,第 891 页。
③ 张廷玉:《澄怀园语》(卷一),《清代诗文集汇编(二二九)》,上海古籍出版社 2010 年版,第 151 页。

一恶念,可以对衾影即可以对神明,断无有上天谴罚而加以奇殃者,方寸之间,我可自主,以此为避灾免祸之道,最易为力。"① 以厚德之身心境界坦然对待天地自然之灾害,表现出的心定胜天思想,这不是主体性的盲目自大、愚昧无知,而是儒家修身养性的日常功夫,其中虽然不乏一些近似迂腐的思想行为方式,但更多的却是一种道德身体丰富性、人格自信力的彰显,让我们感受到了他被儒家伦理人格所打造的身心所显现出来的审美人格境界,对待不可抗拒的天地自然的巨大灾难能够如此淡定,自然也能够从容面对日常生活世界中的无穷多样的身心挫折、艰辛、痛苦与磨难。

一个厚德载物君子人格的完美塑造与其家风有必然的关联,我们要探究张廷玉以厚德为美的身体伦理意蕴和生命情怀渊源,他的家庭忠厚绵延的文化氛围是我们应当凝神关注的焦点之一,他在《澄怀园语》中给了我们清晰的探究线索,他针对其父母在日常生活中待人接物的身体语言和精神风貌有这样的记述:"'入宫见妒','入门见嫉',犹云同居共事则猜忌易生也。至于与我不想干涉之人,闻其有如意之事,而中心怅怅;闻其有不如意之事,而喜谈乐道之,此皆忌心为之也。余观天下之人,坐此病者甚多。时时省察防闲,恐蹈此薄福之相。惟我两先人,忠厚仁慈出于天性。每闻人忧戚患难之事,即愀然不快于心,只此一念,便为人情之所难,而贻子孙之福于无穷矣。"② 孟子所贵"恻隐之心",张载所倡"民胞物与",这些儒家伦理心性和精神旨趣,在张廷玉的日常家庭生活中,已经从外在的言语说教转化为内在人性的自然流露,融入家庭成员个体的生命深处、灵魂深处,培育了家园内外每一个感性个体忠厚仁慈的精神风貌,流风余韵温润了家庭生活空间的每一个角落,感染着每一颗敏锐聪慧的心灵,彰显了伦理身体沁人心脾的生活芬芳。

厚德之美化入家庭生活空间之中,会让每一个家庭成员能够沐浴美德成就完美人格,兴旺家族,扬名乡邦;但其美德影响力的空间范围相对来说还是比较小的,其影响效果也比较有限。厚德之美从伦理身体跃入政治生活伦理空间,那就是国家之幸、人民之福,普天之下都将会受到其眷顾和恩惠。厚德之美应当且必须从小家之有限身体生活空间延伸至广袤的政治生活伦理空间之中

---

① 张廷玉:《澄怀园语》(卷一),《清代诗文集汇编(二二九)》,上海古籍出版社 2010 年版,第 152 页。
② 张廷玉:《澄怀园语》(卷一),《清代诗文集汇编(二二九)》,上海古籍出版社 2010 年版,第 153 页。

来,与政治互融共生,才能够趋向儒家齐家、治国、平天下的宏伟道德境界。我们从张廷玉对雍正皇帝进膳不浪费一粒米、一点饼干屑的记述可以窥见一斑。他这样记述到:"世宗宪皇帝时,廷玉日值内廷,上进膳时,常承命侍食。见上于饭颗饼屑,未尝弃置纤毫。每燕见臣工,必以珍惜五谷为训,暴殄天物为戒。又尝语廷玉曰:'朕在藩邸时,与人同行,从不以足履其头影,亦从不践踏虫蚁。'圣人之恭俭仁厚,谨小慎微,固有如是者!"① 我们从雍正帝在日常生活中纤毫不弃的习惯,就能够部分地理解康乾盛世出现的必然性。皇帝身体力行恭俭仁厚之大德,臣民必然会受其感染而会更加主动和积极地在日常生活中践行恭俭仁厚之美德,那么整个社会自然会呈现出崇尚恭俭仁厚美德的良好风气,这必然会助益民族强大、家国昌盛。正如《礼记》所说:一家仁,一国兴仁;一家让,一国兴让。

　　一个充溢厚德之美的君子人格的养成,父母亲忠厚仁慈的天性、民胞物与的精神、身体力行的榜样所涵育的美好家风是最重要的因素。我们知道任何事物的形成都不是某一单方面的因素就可完全促成,而是多种因素共同作用、共同努力的结果。同样的道理,良好的家风是养成厚德之美人格的必要条件,但还不是充分条件;还需要崇尚厚德载物精神的良好社会风气,这当然也包括崇尚恭俭仁厚的皇家气质,以及受其高贵气质所浸染和影响而逐渐形成的风清气正的官场政治生态和社会生活环境。这些外在的重要因素和条件,加上主体倾慕古贤能的内在精神和审美双重心力驱动,就构成了塑造厚德之美人格境界充分而必要的条件。张廷玉在日常生活中时时以具有厚德之美的古贤能为友。他在《澄怀园语》中有这样切心的记说:"偶阅韩魏公《别录》,公尝曰:'内刚不可屈,而外能处之以和者,所济多矣。'又曰:'以之遇则可以成功,以之不遇则可以免祸者,其惟晦乎?'又曰:'知其为小人,便以小人处之,更不须校也。'又曰:'人能扶人之危,赒人之急,固是美事。能勿自谈,则益善矣。'又曰:'寡欲自事简。'公因论待君子小人之际,曰:'一当以诚。但知其为小人,则浅与之接耳。'凡人至于小人欺己处,不觉则已,觉必露其明以破之。公独不然,明足以照小人之欺,然每受之而不形也。尝说道小人忘恩背义欲倾己处,辞和气平,如说平常事。以上

---

① 张廷玉:《澄怀园语》(卷一),《清代诗文集汇编(二二九)》,上海古籍出版社 2010 年版,第 157 页。

数则,语虽浅近,而一段和平忠厚之意,千载而下,犹令人相遇于楮墨间。"① 我们在欣赏自然山水时,心理会发生移情作用,将自己的情感移至于自然山水,赋予自然山水以人之灵性,从而达到物我交融、情景化合、天人合一的审美高峰体验境界,如辛弃疾所言,我见青山尽开颜,我料青山见我亦如是。在此境界中既能够感受自然审美性之妙不可言,也能体悟到人之灵性的参赞化育。那么张廷玉在道德审美过程中,发生了与我们自然审美具有同构同形的伦理情感心路历程,他在阅读关于古贤能文献的过程中,以身印证流露于文字之外的忠厚之美德,移德于己,移德于身,移德于心。对欧阳修父子忠厚之德的记述与赞扬,让我们能够体会到流溢在文字记述之外的厚德之教,也显示了张廷玉巧妙而智慧的颖悟能力与表达方式,他文字的直接述说对象是欧阳修之子——欧阳发,间接地却是在赞扬欧阳修的厚德之美,综合起来就又能够使我们感受到他的忠厚家风,可谓是语约义丰,德耀于辞外。他这样记述道:"欧阳文忠公之子,名发,述公事迹有曰:'公奉敕撰《唐书》,专成《纪》《志》《表》,而《列传》,则宋公祁所撰。朝廷恐其体不一,诏公看详,令删为一体。公虽受命,退而曰:宋公于我为前辈,且各人所见不同,岂可悉如己意。于是,一无所易。'余览之,为之三叹。每见读书人,于他人著作,往往恣意吹求,以炫己长。至于意见不同,则坚执己见,百折不回,此等习气,虽贤者不免。览欧公遗事,其亦知古人之忠厚固如是乎!"② 亚里士多德崇尚真理,倡言"吾爱吾师,吾更爱真理",以真理为友。张廷玉崇尚厚德,与古人德性相合,与古人情感相通,以古贤能为友,以厚德为友。我们何尝不可以借助东西方先贤的伟大思想和生活智慧,既爱真理,亦爱厚德,以真理和厚德涵养身心。

中华民族的伟大复兴需要更多具有高尚政治道德情操的大臣,来竭力铸造伟大的历史时代,建立不朽的历史功勋,在文学艺术中弘扬这般卓越的政治道德修养,对当下中国的政治语境具有极其重要的现实针对性。随着中国经济的加速度发展,中国跃居世界第二大经济体的位置,但官场腐败的盛况似乎超越了经济发展的地位,稳居世界第一的位置,其腐败现象即使与方苞《狱中杂记》所描述的黑暗残酷、《官场现形记》所叙述的昏庸丑陋相比,有过之而无不及。无论

---

① 张廷玉:《澄怀园语》(卷一),《清代诗文集汇编(二二九)》,上海古籍出版社 2010 年版,第 158 页。
② 张廷玉:《澄怀园语》(卷一),《清代诗文集汇编(二二九)》,上海古籍出版社 2010 年版,第 164—165 页。

是贪污巨款累坏数台点钞机,还是暗中辅助杀人越货、无恶不作的黑社会,以及以权谋私、权色交易,家族式腐败,塌方式腐败,等等,腐败方式无奇不有,腐败能力空前绝后。直面如此令人深恶痛绝的现实腐败语境,回味张廷玉呈露在家训中的政治道德修养和身体伦理律令,就不仅仅是一种历史话语书写,而更是对现实语境的积极回应,对身体伦理话语的唤醒,对彰显风清气正的社会政治环境不啻为一种有效的实践策略。

二、以闲静为美

张廷玉作为朝廷重臣,公务繁忙,日理万机,他在《澄怀园语》中详细具体地记述了令人惊叹的繁忙公务,他写道:"雍正五六年以后,以大学士兼管吏部、户部尚书,翰林院掌院学士,皆极繁要重大之职,兼以晨夕内直,宣召不时,昼日三接,习以为常。而西北两路,军兴旁午,遵奉密谕,筹划经理,羽书四出,刻不容缓。每至朝房或公署听事,则诸曹司及书吏抱案牍于旁者,常百数十人,环立更进,以待裁决。坐肩舆中,任披览文书。入紫禁城乘马,吏人辄随行于后,即以应行应止者告之。总裁史馆书局,凡十有余处,纂修诸公,时以所疑相质问,亦大费斟酌,不敢草率。每薄暮抵寓,燃双烛以完本日未竟之事,并办次日应奏之事。盛暑之夜,亦必至二鼓始就寝,或从枕上思及某事某稿未妥,即批衣起,亲自改正,于黎明时,付书记缮录以进。"[①]从以上记述我们可以大略明白张廷玉为什么能够以唯一汉臣之身份配享满清太庙的原因了,当然我们在此不厌其烦地大段摘录张廷玉的公务实录,主要目的是期望从心理和现实的双重角度来解释他为什么喜爱闲静,崇尚闲静之美的修身方式。如此繁忙的公务,必然会造成心理的紧张焦虑和身体的疲惫不堪,身心长时间处于这种心理状态,按照心理发展的自然趋势,就必然会渴望闲适和安静的心理状态和生活环境,来获得心理的平衡和身体的调适。文武之道一张一弛,事业的张弛有度才能够做到生活的挥洒自如和身体的自然适宜。但他这种身心期望与政务现实恰恰存在着巨大的张力,倒逼他做出了进一步的身心调适,企图在繁忙的政治生活现实情境中开辟闹中取静的生活技艺,且其中又不乏诗意的趣味,以安放时时受到无

---

① 张廷玉:《澄怀园语》(卷一),《清代诗文集汇编(二二九)》,上海古籍出版社 2010 年版,第 154 页。

形伦理律令规训的沉重肉身。他这样叙述道:"邵康节诗曰:'静处乾坤大,闲中日月长。'夫'闲中日月长'人所知也;'静处乾坤大'则人或未知也。予一生好静,于此中颇有领会。奈此身牵于职守,日在红尘扰攘中。常为设想曰:'若能改静处为闹处,则有进步矣!'惜乎其不能也。"① 苏轼诗曰:空故纳万物,静故了群动。静具有如此强大而丰富的心理功能和审美作用,当然会被人心所珍惜和爱护,以静为贵、以静为美理所当然。张廷玉在此中直接吐露心迹,无论在历史上,还是在现实中都会获得众声认同和心绪共鸣。当然我们要真正深入全面体验他一生好静的心灵愿景,事实上是难以做到的,因为不仅我们这些普通平凡的研习者,即使纵贯中国历史,与他有相同或相近的政治生活体验的人也是屈指可数的,没有如他这样真实切身的日理万机的繁忙公务体验,就难以真正领会他这种心迹流露的全部含蕴。牵于职守的身体是不可能获得心理期望的闲静状态,促使他跃升至闹中取静诗意想象中,可以说在这诗意想象的瞬间,一生好静的美好期望得到了刹那的完美实现,沉重的身体此时消融于诗意般美妙的闲静氛围中,得以修养,得以呵护。南宋赵希鹄对片刻之闲静之享用,越发显现闲静之妙用和美好,更进一步促使我们理解闲静之美学内涵及对于身体的意义,他这样详细地叙述了闲静丰富的生活包容度:"人生一世间,如白驹过隙,而风雨忧愁辄居三分之二。其间得闲者,才一分耳。况知之而能享用者,又百分之一二。于百一之中,又多以声色为受用。殊不知吾辈自有乐地,悦目初不在色,盈耳初不在声。尝见前辈诸老先生,多蓄法书、名画、古琴、旧砚,良以是也。明窗净几,罗列布置,篆香居中,佳客玉立相映,时取古人妙迹,以观鸟篆蜗出、奇峰远水、摩挲钟鼎,亲见商周。端砚涌岩泉,焦桐鸣玉佩,不知身居人世。所谓受用清福,孰有逾此者乎?是境也,阆苑瑶池未必是过,人鲜知之,良可悲也。"② 闲赏常常被古代文人墨客当作解脱世俗苦闷无助身心的生活方式,消解掉了生活中不可避免的那份无意义,而使生活中的趣味和诗意以审美的形态充分释放。张廷玉的身份不仅仅是一介文人,徒以笔墨游艺人生,他更是一个卓越的政治家,追求闲静就不仅仅止步于日常生活世界和伦理身体空间,而是会进入政治生活情境中去,生发丰富的政治大智慧,使他能够有条不紊地处理千

① 张廷玉:《澄怀园语》(卷三),《清代诗文集汇编(二二九)》,上海古籍出版社 2010 年版,第 176 页。
② 赵希鹄:《洞天清禄集·序》,中华书局 1985 年版,第 1 页。

头万绪的民生军务大事,助益政治清明、天下安宁。张廷玉曾这样说道:"盖天
下之乐,莫乐于闲且静。果能领会此二字,不但有自适之趣,即治事读书,必志
气清明,精神完足,无障碍亏缺处。若日事笙歌,喧哗杂沓,神智渐就昏惰,事务
必至废弛,多费又余事也!"① 在这里,闲静被张廷玉视为身体美学的最高境界,
举凡生活中的衣食住行、喜怒哀乐、琴棋书画、诗歌雅集、郊游宴友等等,无不深
蕴丰富深厚的美学思想内涵,充盈勃勃生机和无穷乐趣,但从审美等级和境界
上来说,都与闲静之乐不可比拟。我们知道,在中国文学史上,四大美人具有同
等卓绝人寰的美丽容颜,所谓:闭月、羞花、沉鱼、落雁。他们的美丽已经令人望
尘莫及了,但曹雪芹以其妙笔生花之文字,竟然能够使林黛玉胜美三分,有他的
诗为证:病如西子胜三分。张廷玉以近乎同样的叙述智慧,融合切身的富裕生
活体验,将闲静提升至无与伦比的身体美学境界,并阐明了闲静生活功能,包括
了日常生活功能和政治生活功能。所以他会以"静"作为家庭伦理教育的重要
内容,他说道:"武侯《诫子书》曰:'君子之行:静以修身,俭以养德。非淡泊无
以明志,非宁静无以致远。夫学须静也,才须学也。非学无以广才,非静无以成
学。惰慢则不能研精,险躁则不能理性。'予尝以'静'字训子弟,今再益以'静
以修身,学须静也'二语。其中义蕴精微,非大有识见人不能领会。"② 诗意体验
中领悟闲静的审美意味,让闲静显示出优美的韵味,融身心、生活、诗意、闲静于
一体,他这样记录了他诗歌欣赏的身心体悟:"王荆公诗云:'细数落花因坐久,
缓寻芳草得迟归。'欧阳公诗云:'静爱竹时来野寺,独寻春偶过溪桥。'昔人曰:
'二公皆状闲适之趣,荆公之句为工。'信然。"③ 闲静包摄了全方面的生活,诗情
画意之外,进德修业,也需要以"静"来助一臂之力,他这样指出:"吾人进德修
业,未有不静而能有成者。《太极图说》曰:'圣人定之以中正仁义而主静。'《大
学》曰:'静而后能安,安而后能虑。'且不独学问之道也。历观天下享遐龄、膺
厚福之人,未有不静者,静之时义大矣哉!"④ 对张廷玉来说闲静是养身要领,也
是修身方式;是生活智慧,也是美学思想。当然闲静的直接思想渊源来自他父
亲的《聪训斋语》,张英这样阐述了"静"之身体美学功能:"传曰'仁者静';又

---

① 张廷玉:《澄怀园语》(卷二),《清代诗文集汇编(二二九)》,上海古籍出版社 2010 年版,第 167 页。
② 张廷玉:《澄怀园语》(卷三),《清代诗文集汇编(二二九)》,上海古籍出版社 2010 年版,第 174 页。
③ 张廷玉:《澄怀园语》(卷四),《清代诗文集汇编(二二九)》,上海古籍出版社 2010 年版,第 184 页。
④ 张廷玉:《澄怀园语》(卷一),《清代诗文集汇编(二二九)》,上海古籍出版社 2010 年版,第 153 页。

曰'知者动'。每见气躁之人，举动轻佻，多不得寿。古人谓砚以世计，墨以时计，笔以日计：动静之分也。静之义有二：一则身不过劳；一则心不轻动。凡遇一切劳顿、忧惶、喜乐、恐惧之事，外则顺以应之，此心凝然不动，如澄潭、如古井，则志一动气，外间之纷扰皆退听矣。"[①]张廷玉承续了乃父崇尚静美的生活旨趣，并将之升华至最高的身体美学境界，使生活之乐与美学之思完满地融合在以静为王的伦理身体世界中。

三、以谨言为美

张廷玉居官五十年而屹立不倒的政治生活秘诀之一，就是因其在复杂的官场环境中能够始终坚持做到谨言慎行，他在《澄怀园语》篇首即这样提醒自己："一语而干天地之和，一事而折生平之福，当时时留心体察，不可于细微处忽之。"[②]遍观历史文献记载，中国古典时期的官场政治生态充满尔虞我诈、勾心斗角的黑暗人性大戏，以言获罪比比皆是，清廷更是屡屡以"文字狱"陷无数忠良文人于绝境。这些历史与现实的政治生活经验无疑会启发张廷玉在实际的政治生活环境中立身处世以谨言慎行为要，并会促使他对言行之内涵作出深刻的思考，因他特殊的政治历史地位，从而也让他关于"言"之论述具有了身体政治哲学的意义。作为儒家伦理思想的信仰者，从《周易》攫取其言论思想的权威性，以显示其身体政治理论的正统性，是其自然而可靠的选择，他这样引说道："《周易》曰：'吉人之辞寡。'可见多言之人，即为不吉，不吉，则凶矣。趋吉避凶之道，只在矢口间。朱子云：'祸从口出。'此言与《周易》相表里。黄山谷曰：'万言万当，不如一默。'当终身诵之。"[③]诚如李贽所言，借他人之酒杯浇自己心中之块垒，张廷玉借助朱熹和黄庭坚谨言思想来表达自己内心的深切体验和真实想法。这样做的目的，我们可以从两个方面来分析，一是能够有效地告诫自己，使这样的想法能够真正在自己的身心中扎根生长，因为这样的想法具有历史涵量和权威价值，且又因他特殊的政治地位，而使这样的思想获得充分的身体政治实践检

---

① 张英：《文端集》卷四十六《聪训斋语》，《影印文渊阁四库全书·集部·别集类》第 1319 册，台湾商务印书馆 1986 年版，第 720—721 页。

② 张廷玉：《澄怀园语》（卷一），《清代诗文集汇编（二二九）》，上海古籍出版社 2010 年版，第 150 页。

③ 张廷玉：《澄怀园语》（卷一），《清代诗文集汇编（二二九）》，上海古籍出版社 2010 年版，第 151 页。

验,理论与实践的结合所生发的思想自然会在身心深处占据稳定牢固的地位而不会受到质疑;二是可以助力增加他的身体政治话语在子孙后辈心目中的分量,其苦心孤诣凭其就可以窥见一斑。那么具体怎样在身体话语中履行谨言的伦理律令,也是张廷玉必然要考虑的问题,这不仅是自己也是子孙后辈们在实际生活中落实其谨言伦理律令的必然要求,他对其给出了这样的操作路径,他说:"朱子口铭曰:病从口入,祸从口出。此语人人知之,且病与祸人人所恶也,而能致谨于入口出口之际者盖寡,则能忍之难也。书曰:必有忍,其乃有济。武王书铭曰:忍之须臾,乃全汝躯。昔人诗曰:忍过事堪喜。忍之时义大矣哉!"[1] 从浩瀚的儒家生活伦理美学思想资源中撷取"忍"字来促使谨言伦理律令的有效实现,以谨言为修身手段,以忍耐为修身中介,从而得到守护身体的修养目标,显示了张廷玉平凡且富有生活智慧的识见。

在政治身体场域中遵循谨言的律令,一方面是出于对国家大事的敬畏,也是身为朝廷大臣的职业操守和政治情操的根本要求,他说:"凡事贵慎密,而国家之事尤不当轻向人言,观古人温室树可见,总之真神仙必不说上界事,其轻言祸福者,皆师巫邪术,惑世欺人之辈耳。"[2] 另一方面,从他自身来说,可以避免祸从口出,从而做到明哲保身,充分展现了他的政治生活经验和智慧。但谨言最可宝贵的品质,我们认为是它的外向属性,因为它的内向属性只是保护自身,这个属性的审美思想内涵只有上升到有益于他人的境界,才能够将它的审美品质充分表现出来,他这样说道:"一言一动,常思有益于人,唯恐有损于人。不惟积德,亦是福相。"[3] 在政治身体场域谨言主要是有益于自己,在日常生活场域中,谨言是有益于他人,谨言的宝贵品质和审美内涵于此毕露无遗,也令人倍加珍惜。这样闪耀着伦理辉光的生活美学思想也是张廷玉家族日常生活美学传统的组成部分,他的父亲张英早在《聪训斋语》中就此做过详细的申述:"与人相交,一言一事皆须有益于人,便是善人。余偶以忌辰著朝服出门,巷口见一人,遥呼曰:今日是忌辰!余急易之。虽不识其人,而心感之。如此等事,在彼无丝毫之损,而于人为有益。每谓同一禽鸟也,闻鸾凤之名则喜,闻鸺鹠之声则恶;以鸾凤能为人福,而鸺鹠能为人祸也。同一草木也,毒草则远避之,参苓则共宝之;以毒草能鸩人,

---

① 张廷玉:《澄怀园语》(卷三),《清代诗文集汇编(二二九)》,上海古籍出版社 2010 年版,第 172 页。
② 张廷玉:《澄怀园语》(卷一),《清代诗文集汇编(二二九)》,上海古籍出版社 2010 年版,第 153 页。
③ 张廷玉:《澄怀园语》(卷一),《清代诗文集汇编(二二九)》,上海古籍出版社 2010 年版,第 151 页。

而参茯能益人也。人能处心积虑,一言一动皆思益人,而痛戒损人,则人望之若鸾凤,宝之若参苓,必为天地之所佑,鬼神之所服,而享有多福矣。此理之最易见者也。"[1] 没有澎湃的豪情深蕴其中,没有高深的理论高悬其上,却能够使人获得传统儒家伦理思想中高贵性和神圣性的直接启喻,希冀将沉重的身体置于此种语境中获取伦理的呵护,并欣然接受这般孕育了高贵性和神圣性伦理的话语律令和思想规训。

作者单位:嘉兴南湖学院

---

[1] 张英:《文端集》卷四十六《聪训斋语·卷二》,《影印文渊阁四库全书·集部·别集类》第 1319 册,台湾商务印书馆 1986 年版,第 736 页。

明清徽州与江南望族戏曲活动的比较

张丽娟

学界关于"家族与戏曲"的研究,主要以江南望族与戏曲的关系为对象,并未见徽州家族的案例。如殷亚林《明代戏曲与文化家族研究》(2016)对余姚、太仓、吴江、宜兴、华亭等五个地域的代表性戏曲家族展开深入研究。杨惠玲《明清江南望族和昆曲艺术》(2016)在家族视域下,对数个江南望族的戏曲(以昆曲为主)活动进行考察,综合剖析望族的戏曲文化现象及动因。而邻近江南,并与之有深刻渊源的徽州是一个宗族文化浓厚的地方,不少徽州大姓热衷于戏曲活动,形成了多个有戏曲文化传统的家族。从戏曲活动而言,明清时期徽州与江南的戏曲活动都是以望族为主导,但具体的戏曲活动主体、空间、形式、意涵等方面存在诸多不同的表现,理应引起重视。对二者戏曲活动的区别与联系进行深入探讨,可以为时下"地域—家族文学"的研究提供有益的理论补充和实践。

本文所指的江南地区主要属于现今江苏省、浙江省区域内,明清时人的"江南"界定亦多指这一区域,[①] 进而这些区域都在本文比较范畴之下。此外,还要补充一点,徽州家族和江南地区望族戏曲活动的比较并非是江南和徽州两个地域的纯空间比对,因为徽州家族大多通过经商发迹于江南,并且迁居甚至占籍于此。进而,本文的比对是着眼于籍贯而言,以徽州籍(包括迁出徽州的徽籍)的家族和江南籍的家族进行比对,他们之间便会因家族自带的地域影响而产生区别。同时,这种区别也不是绝对的,它会随着徽人在江南久居之后逐渐缩小,进而与江南本地家族产生联系,共同体现出明清时期家族戏曲活动的普遍规律。

一、徽州与江南望族戏曲活动的不同表现

整体来看,在戏曲文化发展进程上,徽州家族的戏曲发展略晚熟于江南。徽州家族的戏曲活动主要是从汪道昆在世前后,即晚明嘉靖、万历时期开始盛行。

---

① 参考吴建华的论证。吴建华:《明清江南人口社会史研究》,群言出版社 2005 年版,第 4 页。

而江南地区早在宋代戏文产生的年代,民间戏曲活动就为上层阶级展开戏曲活动提供养分。且据周巩平论证,明初江南王憕、怀铣茂、王延喆等人已痴迷声伎之乐,并影响到家族的戏曲活动①,所以江南地区在明代正德之际就形成了浓郁的戏曲氛围。

具体上,徽州望族的戏曲活动相对小型,偏囿于园林厅堂,以娱乐性为主;相比而言,江南望族展开戏曲活动的规模较大、较开放,且更注重戏曲的学术性。

(一)曲家剧作数量

首先从戏曲创作来看,明清时期徽州家族曲家与江南家族曲家数量有别,笔者通过整体统计,论证徽州整体上曲家数量难以匹敌江南。当然这不排除地理面积较小的自然原因。学界对明清曲家的地域分布已做了相应统计,最新的成果统计显示,集中于万历时期的晚明曲家数量名列前三名者分别为江苏(11)、浙江(23)、安徽(4),② 所以曲家数量从整体上而言,徽州和江南存在必然的区别。又据裴雪莱《清代戏曲家地理分布与江南戏曲文化空间》③一文对《古典戏曲存目汇考》所载戏曲家的统计,清代曲家数量籍贯省级分布中,江苏(147)、浙江(126)、安徽(30)名列前茅,次之府级分布:苏州(60)、杭州(39)、嘉兴(30)、常州(30)、绍兴(30)、松江(16)、宁波(14)、扬州(20)、徽州(13)。④ 该统计大致上反映了清代曲家分布趋势,徽州和江南依然有距离。

其次徽州大多剧作影响较为均衡。其中,郑之珍的《目连戏》是以民间影响为主,汪道昆的《大雅堂杂剧》在体制革新上产生一定的影响,汪廷讷的《狮吼记》作为第一部妒妇传奇而闻名,方成培的《雷峰塔》属于白蛇本事体系下改编较为出彩的作品等,本文并不否定这些剧作没有突出的历史地位,但客观而言都不算时代巅峰之作。反而是江南地区比如汤显祖的《牡丹亭》,洪昇的《长生殿》、

---

① 参考周巩平:《江南曲学世家研究》,上海文化出版社 2013 年版,第 64—68 页。
② 赵晓晗:《明代万历戏曲群体结构研究》,西南大学硕士学位论文 2019 年。(需要说明的是,赵晓晗统计的籍贯是按照现代省划分,而且应该也包含了有争议的曲家籍贯,而本文附录对明清徽州籍曲家考证梳理,可知这一时期徽州曲家至少有 8 位。)
③ 裴雪莱:《清代戏曲家地理分布与江南戏曲文化空间》,《江苏第二师范学院学报》2020 年第 1 期。
④ 这一数据同样在徽州籍贯上略有争议,比如该书认为吴城、吴绮为江浙曲家。

李渔《笠翁十种曲》^①等,几乎都是当时"洛阳纸贵"的轰动性剧作,不仅在时人品评中名列前茅,于舞台上搬演也是首选,而且在创作观演各方面对后世产生极为深远的影响。显然,江南地区的剧作有个别反响更突出,具备绝对的曲史意义。相关的原因有经济的发展速度和戏曲市场的表现及剧作家整体的阶级性等,如江南地区的宗族是以仕宦阶级为主的书香世家,^②交际氛围中文化水平更高,所以能创作出突破平均水平的著作,时有波峰值。

不过需要说明的是,就女性曲家而言,徽州家族的女性曲家集中于清代,且数量上不低于江南各地。据统计,明清时期女性曲家共有26个,其中江南江浙一带曲家14个(吴藻被归为浙江仁和人),徽人有4个,^③而细化到各个区域,数据差距就相对缩小,即浙江6个,江苏8个。裴雪莱统计了清代女性作家的空间分布后提出"女性剧作家分布以苏州、杭州最高,其次嘉兴、合肥、淮安、西安等。苏州、杭州、嘉兴、徽州一带经济实力雄厚、家族文化积淀深厚更利于女性剧作家摆脱传统束缚,从而更好地从事文化艺术活动"^④。在封建社会女性参与文学创作少有的历史常态下,徽州能出4位女性曲家属于相对突出的现象,虽然整体不能和江浙一带相比,但在女性戏曲史上已颇具历史影响力。

(二)时事剧创作发展之区别

明末清初(1573—1736)^⑤出现了很多时事剧和时事小说,集中于江浙一带,大多反映晚明清初的朝政风云、民族战争,以揭露时弊、讽喻时事。《鸣凤记》开明清时事剧之先河,创作时间不早于万历元年(1573),^⑥反映了嘉靖时期严嵩父子乱政之事,揭露奸党,讽喻当政,是明代戏曲关注时政的代表作。据明末清初可考的时事剧统计,明末清初出现了48部时事剧,37位曲家中有20多位曲家社会身份不详,次者为普通生员和布衣文人,只有少数几个出生官宦家庭或自身

---

① 李渔传奇及其曲论引起后世很大反响,遂后人有传"有《十种曲》盛行于世。当时李卓吾、陈仲醇名最噪,得笠翁为三矣"。秦簧、唐壬森:《光绪兰溪县志》,卷五《李渔传》,光绪十五年刻本,国家图书馆藏。
② 汤氏家族虽然不是仕宦、商人家族,却是一个有明望的耕读家族,所以可归于江南文学家族。参考:龚重谟:《汤显祖的家族是耕读世家》,《戏剧学》第3辑,文化艺术出版社2015年版,第190页。
③ 张勇风:《中国戏曲文化中的"禁忌"现象研究》,文化艺术出版社2016年版,第178页。
④ 裴雪莱:《清代戏曲家地理分布与江南戏曲文化空间》,《江苏第二师范学院学报》,2020年第1期。
⑤ 据《明清时事剧研究》统计,清代乾隆时期只有一部时事剧,本文将明末清初时事剧兴盛时期限定为乾隆之前。李江杰:《明清时事剧研究》,齐鲁书社2014年版。
⑥ 郭英德:《明清传奇综录》,河北教育出版社1997年版,第127页。

为官,不过大都不仕清朝。^①

然而,明末清初徽州时事剧屈指可数,其中尤未见反抗统治阶级、斥责权奸、揭露时弊等批判时政内容的时事剧创作。这一时期徽州曲家有28位,多数经商或入仕(尤其在清初有诸多徽人从仕为官),布衣或普通生员只有5人。该阶段徽州仅有三种时事剧,分别为吴大震的《龙剑记》,吴兆与郑应尼合作的《白练裙》,清初张潮《凯歌》杂剧一折,并且这几部时事剧都没有揭露时弊的内容。而明末清初江浙其他地区则出现诸多抗倭的时事剧,如沈应召《去思记》、史槃的《三卜真状元》、陈显祖《连囊记》等,但汪道昆既是曲家又是抗倭名将,其留下的戏曲创作却丝毫不提抗倭时事。明清之际徽州曲家处于时局动荡的社会中,亦没有反映朝政时事的戏曲创作。

(三)家乐主体和活动空间

就蓄养家乐的主体而言,徽州蓄养家乐的主要以商人为主。徽州有园林演剧班,以及迁往江南的徽籍家族,几乎都是商人家庭,比如汪季玄、汪宗孝、汪汝谦、程增、郑侠如、吴天行、吴越石、曹振镛等皆是闻名于时的徽商。有士人的身份也是在前期祖辈的商业积累下慢慢转型,比如汪道昆、曹文埴、曹振镛、程釜、程梦星等,《橙阳散志》有云:"商居四民之末,徽殊不然。歙之业鹾于淮南北者,多缙绅巨族。其以急公议叙入仕者固多,而读书登第,入词垣跻膴仕者,更未易仆数,且名贤才士往往出于其间,则固商而兼士矣。"^②徽商是明清时期徽州家族发展之底色,也是徽州家族戏曲文化的重要身份背景。

与之相反,清代江南具有戏曲活动的家族以文士缙绅为主。在江南,明代挟妓狎优被目为名士风流,士人追为魏晋之雅,明人管志道曰:

> 唯今之鼓弄淫曲,搬演戏文,不问贵游子弟,庠序名流,甘与俳优下贱为伍,群饮酣歌,俾昼作夜,此吴、越间极浇极陋之俗也。而士大夫恬

---

① 李江杰:《明清时事剧研究》,齐鲁书社2014年版,第399—403页。

② 江登云辑,江绍云续编,康健校注:《橙阳散志》卷末《歙风俗礼教考》,安徽师范大学出版社2018年版,第329页。

不为怪,以为此魏晋之遗风耳。①

　　近人陈寅恪先生也指出:"当时社会一般风气,自命名士之流,往往喜摹仿谢安石'每游赏必以妓女从'之故事"。② 这种风流习气集中反映在士大夫蓄养家乐的行为中,早先明人就批评江南士绅蓄乐成风:"每见士大夫居家无乐事,搜买儿童,教习讴歌,称为家乐,酝酿淫乱,十室而九……延优至家,已万不可,况蓄之也,此必作孽既甚。"③ 此外,齐森华先生在《试论明代家乐的勃兴及其对戏剧发展的作用》④ 一文中主要举明代文士家乐作为例证,以文士缙绅的家乐特点代表明代家乐的优势,所举的文士恰恰都属于江南,也表明了江南蓄养家乐以文人士大夫为主。同样,刘水云在此基础上进一步罗列出明清时期具有家族性质的缙绅家乐,亦全部来自江南地区。⑤ 比如明末清初吴江顾氏家族从顾大典而下连续五代都有曲家问世,而顾氏家族是典型的文化名流、书香世家。娄东琅琊王氏家族(王世贞家族)自嘉靖后曲家辈出,该家族自先祖侨居南方后代有高官,为东晋到隋唐之际的门阀大族,入明后又通过科举再度兴复,乃是簪缨世家之范例。⑥

　　由于蓄乐的主体不同,蓄乐的需求也有所区别。徽州家族蓄乐的目的主要为了自娱和社会交际,在邀请客人的场合,戏曲成为营造气氛和增加感情的催化剂,促进交际双方实现商谈、联谊的目的,歙商江春家中"曲剧三四部,同日分亭馆宴客,客至以数百计"⑦ 的戏乐经营不言而喻。但江南家族的蓄乐则更多是源于士人的文化追求,能以学问治曲,追求戏曲文学的雅化和专业化,也正是在世家望族引领下,宋杂剧发展为南戏,南戏发展为传奇,江南都成为明清戏曲每次变革发展的中枢地。

　　其次,家乐演出的空间不同。纵观徽州家乐的历史表现,基本上举行家乐演

---

① 管志道:《从先维俗议》卷五"家晏勿张戏乐",四库全书存目丛书编纂委员会编:《四库全书存目丛书》子部第88册,齐鲁书社1995年版,第464—465页。
② 陈寅恪:《柳如是别传》,上海古籍出版社1980年版,第392页。
③ 陈龙正:《几亭全书》卷二十二《政书家载》,清云书阁刻本,叶19a—19b,天津图书馆藏。
④ 齐森华:《试论明代家乐的勃兴及其对戏剧发展的作用》,《社会科学战线》2000年第1期。
⑤ 刘水云:《明清家乐研究》,上海古籍出版社2005年版,第166页。
⑥ 顾氏、王氏的家族概况参考周巩平:《江南曲学世家研究》,上海文化出版社2016年版。
⑦ 阮元:《江鹤亭橙里二公合传》,载《随月读书楼诗集》卷首,《新安二江先生集》,嘉庆九年康山草堂刊,上海图书馆藏。

出的地点以厅堂、园林、画舫等私人空间为主,社会公共空间相对较少,即没有任何空间隔离,与社会各个阶级无障碍的,在同一个社会空间共同观演家乐的形式不多。与之相比,江南望族的家乐在注重私人观演的同时也乐于融入大众之中。且看绍兴张氏家族,张氏家族开展戏曲活动始自张汝麟,《陶庵梦忆》卷四《张氏声伎》载:"我家声伎,前世无之,自大父于万历年间与范长白、邹愚公、黄贞父、包涵所诸先生讲究此道,遂破天荒为之。"[1] 张汝麟之子张耀芳、孙张岱袭承此好,共蓄家乐。除了厅堂自娱之外,张氏祖孙还经常让家乐献艺于社会大众之间。如《陶庵梦忆》卷八《楼船》载:

> 家大人造楼,船之;造船,楼之。故里中人谓船楼,谓楼船,颠倒之不置。是日落成,为七月十五,自大父以下,男女老稚靡不集焉。以木排数重搭台演戏,城中村落来观者,大小千余艘。午后飚风起,巨浪磅礴,大雨如注,楼船孤危,风逼之几覆,以木排为戥,索缆数千条,网网如织,风不能撼。少顷风定,完剧而散。[2]

与画舫观剧类似,张耀芳也造巨型楼船供家乐演出,并且在演出时,里中父老皆可往观,使得船只的私人性质有所弱化,进而成为新型的公共观剧空间。再有万历甲辰(1604),"大父(张汝霖)游曹山,大张乐于狮子岩下"[3]的盛况。其孙辈张岱更是将这种喜好传承下来,时常携家乐演出至社会各种公共场合。如天启六年(1626)十二月,张岱带领家伶李蚧生、高眉生、王畹生、马小卿、潘小妃等人登龙山,于城隍庙山门歇息,赏雪、唱曲。[4]并且张岱还专门带家伶参加乡社节祀演出,天启三年(1623),严助庙上元节庙会,张岱兄弟自带家乐南教坊王岑、老串杨四、徐孟雅、圆社河南张大来等数人前来对垒,串演了《白兔记》中的数折,演技出神入化,甚至抢了庙会请的专业戏班的风头。[5]诸如此类记载不胜枚举,张氏祖孙经常携戏班出入于大众场合,甚至视与民间剧团相竞为荣,极大突破了

---

① 张岱:《陶庵梦忆》卷四《张氏声伎》,上海古籍出版社 1982 年版,第 37 页。
② 张岱:《陶庵梦忆》卷四《张氏声伎》,上海古籍出版社 1982 年版,第 73 页。
③ 张岱:《陶庵梦忆》卷四《张氏声伎》,上海古籍出版社 1982 年版,第 60 页。
④ 张岱:《陶庵梦忆》卷四《张氏声伎》,上海古籍出版社 1982 年版,第 65 页。
⑤ 张岱:《陶庵梦忆》卷四《张氏声伎》,上海古籍出版社 1982 年版,第 34 页。

家乐的空间范围,表现家乐主人更加包容和开放的观剧心态。

(四)戏曲活动的延续方式

徽州望族主要是祖辈或同辈亲属之间,通过戏曲创作、观演的熏陶,由此形成一定的戏曲氛围,影响着家族成员延续这一文娱活动。江南望族则在此基础上将研习戏曲也视为一项严肃的家业进行传承,乃至发展为家学,这在徽州家族的戏曲活动史上未曾有过。

以吴江沈氏家族为例。明清吴江沈氏是江南世家大族之一,沈氏家族自明代沈璟起开始致力于戏曲创作和戏曲理论研究,自此戏曲发展成为沈氏家学,得到数代经营,形成曲学史上具有专业化水平的戏曲家族之一。首先以沈璟为首专攻曲业,创作上有《属玉堂传奇十七种》,著有散曲集《情痴呓语》《词隐新词》(皆散佚失)等,同时沈璟钻研南曲理论,编定《南曲全谱》,撰写《词隐先生论曲》,编辑《南词韵选》等。沈璟后辈参与戏曲创作的有:族侄沈自晋创作传奇,现存《望湖亭》《翠屏山》《耆英会》三种;沈自征创作杂剧《渔阳三弄》;沈自昌(1576—1637)有传奇《紫牡丹记》(今佚);沈永令戏曲作品有《桃花寨传奇》(已佚);沈自友,蓄有家班;沈永乔(1629—1680),著有《丽鸟媒》《玉带城》传奇二种(皆佚)。而族中女性(包括联姻叶氏家族)亦有不少人参与戏曲创作,如沈璟三女沈静专,族孙女沈蕙端,皆通曲律,联姻叶氏的叶小纨有杂剧《鸳鸯梦》传世等。在曲律方面的家族集体创作更突出表明戏曲为沈氏之家学。沈璟族中后辈沈自晋等在《南曲全谱》基础上又著成《广辑词隐先生增定南九宫词谱》(亦称《南词新谱》)二十六卷。根据郝丽霞《吴江沈氏文学世家研究》研究整理,参与校阅《南词新谱》的沈氏族人有沈自晋弟、子、侄,甥、侄孙诸辈三代家族成员共计43人。[①] 可见这一部举家之作呈现了沈氏家族集体参与戏曲活动的高度专业化。

此外与沈氏世代联姻的吴中叶氏家族、吴江顾氏家族、太仓王氏家族等也有不少人参与到《南曲新谱》的修订,相关家族也是曲家辈出。[②] 总体而言,作为江南家族戏曲活动的代表家族,围绕沈氏家族展开的戏曲活动,既高度集中又严谨

---

① 郝丽霞:《吴江沈氏文学世家研究》,复旦大学出版社 2009 年版,第 137 页。
② 如周巩平《江南曲家世家研究》、殷亚林《明代戏曲与文化家族研究》、郝丽霞《吴江沈氏文学世家研究》等都对吴中叶氏家族及其联姻家族的戏曲活动有详细的研究。

专业,正如周巩平所论:"这些不同家族中嗜好词曲的士子逐渐汇聚成一个以吴江沈氏家族为中心的一个热衷填词度曲、审音定律的曲家文人群体,这个曲家文人群体的活动在很大程度上影响了整个南方地区缙绅阶层的风尚爱好,形成了明末清初时期南方戏曲活动的繁盛。"① 相较而言,宗族思想较为保守的徽州家族,视戏曲为非正统文学的观念和态度,决定了这一地域家族的戏曲活动更多停留在文娱层面的继承,而不会作为家学来弘扬,产生的影响也就相对比较基础、表面。

二、徽州与江南望族戏曲活动产生区别的原因

从本质上来说,望族发家的基础是奠定望族发展方向的基础,明清时期江南望族大多以科举致士发家,有着深厚的文化积淀。而徽州望族颇具流动性,早期"中原衣冠"入迁徽州,主要是封建士大夫和仕宦,② 但到了明清时期徽州望族纷纷转型,从占有土地资本转向发展商业壮大家资,拥有经济基础后兼顾科举文化事业,从而巩固望族地位。明清徽州与江南望族发展模式的本质区别是影响戏曲文化活动产生异同的基础。具体而言,这种本质区别的构成可以解析为自然地理条件和社会文化发展等要素的不同。

(一)自然条件的双重作用

自然地理的矛盾作用,致使经济发展与文化思维在实现具化时存在多样性。多山少地和顺水的自然条件导致徽人从农耕转移至经商,商业经济的发展促进徽州家族滋生娱戏之好。同时多山环境的封闭性也加固了徽州宗族组织,宗族封建保守的思想又制衡着徽州戏曲活动的一些实现方式。江南在肥沃平原上形成的开放心态,逐渐弱化戏曲的边缘局势,转变了鄙夷戏曲的心态,从而与徽州家族的戏曲活动产生个别不同的表现。

徽州和江南自然条件的差异,造成二者产生单向为主的流动关系。从自然环境来看,徽州和江南虽为毗邻,但彼此的地形状况相差甚远,早期徽州作为未

---

① 周巩平:《江南曲学世家研究》,上海文化出版社 2013 年版,第 133 页。
② 赵华富:《徽州宗族研究》,安徽大学出版社 2004 年版,第 13 页。

开放、避险难的世外之地,接受四方迁入,尤其多吴地姓氏。[①] 到了明清时期,徽州发展基本稳定,但徽州多山少平地,为了发展,家族分支频繁外迁,其拓展则以江南为主要目标地进行单向输出为主。[②] 而江南平原有大面积的肥沃良田为农业生产提供可靠的物质基础,再加上湿润的气候、密布的水系河网等,使其成为明清时期全国的大粮仓,民间流行谚语"苏湖熟,天下足"。此外江南还有充足的盐场资源等,这些都成为吸引徽人迁徙江南的重要前提,也是造成两地戏曲活动产生异同的基础条件。

自然条件的作用在不同历史阶段具有不同效果。从正面而言,这种肥沃优质的自然条件造成徽州和江南个别地区产生家族发展理念的不同。廖可斌为《海宁查氏家族文化研究》一书作序言:

> 中国古代小农经济社会特别重视家族,是查氏家族文化得以形成的宏观背景。浙江杭州、嘉兴、湖州一带特殊的自然条件和历史文化环境,则是查氏家族文化得以形成的土壤。比如说,海宁查氏家族似乎就不像内地的某些家族那样有非常严厉的家规,家庭成员内部的关系比较和谐,对待外人包括仆人、佃农等的态度也比较平和,金庸先生在他的自传性短篇小说《月云》中对此有所描绘。这也是查氏家族兴旺发达的一个重要原因,它与杭、嘉、湖平原地区的自然环境和民情风俗有关。[③]

廖可斌的序言表明江南地区相对富足的自然资源为江南家族提供了相对安定的社会环境,在这种相对知足的生活现状中构成较为和谐的家族发展模式,这自然也间接指引江南家族对戏曲产生更包容、开放的心态。

不过,优越的自然条件也会对经济、文化观念起反作用,换言之,自然资源的

---

① 参考曹志耘:《语言学视野下的新安文化论纲》,载《95 国际徽学学术讨论会论文集》,安徽大学出版社 1997 年版。

② 单向的说法基于徽州的资本回流是徽人自主的行为,并非江南地区施加的输出而提。唐力行早期也提道:"徽州与外地之间的家族迁徙和人口流动主要表现为单向性的外流,地域间的互动主要是通过徽州人自己来实现。"参考唐力行:《徽州与苏州——16—20 世纪两地互动与社会变迁的比较研究》,商务印书馆 2007 年版,第 22 页。

③ 廖可斌:《文学史的维度:廖可斌学术论集》,孔学堂书局 2016 年版,第 274—275 页。

短板也会成为经济发展转型的跳板,从而影响到文化发展的步伐。入清之后,徽州经济较滞后的区域却先行于江南个别贫乏的地区,徽州这些地区的大姓宗族也能跟上时代步伐展开丰富的戏曲娱乐活动。徽州至清代中叶,即使较为贫瘠落后的婺源、绩溪等县都有不少大姓宗族依靠出外经商而发达,而且《婺源乡土志》指出光绪时一贯重视科举儒业的婺源"文风亦日下矣",与之相应,戏乐之娱渐兴于家族活动中,这显然是经商渐靡的冲击所导致。而江南繁华市井背后仍有不少县镇固守耕读传统。如江苏溧阳县在清朝康乾时期还是表现为"民俗果毅,务农植谷,不事商贾,然好气尚力,旧称狡犷难治","聚族而居,崇尚谱牒,多有宗祠,朔望供饭焚帛。绅士虽贵显,不饰骑从。宦家女子亦布素,习女红中馈之事,婚嫁不计奁财。村有学师,轩文而轻武"①。与徽州相比,江南处于长江下游平原地带,水土肥沃,适宜农耕,人民靠田吃田,便容易安于现状,缺乏开拓进取的精神和思维。进而,同样是宗族风气浓厚的南京溧水等地,却因为排斥商贾之业,而没有成为另一个徽州。

(二)家族发展心理的倾向区别

在江南和徽州自然条件不同的基础上,两地发展需求的程度之别,内在影响了徽州时事剧创作发展的不同。相对于江南望族对戏曲的态度和认识,徽州家族在明末清初之际仍视戏曲为小道,这是造成不以戏曲表达时事讽喻的表层原因,其根源在于徽州地区注重发展的传统心理,即"厚生"心理机制引起的区别。所谓"厚生"心理,就是注重发展的迫切心理,该心理机制能够指导个人及群体的发展行为。明末清初徽州社会的发展整体受到"厚生"心理的驱动,这种心理也间接投射到个人的文学行为上,尤其是在戏曲创作中得到自觉的反馈。

明末清初时事剧的内容绝大多数是关心国家民生之作,但也正因为其中涉及政治军事之是非容易招致时祸,因此为了避祸而隐姓埋名大有人在,现今留存的时事剧多为无名氏所作。而清代初期更是为了维护政局稳定,肃清遗民思想,而查禁销毁了诸多时事剧,如《鸣凤记》《喜逢春》《广爰书》《鸳鸯绦》等。② 进而,揭露时弊,针砭时政,反映民生的时事剧创作容易对个人发展造成消极影响,

---

① 嘉庆《溧阳县志》卷一《风俗》,见《中国地方志集成·江苏府县志辑》第 32 册,凤凰出版社 2008 年版,第 42 页。

② 赵维国:《乾隆朝禁毁戏曲曲目考》,《文献》2002 年第 2 期。

导致当时徽州曲家不热衷于时事剧的创作。

当时其他地区创作时事剧者以布衣文人为主,而明末清初徽州曲家却大多从仕或者经商,只有个别布衣之士。沉沦下僚的布衣文人并不急切于考虑自身的仕途或者家业发展,也正是因为发展无望或者无意发展,他们借时事浇块垒,对社会的抨击和讽喻会更强烈,所以成为时事剧的主体曲家。徽州曲家则与之相反,因为致力于经商或者从仕,个体发展的需求内在地影响了戏曲创作题材的抉择,创作戏曲本非为政之道,为避开时事的敏感影响,通常作为娱乐消遣,或抒发个人情感,这成为徽州曲家戏曲创作的共识。

徽州社会的"厚生"心理表现为徽人注重集体和个人的发展。徽州程氏《祖训敷言》提出:"重本业:本业所以厚生也……故圣人重之,因其势而利导之,教之生道以业之。生业有四:曰士,曰农,曰工,曰商,凡人必业其一以为生……"① 徽人将此四种生业视为本业,打破了商居四民之末的传统认识,以达到"厚生"目的。徽州多山少田的地理因素迫使徽人为了治生,以经商为主不断从大山深处走向五湖四海,清人王棠在《知新录》中感慨:"新安居万山之中,土少人稠,非经营四方,绝无治身之策矣。"② 经商是徽人获得"厚生"的重要途径,明清时期成为徽商发展兴盛的阶段。同时,徽人在经商发迹之后不忘回归儒业,其中很重要的原因就是通过政权来巩固经济和家族的长久发展。汪道昆明确指出:"贾为厚利,儒为名高。夫人毕事儒不效,则驰儒而张贾;既则身飨其利矣,及为子孙计,宁弛贾而张儒。"③ 不管是为儒还是从商,其目的都是为了获得名利,而当商人有了经济基础之后,就应发展儒业科举,为家族的长久发展获取权力保障。此外徽人兼有多种实用技能(如历算等)与商业产生关系,徐道彬总结这种现象是"追求实实在在的生活,体现了生存为本的实事求是精神与浓厚的地方特色和民俗心理"④。总之,徽人的生存需求决定了徽人的文学行为不便与治生起冲突,所以"厚生"心理机制内在调控着徽人的戏曲创作行为,这是明末清初徽州戏曲创作背离时事剧的根本原因。

徽州强烈的"厚生"心理是明清时期徽州因为缺少土地、生活资源而必须拓

---

① 《富溪程氏祖训家规封邱渊源合编》不分卷,宣统三年五知堂抄本,上海图书馆藏。
② 王棠:《燕在阁知新录》卷十四"新安离别",黄晟校刊,康熙五十六年刻本。
③ 汪道昆:《太函集》卷五十二,明万历刻本,叶12a,北京大学图书馆藏。
④ 徐道彬:《皖派学术与传承》,黄山书社2012年版,第106页。

展求生的现实反映,该心理机制导致为个人、家族谋发展的急切需求在一定程度上超过对社会民生的关怀。而江南地区具有深厚的历史积淀和优越的地理资源,形成济世天下、关怀民生的儒学传统,在明末清初时事频发的特殊环境下推动时事剧的创作。

(三)科举在家族发展中的地位不同

江南有诸多望族盛行戏曲活动,但其中未必都是以商业家族为基础,不少是科举家族或仕宦家族。与之不同,徽州家族大多拥有徽商身份,吴仁安曾指出"嘉靖后的徽州社会,已经找不出纯粹的书香门第、官宦世家了"①。因此,明清时期徽州家族既有江南戏曲家族发展的模式,也集中体现了徽州望族戏曲活动独有的资本色彩。而从科举情况来比对徽州家族和江南家族发展的区别,可以解释徽州家族和江南家族蓄乐主体不同的现象。

明清时期全国科举以江南地区为最盛,从考中人数和区域空间分布而言,江南地区位列前茅,而徽州与之相比颇有差距。以明清时期进士情况为例,据全国科举进士题名录进行地域分布分析,②不考虑占籍等情况,明代江南进士3864人,清代江南考取进士4013人。由于徽州地理空间小于江南,需要进一步细化同等空间的比对,以苏州为江南核心之一作为代表再次进行比较,明清时期苏州进士1749人,徽州652人。③虽然不少徽州人迁籍或占籍于江南,数据并非完全精确,但不会影响整体的分布,吴建华统计乡贯和户籍都在苏州的进士(也就是地道的苏州人)达715人,占明代苏州总进士的70.37%。④据此可以反映江南和徽州的科举情况整体上相差较为悬殊,而多数的进士集中于名门望族,江南家族多以仕宦为主体,进而可以解释江南家族蓄乐主体多为进士的原因。

---

① 吴仁安:《明清江南望族与社会经济文化》,上海人民出版社2001年版,第95页。
② 统计的江南所涉及的区域基本与本文之江南相同,且不包含徽州。数据来源参考范金民:《明清江南进士数量、地域分布及其特色分析》,《南京大学学报(哲学·人文科学·社会科学版)》1997年第2期;沈登苗:《明清全国进士与人才的时空分布及其相互关系》,《中国文化研究》1994年第4期。
③ 参考吴建华、唐力行等统计,数据不一,但差距不大。
④ 参考吴建华:《明清苏州、徽州进士数量和分布的比较》,《江海学刊》2004年第3期。

三、徽州与江南家族戏曲活动的联系

明清时期徽州与江南地区的家族戏曲活动也具有一致性,两地家族都有一定数量的曲家,而且数代有传,曲家总数位列明清曲界前茅。其次,两地家族蓄养家乐的风气都比较兴盛,并且一般偏好昆曲,家乐主人多耗费心血培养,使之颇能以高水平技艺闻名当时,同时也有不少家乐在族内传承。此外,两地戏曲活动兴盛的家族多有往来,彼此产生的交往促进了两地家族戏曲活动的交流和发展。

(一)徽州对江南家族及其戏曲活动的影响

徽州本与江南有着千丝万缕的地缘关系,《歙县金石志》序:

> 盖黄山之水,南潴者为新安江,入浙汇诸川以注于钱塘江,故皖南与浙两地势为一,风习相近。歙为新安江导源地,在秦时与宣城及浙西同隶鄣郡,后世区划虽分,而民生教化辄因地势而互通,康乾之间徽歙人南迁吾浙者数百家。至今严、杭、绍兴沿江诸邑,其后裔聚居犹蕃。[①]

自古以来徽人自新安江顺流而下,直通杭州千岛湖进入江南,不论是行政区域的划分,还是人员的流动,都不可完全割舍彼此的联系。

徽州单方面对江南地区输出人员,促进江南经济和戏曲文化的发展。为了寻求生存发展的机会,徽人大量外出谋生,经商的重心主要在毗邻之江南,并且徽商多在江南举家扎根,世代发展下来。近人陈去病云:"徽人在扬州最早,考其时代,当在有明中叶。故扬州之盛,实徽商开之。……故徽郡大姓,如汪、程、江、洪、潘、郑、黄、许诸氏,扬州莫不有之,大略皆因流寓而著籍者是也。"[②]能在江南留下"无徽不成镇"的印象,足以表明徽商曾对江南经济作出巨大的贡献,而这其中以徽州大姓家族的成员为主体。相应地,徽州家族迁入江南在戏曲活动方

---

① 陈训慈:《歙县金石志序》,叶为铭、叶舟甫辑:《歙县金石志》,见《石刻史料新编》第 1 辑第 16 册,新文丰出版公司 1977 年版,第 1176 页。

② 陈去病:《五石脂》,江苏古籍出版社 1999 年版,第 326 页。

面的直接影响,即江南部分拥有戏曲活动的家族是从徽州迁来的,如海陵程氏家族(程麟管在海陵曾受邀观看了俞锦泉家乐的表演,族中程盛修还举办过戏曲观演活动等)原由徽州迁出。根据现存《由溪程氏怀德堂家谱》[1]可知,泰州程氏始祖为清代程麟管,其先祖是新安程氏的支派,从徽州休宁迁至江都,康熙年间,程麟管迁至海陵。此外还有江苏戏曲活动繁盛的太仓毕氏家族、海宁查氏家族等,祖上都曾从徽州迁出。

戏曲是徽州向江南输入的重要文化内容,所输入的不仅是徽人喜好戏曲的氛围,也包括徽人在江南打开的戏曲市场。徽商是当时江南各地戏曲市场的主要参与者。《扬州画舫录》记载:"两淮盐务,例蓄花雅两部,以备大戏。雅部即昆山腔;花部为京腔、秦腔、弋阳腔、梆子腔、罗罗腔、二簧调,统谓之乱弹。"[2]可见戏曲演出活动经费是由业盐富商提供的,而两淮盐商又以徽商家族为主体,自然徽商对江南戏曲市场的繁盛做了重要的贡献。总的来说,徽州家族(主要是徽商家族)带入的戏曲喜好和营造的戏曲环境,对江南地区戏曲活动做出一定的贡献,也有利于江南地区戏曲家族的发展。

(二)江南对徽州家族及其戏曲活动的影响

江南地区为徽州家族的戏曲观演活动提供多种支持。江南地区作为徽州经济的大前方支撑着徽州家族的发展,两淮盐商中徽商占据大多数是最直接显见的证据。从个人戏曲活动行迹而言,江南为徽州家族提供了理想的社交文化环境,徽州家族如歙县汪道昆家族、丰南吴绮家族等均频繁参与江南的曲坛活动。还有绝大多数徽州家族迁居至江南并展开戏曲活动,比如迁淮的程氏家族、汪氏家族等。同时,江南作为昆曲大本营,为喜好昆曲的徽州家族开展戏曲活动提供便利。如潘之恒观看了大量昆曲演出,为诸多吴儿名伶作传,并且毫不遮掩地表达他对昆曲的喜爱,其言:"余尚吴歈,以其亮而润,宛而清。乃若法以律之,畅以导之,重以出之,扬袂风生,垂手如玉,同心齐度。则天趣所成,非由人力。"[3]徽州家族偏爱吴儿,喜好昆曲,所蓄家乐也多从吴地采买。因此,江南在经济上为徽州提供发展空间,在戏曲活动上则为徽州提供声腔、伶人等表演条件。

① 程嵩龄整理:《由溪程氏怀德堂家谱》,1990年版,南开大学图书馆藏。
② 李斗:《扬州画舫录》卷五《新城北录》下,中华书局1960年版,第107页。
③ 潘之恒原著,汪效倚辑注:《潘之恒曲话》,中国戏剧出版社1988年版,第211页。

从创作的角度而言,明清时期江南相对开放的文化环境影响了徽州家族曲家创作的思想。以女性曲家为例,徽籍女性曲家创作思想较为激进者当属何佩珠和吴藻两位,这两位曲家都是生长在徽商大贾的家庭,优越的经济条件支撑她们过着与普通女性不同的生活,这种不同就是教育上的充足资源,使她们能够阅读大量的书籍;思想上的足够自由,使她们能够与男子一样从事诗词创作,进入文坛。由此二人都能够创作出文采斐然的传奇作品,但其实这两位女性的思想觉醒主要是在江南产生的。

吴藻虽为徽商后裔,但生活在经济发达、思想开放的大都市杭州,杭州是当时引领新潮思想的城市之一,汇聚了诸多名士。吴藻在成长过程中和杭州文坛诸多才子交往,受到争取个性自由思想的启蒙,逐渐意识到封建社会对女子的种种禁锢,她的一生都在力求挣脱这种束缚,所以她创作杂剧《乔影》,以女扮男装的构思表达冲破性别羁绊、追求自由平等的理想和愿望。与之相同,徽人何佩珠生于书香门第,其父何秉棠育有四女,姐妹四人皆知书达理,家中文化氛围浓厚。何佩珠自小随父亲在扬州生活,"夫人父党,本居同里,又同客扬州"[①],烟柳繁华之都拓宽了这位闺中女子的视野,为其杂剧创作奠定了前期的知识基础和思想启蒙。而后何佩珠受到叶小纨(吴江沈宜修次女)、吴藻的影响,模仿《鸳鸯梦》和《乔影》创作了杂剧《梨花梦》,早期严敦易论证:"《写影》一折,虽所写并非自己之影,亦正未脱窠臼,故本剧之为因袭苹香之作,殊无可疑。但吴近豪放,而何则幽婉,缠绵悱恻情致颇有不同罢了。"[②]何佩珠的创作受到吴藻影响,也有自己的风格所在。

从两人生活环境中接受的思想层面而言,清代徽州女性作家的作品中出现女性思想觉醒,其原因除了少女时期由徽州家族提供物质基础之外,更直接的是江南都市开放的文化对徽州传统思想文化的冲击。换言之,徽州女性在江南实现了跻身精英阶层、融入时代潮流的理想,促进了徽州与迁移地(江南)的文化互动。

(三)江南家族与徽州家族的戏曲活动交流

江南地区的戏曲繁荣滋养了徽州家族的戏曲活动,同时徽州家族的戏曲活

---

① 何佩珠:《梨花梦》,北京师范大学图书馆编:《稀见清人别集丛刊》第十八册,广西师范大学出版社2007年版,第422页。

② 严敦易:《元明清戏曲论集》,中州书画社1982年版,第303页。

动也成为江南戏曲活动的重要组成部分。江南和徽州两方面的耦合关系深刻影响着彼此,徽州家族和江南戏曲家族有诸多互动和交往,对戏曲活动的热爱,共同促进了整个南方"娱乐圈"的风向形成。

如徽州汪氏家族与吴江沈氏家族有相应的交往和联系。作为徽州早期高产曲家代表汪廷讷,与吴江戏曲家族的领袖之一沈璟有着师承关系,祈彪佳《远山堂曲品》"能品"称汪廷讷"惟守律甚严,不愧词隐高足"①,"词隐"即沈璟。可见汪廷讷的曲学思想得到沈璟的指导,汪廷讷对曲律的重视观点与沈璟一致,可谓师承沈璟之衣钵。②

徽州程嘉燧也与常熟徐氏有戏曲活动往来。见程嘉燧《耦堂诗集》卷中《赠徐君按曲图歌》:

> 君家歌儿动心魄,半出已觉魂侉侉。暗思沉吟还绝倒,恰似看花被花恼。空蓓癫狂气味存,难遣歌词风格老。九龄十龄解音律,本事家门俱第一。黄口天教与擅场,白头自叹曾入室。金陵洞房③今老大,柘湖歌台久萧瑟。(小注:秦淮汪景纯、云间何柘湖家并有女乐。)④

程嘉燧观看徐锡允的女乐演出,称其技艺动人心魄,幼年就精通音律,并且师承有名。在此卷还有《戏和徐尔从散遣歌儿二首》(同牧斋次韵)一诗云:"稚齿新班出画屏,华堂卜夜已周星。"(小注:初教成时,载酒侍郎第,同观扮演,皆有长歌。)⑤这些家伶还得到徐锡允的专门指导,程氏经常观看徐氏家乐,甚至认为徐锡允的家乐在金陵地区可以排第一。

诸如此类两地家族成员间的戏曲交流不胜枚举。明清时期徽州家族与江南家族一直有着密切的文化联系,戏曲活动交往热络,共同构成当时南方戏曲繁华的景象。

---

① 祁彪佳著,黄裳校录:《远山堂明曲品剧品校录》,上海古典文学出版社 1957 年版,第 41 页。
② 沈泰:《盛明杂剧初集》卷二十五《广陵月》,中国戏剧出版社 1958 年版。
③ 洞房这里是指舞台,代指戏曲演出。
④ 程嘉燧撰,沈习康点校:《耦耕堂集》诗卷中,《程嘉燧全集》,上海古籍出版社 2015 年版,第 425 页。
⑤ 程嘉燧撰,沈习康点校:《耦耕堂集》诗卷中,《程嘉燧全集》,上海古籍出版社 2015 年版,第 463 页。

小　结

　　唐力行指出："区域的存在与发展不是孤立的,必定是在与相关区域的经济、文化互动中进行的。同时,区域经济文化的特征与变迁规律,只有在区域比较中才能突显出来。"[①] 而本文是通过比较不同地区戏曲活动的差异现象,揭示不同地域的文化特质。徽州和江南历来存有自然、社会、文化的渊源,戏曲活动各有区别也互相影响,徽州望族对江南进行人员和文化输入,江南则为徽州文化的扩容提供土壤,这也是二者文化个性形成的基础。徽州家族与江南家族戏曲活动的区别与联系,体现了明清家族戏曲活动的独特性和普遍性规律。从深层原因分析,这种现象的产生植根于人与自然的不断磨合。换言之,正是天然存在的地域距离对文化的隔离,致使徽州和吴地以相邻的地域形成各自的文化属性,也正是空间距离迫使人员流通,人类要求发展而进行跨地域的社会活动,又促进了异地文化活动之间的交融。

作者单位：莆田学院文化与传播学院

---

① 唐力行：《苏州与徽州：16—20世纪两地互动与社会变迁的比较研究》,商务印书馆2007年版,第14页。

明清时期"桐城歌"的传播与变体

徐文翔

"桐城歌"于明初起源于安徽桐城,最先在桐城及其周边地区传播,随着经济文化的交流和人员的流动,又传播至更广泛的地区,达到"刊布成帙,举世传诵,沁人心腑"[1]的接受程度。到了清代,"桐城歌"甚至传播到了台湾地区和日本,与当地的"北管细乐"和"清乐"相融合,堪称民歌传播学中最为典型的个案之一。

时至今日,关于"桐城歌"的研究已经蔚为大观,但统观这些成果便可发现,学者们关注的重心还是在当代,在当代中,又集中于"桐城歌"的民俗和文化价值;对于明清时期"桐城歌"的传播状况,仍缺乏系统而深入的论述。此研究现状进而影响到对"桐城歌谣文化带"的认识。2016 年出版的《桐城歌研究论集》中收录了 50 篇国内"桐城歌"研究的论文,其中约三分之一提到了"桐城歌谣文化带"的概念,但因为缺乏对"桐城歌"历史传播的清晰考察,导致表述上都比较含混、笼统。因此,对于明清时期"桐城歌"的传播路径,有必要加以"正本溯源"的梳理。

一、"桐城歌"概念的界定

作为明代嘉靖、隆庆年间时兴的一种民歌样式,"桐城歌"常见于文人的记载。如沈德符《万历野获编》:"嘉、隆间乃兴《闹五更》《寄生草》《罗江怨》《哭皇天》《干荷叶》《粉红莲》《桐城歌》《银纽丝》之属,自两淮以至江南,渐与词曲相远。"[2]顾起元《客座赘语》:"后又有《桐城歌》《挂枝儿》《干荷叶》《打枣竿》等,虽音节皆仿前谱,而其语益为淫靡,其音亦如之。"[3]这两段文字中,《桐城歌》虽与其他民歌曲牌并称,但它本身并不是一种曲牌。可称为曲牌者,如《山

---

[1] 沈德符:《万历野获编》,中华书局 2007 年版,第 647 页。
[2] 沈德符:《万历野获编》,中华书局 2007 年版,第 647 页。
[3] 顾启元:《客座赘语》,中华书局 1987 年版,第 302 页。

坡羊》《寄生草》《罗江怨》等，本属于散曲，后于市井传播中俗化，遂演变成民歌。当这些同曲牌的民歌与散曲放在一起时，有时甚至很难区分，只能以"小曲"或"时调"概称之。但"桐城歌"却并非如此，它不是来源于散曲，而是诞生于桐城地区原生态的民歌。因此，"桐城歌"不是一种曲牌，将其视为一种民歌体式更为合理。

目前所能见到的最早辑录"桐城歌"的民歌选本，是刊刻于万历前期的《风月词珍》，其《时兴桐城山歌·斯文佳昧》《时兴桐城山歌·斯情佳昧》两部分，共收录"桐城歌"55首，其中54首为七言五句式（部分四、五句之间有衬字或衬句）。《风月词珍》之后，辑录"桐城歌"较为丰富的又有《乐府万象新》和冯梦龙所辑《山歌》。《乐府万象新》前集卷三中栏辑录14首《五句妙歌》，皆为七言五句式，其中有5首和《风月词珍》中的《时兴桐城山歌》几乎完全相同，可以肯定是属于"桐城歌"。《山歌》卷十《桐城时兴歌》辑有24首，除了最末一首《三秀才》为六句外，其他全部为七言五句式。因此可以说，七言五句确实是嘉、隆以来风靡各地的"桐城歌"最主要的体式特征。

那么，"桐城歌"七言五句的体式特征，具体是怎样呈现的呢？《风月词珍》中的《时兴桐城山歌·斯情佳昧》第一首，其实就相当于"作法介绍"："自古山歌四句成，如今五句正时兴。看来好似红纳袄，一番拆洗一番新。兴，多少心思在尾声。"① 相对于传统的四句体，五句体末尾多出来的一句似乎显得突兀，至今在桐城地区，还流传着"五句山歌五句单，四句容易五句难"的说法。但恰恰是这第五句，在前四句铺垫的基础上起到了"画龙点睛"的作用。此外，"兴，多少心思在尾声"中的"兴"字，是四、五句之间的衬字，也值得注意。并非所有的"桐城歌"都有衬字或衬句，若有，则通常是类似"诗眼"的字句，如《时兴桐城山歌·斯文佳昧》第十首："心上人儿久不逢，昨宵梦见两情浓。想是前生修不到，今生闪得两西东。空，枉使团圆在梦中。"② 这首歌中的衬字"空"，既对前四句有着传神的概括，又引起了最精彩的第五句。因此，《时兴桐城山歌·斯情佳昧》第一首中的"兴"字，虽是衬字，但无意中又暗示了"起兴"的意味。

因此，我们对本文所探讨的"桐城歌"概念进行界定，主要依据便是其"七

① 周玉波、陈书录编：《明代民歌集》，南京师范大学出版社2009年版，第129页。
② 周玉波、陈书录编：《明代民歌集》，南京师范大学出版社2009年版，第129页。

言五句"的体式特征。在句式上,为七言、五句,前四句铺垫,第五句为"画龙点睛"之笔。在衬字(衬句)上,若有衬字(衬句),则在四、五句之间,以概括传神的语言起到承上启下的作用。

以往的"桐城歌"研究之所以存在表述上的含混,还在于经常混淆了"桐城歌"与"桐城歌谣"的界限。"桐城歌谣"是广义的,泛指所有产生于桐城地区的歌谣,甚至文人的仿作,其源头可以回溯至上古时期。客观地说,某地自有民众聚居、劳作,必然会随之产生歌谣;桐城地区歌谣的起源,自然也不会迟至明代。因此,有研究者将广义的"桐城歌谣"溯源至春秋时期季札过桐国而闻歌,继而往后梳理,由汉武帝的《盛唐枞阳之歌》,到汉末的《孔雀东南飞》,再到三国时的"曲有误,周郎顾"、晚唐舒州诗人曹松的俗体诗……这种溯源,有利于彰显桐城文化的历史悠久,但将其应用于明清"桐城歌"传播状况的考察中,却造成了概念的含混,进而使得研究流于汗漫无归。这也是很多人一提到"桐城歌"的历史渊源,便有一种"说不清、道不明"的感觉的主要原因。因此,我们严格遵循"七言五句"的体式特征对"桐城歌"的概念进行界定,这也是本文立论的前提。

二、"桐城歌"的起源与传播概说

"桐城歌"究竟起源于何时? 这个问题,史料中并没有直接的记载,但我们可以根据相关文献做出相对合理的推定。《万历野获编》记载"桐城歌"的广泛流传,是在嘉靖、隆庆年间,而万历前期《风月词珍》中的那首"自古山歌四句成,如今五句正时兴",也印证了此时"桐城歌"的方兴未艾。当时的传播条件并不像今日这般便捷,某种民歌在其发源地产生,继而随着人员的流动由近及远进行传播,通常需要一定的过程。因此,"桐城歌"在其发源地——桐城地区的产生,应当远远早于其大范围流行的嘉靖、隆庆年间。鉴于"桐城歌"的概念不见于明代之前的文献记载,因此我们推断,它大约产生于明代初期。

交通的便利和经济、文化交流的繁荣,是民歌传播的必要条件。"桐城歌"能够从狭小的桐城地区走出来,与明清以来桐城的对外交流也有着密切关系。桐城"居深山之中,地方百余里,一面滨江,而群山环之,山连亘千余里"①,自明

---

① 戴名世:《戴名世集》,中华书局 1986 年版,第 2 页。

代以来,便成为皖西南的交通枢纽,有"七省通衢,南北要冲"之美誉。此外,明清两代桐城的文教昌盛,仅进士就取中 244 名(明代 89 名,清代 155 名),是名副其实的"文化高地";清代的"桐城派"更是影响深远,这使得仅一邑之境的桐城,具有了强大的文化向心力和辐射力。这些因素,都在客观上推动了"桐城歌"的向外传播。

至于"桐城歌"在更大范围内的传播,其主要驱动力则是在"七言五句体"基础上形成的独特艺术魅力。从民歌传播学的角度来说,某种原生态民歌受到民众的喜爱并广泛传播,最主要的原因往往不是歌词的内容,而是其极具特色并易于与不同地域民歌因素相融合的体式特征。在此前提下,考察明清"桐城歌"的传播,也就有了比较清晰的脉络,即以桐城地区为中心,循着"七言五句"的体式特征,探寻"桐城歌"的传播踪迹。

三、"桐城歌"的传播路径及其变体

民歌传播的一般规律是由近及远,即首先传播到周边地区,再经由特定渠道或契机往更远处传播,"桐城歌"的传播也遵循着这个规律。需要注意的是,我们考察"七言五句体"的传播脉络,既包括某首"桐城歌"的原貌流传,也应考虑到其在传播地发生字句的变易,以及在其影响下新的"七言五句式"民歌的产生。以下就根据掌握的资料,对明清"桐城歌"的具体传播路径试做探析。

1.往桐城周边地区的传播

"桐城歌"传播视域下的"桐城周边地区",既包括与桐城直接接壤的周围州县,也涵盖了与桐城有着共同方言、习俗等要素的"地域文化认同区"。这是"桐城歌"传播的"第一站",也是"桐城歌谣文化带"的核心圈子。清代著名文人戴名世曾颇为自豪地称许家乡:"(桐城)与楚之蕲黄、豫之光固,以及江淮间诸州县壤地相接,犬牙交错,虽山川阻深,而人民之所走集,皆为四达之衢。"[1] 这段话,也与"桐城歌"初步传播的大致范围总体符合。

(1)河南南部和安徽淮南方向

桐城所处地域,向北与河南南部和安徽淮南地区相邻,两个地区也较早受到

---

[1] 戴名世:《戴名世集》,中华书局 1986 年版,第 48 页。

"桐城歌"传播的影响。因为缺少文人辑录,明清时期的民歌文本保存较少,但晚清民国时期这条路径上的传播情况,还是能够比较清晰地勾勒出来。

20世纪20年代的"歌谣学运动"中,许多学者致力于搜集各地民歌,其中曾广西搜集的豫南民歌和台静农搜集的淮南民歌,就都是"桐城歌"典型的"七言五句体"。曾广西所搜集的民歌并没有发表,并在新中国成立前带去了台湾,现已无从查考;台静农则从其所搜集的淮南民歌中选择了113首,于1925年发表于北京大学研究所国学研究会出版的《歌谣》第85、87、88、91、92号上,除去少量四句、六句式外,有107首都是五句式,"桐城歌"的传播情况显而易见。同时期胡适的《全国歌谣调查的建议》一文,更提供了进一步的证明:"奇怪的是,如果我们检查北京大学所藏的各地歌谣,我们就可以知道台静农先生所收集的几百首'淮南民歌',通行在安徽的西北部,完全是这种七言五句体;曾广西先生所收集的几百首'豫南民歌'——从豫南带到南京的句容县的——也完全是这种七言五句体。于是我们才知道这种'桐城歌体',在三百年中,已经流传很广了,北边到豫南,南边到句容县。最近储皖峰先生到皖南的休宁县,在一个安庆工人的嘴里记录出了四百二十首歌谣,也都是这种'桐城歌体'!"[①]

胡适的文章,确凿无疑地说明了"桐城歌"在河南南部和淮南地区的传播。虽然曾、台二人所辑录的民歌盛行于清末民初,但"在三百年中,已经流传很广了",说明其传播的历史是颇为悠久的,民歌传播的自身规律也支持我们这样推测。

(2)安徽青阳和江西弋阳方向

上文中胡适的这段话,还提示我们关注一条"桐城歌"的传播路线,即"桐城—安庆—休宁(皖南)"。现有的民歌文献表明,"桐城歌"自明代前期产生后,不长时间内,就传播到了南边的安徽青阳、江西弋阳等地区。

编刻于万历前期的民歌、戏曲选集《大明天下春》中,第六集名为《时兴玉井青莲歌》,收录七言五句体民歌32首。玉井,即今安徽省池州市青阳县,位于桐城西南方,相隔不远。根据"时兴"二字,可知这32首民歌是万历前期流传在青阳的。其中第十一首为:"昨宵一梦玄又玄,梦见心肝共枕眠。醒来依旧还是我,

---

① 胡适:《胡适全集》(第12卷),安徽教育出版社2003年版,第350页。

冤家只在梦里缠,梦里相交也枉然。"① 同样编刻于万历前期的《风月词珍》中,《桐城时兴山歌·私情佳味》第四十二首为:"昨宵梦儿做得玄,梦见情人共枕眠。醒来依然还是我,冤家只在梦里缠,梦里相交也枉然。"② 比照可知,青阳的这首民歌属于"桐城歌"无疑。由此推测,《时兴玉井青莲歌》中的其余31首七言五句体,也是从桐城传播过去的,或者受"桐城歌"的影响而作。

《大明天下春》中的第七集《弋阳童声歌》,也是七言五句体,共14首。弋阳,即今江西省上饶市弋阳县,位于桐城正南。是集名为"童声歌",但其内容却都是男女情爱,其中第一首为:"时人作事巧非常,歌儿改调弋阳腔。唱来唱去十分好,唱得昏迷姐爱郎。好难当,怎能忘,勾引风情挂肚肠。"③ 这首歌值得注意的有两点:一是"歌儿改调弋阳腔",说明"桐城歌"传播到弋阳后,其腔调发生了变化,这也是民歌传播过程中必然会发生的改变。二是整首歌在四、五句之间的衬句为"3+3"模式(其余13首也是如此),相比一般的"桐城歌"体式略有变化,可以视为其"落地生根"的一种表现。

通过对《大明天下春》第六集《时兴玉井青莲歌》和第七集《弋阳童声歌》的考察,可以确定迟至万历前期,"桐城歌"已经传播到了安徽青阳和江西弋阳。当然,民歌的传播通常不是"点对点"式的,我们有理由推测,在桐城往青阳、弋阳所经过的区域,也属于"桐城歌"的传播范围。

2.往长江上游地区的传播

明清时期,"桐城歌"也存在着一个往长江上游地区传播的轨迹,最远甚至到达湖北恩施地区。如今的恩施,是公认的湖北"五句体"民歌最为集中的区域;而有研究者认为,恩施的"五句体"民歌就来源于"桐城歌"的传播④。"桐城歌"对恩施地区"五句体"民歌最大的影响,体现在起句"程式"的继承上。美国学者阿尔伯特·贝茨·洛德在其名著《故事的歌手》中将"程式"定义为:"在相同的格律条件下,为表达一种特定的基本观念而经常使用的一组词。"⑤ 通过比较恩施民歌与"桐城歌"中相同或相似的起句"程式",可以清晰地梳理出一条传播的线索。

---

① 周玉波、陈书录编:《明代民歌集》,南京师范大学出版社 2009 年版,第 112 页。
② 周玉波、陈书录编:《明代民歌集》,南京师范大学出版社 2009 年版,第 135 页。
③ 周玉波、陈书录编:《明代民歌集》,南京师范大学出版社 2009 年版,第 115 页。
④ 戴璐:《恩施五句子歌的源流及民俗文化内涵》,湖北民族学院硕士学位论文 2015 年。
⑤ 〔美〕阿尔伯特·贝茨·洛德著,尹虎彬译:《故事的歌手》,中华书局 2004 年版,第 40 页。

现今所见的明清"桐城歌"中,以"送郎送到(在)""昨日与(同)姐""姐儿门前""姐在房中"等程式的起句较为典型,比如《山歌》所收《桐城时兴歌》中的"送郎送到五里墩"①、《大明天下春》所收《时兴玉井青莲歌》中的"昨日同姐到花园"②和"姐儿门前一树槐"③、《弋阳童声歌》中的"姐在房中绣枝花"④等。而恩施的传统"五句体"民歌中,以相同语词起句的也很常见,如"送郎送到十里碑"⑤"昨日与姐同过河"⑥"姐儿门前一树桃"⑦"姐儿门前一枝蒿"⑧"姐在房中绣花鞋"⑨等。此外,恩施民歌还常把"姐在房中"的"程式"化用到某一句中,不再拘泥于起句,可以说是对"桐城歌"在继承基础上的创新。

因此,湖北恩施地区的"五句体"民歌受"桐城歌"的影响是毋庸置疑的。如此远的距离下,"桐城歌"是通过怎样的路径、借由怎样的契机传播到这里的呢?可能有两种情况:一是借助正常的经济文化交流,沿长江航道的二次传播甚至多次传播最终影响到恩施;二是清朝初年"湖广填四川"所引发的移民潮,推动了"桐城歌"往长江上游的传播。

先说第一种情况。桐城在明清隶属于安庆府,"桐城歌"在明代前期产生后,马上就在安庆城区及周边流传开来,而安庆又是长江中游重要的码头,有"万里长江此封喉,吴楚分疆第一州"之称。经由安庆沿长江而上的旅人、客商,就可能将"桐城歌"传播到了上游的江汉平原,再进一步扩散至恩施所在的武陵山区。再说第二种情况。明末清初的战乱,导致四川地区人口急剧减少,而恩施与四川交界,也受到了很大影响。为迅速恢复四川的经济,清朝初年,政府推行"湖广填四川"政策,从湖南、湖北、江西、安徽等地大量移民,恩施地区很可能就在这时迁入了不少安徽百姓。现今恩施老城内,不少清朝前期的房屋建筑还保留了徽土结合的风格,可以视为移民文化的确证。

---

① 周玉波、陈书录编:《明代民歌集》,南京师范大学出版社 2009 年版,第 358 页。
② 周玉波、陈书录编:《明代民歌集》,南京师范大学出版社 2009 年版,第 111 页。
③ 周玉波、陈书录编:《明代民歌集》,南京师范大学出版社 2009 年版,第 115 页。
④ 周玉波、陈书录编:《明代民歌集》,南京师范大学出版社 2009 年版,第 116 页。
⑤ 郭祖铭、刘吉清编:《宣恩民歌精选》,湖北人民出版社 2006 年版,第 160 页。
⑥ 郭祖铭、刘吉清编:《宣恩民歌精选》,湖北人民出版社 2006 年版,第 156 页。
⑦ 徐开芳编:《恩施土家族苗族自治州民间歌谣集》,湖北人民出版社 2006 年版,第 98 页。
⑧ 徐开芳编:《恩施土家族苗族自治州民间歌谣集》,湖北人民出版社 2006 年版,第 22 页。
⑨ 徐开芳编:《恩施土家族苗族自治州民间歌谣集》,湖北人民出版社 2006 年版,第 46 页。

3. 往长江下游地区的传播

"桐城歌"往长江下游地区的传播,通常受关注较多。根据《万历野获编》的记载,嘉靖、隆庆年间,"桐城歌"就已经风靡于江南地区了。而顾启元的《客座赘语》成书于万历四十五年,是书专记南京的风俗人情、典章制度等,也提到了这一时期"桐城歌"在南京的流行。现今能见到的民歌选本对"桐城歌"的收录情况,也印证了史料的记载。《风月词珍》中收录有两集《时兴桐城山歌》,虽没有直接点明流行于何地,但其书却题"金陵书肆绣梓",似乎可以作为万历前期"桐城歌"在南京地区流传的证据。到了万历后期,冯梦龙在《山歌》中专列一卷《桐城时兴歌》,收录24首"桐城歌",而它们都是流传于以苏州为中心的江南地区的。因此可以推断,明代中期——也就是"桐城歌"产生之后不久,其往长江下游方向的传播就已成规模。

考察明清时期南京和苏州地区流传的"桐城歌",可以对它的传播状况有更直观的印象。《山歌》卷十《桐城时兴歌》的第十首名为《摇头》,其歌词为:"昨日与姐同过桥,调他一句把头摇。待他二八春心动,那时倒扯我上桥,我也学姐把头摇。"① 这首歌的原型,来自《风月词珍》之《时兴桐城山歌·私情佳味》第十三首:"昨日与姐同过桥,调他几调把头摇。待他十八春心动,那时倒扯我上桥。莫心焦,我也学姐把头摇。"② 后一首出现在万历前期,前一首则出现在万历后期,很显然,在此时段内,这首歌完成了从南京到苏州的传播。如果我们再把目光锁定在二者"昨日与(同)姐"的起句"程式"的话,那么它的源流可以继续回溯。万历前期,流传在青阳的一首"桐城歌"即以"昨日同姐"起句:"昨日同姐到花园,百般花儿在眼前。世上花儿都不爱,情哥只爱并头莲。莫相嫌,此花红活又新鲜。"③ 由此可以推测,具有相同起句"程式"的"桐城歌",沿着长江航道自西向东(青阳—南京—苏州)先后出现。

因此我们可以认为,"桐城歌"往长江下游地区的传播,是在往桐城周边初次传播的基础上,再沿着长江及其支流向东传播,其原因与当时劳动力的移动和商人的贸易往来有关。

中晚明商品经济的发达,以江南地区丝织业最为典型,而其从业的工人就以

---

① 周玉波、陈书录编:《明代民歌集》,南京师范大学出版社2009年版,第357页。
② 周玉波、陈书录编:《明代民歌集》,南京师范大学出版社2009年版,第151页。
③ 周玉波、陈书录编:《明代民歌集》,南京师范大学出版社2009年版,第111—112页。

皖南人为主。这种情况一直持续到清代。清朝初年苏州郊外的丝织业,从业工人有两万之众,大多数都来自安徽太平、宁国二府。如此大规模的劳动力转移,主要依靠的就是长江及其支流的发达水路,而"桐城歌"也就沿着长江水系顺流而下,传播到了南京、苏州等地。此外,徽商的活跃也是推动"桐城歌"传播的重要原因。从明代成化年间开始,徽商就在扬州的盐业和南京、苏州的丝织业中占据了重要地位。他们从徽州地区出发,经陆路或水路来到江南,同时也把"桐城歌"带来此地。数量庞大、财力雄厚的徽商,也是青楼妓馆中的常客,而这些地方正是听唱民歌俗曲的重要场所。歌妓们为了迎合听众,很可能会特意习唱"桐城歌",并在无形中推动了"桐城歌"的进一步传播。值得一提的是,冯梦龙在苏州编刻的《山歌》,现存的海内孤本却是在安徽歙县被发现的。大木康在《冯梦龙〈山歌〉研究》中认为,这本书很可能是某位徽商所购,"他购买此书的动机之一,大概是书中收录了故乡的歌谣——'桐城歌'"[1]。

4. 沿大运河往北方地区的传播

清代中晚期,扬州地区民歌中流行一种"号子书",篇幅一般较长,属于长篇叙事民歌,而五句式的组合是其歌词常见的构成形式。现存晚清扬州"聚盛堂唱本"中即收录了若干首"号子书",如《口传相与姐姐号子书》,其歌词主体全为五句式组合:"相与姐姐隔条街,郎门对住姐门开,早上看姐来打扮,晚上看见姐望呆,小乖乖,恨不得连衣搂过来。相与姐姐隔条沟,天天晚上转沟头,郎在河东双流泪,姐在河西泪双流,小姣流,愁的婚姻不到头……"[2] 此歌中,每一组五句式皆以"XXXX 隔 XX"起头,"隔"字之后,一般为某种难以逾越的物体(墙)或地形(山、沟等),象征男女私情"可望而不可即"的难处。这种起句形式,在冯梦龙所辑《山歌》卷二《私情四句》中可以找到源头,如"结识私情隔条浜,湾湾走转两三更""结识私情隔躲墙,两边有意弗同床"等。

此外,晚明至清末,南北都流行一种民歌"倒搬桨"(又称"倒扳桨""倒板桨")。一般认为,其源头在南京及其周边一带,后沿着大运河向北传播到京津地区。"倒搬桨"有六句式和七句式两种,但其实都是"桐城歌"五句式的变体。先看六句式。清初小说《三续金瓶梅》中有一首六句式"倒搬桨":"大河里洗菜

① 〔日〕大木康:《冯梦龙〈山歌〉研究》,复旦大学出版社 2017 年版,第 208 页。
② 无名氏:《"聚盛堂"唱本》,扬州"聚盛堂"书坊刻印。

叶儿飘,见了一遭想一遭。人多眼杂难开口,石上栽花不坚牢。肉儿小娇娇,生生让你想坏了。"① 很明显,第五句"肉儿小娇娇"为衬句,整首歌的体式和"桐城歌"完全一致。至于七句式"倒搬桨",冯光钰在《中国曲牌考》中认为:"'倒搬桨'的唱词多为七句式结构,其中第五句及第七句都是叠句,实为五句。"② 我们以乾隆年间《霓裳续谱》所载的一首为例:"今年兴隆甚似常年,广积金银聚财源,福如东海长流水,寿比南山不老仙,不老仙,永享安宁乐团圆,呀,永享安宁乐团圆。"③ 歌中末句点题,第五句"不老仙"虽为叠句,但也可以视为衬句,而第七句则是对第六句的完全重复,其原型仍来自"桐城歌"。可以推测,明中期以来,"桐城歌"传播到江南地区后,又沿着大运河往苏北乃至平津地区再次传播,并与当地民歌发生了融合。

5. 往台湾地区的传播

沈德潜在《万历野获编》中骇叹民歌之流行,曰:"则不问南北,不问男女,不问男女老幼良贱,人人习之,亦人人喜听之。"④ 实际上,晚明以至清末,各类民歌的传播范围更有为沈氏所不及见者,其远者甚至漂洋过海,传播到了台湾地区和日本,并落地生根,至今仍存活于当地曲艺中。我们先说"桐城歌"往台湾地区的传播。

"北管"是台湾地区长期盛行的传统曲种,其音乐可分为戏曲、歌曲及器乐曲三大类,其中歌曲一般称为"细曲"或"北管细曲"。其演出形式类似于散曲清唱,由一人主唱,主唱者持拍板打节奏,另有一人或多人持丝竹类乐器伴奏。其演唱的曲牌,绝大多数便来自流行于大陆的时兴民歌,具体有《挂枝儿》、《银柳丝》(即《银纽丝》)、《剪剪花》(即《剪靛花》)、《闹五更》、《粉红莲》、《寄生草》、《绣花鞋》、《碧波玉》(即《劈破玉》)、《桐声歌》(即"桐城歌")等。

值得注意的是,"桐城歌"在台湾"北管细曲"中的存在形式,是作为联套曲中的一节。其联套的曲牌组合通常也比较固定,最常见的一种是《碧波玉》→《桐声歌》→《素落》→《双叠翠》,几乎占了"北管细曲"之联套的半壁江山。这种联套曲,实则与江南地区的"吴歌"联套曲有直接的渊源。现存最早的清代民歌

① 紫阳道人著,朱一玄整理:《〈金瓶梅〉续书集成》,延边大学出版社 1999 年版,第 475 页。
② 冯光钰:《中国曲牌考》,安徽文艺出版社 2009 年版,第 161 页。
③ 关德栋编:《明清民歌时调集》,上海古籍出版社 1987 年版,第 317 页。
④ 沈德符:《万历野获编》,中华书局 2007 年版,第 647 页。

选集——刊刻于顺治十三年的《新镌南北时尚万花小曲》中收录的一种"吴歌"联套曲,其曲牌组合为《劈破玉》→《桐城歌》→《小曲》→《清江引》。联套中的第二首《桐城歌》,歌词在开头两句"一更一点月照台,月照窗台郎不来"后,以"又"字领起下片:"一壶美酒顿成醋,一笼好火化灰台。小乖乖还不来,苦难挨,月迎腮,眼泪汪汪换睡鞋。"① 这说明,"桐城歌"在江南地区的传播中,逐渐与当地的"吴歌"相融合,并完成了由"体式"向联套曲中"曲牌"的过渡。

将上述"北管细曲"中的联套与《新镌南北时尚万花小曲》中"吴歌"联套相比较,其承袭的迹象显而易见。对此,台湾民歌研究者张继光认为:"两相比较可知,《万花小曲》中此首曲牌联套,实已是'北管细曲'此一特定曲牌联套的雏形,两者应有相当的血缘关联。"② 至于江南的"吴歌"联套如何传入台湾地区,应和清代商人与官员的赴台有关。另外,在福建的泉州一带也流传着称为"北管"的曲种,"吴歌"联套是否先传播到泉州,再由泉州进入台湾,也不失为一种可能,关于此点尚待进一步考察。

6. 往日本的传播

关于《新镌南北时尚万花小曲》中的"吴歌"联套曲,张继光还提道:"除此以外,在清代流传到日本的所谓'清乐'里也可以找到极雷同的联套组合,可见此联套在清代应有一定的流传势力,才会跨海流传到台湾及东瀛。"③ 清代以来,中日两国的外交往来密切,海上贸易更为频繁,也促进了中国的时兴民歌往日本的传播,并在江户时代催生了"清乐"这一曲艺样式的诞生。"清乐"之命名,盖源于"清朝的音乐"。据《日本音乐大事典》记载:"宽政年间(笔者注:1789—1800 年)以后,中国的清代民间音乐在日本得到普及,此时来到日本的清朝船客中就有许多善奏清乐者,并与在长崎游学的日本人展开交流学习。"④ 包含有"桐城歌"的"吴歌"联套曲,当时正风靡于大江南北,并作为"清乐"的代表为江户时代的日本艺人所接受。

日本民众向来对中国的"三国"故事有浓厚的兴趣,并以小说、曲艺等多种

---

① 周玉波编:《清代民歌时调文献集》,社会科学文献出版社 2014 年版,第 12 页。

② 张继光:《明清小曲在台湾之传衍探述》,《第二届传统中国研究国际学术讨论会论文集》,2007 年,第 433—443 页。

③ 张继光:《明清小曲在台湾之传衍探述》,《第二届传统中国研究国际学术讨论会论文集》,2007 年,第 433—443 页。

④ 〔日〕平野健次编:《日本音乐大事典》,平凡社 1989 年版,第 571 页。

形式加以再现。现存高柳精一所编《洋峨乐谱·坤卷》中,便收录了一出三国戏《关云长千里独行》,其中一段曲词是以仿"吴歌"联套曲的形式,将《碧破玉》(即《劈破玉》)、《桐城歌》、《双蝶翠》(即《双叠翠》)三个曲牌联成一套。其中《桐城歌》的曲词为:"玄德纷纷在冀州,借兵迎请寿亭侯。借兵迎请寿亭侯,排开阵势在郏郊。探子纷纷回来报,曹操闻言心内忧。"[①] 这首《桐城歌》虽然是六句,但第三句"借兵迎请寿亭侯"为重复出现,可以视为"衬句",总体上仍然保存了"桐城歌"七言五句的独特体式特征。类似联套的组合还见于葛生龟龄所编《月琴新谱》中的一出《三国志》戏曲,其组合方式是《劈破玉》→《桐城歌》→《双蝶翠》→《四不像》;这一套曲同样也被镝木溪庵所编《清风雅谱》所收录。上述江户时代的"清乐"套曲,与"吴歌"联套曲基本如出一辙。

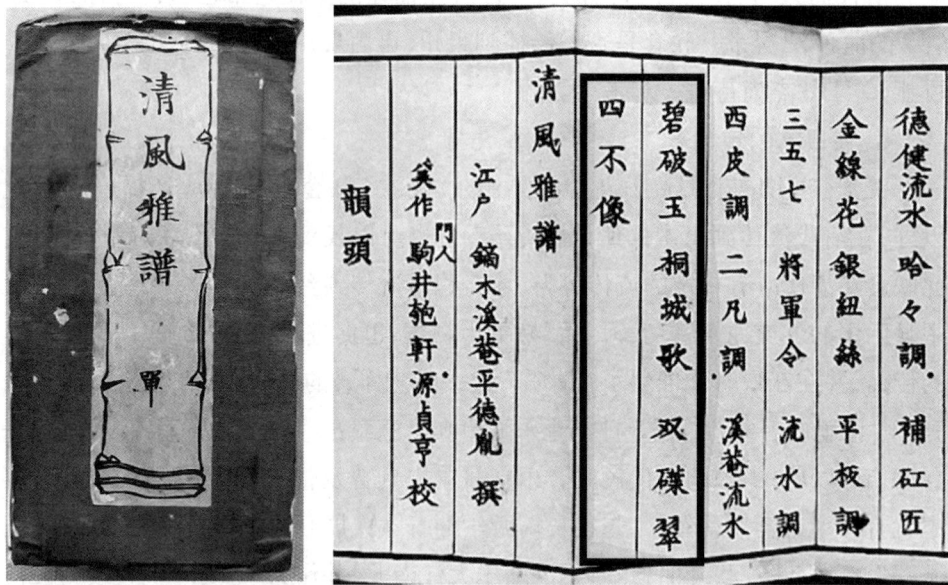

(日本江户时代镝木溪庵所编《清风雅谱》)

关于"吴歌"联套曲传入日本的具体路径,郑锦扬《日本清乐研究》中所引的《长崎市史》"风俗编"中的一段话为我们提供了线索:"宝永六乙丑年(笔者按,即 1709 年)10 月 20 日招 36 号、50 号、54 号三只船中的 18 位中国人,在立

---

① 〔日〕高柳精一:《洋峨乐谱》(坤卷),聚奎堂书院,1844 年刻本。

山奉行所观看唐人舞。那时,奏中国的乐曲,唱南京歌,跳漳州舞。"① 这段话为我们提供了几个方面的信息:其一,长崎是清代中日贸易往来的重要港口,日本方面为了接待中国客商,专门于长崎郊外的十善寺建造了能容纳 4000 多人的"唐人观",用于落脚、休整,因此,长崎也是中国的时兴民歌传往日本的第一站和"清乐"的诞生地。其二,"唱南京歌",即演唱南京地区流行的时兴小曲,上文所提到的"吴歌"套曲应当也包含在内。其三,"跳漳州舞",说明这群客商以福建漳州地区的为主,而福建商人正是清初赴日经商的主要群体。将这几方面的信息综合来看,包含"桐城歌"的"吴歌"联套曲,很可能便是由福建商人带到长崎,继而在日本传播开来的。此外,鉴于福建与台湾地区的密切联系,商人经由台湾赴日也未可知。如果情况属实,那么"桐城歌"的传播路径,便又存在着"江南—福建—台湾—日本"这样一种可能了。受学力所限,笔者暂时无法对清代以来"桐城歌"在日本的传播作更深入的探究,望博雅君子有以教我。

结　语

作为明清时兴民歌传播的一个典型,"桐城歌"的个案研究极具意义。本文根据所掌握的资料,尽可能地对"桐城歌"的传播路径进行考察,认为"桐城歌"的传播存在着由近及远的不同阶段,推动每一阶段传播的动因和契机也不尽相同。"桐城歌"往桐城周边地区的传播,带有鲜明的桐城文化的印记,可以视为"桐城歌谣文化带"的核心圈子。在此基础上往更大范围直至海外的传播,则脱离了其地域的印迹,以"七言五句"体式的魅力为直接驱动力,因此"桐城歌"也被赋予了文化交流和融合的更深内涵。现今对于明清"桐城歌"的研究还亟待深入,即以本文而言,限于资料和作者的见识,在某些方面也仍旧存在拓展的空间。希望更多的民歌研究者能够关注这个课题,将"桐城歌"的传播研究继续推向深入。

作者单位:安庆师范大学人文学院

---

① 郑锦扬:《日本清乐研究》,海峡文艺出版社 2006 年版,第 6 页。

朱熹与桐城派文章学

郭青林

桐城派信奉程朱理学,这是其文学观念形成的学术基础。研究桐城派文学观念不可忽视程朱理学的存在。在程朱理学一系中,又以朱子之学为重,因此,程朱理学对桐城派文学观念的影响又集中在朱熹身上。对朱熹和桐城派之间的关系,学界直接加以研究不多见,间有涉及,多是将朱熹与周、张、二程视为一个整体,立足于理学系统本身,着眼于二者的宗奉关系来展开讨论。[①] 本文不从理学系统来讨论朱熹对桐城派的影响,而是从文章学的角度来讨论其与桐城派之间的关系。之所以如此,一是朱熹有着丰富的文章学思想,如在对韩愈、苏轼等古文家的批评中,就有许多明确的文章看法;二是桐城派崇奉朱熹,对其学说的价值高度认可,其中就包括对其文章学的接受,使得桐城派文论在诸多命题上与朱熹文章学相契合。张健在研究朱熹时曾指出:"朱熹文章论实启桐城派义理、词章之说,有物、有序之论,而桐城派崇尚欧、曾,其端绪亦在朱熹文论中。"[②] 本文在此基础上作进一步申说,这对准确把握桐城派文学思想的形成来说是有意义的。

一、朱熹文章学与桐城派文论联系的逻辑起点

从桐城派文论形成过程来看,方苞标举"学行继程、朱之后,文章介韩、欧之间"[③],直接表明了桐城派文论两大理论资源,即以二程、朱熹为代表的理学家学说和以韩愈、欧阳修为代表的古文家的文论,体现了桐城派力图将程、朱学说和韩、欧文章具于一身的心理诉求。桐城派文论的核心命题,如方苞的"义法"说、姚鼐"义理、考据、文章"论等,就体现了这一点。这些命题实际上是理学家学说

---

① 如任访秋:《桐城派与程朱理学》,《中州学刊》1983 年第 5 期;赵润金等:《程朱理学与桐城派研究》,《衡阳师范学院学报》2014 年第 4 期。

② 张健:《义理与辞章之间:朱熹的文章论》,《北京大学学报(哲学社会科学版)》2019 年第 3 期。

③ 方苞:《方苞集》,上海古籍出版社 2008 年版,第 906—907 页。

和古文家文论相结合的产物。应该指出的是,作为理学的集大成者,朱熹的学说包括其文章学,因为其文章学是其理学体系的重要组成部分。桐城派既以程、朱学说为圭臬,就意味着对其文章学的接受。这是朱熹文章学与桐城派文论发生关系的逻辑起点。

具体地说,这里认为朱熹文章学是其理学体系的组成部分,是基于对文道关系的基本认识。在这点上,朱熹一是继承周敦颐"文以载道"之说,将文章定性为载道之工具,"明义理"成为写文章的主要目的;二是强调道本文末,文由道出,认为"这文皆是从道中流出"①,文附于道,离开道,文就失去存在的价值。因此朱熹论文时常常依"道"立义,形成系统的文章论,成为其学说体系内关于道学阐释方式这一重要部分。桐城派宗法程朱学说,朱熹文章论当是宗法对象之一。曾国藩指出:"朱熹之学固以阐明义理、躬行实践为宗,而其才力雄伟,无所不学;训诂、辞章,百家众技无不究心。"②在桐城派看来,朱熹"无所不学"决定了其学说的包容性和理论容量,他不仅以理学发明为主,对文人擅长的辞章之学也有深究。曾国藩的这种认识是有代表性的。当桐城派文人接触到朱熹学说时,很难漠视其文章学思想。在桐城派文论话语中,直接援引朱熹话语论文的虽不及韩、欧诸家之多,但并不缺乏,这是朱熹文章学与桐城派文论发生联系的直接证据。如刘大櫆就说:"作文本以明义理,适世用。而明义理,适世用,必有待于文人之能事;朱熹谓'无子厚笔力发不出'。"③借朱熹对柳宗元文章的评价,强调"文人之能事"的重要性。最为突出的是方东树,他在《昭昧詹言》中多次援引朱熹的文论,如:

> 朱熹曰:"韩子为文,虽以力去陈言为务,而又必以文从字顺各识其职为贵。"此言乃指出文章利害,旨要深趣,贯精粗而不二者矣。④
> 朱熹论孟子说义理,精细明白,活泼泼地;荀子说了许多,令人对之如吃糙米饭。又论作文不可如秃笔写字,全无锋刃可观。愚谓作诗

① 朱熹:《朱熹语类》,中华书局 1986 年版,第 3305 页。
② 曾国藩:《曾文正公全集》,《复吴竹如侍郎》书札卷三十二,光绪二年传忠书局刊本。
③ 刘大櫆等:《论文偶记·初月楼古文绪论·春觉斋论文》,人民文学出版社 1959 年版,第 4 页。
④ 方东树:《昭昧詹言》,人民文学出版社 1961 年版,第 16 页。

文虽有本领,而如吃糙米饭,如秃笔写字,皆无取。①

朱熹曰:"文章要有本领,此存乎识与道理。有源头则自然着实,否则没要紧。"古人皆在本领上用工夫,故文字有气骨。今人只于枝叶上粉饰,下梢又并枝叶亦没了。文字成,不见作者面目,则其文可有可无。诗亦然。②

朱熹曰:"行文要紧健,有气势,锋刃快利,忌软弱宽缓。"按此宋欧、苏、曾、王皆能之,然嫌太流易,不如汉、唐人厚重,然却又非炼局减字法,真知文者自解之。③

所引主要借朱熹之语强调作文不袭陈言,要有条理、气势等。作为桐城派诗学的代表,方东树继承其师姚鼐"诗之于文,固是一理"④之说,其诗论亦是文论。方东树对朱熹文章论的援引,在一定程度上表明,在桐城派文论的形成过程中,朱熹文章学是发挥了影响的。

再从宗法韩、欧来看,桐城派在文章方面选择韩、欧,是出自古文家身份的自觉。桐城派文人以继承韩、欧文统自负,承担古文在清代发展之重任。其文论直接受韩、欧等古文家的影响,是最自然不过的事情。姚鼐就说过:"韩昌黎、柳子厚、欧、苏所言论文之旨,彼固无欺人语,后之论文者,岂更能有以逾之哉!"⑤高度肯定了韩、欧等古文家文论的价值。从桐城派文论话语来看,直接援引韩、欧等古文家的文论随处可见。兹以《方苞集》中为例,列举几则,如:

南丰曾氏所谓蓄道德而有文章者,当吾之世,惟明府兼之。⑥

唐臣韩愈有言:"文无难易,惟其是耳。"李翱又云:"创意造言,各不相师。"而其归则一。即愈所谓"是"也。文之清真者,惟其理之"是"而已,即翱之所谓"创意"也,文之古雅者,惟其辞之"是"而已,即翱之

---

① 方东树:《昭昧詹言》,人民文学出版社 1961 年版,第 24 页。
② 方东树:《昭昧詹言》,人民文学出版社 1961 年版,第 2 页。
③ 方东树:《昭昧詹言》,人民文学出版社 1961 年版,第 24 页。
④ 姚鼐:《惜抱轩诗文集》,上海古籍出版社 1992 年版,第 290 页。
⑤ 姚鼐:《惜抱轩尺牍》,安徽大学出版社 2014 年版,第 34 页。
⑥ 方苞:《方苞集》,上海古籍出版社 2008 年版,第 664 页。

所谓"造言"也。①

昔欧阳子以"勤一世尽心于文字为可悲",盖深有见于逾远而存之
难；而近时浮夸之士,不求古人所以不朽之道,而漫为大言,将以惑夫
世之愚者。②

就这些文论来看,足以说明桐城文论与韩、欧文论之间的紧密关系,确实体现了
"文介韩、欧之间"的为文祈向。但就其所表达的观点来看,或者与朱熹文章学相
通,或者诠释的观点与朱熹文章学相关。前者如"蓄道德而有文章"是朱熹"有
实于中,必有实于文外"③之义。后者借用韩愈的话语来诠释"清真""古雅",也
与朱熹文论中所强调的"理"相关,无论是"理之'是',还是"辞之'是'",都要
合乎"理",否则就是理之不明,辞之不当。欧阳修以"勤一世尽心于文字为可
悲",正是朱熹"道本文末"之说的另样表述。可见,尽管其所引的是古文家的文
论,但其所传达的也是朱熹文章学的理论意蕴。这种情况一是因朱熹文章论主要
体现在对韩、欧等古文家文论及创作的批评中,在某些方面,朱熹的文章论因受
韩、欧等古文家的影响,确实存在相通的情况。这一点桐城派是清楚的,比如,曾
国藩就曾指出:"欧阳公《送徐无党序》亦以修之于身,施之于事,见之于言,分为
三途。夫其云修之身者,即叔孙豹所谓立德也,施之事见之言者,即豹所谓立功立
言也。欧公之意,盖深慕立德之徒,而鄙功与言为不足贵。且谓勤一世以尽心于
文字者,皆为可悲,与朱熹讥韩公先文后道,讥永嘉之学偏重事功,盖未尝不先后
相符。"④认为欧阳修的话与朱熹的说法在观点上是相符合的。二是桐城派对韩、
欧等文论的援引只是作为自己言说的佐证,不等于桐城派对其理解与韩、欧等所
表之意完全相符,方苞以"理之是"释"创意",以"辞之是"释"造言",这种理解
就与李翱在《答朱载言书》所表达的原意不尽相同。实际上桐城派对韩、欧等文
论的理解往往置于理学视野,倒与朱熹文章论更相契合。可见,在桐城派文论话
语中,所用古文家文论及其观点是被程朱理学浸润过的,其所传达的观点契合着
朱熹文章学的主要精神。这是朱熹文章学与桐城派文论发生关系的另一依据。

---

① 方苞:《方苞集》,上海古籍出版社 2008 年版,第 581 页。
② 方苞:《方苞集》,上海古籍出版社 2008 年版,第 611 页。
③ 朱熹:《读唐志.朱熹文集》卷十二,同治正谊书局刻本。
④ 曾国藩:《曾文正公全集》,《复刘霞仙中丞》书札卷二十七,光绪二年传忠书局刊本。

二、"德内文外"与桐城派文论的致思模式

朱熹文章学是以儒学经典为依据的。对经典的诠释,很好地体现了他对"文章"的理解和定位。《论语·宪问》有"有德者必有言,有言者不必有德"一句,对"德"和"言"之间的关系作了界定。朱熹解释此句说:"有德者,和顺积中,英华发外。能言者,或便佞口给而已。"① "德"对于"言"是内在的,指主体的道德修养;"言"之于"德"是外在的,指主体的语言表达。"中"即是"内","和顺"之德积于内,即有"英华"之言表于外,"德"是"言"之本原,决定其表现形式,有什么样的"德"就有什么样的"言"与之对应。自"言"这个角度来说,"有言者"之"言"可以体现"德",也可不体现"德","言"之于"德"不具有决定性作用。朱熹对"有德者""有言者"的解释显然是基于一种内外关系结构,并且偏重于"德"。"有德者"受其道德修养制约,其言是其内在德性的流露,是"英华";"能言者"往往巧于辞令,其言受其私欲驱遣,是"便佞口给"。这种解释旨在强调"德"对"言"的重要价值,是以其"内圣"之学为基础的。

同理,文章在本质上也是"言"之一种,是"德"的外在表现,并受其决定。《论语·公冶长》云:"夫子之文章可得而闻也。"朱熹解释说:"文章,德之见乎外者,威仪文辞皆是也。"② 这里的"文章"是包括风度仪表在内的统称,现代学术意义上的"文章"只是其中之一,它和风度仪表一样,是孔子"德"之外在表现,也"可得而闻"。此处对"文章"的理解,依然是基于一种内外关系。他说:"夫古之圣贤,其文可盛矣,然初岂有意学为如是之文哉? 是有实于中,则有是文于外。……圣贤之心,既有精明纯粹之实以旁薄充塞乎其内,则其著见于外者,亦必自然条理分明、光辉发越而不可掩。"③ 朱熹的这种"有实于中,则有是文于外"观点,以韩愈为代表的古文家也有类似之表述。如韩愈在《答李翊书》中说"将蕲至于古之立言者,则无望其速成,无诱于势利,养其根而俟其实,加其膏而希其光。根之茂者其实遂,膏之沃者其光晔。仁义之人,其言蔼如也"④,欧阳修在《与乐秀

① 朱熹:《四书章句集注》,中华书局 1983 年版,第 150 页。
② 朱熹:《四书章句集注》,中华书局 1983 年版,第 79 页。
③ 朱熹:《读唐志. 朱熹文集》卷十二,同治正谊书局刻本。
④ 韩愈:《答李翊书. 韩昌黎文集校注》,上海古籍出版社 1986 年版,第 169 页。

才第一书》中说"古人之于学也,讲之深而信之笃。其充于中者足,而后发乎外者大以光。……此其充于中者不足,而莫自知其所守也"①等,都有此意。这种基于内外关系来阐明文论主张是儒学文艺观的一个基本特点,也可以说是一种批评模式。就实现文章"光辉"或"光晔"来说,他们都是从根本处着眼,强调主体内在之"德"对于外在之"文"根本性、决定性意义。但是,他们言论中的"德"在内涵上却有所不同。程颐说:"所谓德者得也,须是得于己,然后谓之德也。"②朱熹也说:"德者言得也,得于心而不失也。"③在理学家看来,"德"就是"得",一是学中领会,如在经典中探究"仁义之道",二是践行中体验,其结果形成主体的品行。"德"是主体"知"和"行"的统一,是格物穷理的产物。韩愈虽说"行之乎仁义之途,游之乎《诗》《书》之源",也有知、行合一之意,但其所言的"德"只停留在儒家的"仁义"之道,朱熹所讲的"德"是指主体所穷之"理","理"是具有本体论性质的,其内涵远比韩、欧等要广。朱熹认为:"未有天地之先,毕竟也只是理",④"理"作为天下之大本,"德"作为人伦之理,当然也由此出之,因此从源头上看,"德"内言"外"实际上就是"理"内言"外",朱熹对内外关系的认识显然是以其理学为基础。

因着眼于内外关系,在逻辑上表现为强调"外"源于"内","外"以"内"为本原,在文章创作论上重视主体内在修养的原生价值,而主体的内在修养主要来自学问,前引欧阳修的话即是此意,学问深,内充足,文章就好。朱熹也持此意见,他说:

> 今人学文者,何曾作得一篇,枉费了许多气力。大意主乎学问以明理,则自然发为好文章。诗亦然。⑤

由于以理学为基础,朱熹谈读书和学问,言语间总不脱离一个"理"字,无论是"理会"之"理",还是"明理"之"理",都显示了作为理学家与韩、欧等古文家在

---

① 欧阳修:《与乐秀才第一书.欧阳修全集》,中华书局 2001 年版,第 1024 页。
② 程颢等:《河南程氏遗书卷十八.二程集》,中华书局 1981 年版,第 206 页。
③ 朱熹:《四书章句集注》,中华书局 1983 年版,第 53 页。
④ 朱熹:《朱熹语类》,中华书局 1986 年版,第 1 页。
⑤ 朱熹:《朱熹语类》,中华书局 1986 年版,第 3307 页。

致思方式上的差异。韩愈径谈"仁义",朱熹则直接说"理"。他认为做学问,是为了明白"理",读书是为了领会"理",这种"理"主要是指"义理",他指出:

> 贯穿百氏及经史,乃所以辨验是非,明此义理。岂特欲使文词不陋而已?义理既明,又能力行不倦,则其存诸中者,必也光明四达,何施不可?发而为言,以宣其志,当自发越不凡,可爱可传矣。①

朱熹认为著文是为了辨是非、明义理,做学问、读书当然也旨在于此。从充实内在修养("存诸中者")来看,一是明"义理",重在思索;二是要"力行",重在体验,也就是其所说的"思索义理,涵养本原"②之义,只有这样才能使"存诸中者""光明四达",发为文章,自然"可爱可传"。他说:"文章要理会本领,前辈作者多读书,亦随所见理会,今皆仿贤良进卷胡作。"③"多读书"旨在思索义理,"随所见理会"旨在切身体验义理,这种思索、体验功夫即是"本领",他指出:

> 学者工夫,但患不得其要。若是寻究得这个道理,自然头头有个着落,贯通浃洽,各有条理。如或不然,则处处窒碍。学者常谈,多说持守未得其要,不知持守甚底。说扩充,说体验,说涵养,皆是拣好底言语做个说话,必有实得力处方可。所谓要于本领上理会者,盖缘如此。④

所谓"本领"不外是寻究"道理"的本事,是"得力处",要想文章写得好,必须于此处下功夫,充实自己内在修养。而"充实"之道,一是"学",二是"行","学行"遂成为文章创作的重要条件。

朱熹对文章内外关系的阐释,体现为以道德建设为核心,以穷理、明理为建设方式的创作主体论,深刻影响了桐城派对古文体性、创作主体的认识。方苞在《答申谦居书》一文中以唐宋八家为例,论其学行,然后总结说:"以是观之,苟志

---

① 朱熹:《朱熹语类》,中华书局 1986 年版,第 3319 页。
② 朱熹:《朱熹语类》,中华书局 1986 年版,第 149 页。
③ 朱熹:《朱熹语类》,中华书局 1986 年版,第 3320 页。
④ 朱熹:《朱熹语类》,中华书局 1986 年版,第 130 页。

乎古文,必先定其祈向,然后所学有以为基,匪是,则勤而无所。"①他认为要立志从事古文,必须先要确定好祈向,这样学习才有根基。所谓"祈向",即选择某种学术思想作为自己学行的向导,在这方面,方苞选择了程朱理学,他称自己"学行继程朱之后",即是表明自己的基本立场。方苞把主体的"祈向"与"古文"联系在一起,表明其信奉的程朱理学是其理解古文,从事古文创作活动的基础。比如,在谈到古文体性时,方苞说:

> 古文之传,与诗赋异道。魏、晋以后,奸佞污邪之人而诗赋为众所称者有矣,以彼暝瞒于声色之中,而曲得其情状,亦所谓诚而形者也。故言之工而为流俗所不弃。若古文则本经术而依于事物之理,非中有所得不可以为伪。②

对诗赋来说,作者品行虽不正,但其作品可以通过"暝瞒于声色""曲得其情状"方式得到称赞,而古文却不行,因为它以"经术"为根本,遵从"事物之理"。"经术"指儒家经典,若想"中有所得",一则必须钻研《诗》《书》等经典,对其义理有深刻的领会;二则对"事物之理",必须以格物的方式来穷究,以求彻底的了解。唯有如此,才能使自己学行端正,才能从事古文创作。可见,方苞对古文体性的认识,着眼于"学行"与"古文"之间的内外关系,仍然是基于朱熹"德内言外"之思维模式,不脱离一个"理"字。

再从古文创作来看,因为"古文"受"学行"支配,方苞特别重视"学行"对古文创作的重要意义。方苞说道:

> 自周以前,学者未尝以文为事,而文极盛;自汉以后,学者以文为事,而文益衰,其故何也?文者,生于心而称其质之大小厚薄以出者也。戋戋焉以文为事,则质衰而文必敝矣。③

方苞在这里"文""质"对举,所论正是强调主体的"质"对于"文"的决定性作

---

① 方苞:《方苞集》,上海古籍出版社 2008 年版,第 165 页。
② 方苞:《方苞集》,上海古籍出版社 2008 年版,第 164 页。
③ 方苞:《方苞集》,上海古籍出版社 2008 年版,第 608 页。

用。"质之大小厚薄"取决于主体的"学行"。学者在"学",不"以文为事"即以"学行"为事,以"学行"为事,主体内在之"质"就盛,质盛文就盛;反之,则"质衰而文敝"。这种观点的内在逻辑与朱熹所说的"主乎学问以明理,则自然发为好文章"及"有实于中,则有是文于外"意思一致,基于内外关系相符原则。在他看来,古之圣贤、左丘明、司马迁、班固、荀子、董仲舒、管夷吾、贾谊等,他们或功德兼修,或通古今、存王法,或守孤学,或达于世务,其"文"与其"质"是相符的,方苞所说的"质"是一个以道德为主,含括学问、能力等在内的概念,或者说是胸襟怀抱,它是决定文章成就的根本性的因素,是文章创作的"本原"。刘大櫆也说:"文章者,古人之精神所蕴结也。其文章之传于后世,或久或暂,一视其精神之大小薄厚而不逾累黍,故有存之数十百年者,有存之数百千年者,又其甚则与天地日月同其存灭。"[①] 此处的"精神"即方苞所说的"质",文章是"精神所蕴结",强调的正是主体内在"精神"对于外在文章形成的意义。

据上所说,朱熹"德内言外"这一思维模式突出了主体内在修养在文章创作中的地位,使得穷理、明理成为文章创作活动展开的前提或基础。桐城派将古文活动依附于主体的"学行",因此特别注重从主体的"学行"出发来讨论诗文创作,展开批评,正是受这一思维模式的启发。借助这种思维模式,桐城派解决了文论建设的学术基础和指导思想问题,使得桐城派走上以"经术"为本原,以"事物之理"为依据,重视主体自身内涵的古文理论建设道路。比如,"读书积理"[②] 正是主体学行活动的典型特征,被桐城派视为诗文创作的关键。即便是抒发真情之作,都必须"视胸中义理如何",这种唯"理"论,使得"义理"成为桐城派文论的首要因素和立足点,进而束缚了桐城派思考文章问题基本方式。无论是方苞的"义法"说,还是姚鼐的"义理、考据、文章"论,"义理"总摆在首位,"文章"沦为"义理"之物态化形式,其价值由"义理"所决定,离开义理而谈文章,对于桐城派来说是不可接受的。这使得桐城派文论始终囿于程朱理学体系之内而难以实现自我超越。姚鼐虽提出"有所法而后能,有所变而后大"[③],重视继承和创新,但这种"法变"论是以将文章功能设定为"明义理"这个前提,故其"变"也

---

① 刘大櫆:《见吾轩诗序.刘大櫆集》,上海古籍出版社1990年版,第79页。
② 曾国藩:《日记.曾国藩全集》第16册,岳麓书社2011年版,第130页。
③ 姚鼐:《惜抱轩诗文集》,上海古籍出版社1992年版,第114页。

只是限于文章体制内部。即使后来如梅曾亮提出"文章之事,莫大于因时"①主张,强调文章的因时而变,但受制于"德内文外"这一致思模式,对桐城派文论观念发展所起推动作用极为有限,这是后期桐城派在时代变革之际,未能做到与时俱进而趋于没落的一重要原因。

三、"典实"论与桐城派的文论纲领

在朱熹文章学中,还有"典实"一说,他在谈作文时说:

> 不必着意学如此文章,但须明理。理精后,文字自典实。伊川晚年文字,如《易传》,直是盛得水住。苏子瞻虽气豪善作文,终不免疏漏处。②

如上文所说,朱熹强调"主乎学问以明理,则自然发为好文章"。对照此处表述,"典实"是可以作为"好文章"的判断标准,是作者创作时应该追求的目标,可以说是作为一种文章审美理想而存在的。他说:"有典有则,方是好文章"③,"有典有则"即是"典实",实现"典实"的途径是"明理","明理"属于道德工夫,目的在于"内充","内充"(直至"理精")而后言发,文章自然显现为"典实",因此无须着意去学。这里的"典实",张健以为:"朱熹所说的典实,其实还是以理为标准,典者,法则,是指合理性;实者,言之有物,即有理。是否有理、合理,是其所谓典实的依据。但典实在这里并非仅指内容方面有物,合理,更是指在文体上呈现出来的风格特征。"④这里将儒学经典《易传》与苏轼文章作对比,意在突出圣人之言在"明理"上所体现的严密性,如器中之水,丝毫不漏。欲使"明理"严密,取决于两个方面,一是所说之"理"自身的正当性,一是"理"之言说逻辑性。就前者说,《易传》是孔子为《周易》所作的传,为圣人所作,正当性是"圣人"身份所决定的,如"圣人"所言有谬,则不足副"圣人"之称。对于后者,朱熹认为:"圣

---

① 梅曾亮:《柏枧山房诗文集》,上海古籍出版社 2012 年版,第 38 页。
② 朱熹:《朱熹语类》,中华书局 1986 年版,第 3320 页。
③ 朱熹:《朱熹语类》,中华书局 1986 年版,第 3306 页。
④ 张健:《义理与辞章之间:朱熹的文章论》,《北京大学学报(哲学社会科学版)》2019 年第 3 期。

贤之言,条理精密",[①] "条理精密" 就是指圣人所说在逻辑上致密性。正当性要求所说合乎理,逻辑性要求所言有条理,离开 "理",所说正当性、逻辑性就失去依据,因为 "理" 作为天下之大本,本身就是 "实有条理"[②] 的,这是朱熹强调 "明理","理精后,文字自会典实" 说法的思想根源。可见,"典实" 说的具体内涵,实际上包括两个层面,一是指文章的语言形式上逻辑性,要求有条理;二是指文章思想内容上的正当性,要求合乎理。张健对 "典实" 的解释是有其根据的。但其对 "典" 的解释似有不足,"典" 除有 "法则" 之意外,也有圣人之言为典范或标准之意。

与 "典实" 相对,是 "架空细巧",朱熹说道:

> 作文字须是靠实,说得有条理乃好,不可架空细巧。大率要七分实,只二三分文。如欧公文字好者,只是靠实而有条理。如张承业及宦者等传自然好。东坡如灵壁张氏园亭记最好,亦是靠实。秦少游龙井记之类,全是架空说去,殊不起发人意思。[③]

所谓 "架空" 指言之无物,内容空洞,与 "实" 相反,不合 "理"。朱熹认为欧阳修文章中写得比较好的,都是 "实而有条理" 的,苏轼《灵壁张氏园亭记》写得最好,归功于写得 "实",而秦观的《游龙井记》之类的文章 "全是架空",即其所写不 "实",于 "理" 不合。"细巧" 是指形式上精致巧妙,与 "典" 相异。圣人之言讲究 "辞达而已",是不过分追求形式上 "细巧" 的。从创作来看,追求语言形式上的技巧,是有可能损害表达逻辑性的,使得文章在 "理" 的表达上不够严密,条理不分明。朱熹不是完全反对形式的 "细巧" 的,所谓 "二三分文",就是说技巧上适当安排也是必要的,文章写作还是要在内容上讲求 "实",主要是义理的表达。

因为 "典实" 的依据或根源是 "理",如求避免 "架空细巧",只有在 "理" 上用力。朱熹说道:

> 南丰文却近质。他初亦只是学为文,却因学文,渐见些子道理。故

---

① 朱熹:《朱熹语类》,中华书局 1986 年版,第 1265 页。
② 朱熹:《朱熹语类》,中华书局 1986 年版,第 2784 页。
③ 朱熹:《朱熹语类》,中华书局 1986 年版,第 3320 页。

文字依傍道理做，不为空言。只是关键紧要处，也说得宽缓不分明。缘他见处不彻，本无根本工夫，所以如此。但比之东坡，则较质而近理。东坡则华艳处多。^①

"宽缓不分明"是指条理不清，曾巩文章能够做到"不为空言"，原因在于"依傍道理做"，但因"见处不彻，本无根本工夫"，有条理不清之缺点。所谓"见处不彻"即见"理"不周，说"理"不透之义；"根本工夫"是指不曾在"理"上用功，即道德工夫欠缺。他说："今且于自己上作工夫，立得本。本立则条理分明。"^②可见，提高自身的内在修养，确立道德这个根本，是解决"架空细巧"问题的基本路径。

"典实一方面谓内容实，言之有物，另一方面指条理缜密，言之有序，有严密的结构。"^③朱熹的"典实"说启迪了桐城派对文章内容与形式的基本认识。作为桐城派文论的核心范畴，方苞的"义法"说继承了朱熹这一说法的思想内核，尽管其提出源自其读书所得。方苞在《又书货殖传后》一文中说：

> 《春秋》之制义法，自太史公发之，而后之深于文者亦具焉。义即《易》之所谓"言有物"也，法即《易》之所谓"言有序"也。义以为经而法纬之，然后为成体之文。^④

对方苞的"义法"说，可以从不同角度进行阐释，但不可以脱离其语境本身。方苞先是将"义法"之源归结为《春秋》所创，后引《周易》之语诠释其义。这一言说方式与朱熹对"典实"的诠释有相通之处，都是以圣人言论为依据。朱熹以《易经》为例来说明程颐晚年文章的严密性，这种严密性，正是"典实"的内在之义。方苞则以《易经》来释"义法"，明确其"有物""有序"之内涵。如：

> 孔子于艮五爻辞，释之曰："言有序。"家人之象，系之曰："言有物。"凡文之愈久而传，未有越此者也。震川之文于所谓有序者，盖庶

---

① 朱熹：《朱熹语类》，中华书局 1986 年版，第 3314 页。
② 朱熹：《朱熹语类》，中华书局 1986 年版，第 3254 页。
③ 张健：《义理与辞章之间：朱熹的文章论》，《北京大学学报（哲学社会科学版）》2019 年第 3 期。
④ 方苞：《方苞集》，上海古籍出版社 2008 年版，第 59 页。

> 几矣,而有物者,则寡焉。又其辞号雅洁,仍有近俚而伤于繁者。岂于
> 时文既竭其心力故不能两而精与? 抑所学专主于为文,故其文亦至是
> 而止与? ①

这里不仅再次援引《易经》来诠释"义法",强调其对文章写作的重要意义,而且用之批评归有光的文章,说其"有序",而不能"有物"。因此,尽管其文号称"雅洁",仍有"近俚""伤繁"之病。"近俚"是因学行不够,"伤繁"则为"有序"之过。方苞认为这里有"专主于为文"之因素,也就是说其文章功夫有余,而道德功夫不足,穷理不够。这种看法正是基于方苞对古文体性的认识。方苞在谈古文与诗赋之别时,强调古文"本经术而依于事物之理,非中有所得不可为伪"这一特点。"术者,学之用"②,经之"术"指经之用,运用经典来指导或解决现实具体问题,从古文来看,指运用经典来指导创作,尤其是运用经典中所蕴含的创作方法来指导,因此,"本经术"可以理解为古文创作要以儒学经典的创作方法为根本。对作者来说则必须熟谙经典,悟其为文之"术",才能使创作真正做到以"经术"为本。"依于事物之理"即以"事物之理"为依据,这是说古文创作要表现"事物之理",以之为表现对象。同样对作者来说,则必须穷究事物之"理",才能使创作真正做到"依于事物之理"。无论是经之"术",还是事物之"理",都需要作者有切实领悟,做到"中有所得"。显然,方苞"义法"说中的"法"即指"经术"而论;"义"则指"事物之理"而言。儒学经典在"义"和"法"的表现和运用上,都是最高典范,其中又以叙事文最精,这是方苞将"义法"归结为《春秋》所创的原因。他在《赠淳安方文辀序》一文中说:

> 至秀民之能为士者,则聚之庠序学校,授以诗书六艺,使究切于三
> 才万物之理,而渐摩于师友者常数十年。故深者能自得其性命,而飙流
> 余焰之发于文辞者,亦充实光辉,而非后世所能及也。③

"授以诗书六艺"旨在传授经之"术","究切三才万物之理"意在领悟事物之

---

① 方苞:《方苞集》,上海古籍出版社 2008 年版,第 117 页。
② 汤志钧编:《学与术.中国近代思想家文库·梁启超卷》,中国人民大学出版社 2014 年版,第 470 页。
③ 方苞:《方苞集》,上海古籍出版社 2008 年版,第 190 页。

"理"，习文者应该两方面俱下功夫，将经典之"术"和"万物之理"融会于心，发为文章，自然"充实光辉"，为后世所不能及。这里要注意的是，方苞所说的"事物之理"或者"万物之理"，包括儒学经典之义理，"经"之"术"也是"理"，即创作的原理。"义"与"法"在本质都为"理"，因此对创作而言，最重要任务当然是"明理"，"理"明后，文章就会合乎理，也就有条理，就能做到"言之有物""言之有序"，可见"义法"说在实质上与朱熹的"典实"论正相契合。

据上可知，方苞的"义法"说实际上是朱熹"典实"论思想衍生而来，尽管其话语表述形式不同，但其思想实质一致。作为桐城派文论的纲领，方苞"义法"说的提出及对其内涵的诠释，正是本于朱熹"典实"之论。

四、"文道一贯"说与桐城派文章创作论

与"德"内言"外"相联系，在"文""道"关系上，朱熹认为"道"为本而"文"为末，"文"从"道"出。他说：

> 道者，文之根本；文者，道之枝叶。惟其根本乎道，所以发之于文，皆道也。三代圣贤文章，今从此心写出，文便是道。今东坡之言说'吾所谓文，必与道俱。'则文自文而道自道，待作文时，旋去讨个道来入放里面，此是它大病处。只是它每常文字华妙，包笼将去，到此不觉漏逗。说出他本根病痛所以然处，缘他都是因作文，却渐渐说上道理来；不是先理会得道理了，方作文，所以大本都差。[①]

"道"与"文"就像树的根和枝叶，枝叶生于根，无根就无枝叶。同理，"文"生于"道"，无道就无文，"道"和"文"形异而本同，在本质上是一体的关系，是不可分离的。在"文""道"关系上，朱熹的观点极为明确，一是"文""道"一体，不可分裂；二是"文"以"道"为本，"文"从"道"出。他对苏轼的批评就是出于此认识。苏轼说"文与道俱"，朱熹认为此言未免"裂道与文为两物"[②]，是不对的，这会导

---

① 朱熹：《朱熹语类》，中华书局 1986 年版，第 3319 页。
② 朱熹：《读唐志．朱熹文集》卷十二，同治正谊书局刻本。

致为"文"而觅"道",而不是因"道"而为"文",本末倒置,所以"大本都差"。

在朱熹看来,"道"存于主体之"心",而"文"是从"心"流出,"心"是"道"和"文"发生关系的联结点。"心"能存"道"是主体"内充""涵养"的结果;"文"从"心"出,是主体"心"动"言"形使然。这一认识在逻辑上看,是与"德"内"言"外这一致思模式一致的。他说:

> 若曰惟其文之取,而不复议其理之是非,则是道自道,文是文也。道外有物,固不足以为道,且文而无理,又安足以为文乎,盖道无适而不存者也,固即文以讲道,则文与道两得而一贯之,否则亦将两失之矣。①

在朱熹的文论语境中,"道"在不同的地方含义有时不同,其主要含义不外有二,一是指本体意义的"道",是万物的本原;二是指儒家的学说,包括道德秩序。就前者来说的,作为本体的"道"无处不在,当然也存在于文中。它是"文"的本原,文由其出,因此"文"是体现"道"的,离"道"无以言"文",即是说"文"的功能是用来讲"道"的,而不能讲别的。"文"和"道"是一体的,虽有本末之别,但不可偏弃一端。从后者来说,儒家经典是文之渊薮,其所宣扬的"义理"更是文章深刻思想的源泉,其本身就是文道一体之最高典范,"道"在"文"中的体现是"理",朱熹所说的"道"和"理"具有同一性。他说:"物之理,乃道也。"②又说:"道即理也。"③因此他谈文、道关系,不同于古文家,仍是基于其理学体系。此处判断文章是否文、道一体,要"议其理之是非"而不能只看其"文"如何,即是明证。

朱熹强调文道"两得一贯",反对裂道与文为两物,从文章创作来看,要避免此种情况出现,作者必须从"文""道"两端下功夫。"道"为根本,是"文"的本原,作者首先要在"道"上下功夫,如上文所论,即"思索义理,涵养本原",这是"德内文外"之致思模式的逻辑要求;其次,要在"文"上下功夫,以提高载道手段,这同样是"德之见乎外"的必然要求。朱熹说道:"古人作文作诗,多是模

---

① 朱熹:《读唐志.朱熹文集》,《与汪尚书》卷五,同治正谊书局刻本。
② 朱熹:《朱熹语类》,中华书局 1986 年版,第 1363 页。
③ 朱熹:《朱熹语类》,中华书局 1986 年版,第 2551 页。

仿前人而作之。盖学之既久,自然纯熟。"① 朱熹认为"模仿前人"是古人作文作诗之普遍经验,是值得借鉴的。这里的"模仿"作为学习方式,不是照搬,更不是蹈袭,而是由学而悟的过程。对前人作品,朱熹强调要"子细看""读得熟",他说:"人做文章,若是子细看得一般文字熟,少间做出文字,意思语脉自是相似。读得韩文熟,便做出韩文底的文字;读得苏文熟,便做出苏文底文字。若不曾子细看,少间却不得用。"② 朱熹注意到前人文章典范意义,强调"行正路",他在谈自己效仿前人作诗经验时说:"盖意思句语血脉势向,皆效它底。大率古人文章皆是行正路,后来杜撰底皆是行狭隘邪路去了。而今只是依正底路脉做将去,少间文章自会高人。"③ 所谓"行正路"就是说选对文章典范,否则,受其影响写出的文章会流为"杜撰"之作。朱熹是"即文以讲道"的,"讲道"是其论文的目的,朱熹文章功夫论本于孔子"言之无文,行而不远"之说,是为传道而言文。文是手段,道是目的。朱熹指出:"今日要做好文者,但读《史》《汉》、韩、柳而不能,便请斫取老僧头去。""人要会作文章,须取一本西汉文,与韩文、欧阳文、南丰文。"④ 从"做好文"看,只须选择《史》《汉》及韩、柳、欧、曾诸家文章作为典范即可。

朱熹强调主体的道德功夫和文章功夫,对桐城派文章创作论有着深刻影响。可以这样说,重视文章功夫和道德功夫,是桐城派文章创作论的两个支点,是其文论核心观点的内在之义,就方苞的"义法"说而言,"义"即"言有物",主要内涵是儒学经典之"义理",也就是儒家之道,"法"即"言有序",主要指"文法"。从作文来说,作者必须加强"义理"积累,是为道德功夫;而"文法"则需作者潜心研究,以求其是,此为文章功夫。他说:

> 文之清真者,惟其理之"是"而已,即翱所谓"创意"也。文之古雅者,惟其辞之"是"而已,即翱之所谓"造言"也;而依于理以达乎其词者,则存乎气。气也者,各称其资材,而视所学之浅深以为充歉者也。欲理之明,必溯源六经,而切究乎宋、元诸儒之说;欲辞之当,必贴合题

① 朱熹:《朱熹语类》,中华书局 1986 年版,第 3299 页。
② 朱熹:《朱熹语类》,中华书局 1986 年版,第 3301 页。
③ 朱熹:《朱熹语类》,中华书局 1986 年版,第 3301 页。
④ 朱熹:《朱熹语类》,中华书局 1986 年版,第 3322 页。

义,而取材于三代、两汉之书;欲气之昌,必以义理洒濯其心,而沉潜反复于周、秦、盛汉、唐、宋大家之古文。兼是三者,然后能清真古雅而言皆有物。①

在审美理想上,方苞标举"清真古雅",而要实现这一理想,则必须抓住三端,其一是"创意","创意"则在究理之"是",属于道德功夫;其二是"造言","造言"则在索辞之"是",属于文章功夫。统率这两端的是"气",欲使气之"昌",则既要做道德功夫,即"以义理洒濯其心",又要做文章功夫,需"沉潜反复"大家之古文。

在创作论方面,姚鼐论文较方苞更为具体。尽管他认为方苞"义法"之说只是论文之一端,改而强调"义理""考据""辞章"相结合,但其主要精神仍同方苞一致。从创作来说,深于"义理"必待道德功夫,精于"考据""辞章"必期文章功夫。这是显而易见的。此外,他还注意到文章创作中"天分"因素。在论文章"至境"时他说道:

> 言而成节合乎天地自然之节,则言贵矣。其贵也,有全乎天者焉,有因人而造乎天者焉。今夫《六经》之文,圣贤述作之文也。独至于诗,是成于田野闾阎、无足称述之人,而语言微妙,后世能文之士,有莫能逮,非天为之乎?
>
> 然是言《诗》之一端也,文王、周公之圣,大、小雅之贤,扬乎朝廷,达乎神鬼,反覆乎训诫,光昭乎政事,道德修明,而学术该备,非如列国风诗采于里巷者可并论也。夫文者,艺也。道与艺合,天与人一,则为文之至。世之文士,固不敢于文王、周公比,然所求以几乎文之至者,则有道矣,苟且率意,以觊天之或与之,无是理也。②

所谓"天地自然之节"即天地之道,姚鼐认为"文章之原,本乎天地;天地之道,阴阳刚柔而已"③,文章为"贵"的条件是其创作要符合天地之道。而要符合天地

① 方苞:《方苞集》,上海古籍出版社 2008 年版,第 581 页。
② 姚鼐:《惜抱轩诗文集》,上海古籍出版社 1992 年版,第 49 页。
③ 姚鼐:《惜抱轩诗文集》,上海古籍出版社 1992 年版,第 48 页。

之道,有两种方式,一种全凭天分,另一种则为人力。对于天分,姚鼐肯定其存在,比如《诗经》中的一些作品就是"田野闾阎、无足称述之人"所作,为后世能文之士所不及。但对此类情况,姚鼐以为不可靠,他说:

> 且古诗人,有兼雅、颂,备正变,一人之作,屡出而愈美者,必儒者之盛也。野人女子,偶然而言中,虽录于圣人,然使更益为之,则无可观已。后世小才鬾士,天机间发,片言一章之工亦有之,而衰然成集,连牍殊体,累见诡出,闳丽谲变,则非钜才而深于其法者不能,何也? 艺与道合,天与人一故也。①

全凭天分而作臻于文章至境,属于"偶然而言中","片言一章之工",不可持久。因此,姚鼐更重视人力,以为"非钜才而深于其法者不能",而"深于其法"必待于人力。他以《诗经》为例,认为体现"道德修明""学术该备"者之诗不是"采于里巷"列国风诗所能比的,"道德修明"可由涵养而致,"学术该备"亦可力学而成,均属于人力因素。"列国风诗"固然可采,却是"天机间发"所致,纯属天分因素。对习文者来说,"天分"不是人人都有的,通过人力"造乎天"则是其基本途径。姚鼐指出"欲得笔势痛快,一要力学古人,二是涵养本原",②"力学古人"即言文章功夫,"涵养本原"即为道德功夫,以此为途径,以实现"道与艺合,天与人一"之文章"至境"。

方苞、姚鼐均从文章审美理想的高度,强调道德功夫和文章功夫对古文创作的意义,其思想与朱熹论文旨趣一脉相承,文道并重是其主要特征。在这一点上,桐城派与以韩、欧为代表的古文家有所不同。韩、欧等虽言道德功夫,但实际却更重视文章功夫。朱熹曾批评韩愈:"缘他费工夫去作文,所以读书者只为作文用;自朝于暮,自少至老,只是火急去弄文章,而于经纶实务不甚究心,所以作用不得。"③名为传道,实是为文,欧阳修、曾巩诸人也是,表面上看其观点与朱熹论文相近,重视道德功夫,但毕竟还是有区别的。郭绍虞曾予以指出:"道学家于道是视为终身的学问,古文家于道只作一时的工夫。视为终身的学问,

---

① 姚鼐:《惜抱轩诗文集》,上海古籍出版社 1992 年版,第 50 页。
② 姚鼐:《惜抱轩尺牍》,安徽大学出版社 2014 年版,第 76 页。
③ 朱熹:《朱熹语类》,中华书局 1986 年版,第 3255 页。

故重道而轻文；作为一时的工夫，故充道以为文。盖前者是道学家之修养，而后者只是文人之修养。易言之，即是道学家以文为工具，而古文家则以道为手段而已。"[1] 桐城派虽以古文名世，但在学术观念上以朱熹学说为圭臬，在文道关系上更趋同理学家意见。朱熹对文章功夫的重视正是以文为传道之工具，桐城派论文亦是如此。如曾国藩论文重视经济，但仍"以义理之学最大，义理明则躬行有要，而经济有本。词章之学，亦所以发挥义理也"[2]，强调文章的功能在于发挥义理，这是典型的文章工具论。实际上，桐城派强调言之有物和言之有序，将义理和考据、辞章相结合等一系列观点，正是为将文章功夫落到实处而提出的具体理论主张，其目的正是为传达儒学之"道"。在桐城派文论话语中，视文为技、为艺之末事随处可见，但对文章作用的认识，却往往提到与道并存的高度，姚鼐提出的"道与艺合"之说，实际上是将下学之艺提到形上之道的高度，这是文道并重的直接证据，也是后来桐城派成员在以道自任的同时，也以文自负的思想根源。因重视文在道的传播中的作用而重视文章工夫，这种情况不能不说是受到了朱熹的影响。

结　语

由于桐城派在学术思想上选择了程朱理学，这为朱熹文章学与桐城派文论关系的建立提供了基础。朱熹文章学作为其学说体系的组成部分，自然是桐城派接受的重要对象。桐城派对朱文章学的接受，主要体现为其文论吸收了朱熹文章学诸多观点，这使得其文论与朱熹文章论多相契合。这种契合关系表明，在桐城派文论形成过程中，朱熹的文章学是有着深度介入的，它深刻影响了桐城派文论的致思模式、文论纲领与创作论。朱熹文章学在桐城派文论的构建中发挥着积极的重要作用，桐城派正是在朱熹文章学启迪下解决了文论建设的指导思想和发展路径，并形成具有自己学术个性的理论话语的。当然，桐城派对朱熹文章学的接受也不是照单全收，也有置疑之时。比如在文道关系上，桐城派虽认同朱熹文从道出、发明义理之说，但在实际的创作中，他们对文和道（义理）之间的

---

[1]　郭绍虞：《中国文学批评史上文与道的问题. 照隅室古典文学论集》，上海古籍出版社 2009 年版，第 176 页。

[2]　曾国藩：《致澄弟温弟沅弟季弟. 曾国藩全集》第 20 册，家书之一，岳麓书社 2011 年版，第 49 页。

矛盾有着深切的体会,吴汝纶就说过:"必欲以义理之说施之文章,则其事至难。不善为之,但堕理障。程朱之文,尚不能尽餍人心,况余人乎!方侍郎学行程朱,文章韩欧,此两事也,欲并入文章一途,志虽高而力不易赴。"[①]深感"文章"发明"义理"之不易,视"道"与"文"为两事,在一定程度上表现出对朱熹学说的疏离倾向。

作者单位:安庆师范大学人文学院

---

① 吴汝纶:《吴汝纶全集(三)》,黄山书社 2002 年版,第 138—139 页。